# CARLY PHILLIPS
## JESSICA CLARE  JACI BURTON
## ERIN McCARTHY

# SUMMER NIGHTS
## SEXY URLAUBSGESCHICHTEN

Aus dem Amerikanischen
von Ursula C. Sturm

WILHELM HEYNE VERLAG
MÜNCHEN

Die Originalausgabe erschien 2013 unter dem Titel *Hot Summer Nights* bei Berkley, a division of Penguin Group (USA) Inc.

Verlagsgruppe Random House FSC® N001967.
Das für dieses Buch verwendete FSC®-zertifizierte Papier
*Holmen Book Cream* liefert Holmen Paper, Hallstavik, Schweden.

2. Auflage
Taschenbucherstausgabe 05/2015
Copyright © 2013 by Penguin Group (USA) Inc.
»Hope Smolders« by Jaci Burton © 2013 by Jaci Burton
»Perfect Stranger« by Carly Phillips © 2013 by Karen Drogin
»The Legend of Jane« by Jessica Clare © 2013 by Jessica Clare
»Ice Princess« by Erin McCarthy © 2013 by Erin McCarthy
Copyright © 2015 der deutschsprachigen Ausgabe by Wilhelm
Heyne Verlag, München, in der Verlagsgruppe Random House
GmbH
Printed in Germany
Redaktion: Eva Philippon
Umschlaggestaltung: Nele Schütz Design, München
unter Verwendung von gettyimages Walter Zerla
Satz: Greiner & Reichel, Köln
Druck und Bindung: GGP Media GmbH, Pößneck

ISBN 978-3-453-41831-7

www.heyne.de

JACI BURTON

# UMLEITUNG
# INS GLÜCK

# Kapitel 1

Will Griffin kam nicht umhin, die Frau zu bemerken, die soeben draußen vor der Fensterfront des Fitnessraums vorbeiging, obwohl sie fünf oder sechs kleine Kinder im Schlepptau hatte. Wie hätte er sie auch übersehen können? Tolle Beine zogen seine Blicke immer magisch auf sich, und die ihren waren wirklich außergewöhnlich.

Dafür trug sie das hässlichste Strandkleid, das er je gesehen hatte, und dazu einen zerfledderten bunten Strohhut, unter dem ein zerzauster Pferdeschwanz hervorlugte.

Frauen mit so tollen Beinen waren im Gemeindesportzentrum von Hope nicht allzu häufig anzutreffen.

Vermutlich war sie ihm deshalb aufgefallen. Erst hatte er nur die Kinder bemerkt, die vor Begeisterung johlend auf das Hallenbad zusteuerten. Doch dann waren ihm die sexy Beine ihrer Betreuerin ins Auge gestochen, dem scheußlichen Strandkleid zum Trotz.

Er hatte das dumpfe Gefühl, dass er sie kannte, obwohl sie sich den Strohhut tief ins Gesicht gezogen hatte und den Kopf abgewandt hielt.

Ob sie das wohl absichtlich tat, um inkognito zu bleiben?

Da er noch nicht mit dem Training angefangen hatte, beschloss er spontan, umzudisponieren und vorher ein paar Längen zu schwimmen.

Er holte seine Badesachen aus der Umkleide und machte sich auf den Weg zum Schwimmbad.

»Na, auf dem Weg ins kühle Nass, Will?«

Er hielt inne und drehte sich zu seinem Kumpel Luke McCormack um.

»Hey, Luke. Du bist spät dran heute.«

»Jep. Nach dem Basketballspiel gab es vor der Highschool einen Verkehrsunfall mit Blech- und Personenschaden. Nichts Ernstes, aber es hat doch eine Weile gedauert, bis wir die Straße wieder freigeben konnten.« Luke arbeitete für die hiesige Polizei.

Will verzog das Gesicht. »Keine allzu schweren Verletzungen, hoffe ich?«

»Das nicht, aber es war trotzdem unschön. Deshalb muss ich mich noch ein bisschen auf dem Laufband austoben, um wieder runterzukommen. Und du stürzt dich jetzt in die Fluten?«

Luke überlegte. Vielleicht war es nicht gerade die allerbeste Idee, wenn er einer Frau mit einer Horde Kinder nachstellte. »Ehrlich gesagt, nein. Ich dachte nur, ich hätte vorhin jemanden gesehen, den ich kenne.«

Luke grinste. »Jetzt, da du keine Nachtschichten mehr schiebst, werden dir ziemlich häufig Leute über den Weg laufen, die du kennst.«

»Wohl wahr. Du gehst jetzt also in den Kraftraum?«

»Ja.«

Will spähte durch die Glastür ins Hallenbad. »Ich

komm in ein paar Minuten nach. Wir sehen uns dann auf der Tretmühle.«

»Okay, bis gleich.«

Luke marschierte los, und Will öffnete die Tür, worauf ihm sogleich ein stechender Chlorgeruch entgegenschlug. Ein paar Kinder lieferten sich am seichten Ende kreischend und kichernd eine Wasserschlacht, während einige erwachsene Badegäste ihre Bahnen zogen.

Er hielt nach der Frau mit dem Strohhut Ausschau, konnte sie aber nirgends entdecken. Na ja, es war ohnehin besser, wenn er sich nicht wie ein Stalker benahm, dachte er, schloss die Tür und begab sich in den Fitnessraum.

Jane Kline war in Geldnöten, deshalb half sie neuerdings halbtags als Kinderbetreuerin im Gemeindesportzentrum ihrer Heimatstadt Hope, Oklahoma, aus. Doch inzwischen war ihr aufgegangen, dass ihre Entscheidung nicht sonderlich gut durchdacht gewesen war. Sie hatte angenommen, sie würde den ganzen Nachmittag mit ihren Schützlingen im Spielzimmer sitzen. Dummerweise war ihr Plan, sich auf diese Weise vor den Leuten zu verstecken, die herkamen, um im Fitnessraum oder im Schwimmbecken ihren Körper zu stählen, nicht aufgegangen, denn ihr Chef hatte sie vorhin gebeten, mit den größeren Kindern schwimmen zu gehen. Der Weg zum Hallenbad führte direkt an der Fensterfront des Kraftraums vorbei, sodass all die schlanken, muskelbepackten Menschen, die sich dort drinnen schwitzend und keuchend auf den Hometrainern und Laufbändern quälten, sehen konnten, wie sie mit einer Handvoll Sechsjähriger und ihren fünf Kilo Übergewicht draußen vorbeiwackelte. Schon seit geraumer Zeit nahm sie sich vor, endlich an ihrer Figur zu arbeiten, aber leider war sie seit zwei Jahren vollauf mit ihrer Scheidung, ihrem Job als Lehrerin und der Erziehung ihrer beiden Kinder beschäftigt. Für Diäten oder Sport blieb irgendwie nie genügend Zeit.

Man möchte meinen, der Stress wegen der Scheidung hätte dafür gesorgt, dass die Kilos purzelten, aber das Gegenteil war der Fall – ständig hatte sie Heißhunger auf Kekse, Donuts, Schokolade und Pizza. Sie liebte Pizza. Genau wie ihre Kinder, die jetzt ohne Vater waren. Wie konnte sie ihnen da auch noch die Pizza verwehren?

Natürlich musste sie den Anweisungen ihres Chefs Folge leisten, also hatte sie sich mit den Kindern, für die sie verantwortlich war – darunter auch ihre fünfjährige Tochter Tabitha –, in der Garderobe umgezogen, war in ihr nicht mehr ganz weißes und bereits recht fadenscheiniges Strandkleid geschlüpft und hatte ihren Strohhut aufgesetzt, der schon reichlich mitgenommen aussah, ihr aber noch gute Dienste leistete. Die Krempe hatte sie sich tief ins Gesicht gezogen, in der Hoffnung, dass sie dann keiner erkennen würde.

Doch diese Hoffnung zerschlug sich schon auf den ersten Metern.

»Hallo Jane! Ich wusste gar nicht, dass du jetzt hier aushilfst.«

»Tag, Jane! Schön, dich zu sehen. Machst du ein bisschen Sport?«

»Na, Jane, gehst du schwimmen?«

Die letzte Frage war begleitet von einem unauffälligen Blick auf ihre Oberschenkel, wohl, weil ihre Pizzaexzesse dort verräterische Spuren hinterlassen hatten.

Sie schenkte allen, von denen sie angesprochen wurde, ein flüchtiges Lächeln und erklärte, sie sei hier, um Kinder zu beaufsichtigen, weshalb sie leider nicht stehen bleiben könne. Dann eilte sie davon, wobei sie sich tunlichst hütete, nach links zu blicken, von wo das Surren und Schnurren der Cardio-Geräte ertönte und ihr schlechtes Gewissen schürte.

»Du siehst lustig aus mit diesem Hut, Mommy.«

»Danke, Tabby«, sagte sie mit einem gezwungenen Lächeln, während sie tapfer weitermarschierte, umringt von lärmenden Kindern, die unweigerlich die Aufmerksamkeit der anderen Anwesenden auf sich zogen.

Die Arbeit im Gemeindesportzentrum war mit gewissen Vorteilen verbunden, etwa mit einer kostenlosen Mitgliedschaft. Und von der sollte sie dringend Gebrauch machen, sobald sie mal etwas Zeit für sich hatte.

Klar. Zeit für sich. Was war das noch gleich? Sie wusste nicht einmal mehr, wie das Wort Freizeit überhaupt geschrieben wurde. Aber was tat man als alleinerziehende Mutter nicht alles, damit die Kinder weiterhin ein Dach über dem Kopf hatten! Sie führte ihre munter vor sich hinplappernde Meute zum Hallenbad, wo sie ihren Sonnenhut abnahm, sich aus ihrem Kleid schälte und ins Wasser stieg, ohne ihre Cellulitedellen eines Blickes zu würdigen.

Es war ganz gut, dass sie wie üblich nicht allzu viel Aufwand betrieben hatte, was ihre Frisur anging, denn als sich ihre sechs Schützlinge nun kreischend ins Becken stürzten, war sie im Nu klatschnass.

»Okay, Kinder, denkt daran: Wir bleiben schön im Nichtschwimmerbereich«, mahnte sie und strich sich ein paar Strähnen aus dem Gesicht.

Etwa eine halbe Stunde durften die Kids nach Herzenslust im Wasser herumplantschen, um die überschüssige Energie abzubauen, mit der sie vorhin in der kleinen Kinderbetreuungsecke schon alle in den Wahnsinn getrieben hatten. Nachdem sie sich gründlich ausgetobt hatten, scheuchte Jane sie aus dem Wasser und trocknete sie der Reihe nach ab. Ihr Strandkleid klebte an ihrem nassen Badeanzug, als sie auf dem Rückweg wieder am Kraftraum vorbeigingen. Diesmal riskierte sie wider Willen doch einen kurzen Blick hinein.

Püh. All diese durchtrainierten, schweißglänzenden Körper!

Und den Großteil der Sportskanonen dort drinnen kannte sie auch noch. Hope war eben doch ein recht überschaubares kleines Nest.

Dummerweise lenkte der Anblick sie so ab, dass ihr völlig entging, was sich direkt vor ihrer Nase abspielte, weshalb sie prompt mit jemandem zusammenstieß, der ihr entgegengekommen war.

»Uff! Herrje. Tut mir leid.«

Sie vernahm ein tiefes, männliches Lachen und spürte, wie sie von zwei starken Händen gepackt wurde, damit sie nicht das Gleichgewicht verlor. Ihr entging nicht, dass ihr Gegenüber äußerst muskulöse Oberarme hatte, an denen sich der Bizeps deutlich abzeichnete.

»Alles okay?«

»Ja, ja, alles bestens. Sorry noch mal.« Jane schielte über die Schulter des Mannes hinweg zu den Kindern, die bereits wieder in Richtung Krippe wieselten, und schickte sich bereits an, ihnen nachzueilen, da vernahm sie ihren Namen.

»Jane?«

Sie hob den Kopf und blickte in ein Gesicht mit einem ausgeprägten Kinn und zwei whiskeybraunen Augen, die so wunderschön waren, dass sie prompt weiche Knie bekam. Dazu die dunklen, kurz geschorenen Haare und ein Lächeln, das sie nur zu gut kannte, obwohl sie Will Griffin seit geraumer Zeit nicht gesehen hatte. Da er oft nachts auf dem Highway im Einsatz war, sie dagegen tagsüber arbeitete, liefen sie einander nicht allzu oft über den Weg. Und das war ihr auch ganz recht so, denn Will war der beste Freund ihres Exmannes gewesen, und wenn sie ihn sah, dann erinnerte sie das unwillkürlich an Dinge, an die sie lieber nicht erinnert werden wollte.

Gut aussehende Männer beispielsweise. Männer, die einen sitzenließen.

»Oh, hi, Will. Lange nicht gesehen. Ich würde ja gern ein bisschen mit dir plaudern, aber ich kann leider nicht. Ich muss auf die Kinder aufpassen. Hat mich gefreut, dich mal wieder zu treffen.«

Sie wandte sich zum Gehen, doch er legte ihr eine Hand auf den Arm. »Warte. Was machst du hier?«

»Äh, ich bin hier als Kinderbetreuerin im Einsatz.«

Er hob eine Augenbraue. »Ein neuer Job? Und was ist mit deiner Stelle als Lehrerin?«

»Die habe ich natürlich auch noch. So, ich muss los. Bis bald mal wieder!«

Oder auch nicht. Hoffentlich. Sie sah aus wie ein nasser Basset, Will dagegen war so heiß wie eh und je. Gut gebaut und sexy wie kaum ein anderer Mann, den sie kannte.

Natürlich hatte sie das früher auch von Vic gedacht. Und was hatte es ihr gebracht? Jetzt stand sie da, geschieden, mit ihren zwei Kindern und einem Kredit und musste jeden Cent zweimal umdrehen.

Aber inzwischen war sie klüger. Nie wieder würde sie sich von einem Mann mit Knackarsch und verführerischem Blick um den Finger wickeln lassen.

Wobei ihr Körper und ihr heftig pochendes Herz die Message noch nicht so recht begriffen zu haben schienen, sondern sie nachdrücklich daran erinnerten, dass sie nicht mehr mit einem Mann im Bett gewesen war, seit sich Vic vor zwei Jahren in Luft aufgelöst hatte. Sie hatte sich in dieser Zeit noch nicht einmal ein Date gegönnt.

Tja, Pech. Es gab Dinge, die standen viel weiter oben auf ihrer Prioritätenliste. Zum Beispiel dafür zu sorgen, dass ihre Kinder weiterhin ein Zuhause hatten und regelmäßig etwas zu essen bekamen.

Verabredungen mit Männern oder gar Sex dagegen waren nicht lebensnotwendig, und deshalb mussten Bedürfnisse dieser Art vorerst warten. Auch wenn ihr ausgehungerter Körper anderer Meinung war.

Will Griffin stand etwas bedröppelt da und verfolgte, wie Jane einem ganzen Rudel kleiner Kinder, unter anderem auch ihrer Tochter Tabitha, hinterherhastete.

Kein Wunder, dass ihm diese Beine vorhin so bekannt vorgekommen waren.

Er atmete einmal tief durch, von Schuldgefühlen geplagt. Wahrscheinlich, weil er sich schon eine halbe Ewigkeit nicht mehr bei Jane hatte blicken lassen. Als irgendwann sonnenklar gewesen war, dass Vic nicht mehr zurückkommen würde, hätte er sich angewöhnen sollen, regelmäßig bei ihr vorbeizuschauen und nach dem Rechten zu sehen. Aber ihr Verhältnis war getrübt gewesen. Genau genommen war es das nach wie vor. Was sollte er ihr sagen? Dass es ihm leidtat? Es war ja nicht seine Schuld, dass sich sein ehemaliger bester Kumpel als ein solcher Mistkerl und Versager entpuppt hatte. Aber er hätte Jane zumindest seine Hilfe anbieten und gelegentlich das Rasenmähen übernehmen können. Stattdessen hatte er sich von ihr ferngehalten, hatte angenommen, dass er vermutlich der letzte Mensch war, den sie sehen wollte. Schließlich war er mal Vics engster Freund gewesen.

Und jetzt, zwei Jahre später, fühlte er sich noch immer unwohl in seiner Haut und wusste nicht, was er sagen sollte, wenn sie sich über den Weg liefen. Der Graben, der sich zwischen ihnen aufgetan hatte, war ungefähr so breit wie der Grand Canyon. Dabei hatten sie sich früher alle mal so nahgestanden – Vic und Jane und er, und Chelsea, seine damalige Freundin, die zugleich Janes beste Freundin gewesen war. Dann hatten Chelsea und er sich getrennt, und das war im Grunde der Anfang vom Ende gewesen. Jane hatte zwar dafür gesorgt, dass sie sich weiterhin genauso oft sahen wie vorher, und er hatte es zu schätzen gewusst, war ihr allerdings im Gegenzug längst kein so treuer Freund gewesen.

Nun, es hatte keinen Sinn, die Schatten der Vergangenheit wieder heraufzubeschwören. Jetzt war daran nichts mehr zu ändern. Und wie es aussah, wollte Jane inzwischen ohnehin nichts mehr mit ihm zu schaffen haben.

Hm. Eigentlich war er ja herausgekommen, weil er nach dem Work-out auf dem Laufband etwas zu trinken benötigte. Also holte er sich einen Isodrink aus dem Getränkeautomaten und zückte dann seine Karte, um sich erneut Zugang zum Kraftraum zu verschaffen. Er war total angespannt nach dem Arbeitstag und dem Gespräch mit Jane. Am besten stemmte er noch ein paar Gewichte, um sich abzureagieren.

Luke saß bereits auf der Hantelbank, und er gesellte sich zu ihm und wärmte sich mit ein paar leichteren Gewichten auf, dann tauschten sie die Plätze.

»Soll ich dir assistieren?«, fragte Luke.

»Gern, danke.«

Er machte drei Durchgänge und legte die Hantelstange mit Lukes Hilfe wieder in die Halterung zurück.

Als er auf jeder Seite noch einmal eine Zwölfeinhalb-Kilo-Scheibe draufsteckte, hob Luke eine Augenbraue.

»Bist du auch sicher, dass du das schaffst?«

»Glaub mir, das brauche ich jetzt.«

»Okay, Kumpel, aber das lass ich dich nicht allein

stemmen, sonst knallt dir das Ding womöglich noch auf die Brust.«

»Witzbold. Ich schaff das schon.«

Will legte sich auf die Bank und presste entschlossen die Lippen zusammen. Als er die Stange aus der Halterung hob und spürte, dass seine Arme wegen des zusätzlichen Gewichts schon jetzt zitterten, ging ihm durch den Kopf, dass er diese Qualen verdient hatte, weil er nicht für Jane dagewesen war. Und weil er erst viel zu spät erkannt hatte, dass Vic auf dem besten Weg war, sich selbst zu zerstören.

Vielleicht hatte er es aber auch einfach nicht wahrhaben wollen.

»Elf, zwölf«, zählte Luke mit und bugsierte die Stange in die Halterung. »Wobei ich die letzten zwei praktisch im Alleingang gestemmt habe.«

Will griff nach Luft ringend nach seinem Handtuch und wischte sich damit das Gesicht ab. Seine Arme fühlten sich an wie zu lang gekochte Spaghetti. »Ja, da könntest du recht haben.«

»Warum bestrafst du dich? Hast du ein schlechtes Gewissen, weil du zu viele Raser auf dem Highway hast blechen lassen?«

Will grunzte belustigt. »Wegen so was habe ich nie ein schlechtes Gewissen.«

»Hast du irgendein Mädchen gevögelt und danach abserviert?«

»Äh, nein.«

Luke baute sich vor ihm auf und musterte ihn. »Was ist dann mit dir los?«

»Nichts, Alter. Ich hatte einen Scheißtag und musste mich abreagieren.«

»Du weißt, ich habe immer ein offenes Ohr für dich, wenn du dir irgendwas von der Seele reden willst. Obwohl du ein Highway-Sheriff bist und ich Stadtpolizist. Aber ich bin bereit, Nachsehen walten zu lassen.«

Will schnaubte. »Wow. Danke.«

Luke zwinkerte ihm zu. »Hey, niemand ist perfekt, Kumpel.«

Nein, perfekt war Will in der Tat nicht. Ganz im Gegenteil.

In gewisser Hinsicht war er sogar ein totaler Loser.

Aber vielleicht ließ sich das ja ändern.

## Kapitel 2

»Ich hasse Brokkoli.«

Jane atmete einmal tief durch, dann schenkte sie ihrem achtjährigen Sohn Ryan ein Lächeln. Schließlich hieß es immer, man sollte nach Möglichkeit jedes Problem lächelnd angehen.

»Brokkoli ist gesund.«

Nach einem weiteren anstrengenden Nachmittag im Gemeindesportzentrum war Jane einfach außerstande gewesen, zu kochen und den Abend zu Hause zu verbringen. Sie brauchte dringend ein paar Erwachsene um sich. Deshalb hatte sie beschlossen, mit den Kindern bei Bert's zu Abend zu essen.

Ryan starrte auf seinen Teller, schnitt eine Grimasse und schob ihn von sich. »Deshalb muss er mir noch lange nicht schmecken.«

»Ich mag Brokkoli, Mommy«, sagte Tabitha, die stets versuchte, ihr alles recht zu machen, und schob sich einen Bissen in den Mund. Sie gab sich große Mühe, beim Kauen nicht das Gesicht zu verziehen – mehr noch, sie schaffte es sogar, zu lächeln.

Dabei hegte Tabitha dieselbe Abneigung gegen Brokkoli wie ihr Bruder, aber sie bemühte sich stets, alles in ihrer Macht Stehende zu tun, damit Jane mit ihr zufrieden war. Wenn es sein musste, aß sie sogar Brokkoli.

»Chris hat mir von einem zweiwöchigen Ferienlager erzählt, bei dem man Bogenschießen und Kanufahren und wandern und im See schwimmen kann«, berichtete Ryan. »Darf ich da auch hin?«

Jane runzelte die Stirn. Chris' Eltern waren Besitzer eines Autohauses und hatten Geld. Jane dagegen war dauerpleite, und so ein Sommerlager war nicht gratis. Sie hatte das dumpfe Gefühl, dass ihr Sohn gleich eine herbe Enttäuschung erleben würde. »Hast du einen Flyer?«

»Ja.« Der Hoffnungsschimmer in Ryans braunen Augen entging ihr nicht. Er fischte eine Broschüre aus dem Rucksack. Offensichtlich hatte er sich bereits allerlei Argumente zurechtgelegt, um sie zu überzeugen. Wenn er sich etwas in den Kopf gesetzt hatte, setzte er alle Hebel in Bewegung, um sein Ziel zu erreichen. Diesbezüglich war er seinem Vater ziemlich ähnlich.

»Hier.« Er reichte ihr den Prospekt. »Die Betreuer haben alle eine Erste-Hilfe-Ausbildung und können sogar Mund-zu-Mund-Beatmung. Viele von ihnen waren selber dort, als sie in meinem Alter waren. Und guck mal, was man da alles machen kann! Cool, nicht?«

Jane schielte unwillkürlich als Erstes auf den Preis. Und schluckte schwer. Das Camp war absolut unerschwinglich. Sie fand es auch so schon schwer genug, ihre Lebenshaltungskosten zu decken. Vic hatte ihr bislang noch keinen einzigen Cent an Alimenten bezahlt. Sie hatte zwar versucht, ihn ausfindig zu machen, aber es hatte sich als genauso unmöglich erwiesen wie das Unterfangen, ein Kleid aufzutreiben, in dem ihr Hintern nicht dick wirkte.

Tja, es war wohl besser, Ryan gleich mit den harten Tatsachen zu konfrontieren, ehe er sich womöglich falsche Hoffnungen machte. Sie schenkte ihm ein Lächeln, das ihm demonstrieren sollte, wie sehr sie ihn liebte. »Das klingt großartig, mein Schatz, aber es ist ein bisschen zu teuer, und du weißt ja, wie es um unsere Finanzen bestellt ist.«

Sein zuversichtliches Grinsen erstarb. Er ließ den Kopf hängen und fing erneut an, den Brokkoli auf seinem Teller mit der Gabel hin und her zu schieben. »Ja, ich weiß. Schon gut, Mom, ich versteh's.« Es tat Jane im Herzen weh, zu sehen, wie enttäuscht er wirkte.

Genau das war das Problem. Er verstand es tatsächlich, aber er liebte seinen Vater und hoffte noch immer, dass ihm dieser eines Tages bei einem Baseballspiel zusehen würde. Dass er wieder zurückkommen würde.

Ein Teil von Jane wünschte sich das ebenfalls – dass Vic seine Sucht überwand und zu ihnen zurückkehrte. Allerdings nur wegen der Kinder. Ihre Ehe war vorbei, aber Tabitha und Ryan brauchten einen Vater. Die Sorte Vater, die er ihnen früher gewesen war, bevor er sich jeden Tag bis zur Besinnungslosigkeit betrunken hatte und so mit Drogen vollgepumpt war, dass er sich kaum noch an seinen eigenen Namen hatte erinnern können.

Andererseits war sie in Momenten wie diesem so sauer auf Vic, dass sie gar nicht recht wusste, wie sie reagieren würde, wenn er jetzt plötzlich auftauchen würde. Vermutlich würde sie ihm gleich an die Gurgel gehen, weil er seine Kinder im Stich gelassen hatte. Weil sie nun ohne Vater dastanden und sich Dinge wünschten, die sie nicht haben konnten. Dinge, die Jane ihnen nicht geben konnte.

In der Hölle sollte er schmoren!

»Hey, Kinder, ich hab noch eine Menge Schokokuchen übrig, und ich dachte, vielleicht habt ihr ja Lust auf einen Nachtisch. Geht aufs Haus. Wenn ihr ihn nämlich nicht esst, muss ich ihn womöglich wegwerfen, weil heute Abend so wenig los ist. Ihr seht also, ihr tätet mir damit echt einen Gefallen.«

Das war Anita, Janes Lieblingskellnerin, die mittlerweile zu ihren engsten Freundinnen zählte. Sie hatten schon so manche Stunde damit zugebracht, sich über lausige Ehemänner auszutauschen, denn Anita hatte nicht nur zwei erwachsene Söhne, sondern auch bereits drei Scheidungen hinter sich. Anita war ein Engel. Sie hatte Jane quasi das Leben gerettet.

Ryan riss die Augen auf. Er liebte Süßspeisen mehr als jedes andere Kind in der Stadt, und die Aussicht auf Schokoladenkuchen würde ihn ein wenig über die Enttäuschung hinwegtrösten. »Au ja, Schokokuchen! Dürfen wir, Mom?«

»Natürlich dürft ihr. Danke, Anita.« Nach dem Zuckerschock würden die beiden zwar wohl den ganzen Abend nicht mehr zu bändigen sein, und es würde ewig dauern, sie dazu zu bewegen, ins Bett zu gehen, aber das war es wert.

Anita zwinkerte ihr zu und schob ihren Bleistift in den

zerzausten Knoten, zu dem sie ihre von blonden Strähnen durchzogene dunkle Mähne hochgesteckt hatte. »Gern geschehen. Ryan, Tabitha, geht schon mal nach vorn zur Theke und lasst euch von Charlotte bedienen.«

Die Kinder düsten los. Sie liebten es, am Tresen zu sitzen. Zweifellos würde ihnen Charlotte, die bessere Hälfte des Besitzers, noch eine Kugel Eis dazuspendieren.

»Danke noch mal«, sagte Jane, während Anita die leer gegessenen Teller auf ihren Servierwagen stellte.

»Du erweckst heute irgendwie den Anschein, als könntest du eine kleine Aufmunterung gebrauchen.«

*Oje*, dachte Jane. War ihr das wirklich so deutlich anzusehen? »Ach, mir geht's gut«, winkte sie ab. »Ich finde es bloß so furchtbar, dauernd Nein zu meinen Kindern sagen zu müssen.«

Anita lachte. »Aber es schadet nicht, wenn sie dieses Wort schon früh lernen und begreifen, dass eben nicht alles im Leben selbstverständlich ist.«

»Ich weiß, aber seit Vic untergetaucht ist, kann ich es mir einfach nicht mehr leisten, sie mal ein bisschen zu verwöhnen. Ryan würde furchtbar gern in ein Ferienlager fahren, aber ich habe einfach nicht das nötige Kleingeld dafür.«

»Tja, das ist allein Vics Schuld, nicht deine«, sagte Anita nachdrücklich und deponierte mit viel Geklapper und Getöse das Besteck auf ihrem Servierwagen.

»Aber sie lieben ihren Vater trotz allem.«

Anita spähte über ihre Schulter hinweg zum Tresen. Tabitha und Ryan waren vollauf damit beschäftigt, das

Eis in sich hineinzuschaufeln, das ihnen Charlotte hingestellt hatte, und schenkten der Unterhaltung zwischen ihrer Mutter und der Kellnerin keine Beachtung.

»Das vergeht, wenn sie erst älter sind und verstehen, welche Last er dir aufgebürdet hat.«

»Ich habe die Kinder bekommen. Ich stehe eindeutig besser da als er«, sagte Jane lächelnd.

Anita legte ihr eine Hand auf den Arm. »Wo du recht hast, hast du recht, meine Liebe.«

Nun gesellte sich auch die zierliche Charlotte zu ihnen. Sie war ein Fliegengewicht, gerade mal eins fünfundfünfzig groß, und hatte kurzes graues Haar, führte aber das Lokal ihres Mannes Bert mit der Strenge eines Ausbildungsoffiziers. Nichtsdestoweniger war sie einer der warmherzigsten Menschen, die Jane kannte.

»Hier, für dich gibt's auch was.« Sie stellte Jane ein Schüsselchen Schokoladeneis hin.

Jane sah zu ihr hoch. »Danke. Kann ich gut gebrauchen.« Was täte sie nur ohne dieses Refugium?

»Dachte ich mir fast.« Charlotte blinzelte ihr zu und zog wieder ab.

Jane holte einmal tief Luft, schob sich einen Löffel Eis in den Mund und seufzte. Eine Portion Eis würde auch nicht zur Reduzierung ihres Oberschenkelumfangs beitragen.

Aber das war ihr heute egal.

Anita nahm auf der Bank gegenüber Platz. »Schon gehört? Emma Burnett ist wieder in der Stadt.« Es war wirklich nicht viel los, zumal sie noch vor dem üblichen abendlichen Ansturm gekommen waren.

Jane freute sich über Gesellschaft – und über ein biss-chen Tratsch und Klatsch aus Hope. »Ach, echt?«

»Ja, sie hat Doktor Westons Tierarztpraxis übernom-men und will sie wieder eröffnen.«

Jane lächelte. Es tat gut, zur Abwechslung über je-mand anderes zu reden. »Wow, das sind ja tolle Neuig-keiten. Ich habe Emma schon eine halbe Ewigkeit nicht mehr gesehen. Genau genommen seit – der Highschool.«

»Ja, sie ist weggezogen, um zu studieren und hat dann irgendwo anders eine Stelle als Tierärztin bekommen. In den letzten Jahren hat sie sich nur selten hier blicken lassen. Während des Studiums war sie noch gelegentlich in den Ferien hier, aber allzu oft gesehen habe ich sie in dieser Zeit auch nicht.«

»Stimmt. Wenn ich so drüber nachdenke, kann ich mich gar nicht entsinnen, wann sie das letzte Mal in Hope war.«

Anita nickte. »Ich weiß auch nicht viel mehr. Nur, dass sie jetzt wieder da ist und die Praxis von Dr. Wes-ton für die Wiedereröffnung vorbereitet.«

»Das wird die Tierbesitzer von Hope freuen. Seit Dr. Weston in Rente gegangen ist, gab es ja nur noch einen einzigen Veterinär in der Stadt. Ich kann's kaum erwar-ten, Emma wiederzusehen. Ich werde ihr einen Besuch abstatten, sobald sie die Praxis eröffnet hat.«

»Sind die Burnett-Schwestern nicht beide total plötz-lich verschwunden?«, fragte Anita.

Jane legte die Stirn in Falten, dann nickte sie. »Stimmt, Emmas kleine Schwester Molly ist ja auch aus Hope weggezogen. Allerdings kannte ich sie nicht so gut. Sie ist ein paar Jahre jünger als Emma und ich.«

»Ja, sie hat noch vor Emma die Fliege gemacht. Keine Ahnung, was aus ihr geworden ist.«

»Hm, ich weiß es auch nicht.« Sie hatte schon lange nicht mehr an die beiden Burnett-Schwestern gedacht. Emma war zwar nicht ihre beste Freundin gewesen, aber sie waren an der Highschool in derselben Clique gewesen.

Nach dem Essen machte Jane mit den Kindern einen Spaziergang zum Gemeindepark. Tabitha liebte den Spielplatz dort, und Ryan fütterte die Enten, jedenfalls, bis ein paar seiner Freunde mit einem Football aufkreuzten.

Ihr kleiner Junge wuchs heran. Er war so tough und gab sich große Mühe, den Mann im Haus zu mimen. Dabei war er doch erst acht, und in der harten Schale steckte ein weicher Kern – ein verletzlicher kleiner Junge, der sehr darunter litt, dass sein Daddy, sein Held, ihn verlassen hatte.

Zum Glück liebte er Sport, denn auf diese Weise war er beschäftigt. Jane wünschte, sie könnte ihn in dieses unglaublich teure Sommercamp schicken. Aber es war zwecklos, sich Dinge zu wünschen, die man nicht haben konnte.

Nun, da Ryan eine Gelegenheit hatte, seine überschüssige Energie abzuarbeiten, konnte sie sich endlich ein paar Minuten ausruhen. Erleichtert ließ sie sich auf der Bank beim Spielplatz nieder und atmete ein paarmal tief ein und aus.

Wenigstens hatte sie Arbeit, und nun auch noch den Nebenjob als Kinderbetreuerin. Außerdem hatte sie sich als Lehrerin für die Summer School angemeldet. Diese Posten waren schwer zu bekommen, man musste sich zeitig bewerben. Vielleicht ließ sich auf diese Weise ja doch das eine oder andere Extravergnügen für die Kinder finanzieren.

Vielleicht.

Tabitha spielte mit Heather Redmond, während Heathers Mutter Karen mit Argusaugen über die beiden wachte. Ryan und seine Freunde waren ganz in ihr Footballspiel vertieft und wurden von einigen anderen Eltern beaufsichtigt. Jane legte den Kopf in den Nacken und schloss die Augen. Nur ganz kurz.

»Jane?«

Oder doch etwas länger, denn als sie ihren Namen hörte, wusste sie im ersten Moment nicht, wo sie war. Sie schlug die Augen auf und sah sich einem schwitzenden Muskelprotz gegenüber, den sie im Gegenlicht jedoch nicht genau erkennen konnte. Blinzelnd hob sie die Hand, weil die untergehende Sonne sie blendete, aber erst, als er einen Schritt zur Seite trat, stellte sich heraus, dass es Will war.

Schon wieder. Seltsam. Das war innerhalb kürzester Zeit schon das zweite Mal, dabei kreuzten sich ihre Wege sonst so gut wie nie.

»Oh, hallo Will. Was machst du denn hier?« Mist. Er hatte sie doch tatsächlich dabei ertappt, wie sie auf einer Parkbank eingenickt war, anstatt auf ihre Kinder aufzupassen. Hastig sah sie sich um. Tabitha und Heather vergnügten sich noch immer auf der Rutsche, Ryan rannte gerade mit dem Football unter dem Arm über die Wiese, verfolgt von seinen Freunden, die versuchten, ihn zu Fall zu bringen.

Und sie machte derweil seelenruhig ein Schläfchen auf einer Parkbank.

Sie hätte die Medaille als Mutter des Jahres verdient.

Zum Glück hatte sie ihre Sonnenbrille auf. Vielleicht hatte er ja gar nicht bemerkt, dass sie geschlafen hatte.

»Ich bin gerade hier vorbeigejoggt, und da hab ich dich gesehen.«

»Wir begegnen uns ja ziemlich oft in letzter Zeit.«

»Ich mache neuerdings kaum noch Nachtschichten.«

»Ach richtig, das hatte kürzlich jemand erwähnt.«

Er lächelte. »Natürlich. Gibt es in dieser Stadt irgendetwas, das sich nicht in Windeseile herumspricht?«

»Nein. Schon mal was von sozialen Netzwerken gehört? Da wird täglich der neueste Tratsch und Klatsch ausgetauscht. Versuch gar nicht erst, irgendetwas zu verheimlichen, es kommt ohnehin raus. Dank unserer Spione im Supermarkt ist sogar allgemein bekannt, welche Sorte Klopapier du kaufst.«

Er lachte. »Ich hoffe mal sehr, das war nur ein Scherz.«

Jane schnaubte. »Träum weiter.«

»Hm. Eine beängstigende Vorstellung.« Will sah sich um. »Sind deine Kinder auch hier?«

»Ja, da drüben.« Sie deutete mit dem Kopf zu den Rutschen und der Wiese dahinter.

Er drehte sich um, und sie nutzte die Gelegenheit, um

seinen durchtrainierten, schlanken Körper und seine langen Beine zu betrachten. Musste er unbedingt so fit und braun gebrannt sein? Sie schämte sich für ihr Aussehen. Sowohl ihre Yogahose als auch ihr T-Shirt hatten schon bessere Zeiten gesehen. Sie hatte sich nach Feierabend nur hastig umgezogen, und jetzt bereute sie ihre Wahl. Die Hose war ausgeblichen, aber äußerst bequem. Nun, für wen sollte sie sich auch hübsch anziehen? Zu Hause wartete schließlich niemand, den sie beeindrucken wollte.

Und sie hatte definitiv nicht vor, Will zu beeindrucken.

»Wow, die beiden sind ja echt groß geworden. Ryan sieht Vic zum Verwechseln ähnlich.«

Sie folgte seinem Blick zu ihrem Sohn, der erneut breit grinsend auf eine imaginäre Touchdown-Linie zusteuerte. »Stimmt.« Sie lächelte wehmütig.

Will setzte sich neben sie. »Hat er mal was von sich hören lassen?«

»Vic? Nein.«

»Kein Wort?«

»Kein Wort.«

»Das tut mir leid, Jane.«

Sie zuckte die Achseln. »Ich bin drüber weg.«

»Es tut mir auch leid, dass ich nie bei euch vorbeigeschaut habe.«

Vorbeischauen? Wozu das? »Im Gegensatz zu Vic bist du nicht für meine Familie verantwortlich, Will.«

»Trotzdem hätte ich für dich da sein müssen. Ich … Na ja, ich dachte, du hast vielleicht keine Lust, mich zu sehen. Weil ich dich an das erinnere, was du verloren hast.«

Jane runzelte die Stirn. »Unsinn. Du hattest nicht das Geringste mit seinem Verschwinden zu tun.«

»Aber Vic war mein bester Freund. Ich hätte es kommen sehen müssen.«

Jane gab ein wenig damenhaftes Grunzen von sich. »Ich war mit ihm verheiratet. Ich habe sein Leben geteilt, habe jeden Tag mit ihm verbracht, und ich habe es auch nicht kommen sehen. Genauso wenig wie seine Eltern. Wenn du also nicht zufällig über außersinnliche Fähigkeiten verfügst, wüsste ich nicht, wie du hättest vorhersehen sollen, dass er uns ohne Vorwarnung im Stich lassen wird.«

Will starrte stur geradeaus auf den Spielplatz. »Ich weiß, es ist schon zwei Jahre her, aber ich kann noch immer nicht fassen, dass er einfach so gegangen ist. Und dass er dich kein einziges Mal kontaktiert hat.«

»Na ja, wir waren über seinen Anwalt in Kontakt – jedenfalls so lange, bis er die Scheidungspapiere unterschrieben hatte.«

»Vielleicht dachte er ja, er ist so ein Loser, dass er dir damit einen Gefallen tut.«

»Na toll.« Jane schnaubte. »Mich einfach mit den Kindern sitzen zu lassen und unterzutauchen, damit ich ihn nicht mal für Unterhaltszahlungen heranziehen kann ...«

»Du lieber Himmel.« Will fuhr sich mit den Fingern durch die Haare und sah betreten zu Boden. »Ich hatte keine Ahnung, dass es so schlimm ist.«

Jane krümmte sich innerlich. Sie hatte echt ein gutes Händchen für unbeschwerten Small Talk! Da musste doch jeder harmlose Plausch binnen drei Sekunden ein Ende finden. Ging es eigentlich noch deprimierender?

Sie erhob sich. »Es ist nicht schlimm, Will. Es geht uns gut, den Kindern und mir.« Sie rief Tabitha und Ryan zu sich und drehte sich dann noch einmal zu ihm um. »War schön, dich zu sehen.«

Will stand ebenfalls auf und musterte sie eingehend. »Du musst nicht gehen, Jane.«

»O doch. Es ist spät und wird schon kühl. Ich muss noch ein paar Schularbeiten korrigieren, und die Kinder müssen ihre Hausaufgaben machen. Bis demnächst.«

Damit scheuchte sie ihre Sprösslinge hastig in Richtung Ausgang, ehe sie womöglich in Versuchung geriet, Will ihr Herz auszuschütten und sich an seiner Schulter auszuweinen. Das war wirklich das Letzte, wonach ihr der Sinn stand.

Sie war eine starke Frau. Hart im Nehmen. Und sie hasste mitleidige Blicke, vor allem von Will Griffin.

Es ging ihr bestens, verdammt noch mal.


Will verfolgte, wie Jane mit Tabitha an der Hand die Straße entlangging. Ryan trippelte rückwärts vor ihr her und redete dabei ohne Punkt und Komma.

Jane hatte den Anschein erweckt, als wäre sie sauer oder gekränkt. Sie war ja regelrecht vor ihm geflüchtet. Vielleicht hatte er irgendetwas Falsches gesagt.

Wahrscheinlich wollte sie einfach nicht an Vic und die Scheidung erinnert werden. Wie dem auch sei, Will nahm sich vor, bei künftigen Begegnungen mit ihr nicht mehr über die Vergangenheit zu reden, sondern nur noch über die Zukunft.

Als er sie vorhin angesprochen hatte, war sie offenbar aus dem Tiefschlaf aufgeschreckt. Sie musste total erschöpft sein. Er fragte sich, wann sie wohl das letzte Mal abends ausgegangen und ein bisschen Spaß gehabt hatte. Hatte sie sich seit der Scheidung überhaupt mal einen freien Abend gegönnt? Oder hatte sie sich ganz darauf konzentriert, ihr Leben und das ihrer Kinder neu zu organisieren? Vermutlich achtete sie nur noch darauf, dass die Bedürfnisse der beiden gestillt wurden, und vergaß darüber völlig ihre eigenen.

Hm. Was ihren nichtsnutzigen Exmann anging, konnte er zwar nichts unternehmen, aber er konnte zumindest dafür sorgen, dass sie sich mal wieder ein bisschen amüsierte.

## Kapitel 3

Zwei Algebrastunden hintereinander ermüdeten zwar Janes Gehirn, aber sie lebte für die Mathematik, selbst wenn sich ihre Schüler beim Thema quadratische Gleichungen nicht gerade überschlugen vor Begeisterung.

In der kommenden Stunde konnte sie ein bisschen durchatmen, da waren die Grundrechenarten dran, wobei es in dieser Klasse zwei Kinder gab, die besondere Betreuung benötigten. Beide bewegten sich notenmäßig haarscharf am Abgrund, aber Jane würde mit allen Mitteln dafür kämpfen, dass sie das Schuljahr erfolgreich abschlossen.

Wenn sie merkte, dass einer ihrer Schützlinge eine gewisse Gleichgültigkeit an den Tag legte, was die Noten anging, setzte sie sich mit dem Betreffenden hin und erklärte ihm, was es bedeutete, das Schuljahr mit einer Fünf abzuschließen. Es kostete sie viel Zeit und Energie, gelegentlich musste sie auch die Eltern mit ins Boot holen, indem sie ihnen eine Nachricht schrieb oder sie anrief, aber meistens war der Aufwand von Erfolg gekrönt. Natürlich kam es auch vor, dass ihre Bemühungen umsonst waren und sich nichts an der Einstellung des Kindes änderte, selbst wenn sie sich den Mund fusselig redete. Und die Einstellung war unheimlich wichtig, gerade in diesem Alter, in dem die Hormone allmählich eine Rolle zu spielen begannen. Ja, es war anstrengend, sich auf die Schule zu konzentrieren, wenn man plötzlich das andere Geschlecht entdeckte. Hormonschübe und aufkeimende Sexualität überforderten Jungs wie Mädchen gleichermaßen.

Und das Lehrpersonal nicht minder.

Und trotzdem liebte Jane ihre Schüler, gerade in diesem schwierigen Alter. Sie erinnerte sich nur zu gut an ihre eigene Teenagerzeit.

Sie hatte damals selbst mit so einigen Schwierigkeiten zu kämpfen gehabt, und deshalb gab sie ihr Bestes, um all jenen, die nicht die perfekten genetischen Voraussetzungen mitbrachten, den Weg zu ebnen.

Nachdem sie der Klasse den Stoff der heutigen Stunde vermittelt hatte, kümmerte sie sich um Susie und Robert, ihre Problemkinder. Robert zeigte sich im Einzelunterricht meist kooperativer, Susie dagegen war häufig bockig. Sie wuchs bei Pflegeeltern auf, ihr Vater war in ihrem Leben nie präsent gewesen, und ihre Mutter saß immer wieder wegen eines Drogendeliktes im Gefängnis. Die Kleine hatte es nicht leicht gehabt und tat Jane unendlich leid. Sie war schon abhängig zur Welt gekommen und litt unter diversen Lernschwächen, aber sie war tough, all diesen Widrigkeiten zum Trotz, und Jane war entschlossen, ihr genau das vor Augen zu führen. Sie gab Robert ein Arbeitsblatt, dann machte sie sich daran, Susie die einfachsten Rechenaufgaben zu erklären. Nach einer Weile war das Mädchen vollkommen frustriert.

»Du willst doch in die nächste Klasse kommen, oder, Susie?«, fragte Jane.

Das Mädchen zuckte in typischer »Mir doch egal«-Manier die Schultern und starrte auf ihr Arbeitsblatt.

»Ich weiß, dass du echt clever bist und alles schaffen kannst, wenn du nur willst.«

»Ich bin nicht clever«, murmelte Susie. »Ich bin dumm.«

Jane hätte sie am liebsten in die Arme geschlossen und sie fest an sich gedrückt. »Du bist *sehr wohl* clever. Du musst dich viel mehr ins Zeug legen als alle anderen Kinder an dieser Schule, und das bedeutet, dass du klüger bist als sie.«

Susie hob den Kopf und sah Jane mit ihren dunklen Augen an. »Echt?«

»Ja. Also, zeig ihnen allen, dass du dich nicht unterkriegen lässt. Zeig ihnen, was du alles drauf hast, indem du diese Klasse bestehst.«

»Ich werd's versuchen«, schniefte Susie mit Tränen in den Augen. Der Frust war ihr deutlich anzusehen.

»Mehr verlange ich gar nicht von dir.« Jane beugte sich wieder über das Arbeitsblatt und erklärte ihr noch einmal die Aufgabenstellung. Gegen Ende der Stunde hatte Susie alle Rechnungen richtig gelöst. Es fühlte sich an wie ein Triumph. Jane gab ihr noch ein weiteres Arbeitsblatt mit, das sie zu Hause gemeinsam mit ihren Pflegeeltern durchgehen sollte, und außerdem ein kurzes Schreiben, in dem sie Susies Fortschritte lobte.

Mehr konnte sie nicht für sie tun, aber sie wusste, dass Susie tolle Pflegeeltern hatte, die mit ihr üben würden.

*Toi, toi, toi*, dachte sie.

Nach der Schule holte sie Tabitha ab und begab sich mit ihr ins Gemeindesportzentrum. Ihr Dad würde Ryan abholen und zum Baseball-Training bringen, während sie ihrem Zweitjob als Kinderbetreuerin nachging.

Ohne die Unterstützung ihrer Eltern hätte sie die vergangenen zwei Jahre nicht überlebt. Sie hatten ausgeholfen, wenn Ryan und Tabitha zeitgleich zu Training und Tanzunterricht an unterschiedlichen Orten gebracht werden mussten. Jane versuchte, ihre Dienste nicht allzu oft in Anspruch zu nehmen, aber ohne die beiden hätte sie es nicht geschafft.

Tabitha war gern im Gemeindesportzentrum, denn dort konnte sie, während Jane arbeitete, mit ihren Freundinnen spielen, deren Eltern dort trainierten. Da Jane mit Marisol, der zweiten Kinderbetreuerin, getauscht hatte, blieb ihr zum Glück heute der Besuch im Hallenbad und damit auch der Gang an den Muskelprotzen im Kraftraum vorbei erspart.

Somit konnte sie sich den ganzen Nachmittag im Spielzimmer verschanzen. Es kamen laufend Eltern, um ihre Sprösslinge abzugeben oder abzuholen. Betreut wurden Kinder zwischen eineinhalb und sechs Jahren. Deshalb konnte Jane auch nur Tabitha mitbringen, Ryan war bereits zu alt.

Noch ein Grund, ihren Eltern dankbar zu sein. Sie verdiente zwar mit den paar Nachmittagen pro Woche, die sie nach der Schule hier jobbte, nicht gerade die Welt, aber sie konnte das Geld gut gebrauchen.

»Hey, Jane.«

Sie stand an der teilbaren Tür, deren untere Hälfte geschlossen war, damit die Kinder nicht ständig ein und aus rannten. Eben war wieder einer ihrer Schützlinge abgeholt worden, was sie wie vorgeschrieben in ihren Unterlagen verzeichnete. Sie hob den Kopf, doch vor ihr stand nicht wie erwartet der Vater von einer von Tabbys kleinen Freundinnen, sondern Will.

Dabei hatte sie inständig gehofft, dass er ihr so bald nicht mehr über den Weg laufen würde. Er sorgte nur für Chaos in ihrem Kopf und erinnerte sie an Dinge, auf die sie schon viel zu lange verzichten musste.

Dinge, nach denen sie sich lieber nicht sehnen sollte.

»Oh, hi, Will.«

»Ich dachte doch, ich hätte dich vorhin schon gesehen.«

Ihr Pferdeschwanz löste sich auf, weil der kleine James, den sie eben auf dem Arm gehabt hatte, es liebte, sie an den Haaren zu ziehen, und außerdem hatte er vorhin einen Becher Götterspeise gefuttert und dabei die Hälfte über ihre linke Brust verteilt. Sie glich also mal wieder einem Wrack, während Will, braun gebrannt und muskulös, wie immer zum Anbeißen aussah in seinem ärmellosen Sporttop und der kurzen Hose.

Das Leben konnte zuweilen echt unfair sein.

»Ja, ich habe wieder Dienst.« Sie drehte sich um auf der Suche nach einem Vorwand, der es ihr ermöglichen würde, ihn hastig abzuwimmeln, aber leider waren im Augenblick nur drei Kinder da, von denen eines – Baby James – mittlerweile in dem tragbaren Bettchen schlief,

und Tabby und ihre Freundin wurden von Marisol be-
spaßt.

»Du bist immer voll beschäftigt, was?«

»Das kannst du laut sagen.«

»Wo ist Ryan?«

»Mit meinem Dad beim Basketball-Training.«

»Ah, ja? Ich würde ihm zu gern mal zusehen.«

Das würde Ryan natürlich riesig freuen. Und genau
deshalb würde sie es nie und nimmer zulassen. Das fehlte ihr gerade noch, dass sich Ryan in Will einen Ersatz-
vater suchte. »So, so.«

»Ich habe mich gefragt, ob du vielleicht mal mit mir
ausgehen würdest.«

Jane blinzelte verdattert. »Wie, bitte?«, fragte sie, davon überzeugt, sie müsse sich verhört haben.

Er lächelte, was ihn nur noch attraktiver wirken ließ,
falls das überhaupt möglich war. »Ach, du willst es
wohl noch mal hören, wie?«

»Nein, ich bin bloß nicht sicher, ob ich dich richtig
verstanden habe.«

»Okay, also noch mal: Ich möchte mit dir ausgehen.
Oder andersrum: Ich möchte, dass du mit mir ausgehst.«

»Du willst mit mir ausgehen? Warum?«

Im selben Moment tauchten hinter ihm zwei Väter
auf. Will drehte sich um. »Ich glaube, das ist jetzt nicht
der ideale Zeitpunkt, um das zu erörtern. Wann hast du
Feierabend?«

»Äh, um halb sieben.«

»Gut, dann lass uns das bei dir zu Hause besprechen.
Ich bringe Pizza mit.«

»Will … Will! Warte!«

Doch er war bereits auf und davon.

Er wollte zu ihr nach Hause kommen? Mit Pizza? Was war denn plötzlich in ihn gefahren?

Und er wollte mit ihr ausgehen?

Sie musste wohl geträumt haben, denn es konnte nicht sein, dass das gerade wirklich passiert war.

Männer wie Will Griffin gingen nicht mit Frauen wie ihr aus. Er war Single und sexy. Sie hatte zwei Kinder und Probleme. Ihr Leben war ein einziger Albtraum.

Aber wie es aussah, würde er trotzdem nachher bei ihnen vorbeikommen. Mit Pizza. Tja, bei der Gelegenheit würde sie dann gleich mal Tacheles mit ihm reden müssen.

Puh. Will war durchaus bewusst, dass er Jane überrumpelt hatte, aber anders hätte sie wohl niemals eingewilligt, so beschäftigt, wie sie mit ihren Kindern und ihrer Arbeit immer war.

Zugegeben, noch hatte sie nicht eingewilligt, weil er ihr noch gar keine Gelegenheit dazu gegeben hatte. Doch als er um Viertel nach sieben mit einer XL-Pizza auf dem Beifahrersitz in ihre Einfahrt einbog, stand ihr Wagen in der Garage, und das Garagentor war offen. Sie hatte also nicht vor, sich zu verstecken und so zu tun, als wäre sie nicht zu Hause.

Es war tierisch heiß, wie immer Ende August in Oklahoma. Auf dem Weg zur Tür fiel Will auf, dass der Rasen dringend gemäht und gejätet gehörte. Vermutlich konnte sie sich keinen Gärtner leisten und erledigte die Gartenarbeit selbst.

Er bedachte Vic im Geiste mit einer ganzen Reihe äußerst unflätiger Ausdrücke und klingelte.

Ryan öffnete ihm die Tür und betrachtete Will, als müsste er erst überlegen, ob er ihn hereinbitten sollte oder nicht.

»Hey, Ryan.«

»Ich erinnere mich an dich. Du bist Will. Mein Dad und du, ihr wart mal Freunde.«

Will lächelte. »Ich erinnere mich auch an dich.«

Ryan öffnete das Fliegengitter. »Mom hat gesagt, ich soll dich reinlassen. Und dass du Pizza mitbringst. Sie duscht gerade. Eins von den Babys hat sie vorhin angekotzt. Es war echt eklig.«

»Im Ernst?« Will folgte ihm lachend durch den Korridor.

»Ja«, sagte Tabitha und ergriff seine Hand, als er in die Küche trat. »Ich bin Tabitha. Ich bin schon fünf.«

»Hi, Tabitha. Ich heiße Will.«

»Mom ist angekotzt worden.«

»Ich hab's gehört.«

»So richtig von oben bis unten«, fuhr Tabitha fort. »Und wir mussten den gaaaaanzen Weg nach Hause mit ihr im Auto fahren.« Sie rümpfte die Nase und verdrehte die Augen.

»Oje, das war bestimmt furchtbar für euch.«

Ryan nickte. »Das kannst du laut sagen. Ich dachte schon, ich muss auch kotzen.«

»Könntet ihr dieses Wort jetzt bitte nicht mehr in den

Mund nehmen? Wir haben einen Gast, der uns netterweise eine Pizza zum Abendessen mitgebracht hat, und ihr wollt doch nicht, dass ihm der Appetit vergeht, oder?«

Das war Jane, die sich soeben zu ihnen gesellt hatte, und bei ihrem Anblick schnappte Will unwillkürlich nach Luft. Ihre Haare waren noch feucht, und ein paar lange braune Strähnen fielen auf das dunkelblaue T-Shirt, das sie trug. Ihre tollen Beine steckten leider in einer Caprihose, aber als sie näher kam, stieg ihm ein undefinierbarer, köstlich süßer Duft in die Nase. Als sie an ihm vorbeiging, sagte er: »Du riechst echt lecker.« Nach etwas, das er gerne vernascht hätte.

Sie hielt inne, zögerte, drehte sich zu ihm um. »Äh, danke.«

»Jedenfalls nicht mehr nach Kotze«, stellte Ryan fest.

»Ryan!«, rügte sie ihn. »Stell doch schon mal die Teller auf den Tisch.«

»Okay.«

»Und du, Tabby, bist für die Servietten und das Besteck zuständig.«

»Heißt das, wir müssen die Pizza mit Messer und Gabel essen, Mommy?« Tabby rümpfte erneut die Nase. Es war verblüffend, wie ähnlich sie ihrer Mutter sah. Die gleichen blauen Augen, das gleiche dunkle Haar.

»Nein, aber vielleicht möchte das ja jemand anderes tun.«

»Okay.«

»Entschuldige«, sagte Jane, an Will gewandt. »Es gab einen unerfreulichen Zwischenfall in der Kinderkrippe, wie dir meine Kinder offenbar schon berichtet haben, und zwar vermutlich ausführlicher, als dir lieb war.« Sie ging voran ins Esszimmer.

Er winkte lachend ab. »Schon okay. Ich werde im Job auch des Öfteren mit unschönen Details konfrontiert.«

»Wo arbeitest du?«, wollte Tabitha wissen, während sie das Besteck auf dem Tisch deponierte.

»Bei der Polizei. Genauer gesagt, bei der Highway Patrol«, antwortete Ryan.

Will grinste. »Das weißt du also auch noch.«

»Jep.«

»Was macht denn die Highway Patrol?«, hakte Tabby nach.

»Dasselbe wie die normale Polizei, nur auf dem Highway. Wenn dort jemand zu schnell fährt oder wenn ein Unfall passiert, dann kümmere ich mich darum.«

»Cool«, sagte Tabitha. »Mein Daddy hat früher Highways gebaut. Aber dann musste er damit aufhören, wegen seinem Rücken.«

»Ich weiß, Tabby.« Will nickte. »Dein Daddy und ich waren sehr gute Freunde.«

Sie riss die Augen auf. »Weißt du, wo er ist? Wir finden ihn nicht.«

»Tut mir leid, Kleines, aber ich habe keine Ahnung, wo er ist. Wenn ich es wüsste, würde ich dafür sorgen, dass er schleunigst zu euch zurückkehrt.«

Sie nickte. »Ja. Niemand weiß, wo er ist, und das macht Mommy traurig.«

Jane sah von Will zu ihren Kindern. »Hey, wie wär's mit einem Stück Pizza?«

»Ich hab auch Zimtschnecken mitgebracht, für hinterher«, bemerkte Will in der Hoffnung, dass die Aussicht auf einen Nachtisch die gedrückte Stimmung etwas aufheitern würde.

»Ich liiiiebe Zimtschnecken«, rief Tabitha denn auch sogleich. »Die sind einfach leckerschmecker!«

Will lachte. »Das sind sie, ja.«

Während sie aßen, vollzog Jane das übliche Abendritual. Ihr Gast lehnte sich zurück und lauschte schweigend, während sie sich bei ihren Kindern erkundigte, was sie tagsüber erlebt hatten. Sie hatte augenscheinlich ein gutes Händchen für Kinder, verstand es, ihre Fragen so zu stellen, dass sie nicht nur ein einsilbiges »ganz okay« oder »nichts« als Antwort erhielt. Schließlich band sie auch Will in die Unterhaltung mit ein und fragte ihn, was er so gemacht hatte.

»Hast du viele Leute erwischt, die zu schnell dran waren?«, wollte sie wissen.

»Ein paar. Und wir mussten eine Umleitung machen, das hat auch eine ganze Weile gedauert.«

»Was ist eine Umleitung?«, erkundigte sich Ryan.

»Wenn ein Highway gebaut oder repariert wird, muss man dafür manchmal den Straßenverlauf ändern. Meine Aufgabe ist es dann, die Autofahrer darauf aufmerksam zu machen, indem ich zum Beispiel den Streifenwagen an einer gut sichtbaren Stelle parke und das Blaulicht einschalte. Dann wissen alle, die vorbeikommen, dass die Strecke anders als sonst verläuft.«

»Ach so, damit keine Unfälle passieren, weil die Leute auf einmal nicht mehr da fahren können, wo sie sonst fahren«, sagte Ryan.

»Genau.«

»Das klingt aber langweilig«, stellte Tabitha fest.

»Hin und wieder ist es das auch, aber das gehört eben zu meinem Job, also muss ich es machen.«

Ryan nickte. »Genau wie in der Schule. Manche Fächer machen Spaß, manche nicht, aber wir müssen alles lernen, ob wir wollen oder nicht.«

Jane schmunzelte in sich hinein, was Will äußerst sexy fand. Wobei er so etwas in der Gegenwart ihrer Kinder wohl lieber nicht denken sollte.

Nach dem Essen befahl Jane den beiden, auf ihr Zimmer zu gehen und die Hausaufgaben zu erledigen. Sie selbst setzte sich mit Will ins Wohnzimmer.

»Wie geht es eigentlich deinen Eltern?«, fragte sie ihn.

»Großartig. Sie genießen ihren Ruhestand in Florida.«

»Ist bestimmt toll, sie dort zu besuchen, oder?«

»Ja, wenn sich denn mal die Gelegenheit dazu ergibt. Jedenfalls sind sie glücklich und zufrieden, und Dad ist hellauf begeistert von ihrer Eigentumswohnung. Er sagt, das Rasenmähen fehlt ihm kein bisschen.«

Jane lachte. »Das glaub ich gern. Ich hasse Rasenmähen auch wie die Pest, wie dir anhand der Prärie in meinem Vorgarten vielleicht schon aufgefallen ist. Ich sollte mich wirklich dringend darum kümmern.«

»Du hast eben viel um die Ohren.«

»Allerdings. Danke übrigens für das Abendessen, wobei es wirklich nicht nötig war, dass du etwas mitbringst.«

Ihm fiel auf, dass sie stets das Thema wechselte, sobald er darauf zu sprechen kam, dass sie ziemlich eingespannt war. »Gern geschehen. Normalerweise hocke ich nach Feierabend allein zu Hause. Mit euch zu essen macht bedeutend mehr Spaß.«

»Wer's glaubt, wird selig.«

Er setzte sich etwas anders hin, sodass er ihr ins Gesicht sehen konnte. »Wie, du glaubst mir nicht? Deine Kinder sind eine Wucht, Jane. So höflich und lebhaft. Es ist echt eine Freude, sich mit ihnen zu unterhalten. Du solltest stolz auf sie sein.«

Sie senkte einen Moment lang den Blick, dann sah sie ihn an. »Danke. Ryan und Tabitha sind mein Ein und Alles, mein Leben. Und genau deshalb kann ich nicht mit dir ausgehen.«

Er hob eine Augenbraue. »Wegen deiner Kinder kannst du nicht mit mir ausgehen?«

»Na, ich muss mich doch um sie kümmern.«

»Aber doch nicht rund um die Uhr, sieben Tage die Woche. Du musst auch mal an dich denken.«

Sie schluckte. »Das kommt schon noch. Später irgendwann.«

Will ergriff ihre Hand, und ihm war, als hätte man ihm einen Stromstoß verpasst. Ob Jane es auch gespürt hatte? Es war anzunehmen, denn ihre Augen waren weit aufgerissen, und auch ihr Mund stand offen.

»Es ist höchste Zeit, dass du mal wieder etwas für dich tust, Jane. Es ist jetzt zwei Jahre her. Du solltest mal wieder ausgehen und dich ein bisschen amüsieren.«

Sie holte tief Luft und atmete zitternd aus. »Da bin ich anderer Meinung.«

»Warum? Nenn mir einen vernünftigen Grund.«

Doch ehe sie etwas erwidern konnte, beugte er sich nach vorn und gab ihr einen Kuss auf die Lippen. Davon hatte er geträumt, seit sie ihm neulich im Gemeindesportzentrum über den Weg gelaufen war, mit diesem albernen Hut und dem scheußlichen Strandkleid, in dem immerhin ihre tollen Beine so gut zur Geltung gekommen waren.

Sie schmeckte nach Zimt und Limonade, und er wusste, ihre Kinder saßen nur ein paar Meter entfernt in ihren Zimmern, aber er wollte mehr. Er ließ die Zunge zwischen ihre Lippen gleiten, und Jane stöhnte auf und krallte die Finger in sein Hemd, als könnte sie glatt von der Couch purzeln, wenn sie sich nicht an ihm festhielt.

Hm, das fühlte sich ja schon mal sehr vielversprechend an. Und sie schmeckte so gut und fühlte sich so wunderbar weich an, wenn sie sich an ihn schmiegte. Er wäre zu gern weitergegangen, behielt jedoch seine Hände bei sich. Schließlich konnte jeden Augenblick eines ihrer Kinder …

»Hey, Mom«, ertönte prompt Ryans Stimme.

Jane stieß Will von sich, als hätte jemand einen Eimer kaltes Wasser über ihnen ausgekippt, doch sie musterte Will mit einem bedauernden Schulterzucken, und in ihren Augen schimmerte das Verlangen.

»Ja, Schätzchen?«

»Kannst du mir mal mit Mathe helfen?«

Will erhob sich, obwohl er einen mordsmäßigen Hammer in der Hose hatte. »Das ist dann wohl mein Stichwort für einen Abgang«, stellte er fest.

Jane stand ebenfalls auf. Ihr Blick streifte die deutlich sichtbare Beule in seiner Jeans. »Tut mir leid«, murmelte sie.

»Mir nicht.« Er zog sie an sich, um sie noch einmal zu küssen, genauso leidenschaftlich wie gerade eben, und sie erwiderte den Kuss mit einer Inbrunst, die ihm einen verheißungsvollen Vorgeschmack davon lieferte, wie es sein würde, wenn sie erst einmal richtig loslegten. »Obwohl der Gang zum Auto wohl etwas unangenehm werden dürfte.«

Sie leckte sich über die Lippen. »Noch mal danke für die Pizza.«

»Danke, dass ich kommen durfte.«

Sie folgte ihm zur Tür.

Dort angekommen, blieb er stehen. »Jane?«

»Ja?«

»Hast du ein Handy?«

»Natürlich.«

Er zückte sein Mobiltelefon. »Gibst du mir die Nummer?«

Sie nannte sie ihm, und er speicherte sie ein. »Ich rufe dich an wegen unserem Date«, versprach er lächelnd.

Sie zögerte eine Sekunde, dann nickte sie. »Okay. Gute Nacht, Will.«

»Nacht, Jane.«

Damit verschwand er, grinsend und dank seiner Erektion reichlich breitbeinig.

# Kapitel 4

»Du gehst mit Will Griffin aus?«

»Pssst!« Jane sah sich erschrocken um. »Das habe ich nicht gesagt. Und ich will nicht, dass jemand davon erfährt.«

Jane wusste nur zu gut, dass man in der Lehrerkantine der Highschool besser nicht über Dinge sprach, die geheim bleiben sollten, denn ihre Kollegen waren die schlimmsten Tratschtanten der ganzen Stadt. Und in Hope verbreiteten sich Gerüchte wie ein Lauffeuer, sobald sie erst einmal in Umlauf gebracht wurden.

Doch Jane musste es jemandem erzählen, und an wen sonst sollte sich wenden, wenn nicht an ihre beste Freundin Chelsea.

»Eigentlich wollte ich es dir gar nicht erzählen, weil du doch mal mit Will zusammen warst. Ich wusste nicht genau, wie du dazu stehen würdest.«

»Sei nicht albern«, winkte Chelsea ab. »Das war doch schon vor einer Ewigkeit, quasi in grauer Vorzeit, und außerdem haben wir uns im Guten getrennt. Warum sollte ich etwas dagegen haben, wenn du mit ihm ausgehst? Es ist verdammt noch mal höchste Zeit, dass du dich mal wieder ein bisschen amüsierst!«

»Nun hör schon auf. Wirke ich echt schon so verzweifelt?«

»Nein, aber genau da liegt das Problem. Du wirkst, als hättest du dich damit abgefunden, dass du nie wieder ausgehen und Spaß haben wirst. Und das ist einfach deprimierend, Jane. Habe ich etwa zu Hause gesessen und Trübsal geblasen, als Will und ich uns damals getrennt haben?«

Jane lachte. »Nein. Aber du bist eben eine vollbusige Rothaarige, dir mangelt es nicht an Angeboten. Außerdem warst du damals diejenige, die Schluss gemacht hat.«

»Hey, ich habe durchaus unter der Trennung gelitten, schließlich waren wir ein Jahr zusammen, auch wenn wir uns in dieser Zeit kaum gesehen haben. Er musste ständig nachts arbeiten, ich tagsüber, und mein Sozialleben ist mir eben wichtig. Aber das bedeutet nicht, dass mir Will total egal war.«

»Entschuldige. Ich wollte eure Trennung nicht herunterspielen. Ich weiß, dass du darunter gelitten hast.«

»Das hab ich, aber mir ist auch bewusst, dass die Trennung von Will und mir nicht zu vergleichen ist mit dem, das sich zwischen dir und Vic abgespielt hat. Ich habe keine Kinder und wurde nicht von meinem Ehemann sitzen gelassen. Aber selbst wenn man ein derartiges Drama durchgemacht hat, bedeutet das noch lange nicht, dass das Leben vorbei ist. Okay, du bist Mutter, und deine Sprösslinge haben für dich oberste Priorität, aber du bist auch eine Frau, Jane. Du hast *Bedürfnisse*«, rief ihr Chelsea nachdrücklich in Erinnerung.

Nach dem Kuss gestern Abend war sich Jane ihrer Bedürfnisse leider nur zu deutlich bewusst. Sie hatte praktisch die ganze Nacht wach gelegen, hatte sich schweißgebadet im Bett herumgewälzt und ein heftiges Kribbeln an Körperstellen verspürt, die lange in einer Art Dornröschenschlaf vor sich hin gedämmert hatten.

Mit Vic hatte sie schon lange vor seinem Verschwinden keinen Sex mehr gehabt. Er war viel zu sehr damit beschäftigt gewesen, sich volllaufen zu lassen, hatte sich die Nächte lieber mit seinen Drogenkumpels um die Ohren geschlagen, während Jane vor Sorge um ihn halb gestorben war. Und hatte er doch mal einen Abend zu Hause verbracht, dann hatten sie sich gestritten. Ihr letztes Schäferstündchen lag so lange zurück, dass sie schon gar nicht mehr wusste, wie es sich anfühlte, wenn man von einem Mann umarmt und gestreichelt – und geliebt – wurde.

»Gut möglich, dass ich vergessen habe, wie es geht«, sagte sie zu Chelsea.

Diese lachte. »Ich glaube nicht, dass man vergisst, wie es geht, aber glaub mir, falls du Nachhilfe in Sachen Sex brauchst, ist Will genau der Richtige für dich.«

»Es fühlt sich echt bizarr an, mit dir über Sex mit einem Mann zu reden, mit dem du auch schon geschlafen hast.«

»Tja, wie gesagt, das war in grauer Vorzeit.«

»Dafür sind deine Erinnerungen daran aber noch ziemlich lebhaft.«

»Hey, tollen Sex vergisst eine Frau nie.« Chelsea wackelte mit den Augenbrauen.

»Wenn der Sex so toll war, warum tust du dich dann nicht wieder mit Will zusammen, jetzt, wo er keine Nachtschichten mehr schiebt?«

Chelsea zuckte die Achseln. »Er ist zwar ein echt netter Kerl, aber wir passen einfach nicht zusammen. Ihr dagegen seid wie füreinander geschaffen. Will hat eine sanfte Seite, die er mit dir hervorragend ausleben kann.«

Jane kaute auf ihrer Karotte herum und überlegte.

»Vielleicht sollte ich ja wirklich mal ein bisschen die Sau rauslassen.«

Chelsea nickte zufrieden. »Ganz meine Meinung.«

Inzwischen mussten sie nicht mehr flüstern, denn die Lehrerkantine hatte sich geleert. »Ein richtig schöner Orgasmus würde mir schon reichen. Damit komme ich locker über die nächsten ein, zwei Jahre.«

»Na, also.«

Jane überlegte einen Augenblick. »Aber vielleicht will er ja nur mit mir ins Kino.«

»Jane, so wie du diesen Kuss beschrieben hast, kann ich mir nicht vorstellen, dass Will nur mit dir ins Kino will.«

Jane grinste. »Auch wieder wahr.«

»Dann heißt das also, du gehst mit ihm ins Bett?«

»Ja. Sobald ich fünf Kilo abgespeckt habe. So wie ich im Moment aussehe, bekommt mich kein Mann nackt zu Gesicht.«

»Du bist total heiß, Jane!«, sagte Chelsea nachdrücklich. »Du hast Kurven und ewig lange Beine. Du bist mal wieder viel zu streng mit dir selbst. Hiermit erteile ich dir eine Hausaufgabe: Du wirst dich heute Abend nackt vor den Spiegel stellen, damit du mal siehst, wie umwerfend du bist.«

»Das ist nicht dein Ernst, oder?«

Jane lachte, doch Chelsea verzog keine Miene.

»Und ob. Versprich mir, dass du es tust. Heute Abend.«

»Ich werde mich ganz sicher nicht nackt vor den Spiegel stellen.«

»Warum denn nicht, Herrgott noch mal?«

»Weil … weil das total albern ist.«

»Es ist keineswegs albern. Jede Frau sollte sich gelegentlich im Spiegel betrachten und sich sagen, wie toll sie aussieht. Konzentrier dich einfach auf die körperlichen Vorzüge.«

Jane starrte ihre Freundin an. Chelseas Haare waren leuchtend rot, und zwar ganz ohne Zutun eines Friseurs, und sie war topfit, weil sie regelmäßig Yoga machte. Und ihr Busen war unbestritten eine Augenweide, das hätte ihr jeder – ob männlich oder weiblich – auf der Stelle attestiert. Kein Wunder, dass sie kein Problem damit hatte, sich nackt vor einen Spiegel zu stellen. Jane dagegen …

»Vergiss es.«

»Das werde ich nicht tun. Es ist schon viel zu lange her, dass du deinen Körper mal genauer unter die Lupe genommen hast, ganz zu schweigen davon, dass ein Mann deinen wunderschönen Körper bewundert hat, und deshalb bildest du dir ein, du hättest alle möglichen Makel. Aber damit ist jetzt Schluss. Heute Abend wird

Inventur gemacht. Du ziehst dich aus und überzeugst dich davon, wie attraktiv du bist. Denn das bist du. Will ist ganz offensichtlich auch dieser Ansicht, sonst hätte er dich gestern Abend nicht geküsst.«

»Ich bin … schwabbelig.«

»Bist du nicht. Du bist doch den ganzen Tag auf den Beinen, sei es in der Schule oder mit Tabby und Ryan. Du hast viel mehr Bewegung als andere Frauen. Ich glaube, du wirst überrascht sein, wenn du dich selbst mal objektiv betrachtest.«

»Ich werde nicht überrascht sein, sondern deprimiert.«

Chelsea stieß ein frustriertes Schnauben hervor. »Du tust, was ich dir sage. Das ist ein Befehl, kapiert?«

Jane seufzte. »Okay, okay.«

»Und wenn Will anruft und fragt, ob du mit ihm ausgehst, dann sagst du gefälligst Ja.«

Das hatte Jane vor, aber was den Sex anging, war sie noch unsicher.

Als sie an diesem Abend nach Hause kam, war irgendetwas anders, obwohl sie nicht recht sagen konnte, was.

Ryan dagegen fiel es gleich auf. »Hast du jemanden kommen lassen, der den Rasen mäht, Mom?«

Tatsächlich. Jemand hatte den Rasen gemäht. Und Unkraut gejätet.

»Äh, nein.«

Wer konnte das gewesen sein? Sie schickte die Kinder ins Haus und ging rüber zu Bill Doughty, in der Annahme, dass ihr Nachbar vom Anblick des kniehoch wuchernden Grases in ihrem ungepflegten Vorgarten die Nase gestrichen voll gehabt hatte. Es war jedes Mal dasselbe. Immer wieder nahm sie sich vor, sich endlich um ihren Rasen zu kümmern, aber dann schob sie die ungeliebte Tätigkeit doch wieder viel zu lange hinaus, und je höher das Gras war, desto schwieriger gestaltete sich das Mähen, wie sie nur zu gut wusste.

Bill verneinte, als sie ihn fragte, ob er der Wohltäter gewesen sei, und berichtete, Will Griffin sei am Nachmittag mit einem Rasenmäher und einer Motorsense auf der Ladefläche seines Pick-up vorgefahren und habe sich ihres verwilderten Vorgartens angenommen. Dann gesellte sich Bills Ehefrau zu ihnen und erkundigte sich, ob Will Janes neuer Freund sei.

Jane lächelte nur höflich und dankte den beiden für die Auskunft. Sie gedachte nicht, ihrer Nachbarin irgendwelche wie auch immer gearteten Informationen zu liefern, denn Claire Doughty war eines der schlimmsten Klatschmäuler in ihrem Viertel.

Sie machte Abendessen und beaufsichtigte die Kinder bei den Hausaufgaben, und nachdem sie zu Bett gegangen waren, korrigierte sie eine Klassenarbeit und begab sich dann unter die Dusche. Danach öffnete sie die Tür ihres Kleiderschranks, an deren Innenseite ein Ankleidespiegel angebracht war.

Gott, war das absurd. Sie sah sich höchst selten nackt. Normalerweise drehte sie dem Spiegel über dem Waschbecken wohlweislich den Rücken zu, wenn sie sich nach dem Duschen im Bad mit Feuchtigkeitslotion eincremte, wohl wissend, was sie dort erwartete – Enttäuschung. Seit Vic sie verlassen hatte, war ihr endgültig egal, wie sie aussah. Schließlich gab es niemanden mehr, den sie beeindrucken musste.

Doch hatte Chelsea völlig recht, es war höchste Zeit für einen kritischen Blick in den Spiegel, vor allem wenn die Möglichkeit bestand, dass der schlanke, durchtrainierte Will Griffin sie nackt sehen würde.

Bei der Vorstellung kniff sie die Augen zu und krümmte sich innerlich. Sie war zweiunddreißig und hatte zwei Kinder zur Welt gebracht. Will war Single und zweifellos an knackige, faltenfreie Körper gewöhnt, die nicht von zwei Schwangerschaften gezeichnet waren.

Igitt.

Am besten brachte sie es möglichst rasch hinter sich. Sie knipste das große Licht an und öffnete die Augen.

Wow. Sie musste dringend zum Friseur. Ihre Haare waren eine Katastrophe. Und ihre Augenbrauen gehörten schleunigst mal wieder gezupft. Sie wuchsen ja in der Mitte fast schon zusammen. Ein Blick gen Süden bestätigte ihr, dass auch andere Partien eine Heißwachsbehandlung vertragen konnten.

Puh. Es hatte definitiv ein paar Vorteile, Single zu sein und keinen Ehemann zu haben. Für eine Verabredung musste man einigen Aufwand betreiben, sich pflegen und schön machen. Sie nahm sich vor, gleich morgen bei ihrer Friseurin Phoebe einen Termin auszumachen, dann atmete sie einmal tief durch und setzte ihre Selbstinspektion fort.

Ihr Busen war voll und noch einigermaßen fest. Da sie ständig stapelweise Schulbücher mit sich herumschleppte und Tabby gelegentlich noch getragen werden wollte, waren ihre Schultern und Oberarme straff und ihre Brüste in Bestform. Allererste Sahne, um ehrlich zu sein. Weil sie gestillt hatte, waren natürlich ein paar Dehnungsstreifen geblieben, genau wie am Bauch, aber auf die war sie richtig stolz.

Sie legte sich die Hände auf den Unterleib und rief sich lächelnd ihre beiden Schwangerschaften in Erinnerung. Wehe dem Mann, der ihr keine Anerkennung dafür zollte, dass sie zwei Kinder in die Welt gesetzt hatte!

Ihre Taille und ihre Hüften waren ebenfalls noch recht ansehnlich. Außerdem war sie groß und hatte deshalb lange, gut gebaute Beine. Okay, ihre Oberschenkel waren ziemlich kräftig, aber egal. Sie drehte sich auf die Seite und kam zu dem Schluss, dass ihr Hintern durchaus wohlgeformt war, auch wenn er nicht gerade klein war. Aber genau das war doch gerade in, oder? *Sieh einer an*, dachte Jane, während sie sich hierhin und dorthin drehte, um sich von allen Seiten zu betrachten. Chelsea hatte doch tatsächlich recht gehabt.

Die Lage war längst nicht so schlimm wie befürchtet. Wenn ein Mann ein Problem mit ihrem Körper hatte, dann sollte er gefälligst Leine ziehen.

Vielleicht musste sie sich lediglich etwas weniger schlampig anziehen, damit ihre Vorzüge besser zur Geltung kamen. Es war an der Zeit, ein bisschen Shoppen zu gehen. In Secondhandläden wie Goodwill beispielsweise gab es tolle, kaum getragene Kleidung zu äußerst günstigen Preisen. Sie hatte zwar nicht viel Geld, aber sie wusste sich zu helfen.

Also dann: Friseurtermin, Enthaarung und Klamottenkauf. Als sie ins Bett ging, war sie bedeutend zuversichtlicher, was das Date mit Will betraf.

Doch erst musste sie noch etwas erledigen. Sie schnappte sich ihr Telefon und wählte seine Nummer.

Er ging beim zweiten Klingeln ran. »Hey, Jane. Was treibst du so?«

»Ich bin schon im Bett. Ich wollte mich bei dir fürs Rasenmähen bedanken. Warum hast du dir die Mühe angetan?«

»Weil es nötig war und weil du offensichtlich gerade so beschäftigt bist, dass du keine Zeit dafür hast. Ich habe viel mehr Freizeit als du.«

»Irgendwann hätte ich es schon geschafft.«

»Schon klar, aber jetzt ist es erledigt, genau wie mein Fitnessprogramm für heute. Auf diese Weise ist uns beiden geholfen.«

Sie lächelte. »Na, dann …«

»Und, wie war dein Tag?«, erkundigte er sich, zu Janes großer Freude.

»Ganz okay. Mathe ist nun mal kein sonderlich aufregendes Fach.«

»So hübsche Mathelehrerinnen wie dich hatte ich nie. Meine waren alle alt und grau und haben ständig eine so verkniffene Miene zur Schau getragen, als hätten sie zu enge Schuhe an.«

»Du übertreibst bestimmt. Die meisten Mathelehrerinnen sind hübsch und sexy.«

Er lachte. »Ich muss auf der falschen Schule gewesen sein.«

»Vermutlich.«

»Und, hast du schon über unser Date nachgedacht?«

Um ehrlich zu sein hatte sie die ganze Zeit nur an den Kuss gedacht. Und sie hatte Lust auf mehr. »Ein bisschen.«

»Wie wär's am Samstagabend?«

Bis dahin hätte sie ausreichend Zeit, sich um ihre Frisur, ihre Augenbrauen und diverse andere Regionen zu kümmern und ihre Eltern zu fragen, ob sie auf die Kinder aufpassen konnten. »Ähm, okay. Gern, danke. Bist du auch wirklich sicher, dass du mit mir ausgehen willst?«

»Ja, das bin ich, Jane. Was hältst du davon, wenn ich dich um halb sieben abhole?«

»Klingt gut. Dann sehen wir uns also am Samstag um halb sieben.«

»Wahrscheinlich sehen wir uns schon etwas eher, aber die Verabredung für Samstagabend steht.«

Jane spürte, wie ihr Herz einen kleinen Salto vollführte. »Okay. Gute Nacht.«

Ihr schwindelte, als sie auflegte und das Handy auf dem Nachttisch deponierte. Sie war aufgeregt und kam sich albern vor deswegen. Dafür war sie nun wirklich viel zu alt.

Sie rutschte etwas tiefer und zog sich die Decke über die Schultern. Wackelte mit den Zehen, während sie in die Dunkelheit starrte.

Er brachte sie zum Lächeln, und es war schon sehr lange her, dass ein Mann das bewerkstelligt hatte.

## Kapitel 5

Tabitha und Ryan waren ganz aus dem Häuschen, weil sie bei ihren Großeltern übernachten durften. Da Jane ihre Eltern nicht über Gebühr belasten wollte, kam so etwas nicht allzu oft vor, sehr zum Leidwesen sowohl ihrer Kinder als auch ihrer Eltern. Doch Jane wollte die Verantwortung für ihre Kinder nicht ständig auf andere abwälzen. Es war schon schlimm genug, dass die beiden von ihrem Vater verlassen worden waren. Sie wollte ihnen nicht das Gefühl vermitteln, auch von ihrer Mutter ständig irgendwo abgestellt zu werden.

»Das ist doch lächerlich, und das weißt du genau«, echauffierte sich ihre Mutter. »Wir haben die beiden doch gern bei uns.«

»Ich weiß, aber in erster Linie bin nun einmal ich für sie verantwortlich, Mom«, erwiderte Jane wie üblich.

Ihre Mutter tat, als hätte sie es nicht gehört. »Du hast also eine Verabredung?«, fragte sie stattdessen.

Das war mit ein Grund dafür, dass Jane gezögert hatte, ihre Eltern als Babysitter zu engagieren. Selbstverständlich war damit zu rechnen gewesen, dass sie ihr Löcher in den Bauch fragten, und sie verspürte nicht die geringste Lust, mit ihrer Mutter über Will zu reden.

Eigentlich hatte sie geplant, ihr nur zu sagen, dass sie mal einen Abend für sich benötigte, aber wenn sie mit Will gesehen wurde, wüsste das bis Montag die ganze Stadt, und dann wäre ihre Mutter garantiert beleidigt, weil sie ihr nicht die ganze Wahrheit gesagt hatte. Also hatte sie beschlossen, ihr doch lieber gleich reinen Wein einzuschenken.

Sie hatte auch in Erwägung gezogen, ihre Kinder nach der Verabredung mit Will wieder abzuholen, doch ihre Mutter war dagegen gewesen.

»Und es macht euch wirklich nichts aus, wenn sie bei euch übernachten?«, fragte Jane.

»Natürlich nicht. Wir verbringen gern Zeit mit Ryan und Tabby. Außerdem, wer weiß, vielleicht erlebst du ja mal wieder ein bisschen Action.« Ihre Mutter zwinkerte ihr verschwörerisch zu.

»Mom! Also, ehrlich.« Jane lief feuerrot an, obwohl sie die vergangenen drei Tage kaum an etwas anderes hatte denken können als daran, dass sie Will heute Abend womöglich nackt sehen würde. Aber das würde sie ihrer Mutter garantiert nicht auf die Nase binden.

»Was hast du denn? Seit Vic weg ist, führst du das Leben einer Nonne. Es ist höchste Zeit, dass du mal wieder ein bisschen Spaß hast. Und Sex. Will Griffin ist ein sympathischer Bursche, und attraktiv obendrein. Wenn sich die Gelegenheit bietet, hüpf mit ihm ins Bett.«

»Mom! Ich weigere mich, mit dir mein Liebesleben zu diskutieren.« Jane eilte nach draußen, wo ihr Vater mit den Kindern im Pool herumtollte. Sie küsste sie allesamt zum Abschied und machte sich auf den Weg nach Hause, um sich für ihr Date vorzubereiten.

Zum Glück hatte sie noch reichlich Zeit, da sie die Kinder schon am frühen Nachmittag bei ihren Eltern abgeliefert hatte. Den Termin bei der Kosmetikerin hatte sie schon vor ein paar Tagen hinter sich gebracht, und heute war sie beim Friseur gewesen. Phoebe hatte behauptet, ihr Haar wirke langweilig, und darauf bestanden, ihr Strähnchen zu verpassen. Jane hatte dagegengehalten, braunes Haar sei nun einmal langweilig, da könne man nichts machen, und außerdem könne sie sich keine Strähnchen leisten. Doch Phoebe hatte ihr einen Rabatt gewährt, also hatte sie sich breitschlagen lassen, und sie bereute es nicht. Die Strähnchen waren dezent, machten aber einen Riesenunterschied. Sie ließen ihr Gesicht förmlich leuchten. Vielleicht lag es aber auch daran, dass ihre grünen Augen runder und strahlender wirkten, seit sie sich die Brauen hatte in Form bringen lassen. Jane wusste es nicht. Sie wusste nur, dass sie sich hübscher fühlte.

Jetzt galt es nur noch zu entscheiden, was sie anziehen sollte. Sie hatte drei Kleider gekauft und Chelsea gebeten, sie bei der Auswahl zu beraten. Chelsea hatte bereits auf ihren Anruf gewartet und geahnt, dass Jane ihre Hilfe brauchen würde. Sie kam stante pede rüber und inspizierte die Outfits, die Jane auf dem Bett ausgelegt hatte.

»Das ist nicht dein Ernst, oder?«, fragte sie. »Das sind die Kleider, die du gekauft hast?«

Jane folgte ihrem Blick. »Äh, ja. Warum? Was ist dagegen einzuwenden?«

Chelsea seufzte. »Mädchen, wann hattest du das letzte Mal eine Verabredung?«

Jane überlegte angestrengt. »Vor dreizehn Jahren.«

»Hm. Ich habe schon befürchtet, dass das ein Problem werden könnte. Du hast vergessen, wie man sich sexy anzieht. Ich habe dir ein paar Sachen mitgebracht.«

»Chelsea, warte!«, rief Jane ihr nach, doch ihre Freundin war bereits auf dem Weg nach draußen. Ein paar Minuten später kam sie wieder, mit einem ganzen Berg an Röcken, Tops und anderen Kleidungsstücken, bei denen Jane auf den ersten Blick wusste, dass sie ihr nicht passen würden und dass sie viel zu kurz waren.

»Das kann ich doch nicht anziehen.«

»Kannst du wohl.« Chelsea blickte von Jane zu dem Haufen Klamotten, den sie auf dem Bett abgeladen hatte, und griff nach einem champagnerfarbenen Rock, der mit Pailletten und Federn bestickt und geradezu sündhaft kurz war. »Probier den mal an.«

Jane wich zurück, als hätte das Kleidungsstück eine ansteckende Krankheit. »Vergiss es. Ich meine, okay, ich bin Single, aber ich bin nicht dieselbe Sorte Single wie du, Chelsea. Ich habe weder deine schlanken Beine noch deinen knackigen Hintern.«

Chelsea grinste. »Du findest meinen Hintern knackig?«

Jane verdrehte die Augen. »Du erwartest nicht ernsthaft, dass ich jetzt den ganzen Abend Lobeshymnen auf dich singe, oder?«

»Du hast recht. Das kannst du auch morgen noch machen. Und jetzt zieh den Rock an, Jane.«

»Also gut.« Jane schnappte sich das gute Stück. »Aber wehe, du lachst mich aus, weil ich darin lächerlich aussehe. Dann bist du die längste Zeit meine Freundin gewesen!«

»Und probier auch gleich dieses Top dazu.« Chelsea drückte ihr ein pfirsichfarbenes Oberteil aus fließendem Stoff in die Hand. »Und die Schuhe hier.«

Jane verdrehte erneut die Augen. »Ich hasse dich.«

»Das wirst du nicht mehr tun, wenn du erst erkennst, wie heiß du in diesem Fummel aussiehst.«

Jane hatte zwar keine Ahnung, wie sie ihre Hüften ohne einen Schuhlöffel in den engen Rock zwängen sollte, aber sie schlüpfte gehorsam aus ihrem Bademantel und versuchte es zumindest. Zu ihrer großen Überraschung passte das Ding wie angegossen. Genau wie das verführerische ärmellose Seidentop.

»Vergiss die Schuhe nicht.«

»In denen kann ich doch keine zwei Schritte gehen.«

»Du kannst dich ja an Will festhalten.«

Jane lachte und schlüpfte in die geradezu unmöglich hochhackigen Stöckelschuhe. »In diesen Dingern komme ich mir vor, als wäre ich eins achtzig groß.«

»Aber deine Beine sehen toll aus. Und jetzt dreh dich um und sieh dich im Spiegel an.«

Jane tat wie geheißen und schnappte nach Luft in Anbetracht ihrer Verwandlung.

Sie sah umwerfend aus. Sie musste sich zwar auf Chelsea stützen, während sie sich hierhin und dorthin drehte, um sich von allen Seiten zu betrachten, aber in diesem Outfit war sie zugegebenermaßen die reinste Sexgöttin. Der Rock, der ihr nur bis knapp übers Schambein reichte, ließ ihre Beine atemberaubend lang wirken, und ihr Oberkörper sah in dem fließenden Top mit dem Wasserfallausschnitt superschlank aus. Und das Dekolletee war auch nicht zu verachten.

»Wow.«

»Ja, nicht?« Chelsea grinste.

»Das ist ein unglaubliches Outfit, Chelsea«, gab Jane unumwunden zu, »aber ich fühle mich darin verkleidet.« Sie schlüpfte aus den Schuhen.

»Ja, das dachte ich mir schon. Ich wollte dir auch nur beweisen, wie unglaublich attraktiv du bist.«

»Okay. Da ist was dran.« Jane umarmte ihre Freundin und drückte sie an sich. »Danke.«

Schlussendlich entschied sie sich für einen schwarz-weiß gestreiften, knielangen Rock und ein ärmelloses schwarzes Top mit einem raffinierten Rückendekolletee. Etwas weniger aufreizend, aber durchaus sexy. Dazu zog sie ihre neuen schwarzen Schuhe mit dem Keilabsatz an, in denen sie nicht Gefahr lief, sich eine blutige Nase zu holen.

Jane war sehr stolz auf ihr Aussehen, und auch Chelsea war zufrieden und nannte das Outfit »frech, flott und sagenhaft sexy«. Das genügte Jane vollauf.

Etwa eine Viertelstunde vor Wills Ankunft machte sich Chelsea vom Acker, damit Jane noch genügend Zeit blieb, um sich zu überlegen, welchen Schmuck sie tragen sollte. Sie legte gerade letzte Hand an ihr minimalistisches Make-up, als es klingelte.

Ihr Magen krampfte sich vor Nervosität zusammen.

Hastig zog sie sich noch die Lippen mit Lipgloss nach, atmete einmal tief durch, strich sich den Rock glatt und ging zur Tür.

Will sah zum Anbeißen aus in seiner dunklen Jeans und dem Button-down-Hemd, dessen Ärmel er lässig hochgekrempelt hatte.

Will musterte sie einen Moment lang und zuckte zusammen, als sie »Hi!« sagte.

»Hey. Du siehst toll aus.«

Sie lächelte. »Danke. Ich wusste nicht genau, was ich anziehen soll, weil ich keine Ahnung habe, was du vorhast.«

»Dein Outfit ist perfekt für das Lokal, in das wir gehen. Es sei denn, du möchtest lieber hierbleiben.«

Ihr Lächeln erstarb. »Nein. Du etwa?«

Er lachte. »Nein, das sollte ein Scherz sein.« Er hielt ihr den Arm hin. »Gehen wir, Cinderella. Es wird Zeit für deinen großen Auftritt.«

Sie kam sich in der Tat vor wie Cinderella. Heute Abend hatte sie ein Date.

»Isst du gern asiatisch?«, erkundigte er sich, als sie im Auto saßen.

»Ich esse alles, solange es nicht von verkleidetem Personal serviert wird und ich hinterher nicht Flipper oder Bowling spielen muss.«

Wieder lachte er. »Dann hast du Glück, heute Abend gibt es keines von beidem.«

Er fuhr auf den Highway, und wenig später waren sie auch schon in Tulsa.

Jane verschlug es nicht allzu oft dorthin. Eigentlich

nur, wenn sie mal ins Einkaufszentrum musste, und das war im Grunde nur vor Weihnachten der Fall. Als Will vor P. F. Chang's am Utica Square hielt, stand für sie bereits fest, dass dies ihre tollste Verabredung seit einer halben Ewigkeit war.

»Entspricht das in etwa deinen Vorstellungen?«, wollte er wissen.

»Absolut. Danke.«

An der Tür zum Restaurant legte er ihr eine Hand auf den Rücken, nur ganz leicht, doch Jane registrierte es sogleich. Sie hatte völlig vergessen, wie sich das anfühlte. Eine harmlose Geste eigentlich, und doch so aussagekräftig, denn sie signalisierte der Umwelt, dass sie zusammengehörten.

*Unsinn*, schalt sie sich. Es hatte gar nichts zu bedeuten. Er führte sie doch nur aus Mitleid zum Essen aus, weil sie zwei Jahre lang das Leben einer Nonne geführt hatte. Sie durfte sein Verhalten nicht überinterpretieren.

Aber dieser Kuss neulich …

Das gedämpfte Licht sorgte für eine gemütliche Atmosphäre, doch ansonsten kam an einem Samstagabend bei P. F. Chang's herzlich wenig Romantik auf, denn es herrschte hektische Betriebsamkeit. Will hatte klugerweise reserviert, und sie wurden auch gleich an ihren Tisch geführt.

Die Kellnerin brachte ihnen die Speisekarte und versprach, in ein paar Minuten ihre Getränkewünsche aufzunehmen.

Während Will die Karte studierte, musterte Jane ihn verstohlen – und wandte verlegen den Blick ab, als er plötzlich über den Rand der Speisekarte hinweg zu ihr hinübersah.

»Was sollen wir trinken?«

Sie hatte keine Ahnung. Normalerweise trank sie Mineralwasser, denn wenn sie mal auswärts aßen, dann bei Chuck E. Cheese oder Incredible Pizza, wo es ein Buffet und Kinderanimation gab. Lokale für Erwachsene, so wie dieses hier, frequentierte sie nicht in Begleitung ihrer Kinder. Erstens, weil sie sich diesen Luxus nicht leisten konnte, und zweitens hätten sich die beiden hier zu Tode gelangweilt.

»Ähm, ich weiß auch nicht. Ich gehe nicht allzu oft essen, wie du dir bestimmt vorstellen kannst.«

Er lächelte schief, und Jane hatte prompt Schmetterlinge im Bauch. Im Grunde wollte sie nur eines: ihn küssen. Sie konnte kaum noch an irgendetwas anderes denken.

»Wie wär's mit Sake?«

»Au ja, gute Idee.«

Die Kellnerin kam zurück, und er bestellte den Reiswein.

»Hast du Hunger?«, fragte er dann.

»Und wie.« Jane hatte sich so auf die Vorbereitungen für ihre Verabredung konzentriert, dass sie den ganzen Tag kaum etwas gegessen hatte.

»Gut. Sollen wir eine Vorspeise nehmen? Die Wraps mit Salat sind hervorragend.«

»Klingt lecker.« Nun, da sie vom Essen sprachen, knurrte ihr auf einmal der Magen. Ja, sie musste definitiv etwas essen, vor allem, wenn sie gleich Alkohol trank. Sie wurde ziemlich schnell beschwipst, wenn sie auf nüchternen Magen trank. Und sie wollte ja nicht gleich sternhagelvoll sein.

Als der Sake serviert wurde, bestellte Will die Vorspeise.

»Möchten Sie auch gleich den Hauptgang bestellen, oder wollen Sie damit noch etwas warten?«, fragte die Bedienung.

Will sah zu Jane.

»Ähm, darüber habe ich mir noch gar keine Gedanken gemacht, tut mir leid.«

»Wir warten«, sagte Will, zur Kellnerin gewandt, worauf diese wieder verschwand.

»Ich sollte mich dann wohl mal entscheiden«, murmelte Jane.

»Es hat keine Eile«, winkte Will ab. »Entspann dich, und genieß deinen Sake.«

»Du hast recht. Ich bin so daran gewöhnt, ständig unter Zeitdruck zu stehen. Außerdem kriegen sich die Kinder jedes Mal in die Haare, wenn ich mit ihnen auswärts esse, deshalb sehe ich normalerweise zu, dass wir möglichst bald wieder nach Hause kommen.«

Er legte eine Hand auf die ihre. »Heute Abend haben wir alle Zeit der Welt.«

Bei der Berührung war ihr, als hätte man ihr einen Stromstoß verpasst, den sie in sämtlichen Nervenenden spüren konnte, insbesondere in den Körperteilen, die so lange kein Mann mehr berührt hatte. Sie nahm einen großen Schluck Reiswein, bei dem ihr prompt Tränen in die Augen stiegen.

»Wow«, keuchte sie und war froh, dass man ihr auch ein Glas Wasser zum Nachspülen hingestellt hatte.

»Ja, der ist ziemlich stark«, sagte Will. »Eigentlich sollte man nur daran nippen.«

»Das hättest du mir aber auch früher sagen können!« Es stimmte, in homöopathischen Mengen war das Getränk sehr lecker. »Ich habe noch nie Sake getrunken. Schmeckt interessant.«

»Sake und Bier passen auch gut zusammen. Damit fülle ich dich mal ab, wenn wir mit jemandem unterwegs sind, der uns hinterher nach Hause fährt.«

»Na, ich bin doch heute Abend nicht der Fahrer.«

Will hob die Hand und winkte die Kellnerin herbei, um ein asiatisches Bier und eine weitere Runde Sake zu bestellen.

Jane vernahm es mit großen Augen. »Das sollte ein Scherz sein, Will!«

»Ich mein's aber durchaus ernst.«

Sie hob eine Augenbraue. »Du würdest mich tatsächlich abfüllen?«

»Ohne mit der Wimper zu zucken. Auf diese Weise bist du bestimmt einfacher rumzukriegen.«

Der Sake hatte ihr ja schon ordentlich eingeheizt, aber spätestens jetzt stand sie lichterloh in Flammen. »Äh, ja, verstehe. Tja, Will, du wirst das Tempo ein bisschen zurückschrauben müssen, weil ich nämlich aus der Übung bin.«

Die Kellnerin brachte ihnen das Bier, den Sake und die Wraps, und Will dankte ihr mit einem Lächeln, ehe er seine Aufmerksamkeit wieder Jane widmete. »Also, ich habe den Eindruck, du kommst mit dem Tempo ganz gut zurecht.«

Sie trank einen Schluck Bier und fand es ebenfalls überraschend süffig. Vielleicht sogar ein bisschen zu süffig, denn sie fühlte sich im Nu beschwipst. »Sorg dafür, dass ich nicht in Unterwäsche auf dem Tisch tanze, ja?«

»Mach ich. Hier, iss etwas.« Er deponierte etwas Hühnchenfleisch auf einem Salatblatt, rollte es darin ein und schob den Teller über den Tisch.

Eigentlich hatte Jane gar keine Lust, etwas zu essen. Sie genoss viel zu sehr das Gefühl der Entspanntheit, das sie eine halbe Ewigkeit nicht mehr verspürt hatte, als dass sie sich gleich wieder davon verabschieden wollte. Die Kinder waren versorgt, sie musste sich um nichts und niemanden kümmern. Wie lange war es her, seit sie sich das letzte Mal einfach zurücklehnen und eine normale Unterhaltung mit einem erwachsenen Menschen hatte führen können? Wenn Ryan und Tabby mit von der Partie waren, gab es ständig Unterbrechungen, weil sie sich zankten oder langweilten, zu laut redeten oder irgendwas durch die Gegend warfen.

Chelsea hatte recht gehabt, sie hatte sich diesen Abend redlich verdient. Aber sie wollte auch nicht nach einer halben Stunde bereits unter dem Tisch liegen, also nahm sie doch einen Bissen von ihrem Wrap. Er schmeckte himmlisch.

Erst jetzt fiel ihr wieder auf, was für einen Mordshunger sie hatte. »Das machst du bestimmt öfter«, sagte sie und versuchte, den Wrap nicht aus lauter Gier mit zwei Bissen hinunterzuschlingen.

»Was?«

»Na, essen gehen. Mit Frauen.«

Er hatte sich selbst ebenfalls einen Wrap zubereitet und einen Bissen genehmigt. Nachdenklich kaute er, trank einen Schluck Wasser und lehnte sich zurück. »Ja, ich gehe durchaus des Öfteren essen.«

Sie sah ihn an. »Du weißt schon, was ich meine.«

»Ja, weiß ich. Und nein, ich gehe nicht oft mit Frauen aus. In den vergangenen Jahren habe ich hauptsächlich nachts gearbeitet. Und tagsüber stehen nicht so viele Frauen für ein Date zur Verfügung.«

»Und was war mit den Wochenenden?«

»Ich war auch an vielen Wochenenden für die Nacht- schicht eingeteilt. Wenn man nur ein unbedeutender kleiner Polizist ist und sich hocharbeiten will, muss man eben erst einmal die unbeliebten Schichten über- nehmen.«

»Oh, darüber habe ich mir noch gar nie Gedanken ge- macht. Solche Dienstzeiten sind fürs Sozialleben wohl eher abträglich.«

»Welches Sozialleben?«

»Okay, verstanden. Und, was hast du tagsüber so ge- trieben?«

Er zuckte die Achseln. »Ich hab geschlafen, trainiert oder zu Hause rumgesessen und war gelegentlich mal mit ein paar Kumpels ein Bier trinken, wenn mir da- nach war.«

»Klingt ungefähr so aufregend wie mein Soziallebe- ben.«

Er lächelte schief. »Nur ohne Kinder. Es ist schwierig,

mit einer Frau zusammen zu sein, wenn man sie kaum je am Freitag- oder Samstagabend ausführen kann. Und wenn man weiß, dass die Arbeitszeiten früher oder später der Todesstoß für die Beziehung werden. Oder eine Beziehung von vornherein ausschließen.«

Jane hob ihren Sake. »Willkommen in der Welt der tagsüber arbeitenden Bevölkerung, Will.«

Er prostete ihr mit seinem Wasserglas zu. »Danke, gleichfalls. Es tut gut, wieder unter den Lebenden zu sein.«

»Du sagst es. Es ist schön, zur Abwechslung ohne die Kinder unterwegs zu sein. Ich habe nicht oft die Gelegenheit, mich mit Erwachsenen zu unterhalten.«

»Du hättest schon viel früher anfangen sollen, wieder auszugehen.«

Sie holte tief Luft. »Es war wichtig, dass ich für die Kinder da bin.«

»Ja, klar, gerade am Anfang, ohne Zweifel. Aber zwei Jahre lang? Du musst ihnen doch nicht dein ganzes Leben opfern, nur weil Vic gegangen ist.«

Sie griff nach ihrem Bier und genehmigte sich einen ordentlichen Schluck. »Apropos, wie wär's, wenn wir heute Abend mal nicht über Vic reden?« Oder ... überhaupt nie wieder.

»Geht klar. Entschuldige.«

»Nein, ich muss mich entschuldigen.« Sie hatte ihn doch tatsächlich angefahren. So hatte er sich sein erstes Date mit ihr bestimmt nicht vorgestellt.

»Unsinn. Du hast jedes Recht darauf, nicht über ... deinen Ex reden zu wollen.«

»Nein, ich muss endlich aufhören so zu tun, als würde er nicht existieren. Ich wollte lediglich mal einen netten Abend, ohne an meine Kinder und meinen Exmann denken zu müssen. Ist das egoistisch von mir?«

Er nahm ihre Hand, wobei sie erneut ein Stromstoß durchzuckte. »Heute Abend hast du ein Recht auf alles, wonach dir der Sinn steht.«

»Hm. Ein riskanter Gedanke.«

»Nein, ist es nicht.«

»O doch. Schließlich sitzt mir hier ein Polizist gegenüber.«

Seine Pupillen weiteten sich. »Hegst du etwa irgendwelche illegalen Absichten?«

»Wer weiß … Ich habe wie gesagt nicht oft die Gelegenheit auszugehen. Womöglich will heute mal das ungezogene Mädchen in mir raus. Was, wenn ich zum Beispiel nackt im See schwimmen gehen will?«

»Ich kann dafür sorgen, dass dein Traum wahr wird.«

Sie lachte. »Und stellst du dich auch schützend vor mich, wenn deine Kollegen vorbeikommen, um mich zu verhaften?«

»Wie es der Zufall will, sind meine Kollegen von der städtischen Polizei allesamt gute Freunde von mir. Du kannst dich also nach Herzenslust austoben.«

»Gut zu wissen.« Nicht, dass sie tatsächlich jemals nackt baden gehen würde, aber die Vorstellung amüsierte sie.

Will verfolgte gebannt ihr Mienenspiel.

Gott, was sah sie toll aus heute! Das offene Haar fiel ihr locker auf die bloßen Schultern, deren Anblick ihn

75

ganz kribbelig machte. Zu gern hätte er ihre Schultern geküsst, sich von dort zu ihrem Hals vorgearbeitet, ein bisschen an ihrem Ohrläppchen geknabbert und dann an der Unterlippe.

Der Lipgloss, den sie aufgetragen hatte, lenkte seine Aufmerksamkeit auf ihren vollen, einladenden Mund. Will spürte, wie dieser Anblick ihn total aus dem Konzept brachte und sein bestes Stück anschwoll. Nicht gerade ideales Timing, schließlich saßen sie in einem Restaurant. Hastig breitete er sich die Serviette über den Schoß.

Er hatte es süß gefunden, dass Jane vorhin so nervös und angespannt gewesen war. Es zeigte, dass sie nicht daran gewöhnt war, von Männern ausgeführt zu werden.

Wobei er ja selbst ein wenig aus der Übung war. Sie sollte sich wohlfühlen, einen richtig schönen Abend haben, sollte lachen, und später dann schreien vor Lust.

»Wie sieht es aus, steht das Nacktbaden jetzt gleich auf der Tagesordnung oder kann es bis nach dem Essen warten?«, fragte er.

Ihre Mundwinkel zuckten. »Sei nicht albern. Es ist noch nicht einmal dunkel draußen, der Park ist noch geöffnet, und es sind viel zu viele Leute unterwegs, die meinen nackten Hintern sehen würden.«

»Okay, dann eben nach dem Essen. Wenn der Stadtpark geschlossen ist.«

Jane fand Wills Sinn für Humor köstlich. »Apropos Essen, wir sollten jetzt dringend bestellen.« Ihr wurde nämlich schon die Zunge schwer. Sie schlug die Speise-

karte auf, und als die Kellnerin das nächste Mal vorbei-
kam, bestellten sie endlich den Hauptgang.

Schließlich sollte der Abend noch möglichst lange
dauern.

## Kapitel 6

Während des Essens unterhielten sie sich angeregt, und als Will die Rechnung beglich, war Jane proppenvoll und wieder eine Spur nüchterner.

Auf dem Weg zum Auto sagte sie: »Ich kann mich nicht erinnern, wann ich das letzte Mal so gut gegessen habe. Danke.«

Er hielt ihr die Beifahrertür auf. »War mir ein Vergnügen.«

Das Vergnügen war ganz ihrerseits. An diesen Abend würde sie sich noch sehr lange erinnern.

Jane hatte angenommen, er würde sie nach Hause bringen, doch zu ihrer Überraschung fuhr er stattdessen ins Stadtzentrum von Tulsa und parkte vor Cain's Ballroom.

»Ich dachte, vielleicht hast du Lust auf ein bisschen Musik.«

»Ich liebe Musik.«

Er hielt ihre Hand, während sie die Straße überquerten, und ließ sie auch nicht los, als sie das Lokal betraten. »Die Indie-Rock Band, die heute Abend hier auftritt, soll recht gut sein, deshalb dachte ich, wir hören einfach mal rein.«

Die Band war mehr als bloß »recht gut«. Jane und Will waren das ganze Konzert über auf den Beinen und schüttelten die Glieder im Takt zu den Klängen von der Bühne. Die Musik war laut, rockig und streckenweise etwas alternativ angehaucht. Als die Band schließlich eine Pause einlegte, war Jane ganz schön durchgeschwitzt.

Sie gingen zur Bar.

»Bier?«, fragte Will.

Jane schüttelte den Kopf. Sie wollte lieber eine Limo. Will bestellte dasselbe für sich.

»Nur weil ich kein Bier mehr will, musst du aber nicht auf Alkohol verzichten«, bemerkte sie.

»Ich muss noch fahren, und ich habe vorhin doch schon einiges getrunken.«

Sehr verantwortungsbewusst, ganz im Gegensatz zu ihrem Ex, an den sie ja heute Abend eigentlich nicht mehr denken wollte.

Sie lehnten sich an den Tresen, und Jane trank gierig einen großen Schluck, um sich etwas abzukühlen.

»Die Band ist großartig«, stellte sie fest. »Es war sehr aufmerksam von dir, mit mir hierherzukommen.«

»Freut mich, wenn's dir gefällt. Ein Freund von mir hat die Band bei ihrem letzten Auftritt hier gehört und mir davon vorgeschwärmt, und da dachte ich, einen Versuch ist es wert. Die Musik ist tatsächlich besser, als ich erwartet hatte.«

»Du bist also auch ein Musikfan.«

Will nickte. »Ja, wobei ich nicht auf eine bestimmte Richtung festgelegt bin. Ich liebe die Abwechslung und versuche, so oft es geht auf Konzerte ganz unterschiedlicher Bands zu gehen. Jetzt, wo ich abends freihabe, wird das auch einfacher. Livemusik ist einfach immer besser. Ich weiß noch, wie ich früher oft mit Vic auf Konzerte von irgendwelchen Newcomer-Bands ...« Er brach ab. »Entschuldige.«

»Schon gut. Es ist unmöglich, einfach so tun, als hätte er nie existiert.«

»Ich weiß, dass dir das lieber wäre.«

Sie zuckte die Achseln. »Er war Teil deines Lebens, genauso wie er Teil meines Lebens war.« Bis jetzt war ihr nie in den Sinn gekommen, dass Vics Verschwinden für Will vermutlich ein ebenso großer Verlust gewesen war wie für sie, wenn auch aus anderen Gründen. Will und Vic waren zusammen aufgewachsen und zur Schule gegangen, von der ersten bis zur letzten Klasse.

Will hatte Vic also fast sein ganzes Leben gekannt. Und er war ein Vertreter von Recht und Gesetz, während Vic eindeutig auf die andere Seite gewechselt hatte.

Es musste verdammt hart für Will gewesen sein, mitanzusehen, wie sich sein bester Freund allmählich zugrunde richtete, nur um am Schluss einfach unterzutauchen.

Sie setzten sich wieder und warteten darauf, dass die Band weiterspielte. »Hat Vic eigentlich je mit dir darüber geredet?«, fragte Jane.

Will sah sie verständnislos an. »Worüber?«

»Über seine Probleme. Den Grund für sein Verschwinden.«

Er schüttelte den Kopf. »Ich weiß nur von seinem Kampf gegen die Drogen und den Alkohol. Er hat schon als Teenager gern einen über den Durst getrunken, aber wenn man jung ist, denkt man sich nichts dabei. Die Drogen kamen später, und ich habe erst davon erfahren, als er schon bei den harten Sachen angekommen war. Er war ziemlich gut darin, sich nichts anmerken zu lassen.«

Jane lehnte sich zurück. »Ich weiß. Er verstand sich meisterhaft darauf, so zu tun, als wäre alles ganz normal. Zumindest eine Zeit lang.«

Will legte einen Arm über ihre Stuhllehne. »Wir müssen nicht über Vic reden. Ich weiß, es macht dich traurig.«

Sie schüttelte den Kopf. »Nein, tut es nicht. Nicht mehr. Natürlich tut es mir vor allem wegen der Kinder leid, weil sie noch zu jung sind, um es zu verstehen. Aber ich bin darüber hinweg, dass er uns verlassen hat.«

»Wenn wir uns sehen, weckt das bei dir Erinnerungen an ihn, stimmt's?«

Seine Finger liebkosten ihre Schulter und lenkten sie auf angenehme Art und Weise ab. »Schon, aber nicht so, wie du vielleicht denkst. Ich habe mich gerade gefragt, was du eigentlich von ihm denkst. Wir haben uns ja lange nicht gesehen. Ich war so mit mir selbst und der Sorge um die Kinder beschäftigt, dass ich gar nicht auf die Idee gekommen bin, dich zu fragen, wie es dir damit geht.«

Will zuckte die Achseln. »Ich war sauer auf ihn, nicht nur wegen dem, was er dir und den Kindern angetan hat, sondern auch, weil er sich selbst ruiniert hat. Dabei hatte er einen tollen Job, eine tolle Ehefrau und eine tolle

Familie. Das ganze Programm. Aber er hat alles wegge-
worfen, für Drogen und Alkohol. Ich habe versucht, mit
ihm darüber zu reden, aber … Du weißt ja, wie er war.«

Jane nickte. »Ja, weiß ich. Drogen und Alkohol waren ihm eben wichtiger als alles andere. Ich verstehe bis
heute nicht, warum die Sucht sein Leben dominiert hat.
Sie war eben stärker als er. Er kam nicht dagegen an.«

»Es kommt mir so vor, als hätte er es gar nicht versucht. Und genau das macht mich so wütend. Dass er
nicht dagegen angekämpft hat.«

An dieser Stelle wechselte sie normalerweise das Thema, weil es einfach zu schmerzhaft war, darüber zu
reden. Keine Frau findet es schön, wenn man ihr das
Gefühl vermittelt, dass sie den Kampf nicht wert ist.
Genau deshalb erstickte sie meist jegliche Unterhaltung
über Vic im Keim. Jahrelang hatte sie in dieser Hölle
gelebt, hatte Vic angefleht, eine Entziehungskur zu machen, hatte damit gedroht, ihn zu verlassen. Sie hatte
alles in ihrer Macht Stehende getan, um ihm vor Augen
zu führen, was er aufs Spiel setzte. Und trotzdem hatte
er sich für seine Sucht und gegen sie und seine Kinder
entschieden.

Was konnte man daraus folgern? In den vergangenen zwei Jahren hatte sie sich diese Frage unzählige
Male gestellt, von Selbstzweifeln gequält. Die Antwort
tat weh. Irgendwann hatte sie aufgehört, darüber nach-
zugrübeln, hatte sich geweigert, die Schuld für Vics Ver-
sagen bei sich zu suchen.

»Ich kann nichts dafür. Er ist derjenige, der Mist gebaut hat.«

Will runzelte die Stirn. »Was? Natürlich kannst du nichts dafür, Jane. Verantwortlich für all das ist einzig und allein Vic. Das ist dir doch hoffentlich klar, oder?«

Sie nickte. »Es hat eine Weile gedauert, bis ich es begriffen habe. Ich habe mir jahrelang Vorwürfe gemacht. Habe mir das Hirn zermartert, mich gefragt, was ich falsch gemacht habe, bis mir irgendwann aufgegangen ist, dass es an ihm lag, an seiner Schwäche. Nicht an mir. Er hat versagt. Ich war für ihn da. Ich hätte alles für ihn getan. Aber es war zwecklos. Für ihn drehte sich irgendwann alles nur noch um seine Sucht. Die war ihm wichtiger als ich und die Kinder.«

»Ich weiß. Glaub mir, ich weiß es nur zu gut. Ich kann dir gar nicht sagen, wie oft ich versucht habe, ihm gut zuzureden. Ich hab sogar angeboten, die Kosten für seine Entziehungskur zu übernehmen, wenn er nur eine macht.«

Jane riss die Augen auf. »Echt?«

»Ja. Er war mein bester Freund, verdammt noch mal. Ich hätte alles getan, um ihn zu retten. Aber er wollte nicht gerettet werden. Er hat mich ausgelacht und gesagt, er würde das Geld lieber für den nächsten Schuss ausgeben.«

Jane schüttelte den Kopf, obwohl es sie eigentlich nicht sonderlich überraschte. Was sie jedoch durchaus überraschte, war die Tatsache, dass auch Will offenbar sehr unter der Situation gelitten hatte. »Es tut mir so leid.«

»Das muss es nicht. Das war der Punkt, an dem mir klar geworden ist, dass bei Vic Hopfen und Malz verloren ist.«

»Ja, an dem Punkt war ich mehr als einmal. Irgend-wann habe ich es auch aufgegeben, ihm helfen zu wollen. Einem Menschen, der keine Hilfe annehmen will, kann man eben nicht helfen.«

In diesem Augenblick begann die Band wieder zu spielen, und Will streckte ihr die Hand hin. »Los, komm, lass uns tanzen. Wir schütteln die unschönen Erinnerungen einfach ab.«

»Ich bezweifle, dass das klappt.«

»Das werden wir ja sehen.« Er zog sie hoch, und sie folgte ihm auf die Tanzfläche. Dort war ihre Nieder-geschlagenheit tatsächlich binnen Sekunden wie weg-geblasen, denn Wills Verrenkungen wollten so gar nicht zum Rhythmus der Musik passen. Sie lachte und setzte sich in Bewegung. Von allen Seiten strömten die Leute in Richtung Bühne, sodass sie immer näher aneinander-gedrängt wurden. Jane ließ es gerne geschehen, schon, um nicht das Gleichgewicht zu verlieren.

Sie stellte fest, dass diese Art der Bewegung ein her-vorragendes Mittel zum Stressabbau war, und es im-ponierte ihr, dass Will zwar zwei linke Füße hatte, sich aber keinen Deut darum scherte. Er amüsierte sich sichtlich blendend.

Sie tanzten, was das Zeug hielt, und als die Band schließlich einen Schmusesong spielte, schlang er Jane die Arme um die Taille und drückte sie an sich. Sie seufzte und genoss das Gefühl, sich an ihn geschmiegt im Takt zu wiegen. Das unerfreuliche Gespräch über ih-ren Ex war vergessen.

»Das liegt mir schon eher«, murmelte er ihr ins Ohr.

O ja, auf eng umschlungene Umarmungen verstand er sich ganz ausgezeichnet. Ihre Hüften streiften bei jeder Bewegung seine Oberschenkel, ihr Busen war fest an seine Brust gepresst. Er hatte ihr eine Hand auf den Rücken gelegt, und Jane bekam eine Gänsehaut, als seine Finger in ihren Rückenausschnitt wanderten und ihre nackte Haut streichelten. Schließlich löste er sich von ihr, und in seinen whiskeybraunen Augen glänzte eine Begierde, die der ihren um nichts nachstand.

»Sollen wir gehen?«

Sie nickte, und er nahm ihre Hand und führte sie nach draußen zu seinem Auto. Auf dem Weg zum Highway fiel ihr erneut auf, was für ein umsichtiger Autofahrer er doch war.

Vic war immer so unbekümmert gewesen. Wenn sie ausgegangen waren, hatte er meist zu viel getrunken, und dann hatte sie versuchen müssen, ihm die Schlüssel abzuluchsen, damit sie nach Hause fahren konnte. Wenn es ihr nicht gelungen war, hatte sie sich aus Angst vor einem tödlichen Unfall auf dem Highway die ganze Fahrt lang panisch an den Haltegriff über der Beifahrertür geklammert. Es war eine riesige Erleichterung, mit einem Mann auszugehen, der weder zu viel trank noch zu schnell fuhr.

Es dauerte eine Weile, bis ihr aufging, dass er sie nicht nach Hause brachte, sondern zum See, der sich gleich neben dem mittlerweile geschlossenen Stadtpark von Hope befand.

»Ich werde mich garantiert nicht ausziehen und nackt schwimmen gehen«, sagte sie, während Will den Wagen auf einem der Parkplätze abstellte.

Er öffnete den Sicherheitsgurt und sah sie an. »Echt nicht? Das finde ich aber jammerschade.«

»Also, wenn du vorhast, im Adamskostüm baden zu gehen, dann lass dich nicht abhalten. Ich sehe dir gerne zu.«

»So, zusehen willst du.«

Selbst in der Dunkelheit konnte sie das Funkeln in seinen Augen deutlich erkennen, und mit einem Mal kam es ihr so vor, als wäre es sehr warm im Auto. Ihre Brustwarzen wurden hart, ihr Geschlecht erwachte pulsierend zum Leben.

Ja, sie hatte eine sehr lebhafte Fantasie, und als Will aus dem Wagen stieg, dachte sie im ersten Moment wirklich, er würde sich aus den Kleidern schälen, um sich ins kühle Nass zu stürzen. Hm. Vielleicht sollte sie dann ein paar Fotos von ihm machen, zur Erinnerung.

Doch er ging lediglich um das Auto herum und öffnete ihr die Tür. »Komm, wir machen einen Spaziergang.«

»Der Park ist aber doch geschlossen.«

»Nicht im Park, um den See herum. Mein Freund Luke ist Polizist und hat heute Dienst. Ich verspreche dir, er wird uns nicht verhaften.«

»Bist du da auch ganz sicher?«

Er zückte sein Handy, wählte eine Nummer und wartete ab, während es klingelte. »Hey ... Ja, ich weiß, du bist im Dienst. Genau deshalb rufe ich auch an ... Nein, alles bestens. Ich mache jetzt mit Jane Kline einen kleinen Spaziergang um den See neben dem Stadtpark. Falls du also zufällig hier vorbeikommen solltest und mein Auto auf dem Parkplatz stehen siehst, sei so gut und verhafte uns nicht, ja?«

Er blickte zu Jane, und seine Mundwinkel wanderten nach oben.

»Nein, wir haben nicht vor, nackt baden zu gehen, du Perversling.«

Jane unterdrückte ein Lachen.

»Ja, bis morgen beim Training.« Er legte auf. »So, bist du jetzt beruhigt?«

»Jep. Es zahlt sich aus, einflussreiche Freunde zu haben.«

»Hin und wieder, ja.«

Der See war wunderschön an diesem Abend. Vom silbernen Mondlicht erhellt lag er vor ihnen, still und so spiegelglatt, dass Jane hätte schwören können, die Wasseroberfläche würde sie tragen. Es war eine friedliche Nacht, außer ihnen beiden war niemand unterwegs. Und weil sie sich in Wills Gegenwart vollkommen sicher fühlte, hatte sie nichts dagegen, ein paar Schritte am dunklen Ufer entlangzugehen. Nach einer Weile steuerte er eine der Picknickbänke am Wasser an, bedeutete ihr, sie solle sich auf den Tisch setzen und stellte sich zwischen ihre gespreizten Beine.

Abgesehen vom Zirpen der Grillen – und vermutlich auch der einen oder anderen Heuschrecke – war es so ruhig, dass Jane das Gefühl hatte, man müsse eigentlich das heftige Pochen ihres Herzens hören können. Es raubte ihr schier den Atem, Will so nahe zu sein, und als er ihr mit den Fingern durchs Haar fuhr und ihr einen Kuss auf die Lippen hauchte, wurde ihr bewusst, wie lange es her war, dass sie zuletzt diese Erregung gespürt hatte, diese Unbekümmertheit, dieses unbändige Verlangen, das ihr die Kehle zuschnürte.

Viel zu lange. Sie kratzte vorsichtig mit den Fingernägeln über seine Unterarme und wurde mit einem Stöhnen belohnt. Er trat näher und vertiefte den Kuss, legte die Arme um sie und zog sie an sich, bis kein Blatt mehr zwischen ihre Leiber gepasst hätte. *Nicht gerade sehr damenhaft, wie ich hier sitze*, dachte Jane flüchtig, schließlich trug sie einen Rock, aber das war ihr herzlich egal. Sie wollte nur noch eines: knutschen. Spüren, wie sich seine Zunge gierig einen Weg in ihren Mund bahnte und die ihre umspielte, spüren, wie Wills Hände über ihren Rücken nach unten wanderten, bis sie ihren Hintern erreichten. Zu dumm, dass sie im Freien waren, denn je enger er sich an sie schmiegte, desto deutlicher fühlte sie seine harte Männlichkeit, spürte die Feuchtigkeit zwischen ihren Beinen. Wären sie jetzt bei ihr zu Hause gewesen, dann hätte sie ihm die Kleider vom Leib gerissen und mit ihm geschlafen.

Sie löste sich von ihm und nahm mit Genugtuung zur Kenntnis, dass er schwer atmete. »Das – war eine ziemlich dämliche Idee.«

Verdutzt sah sie zu ihm hoch. »Was?«

»Na, mit dir an den See zu fahren. Ich habe einen mordsmäßigen Ständer. Am liebsten würde ich dich jetzt ausziehen und dich gleich hier auf diesem Picknicktisch vernaschen. Und dafür könnte man uns definitiv verhaften.«

Jane musste unwillkürlich lachen. »Stimmt. Aber

ehrlich gesagt bin ich ohnehin nicht sonderlich scharf darauf, mich in der Öffentlichkeit nackt auszuziehen. Also, lass uns zu mir fahren und dort weitermachen.«

Das musste sie ihm nicht zweimal sagen. Er hob sie vom Tisch und setzte sie auf dem Boden ab, dann nahm er ihre Hand und ging mit ihr zum Wagen zurück. Diesmal hatten sie es bedeutend eiliger als vorhin. Nur ein-, zweimal blieb Will stehen, um sie derart wild und leidenschaftlich zu küssen, dass ihr ganz schwindlig wurde. Wenn er so weitermachte, kam sie glatt noch in Versuchung, doch gleich hier an Ort und Stelle die Kleider von sich zu werfen.

Sie waren beide außer Atem, bis sie beim Auto angekommen waren. Jane stieg ein und schnallte sich an, dann spähte sie zu Will hinüber, besser gesagt zu der gewaltigen Beule in seiner Hose.

»Was hältst du davon, wenn wir es im Auto tun?«, fragte sie.

Er umklammerte das Lenkrad und musterte sie mit einem begehrlichen Blick, bei dem ihr siedend heiß wurde. »Pass auf, was du sagst, sonst falle ich über dich her, ehe du weißt, wie dir geschieht.«

Sie schluckte. Ihre Kehle war so trocken, als hätte sie kiloweise Sand verdrückt. »Dann gib Gas. Aber natürlich nicht zu viel, sonst winkt uns dein Kumpel Luke womöglich auf dem Weg zu mir raus, und auf Verzögerungen dieser Art kann ich jetzt echt verzichten. Also los!«

»Aye, aye, Käpt'n.« Er ließ den Motor an und fuhr los, wobei er ein klein wenig die Reifen quietschen ließ.

Die ganze Fahrt lang umklammerte er mit beiden Händen das Lenkrad und hielt sich mit Ach und Krach an das Tempolimit.

Jane war davon ausgegangen, dass sie sich wieder einigermaßen abkühlen würde, bis sie bei ihr zu Hause angelangt waren, doch weit gefehlt.

Sie hatte sich die ganze Zeit über am Türgriff festgekrallt, was jedoch keineswegs auf Wills Fahrstil zurückzuführen war. Sie gab sich Mühe, ruhig und rational zu bleiben, doch als er in ihre Einfahrt einbog, sprang sie sofort aus dem Wagen und fischte den Schlüsselbund aus der Handtasche. Will nahm ihn ihr ab, während sie zur Haustür eilten, schloss hastig die Tür auf und folgte ihr nach drinnen. Ehe sie nach dem Lichtschalter tasten konnte, hatte er sie auch schon gepackt und rücklings an die Tür gedrückt, um sie zu küssen.

Jane ließ die Handtasche auf den Boden fallen und schlang ihm einen Arm um den Nacken. Sie musste sich dafür auf die Zehenspitzen stellen, aber sie wollte ihn spüren. Er machte es ihr einfacher, indem er beide Hände unter ihre Pobacken legte und sie etwas hochhob, sodass sie, zwischen ihm und der Tür eingeklemmt, ein paar Zentimeter über dem Boden schwebte.

Du meine Güte, was für ein Kraftprotz! Will hatte sie fest im Griff und begann erneut, ihren Mund rücksichtslos mit Lippen und Zunge zu traktieren. Seine Fingerspitzen bohrten sich in ihre Oberschenkel, und es fühlte sich wunderbar erregend an, hemmungslos und ausschweifend. Jane konnte sich nicht entsinnen, jemals zuvor mit einer derart gierigen Verzweiflung begehrt worden zu sein, und ihre Ungeduld stand der seinen um nichts nach. Atemlos erwiderte sie seine Küsse und fuhr ihm dabei mit den Fingern durchs Haar.

»Schlafzimmer«, murmelte er und bahnte sich mit den Lippen einen Weg von ihrem Mund über das Kinn und die Wangen bis hinunter zum Hals.

Jane schnappte nach Luft. »Irgendwo da hinten.«

»Wir werden es schon finden.«

Er drehte sich mit ihr um und bugsierte sie in der Dunkelheit vor sich her.

»Geradeaus«, murmelte sie, das Gesicht in seiner Halsbeuge vergraben. Wie sie diese Stelle liebte! Sie begann zu lecken. Im selben Moment kollidierte er mit etwas und fluchte.

»Entschuldige, da steht ein Hocker. Wenn du den umrundet hast, geht es geradeaus, am Esszimmer vorbei. Mein Schlafzimmer ist ganz hinten.«

»Alles klar.« Mitten im Flur blieb er stehen, drückte sie an die Wand und schmiegte nun seinerseits das Gesicht in ihre Halsbeuge, um an dieser hochempfindlichen Stelle zu saugen. Ob sie morgen wohl einen Knutschfleck haben würde? Es war ihr einerlei, denn die Liebkosung jagte ihr wohlige Schauer über den Rücken, und ein Kribbeln ging durch ihren ganzen Körper.

Dann trug er sie den restlichen Weg zum Schlafzimmer und öffnete mit der freien Hand die Tür, womit er ihr das Gefühl gab, zerbrechlich und leicht wie eine Feder zu sein. Ein Glück, dass sie in weiser Voraussicht die Bettwäsche gewechselt und das Bett gemacht hatte! Nur für alle Fälle.

Kaum hatte er sie auf dem Bett abgesetzt, war er auch schon über ihr, sodass sie sein Gewicht spüren konnte, während er sich von den Lippen zum Hals hinunterküsste. Seine Finger wanderten derweil unter dem Top über ihren Bauch, bis Jane förmlich bebte vor Verlangen.

Sie streifte die Schuhe ab und rutschte ein Stück nach oben.

»Du riechst so gut«, murmelte er, das Gesicht an ihren Hals gepresst. Seine Hände waren überall. Eine stahl sich unter ihren Rock, erkundete ihren Oberschenkel, ihre Hüfte, die andere hatte sich inzwischen in den BH geschoben und massierte ihre Brust. Es ging alles so schnell, dass Jane gar nicht alle Sinneseindrücke verarbeiten konnte, die auf sie einstürmten. Er zog ihr das Top über den Kopf, und sie lehnte sich zurück und überließ ihm bereitwillig die Führung. O ja, genau so hatte sie sich das vorgestellt. Wie oft hatte sie davon geträumt, hatte sich danach gesehnt!

Und dann – streckte er plötzlich den Arm aus und knipste die Lampe auf ihrem Nachttisch an.

Sie richtete den Oberkörper auf. »He, was soll das werden?«

»Ich will dich sehen.«

»Oh. Ähm …« Da ging sie hin, ihre maßlose Erregung. »Können wir nicht im Dunkeln weitermachen?«

Will hob grinsend eine Augenbraue und drückte sie an den Schultern nach hinten. »Vergiss es, Jane. Du bist umwerfend schön, und ich will dich sehen. Ganz.«

Wieder richtete sie sich auf, stützte sich auf die Ellbogen. »Dir ist schon klar, dass ich zwei Kinder zur Welt gebracht habe, oder?«

Er sah auf sie hinunter, die Arme rechts und links von ihr aufgestützt. »Ich finde dich schön, Jane. Und ja, mir ist klar, dass du keine zwanzig mehr bist. Ich übrigens ebenso wenig.«

»Schon, aber du hast keine Dehnungsstreifen von der Schwangerschaft.«

Er lachte und drückte sie nach hinten. »Nein, habe ich nicht, und jetzt entspann dich, und lass dich verwöhnen.«

Jane starrte an die Decke. Ihre Lust war einer akuten Nervosität gewichen. Doch dann war Will wieder über ihr und küsste sie, so innig und zärtlich, dass sie binnen kürzester Zeit all ihre Zweifel in Anbetracht ihrer körperlichen Makel vergaß. Sie schlang ihm die Arme um den Nacken und vergrub die Finger in seinem weichen Haar. Er betastete ihren Bauch, ihre Hüfte, machte sich an ihrem Rock zu schaffen, und sie hob den Hintern an, um ihm zu helfen, bis er ihr das gute Stück ausgezogen hatte und sie in BH und Slip vor ihm lag.

Dann küsste er erneut ihren Hals, bis sie schauderte, und arbeitete sich über ihr Schlüsselbein zu ihrem Busen vor. Jane kniff die Augen zu, aus Angst, er könnte enttäuscht sein, doch als er ihr den BH auszog und sich seine Lippen um die Spitze ihrer linken Brust schlossen, waren ihre Bedenken vergessen. Sie registrierte nur noch, wie gekonnt er sie liebkoste. Sie schlug die Augen auf, wollte sehen, wie sich seine Wangen nach innen wölbten, als er an der empfindlichen Knospe saugte und sie schließlich mit der Zunge reizte, bis Jane das Gefühl hatte, vor Lust zu vergehen. Während sich sein Mund so hingebungsvoll um ihren Busen bemühte, wanderte seine Hand über die Rippen und den Bauch gen Süden bis hinunter zu ihrem Venushügel. Sie schnappte nach Luft und stöhnte auf, als seine Finger in ihrem Höschen verschwanden, um sie zu necken und zu quälen.

Fordernd hob sie das Becken an, drängte sich seinen forschenden Fingern entgegen. Er wusste genau, wo und wie er sie berühren musste, ließ die Finger ein klein wenig in sie hineingleiten, um sie anzufeuchten und dann damit ihr Lustzentrum zu umkreisen, bis sie vor Erregung nicht mehr ein noch aus wusste.

Sie spannte sämtliche Muskeln an, rieb sich so lange an seiner Hand, bis sie dem Orgasmus nahe war.

»Ja, lass dich gehen, Baby«, flüsterte er. »Für mich.«

Seine erotischen, verheißungsvollen Worte machten sie so heiß, dass sie tatsächlich kam. Sie stöhnte laut auf, zuckte und bebte, geschüttelt von einem Orgasmus, auf den sie Jahre gewartet hatte. Will hielt sie fest umschlungen und ließ nicht von ihr ab, sondern machte unerbittlich weiter, stimulierte sie so geschickt mit den Fingern, dass sie im Nu ein zweites Mal auf den Gipfel der Lust zusteuerte. Dann zog er sie ein Stück nach unten, sodass ihr Hintern auf der Bettkante zu liegen kam, befreite sie von ihrem Höschen und presste den Mund auf ihr Geschlecht, um sie mit Lippen und Zunge zu reizen.

Sie war so ausgehungert, dass es nicht lange dauerte, bis sie erneut kam, so rasch, dass es ihr direkt peinlich

gewesen wäre, hätte es sich nicht so himmlisch angefühlt. Will schien jedenfalls nichts dabei zu finden, denn
er betrachtete sie grinsend, während sie allmählich wieder zu Sinnen kam.

Erst jetzt wurde ihr bewusst, dass er noch angezogen
war.

Sie setzte sich auf. »Das ist nicht fair.«

»Was?«

»Dass ich nackt bin und du nicht.«

»Das wollte ich gerade ändern.«

Er zog sich das Hemd über den Kopf und machte sich
an den Knöpfen seiner Jeans zu schaffen, während Jane
wie gebannt auf die Wölbung starrte, die sich darunter
abzeichnete.

»Oh, wow«, murmelte sie, als er sich seiner Hose und
der Boxershorts entledigt hatte. Mehr brachte sie nicht
heraus.

Will grinste, während sie sich einen Moment Zeit
nahm, um dieses Prachtexemplar der männlichen Spezies zu betrachten, das da vor ihr stand. Man konnte
ihm deutlich ansehen, dass er regelmäßig etwas für seinen Körper tat. Sie hatte ihn oft genug beim Training
getroffen und wusste, wie hart er an seiner Form arbeitete. Und das zahlte sich aus. Er war ein einziges Mus-
kelpaket.

Und sie würde die Gelegenheit, von diesen Muskeln
ausgiebig zu profitieren, nicht ungenutzt verstreichen
lassen, denn es war lange her, seit sie das letzte Mal mit
einem Mann geschlafen hatte, und sie war fest entschlossen, diese Nacht bis zur letzten Minute auszukosten.

Jane breitete die Arme aus, und er schmiegte sich an sie und küsste sie zärtlich. Meine Güte, er verstand sich wirklich meisterhaft darauf, eine Frau nur mit seinen Küssen um den Verstand zu bringen. Sie ließ die Hände über seinen durchtrainierten Körper gleiten, seine Schultern, die Brust, den Bauch, und kam sich dabei vor wie in einem Traum.

»Ich mag es dich zu berühren«, murmelte sie.

»Schick deine Finger ruhig auf Erkundungstour«, sagte er und hauchte ihr einen Kuss auf die Lippen.

Sie kam der Aufforderung nur zu gerne nach und erforschte zunächst mit den Händen seinen flachen Unterbauch, der von einem weichen Flaum bedeckt war. Das war aber auch das einzig Weiche an diesem Mann. Der Rest seines Körpers bestand aus fester, harter Muskelmasse.

Als sie nach seinem Schaft griff, schnappte Will nach Luft. Sie begann ihn zu streicheln, doch er schob ihre Hand weg.

»Wenn du so weitermachst, ist der Spaß bald vorbei.«

»Gut, dann spare ich mir den Rest meiner Erkundungstour für später auf.«

Will grinste. »Die Einstellung gefällt mir.«

Er bückte sich und holte ein Kondom aus der Hosentasche seiner Jeans.

»Nicht, dass ich damit gerechnet habe, mit dir im Bett zu landen, aber – ich bin einfach gern vorbereitet.«

Jetzt war es an ihr zu grinsen. »*Die* Einstellung gefällt mir aber auch.«

Er streifte sich den Gummi über, machte es sich zwischen ihren Beinen bequem und betrachtete sie mit einem wollüstigen Blick, unter dem ihr ganz heiß wurde. Als er eine Hand zwischen ihre Körper schob, um sich davon zu überzeugen, dass sie bereit für ihn war, und dabei genüsslich ein paarmal mit den Fingern über die Falten ihres pulsierenden Geschlechts strich, bäumte sie sich unter ihm auf und war schon wieder am Rande der Ekstase.

Da das letzte Mal auch bei ihm bereits eine ganze Weile her war, ließ er sich Zeit, dirigierte sein bestes Stück ganz vorsichtig an die richtige Stelle und drang Zentimeter für Zentimeter in sie ein. Als sein praller Schaft bis zum Anschlag in ihr war, schauderte sie unwillkürlich, von unerwarteten Emotionen erfüllt.

Will schob ihr eine Haarsträhne aus dem Gesicht und küsste sie, hielt aber ansonsten still. Sie konnte sich lebhaft vorstellen, wie viel Selbstbeherrschung es ihn kosten musste, sich so lange zurückzuhalten, bis sich ihr Körper an ihn gewöhnt hatte. Es machte sie schier verrückt, zu spüren, wie er noch weiter in ihr anschwoll, und es dauerte nicht lange, da wurde ihr Verlangen übermächtig.

»Will«, flüsterte sie, heiser vor Verlangen.

»Ja?«

»Du kannst jetzt loslegen.«

»Alles klar bei dir?«

»O ja. Alles wunderbar.«

Er nahm ihren Arm und drückte ihn über ihrem Kopf aufs Bett, und als er nun endlich begann, sich in ihr zu bewegen, war ihr, als würde die Erde beben. Sie hob das

Becken an, stemmte sich seinen Stößen mit aller Kraft entgegen, und der kalte Schweiß brach ihr aus, während er sie förmlich auf der Matratze festnagelte.

Und dann zeigte er ihr, was sie in der Zeit ihrer Enthaltsamkeit alles verpasst hatte, indem er die freie Hand unter ihren Hintern schob, um den Druck auf ihr Schambein zu intensivieren und noch tiefer in sie einzudringen. So rieb er den Unterleib an ihr, bis sie die Sterne sah. Sie umklammerte seinen Arm, zog seinen Kopf zu sich hinunter, um ihn zu küssen, und dann kam sie.

Der Orgasmus glich einem Blitzeinschlag, so unerwartet traf er sie. Sie riss die Augen auf und starrte ihn an, gab alles, bebend vor Lust. Lust, die er ihr bereitet hatte. Er stieß weiter in sie, mit raschen, kräftigen Bewegungen, und es dauerte nicht allzu lange, bis er ebenfalls explodierte. Stöhnend beugte er sich zu ihr hinunter und küsste sie ungestüm, womit er ihr gleich noch einen Höhepunkt bescherte.

Danach lagen sie beide eine Weile da, nach Luft ringend und heftig zitternd, wobei Jane nicht genau sagen konnte, von wem das Zittern ausging – von ihr, von ihm oder von ihnen beiden. Sie ließ die Hand über Wills schweißnassen Rücken gleiten, schloss die Augen und versuchte, sich jedes einzelne Detail einzuprägen, nur für den Fall, dass dies ihr erstes und letztes Schäferstündchen war. Sie wollte sich alles in Erinnerung rufen können, um damit bei Bedarf ihre Sex-Fantasien ausschmücken zu können.

Will rollte sich auf die Seite und zog sie an sich. Sie

schlug die Augen auf und stellte fest, dass er sie betrachtete.

»Es ist also wirklich wie Fahrradfahren.«

Sie runzelte verwirrt die Stirn. »Was?«

»Du hast definitiv nicht vergessen, wie es geht.«

»Oh.« Jane schnaubte belustigt. »Nein, offenbar nicht.«

»Trotzdem sind meiner Meinung nach noch fünf, sechs Übungseinheiten angebracht. Nur vorsichtshalber, damit du auch künftig nicht Gefahr läufst, es zu vergessen.«

Bei der Vorstellung breitete sich ein Gefühl der Wärme in ihrem Unterbauch aus, und sie stellte verblüfft fest, dass sie schon wieder von Erregung erfasst wurde, dabei hätte man doch wirklich annehmen können, nach diesem Marathon wäre ihr Hunger vorerst gestillt.

Doch dem war nicht so.

»Ganz deiner Meinung.«

»Bin gleich wieder da.« Er wälzte sich aus dem Bett und ging ins Bad.

Als sie das gedämpfte Klingeln ihres Mobiltelefons vernahm, legte sie die Stirn in Falten und warf einen Blick auf den Wecker auf ihrem Nachttisch. Es war nach Mitternacht. Niemand außer Chelsea würde sie so spät noch anrufen, und die wusste, dass sie ein Date hatte und würde sich garantiert bis morgen gedulden, ehe sie anrief, um sich zu erkundigen, wie es gelaufen war.

Jane stieg aus dem Bett und machte sich auf die Suche nach ihrem Handy. Es war in ihrer Handtasche, die neben der Eingangstür am Boden lag.

Ein Anruf in Abwesenheit. Von ihrer Mutter.

»Mist«, flüsterte Jane.

Will gesellte sich sogleich zu ihr. »War das dein Handy, das da eben geklingelt hat? Ist etwas passiert?«

Sie drehte sich zu ihm um. »Schon möglich. Meine Mutter hat angerufen, und die Kinder übernachten doch heute bei ihr.«

Mit heftig klopfendem Herzen wählte sie die Nummer ihrer Eltern. Ihre Mutter ging sofort ran.

»Jane?«

»Mom? Was ist los?«

»Gerate jetzt bitte nicht in Panik, aber Tabby ist vorhin auf dem Weg zur Toilette über den Teppich gestolpert und hat sich an der Tischkante den Kopf gestoßen.«

Jane bemühte sich nach Kräften, ruhig zu bleiben. »Ist es schlimm?«

»Sie blutet ziemlich stark, aber das ist auch kein Wunder, sie hat eine relativ große Platzwunde am Kopf. Ich fürchte, die wird man nähen müssen.«

»Ich komme sofort zu euch und hole sie ab.«

»Ja, das ist vielleicht das Beste. Wir richten schon mal alles her.«

»Danke, Mom.« Sie legte auf und hastete ins Schlafzimmer.

Will folgte ihr. »Was ist passiert?«

»Tabitha ist über den Teppich gestolpert und hat sich am Tisch den Kopf aufgeschlagen. Laut meiner Mom hat sie eine Platzwunde am Kopf, die vermutlich genäht werden muss.« Sie schnappte sich BH und Slip, Jeans und ein T-Shirt und zog sich eilends an.

Will tat es ihr nach. »Ich fahre dich hin.«

Jane drehte sich zu ihm um. »Das ist nicht nötig.«

»O doch, das ist es. Du hast mehr getrunken als ich, und du bist mit den Nerven am Ende, weil deine Tochter ins Krankenhaus muss. Du bist nicht in der Verfassung, Auto zu fahren.«

»Ich habe keine Wahl. Entweder fahre ich, oder ich lasse sie von meinem Dad hinbringen.«

»Hör zu, wenn ich am Steuer sitze, kannst du dich auf der Fahrt um Tabitha kümmern, und außerdem kenne ich die Leute in der Notaufnahme und kann dafür sorgen, dass ihr nicht stundenlang warten müsst. An einem Samstagabend ist da normalerweise ganz schön viel Betrieb.«

Sie atmete zitternd ein. Er hatte recht. Und obwohl sie es lieber im Alleingang geregelt hätte, konnte sie im Augenblick jede Unterstützung gebrauchen. Tabitha hatte oberste Priorität. »Okay. Danke.«

Sie stiegen in seinen Wagen und fuhren los. Im Haus ihrer Eltern brannten sämtliche Lichter, und ihre Mutter erwartete sie schon an der Tür. Sie wirkte nicht im Mindesten überrascht, als sie Will erblickte, sondern lächelte ihn lediglich an und nickte. »Schön, dass Sie Jane beistehen.«

»Wie geht es Tabby?«, wollte Jane wissen, als sie hineingingen.

»Gut. Sie hat Angst. Sie weiß, dass ihre Wunde genäht werden muss, und du kannst dir ja denken, was sie von dieser Aussicht hält.«

»Ja.«

Tabby saß in der Küche, auf dem Schoß ihres Großvaters. Beim Anblick des blutigen Handtuchs, das er ihr auf die Stirn drückte, wurde Jane übel. Sie konnte kein Blut sehen, auch wenn sie das nur äußerst ungern zugab. Sie versuchte, es sich nicht anmerken zu lassen, weil sie als Mutter von zwei Kindern eben stark sein musste, aber es fiel ihr ungemein schwer.

»Na, Kleines? Wie ich höre, hattest du einen kleinen Zusammenstoß mit dem Küchentisch?«, sagte sie und vermied es tunlichst, das Handtuch anzusehen, mit dem ihr Vater die Blutung zu stillen versuchte.

Prompt bekam Tabby feuchte Augen. Ihre Unterlippe zitterte, und dicke Tränen kullerten ihr über die Wangen. »Ich bin hingefallen, Mommy. Mein Kopf tut weh.«

»Ich weiß, Liebes.« Sie schlang die Arme um ihre Tochter, doch als ihr der Blutgeruch in die Nase stieg, wäre sie am liebsten gleich in Richtung Toilette gespurtet. Sie wich zurück. »Will fährt uns jetzt in die Notaufnahme, und dort lassen wir dich verarzten, okay?«

Tabby nickte, und Jane ließ sich auf den nächstbesten Stuhl plumpsen und atmete ein paarmal tief durch. Sie brauchte dringend Luft – Luft, die nicht nach Blut roch.

Was war sie bloß für eine schauderhafte Mutter!

# Kapitel 7

Will blickte von Tabitha zu Jane, die leichenblass geworden war und aussah, als könnte ihr jeden Moment das Essen hochkommen, das sie vorhin mit ihm verspeist hatte.

Ja, er hatte zu ihr gesagt, sie sei nicht in der Verfassung, Auto zu fahren, aber der Sake und das Bier waren schon ziemlich lange her, und danach hatte sie bloß noch Wasser getrunken. Folglich ging er davon aus, dass ihr gegenwärtiger Zustand nicht auf ihren Alkoholkonsum zurückzuführen war, sondern auf den Anblick ihrer verletzten Tochter.

»Hey, Tabitha«, sagte er. »Darf ich mir dein Aua mal ansehen?«

Tabitha nickte, also ging er zu ihr, hob das Handtuch etwas an und warf einen Blick auf ihre Stirn. Kein Zweifel, die Wunde, die dort direkt unter dem Haaransatz klaffte, würde genäht oder mit einem Klammerpflaster zusammengeflickt werden müssen.

»Puh, das tut bestimmt ganz schön weh.«

»Ich muss mal«, sagte Jane. »Bin gleich wieder da, Tabby.«

Damit hatte Will schon gerechnet. Er sah, wie sie die

Schultern straffte und das Kinn anhob. Aber sie würde sich zusammenreißen, für ihre Tochter, auch wenn sie so aussah, als könnte sie jeden Moment in Ohnmacht fallen.

Wie es schien, hatte sie ein echtes Problem mit Blut und offenen Wunden, was für eine Mutter natürlich ungünstig war.

»Rate mal, was ich in meinem Auto habe?«, sagte er, an Tabitha gewandt.

»Was denn?«

»Ein Blaulicht mit Martinshorn. Das kann ich auf dem Weg ins Krankenhaus einschalten.«

»Ehrlich?« Sie schniefte noch ein bisschen, dann versiegten ihre Tränen.

»Dürfen Sie das denn?«, erkundigte sich Janes Mom Sarah.

»Nur, wenn ich einen sehr wichtigen Passagier an Bord habe, der ins Krankenhaus muss«, erwiderte er, sah dabei jedoch Tabitha an. »Und wir wissen doch alle, wie wichtig Tabitha ist.«

Die Kleine setzte sich gleich etwas aufrechter hin und grinste ihre Mutter an, die soeben wieder hereingekommen war. »Hast du gehört, Mommy? Ich bin wichtig.«

»Ja, ich hab's gehört. Fahren wir?«

»Danke für Ihre Hilfe, Will«, meldete sich ihr Vater Greg zu Wort. »Ich könnte natürlich auch fahren …«

»Kein Problem«, winkte Will ab. »Ich kann dafür sorgen, dass der Papierkram ein bisschen schneller erledigt wird, damit Tabitha möglichst bald nach Hause ins Bett kann.«

»Ryan bringen wir dann morgen zu dir rüber«, sagte Sarah zu Jane. »Er schläft und hat nichts mitbekommen.«

»Danke, Mom. Ich rufe dich dann an und erzähle dir, wie es gelaufen ist.«

»Ja, mach das, sonst liege ich die ganze Nacht wach vor Sorge.«

Jane umarmte sie. »Ich weiß.«

»Tabitha, hast du was dagegen, wenn ich dich trage?«, fragte Will.

»Nö.« Die Kleine streckte bereits die Arme nach ihm aus, und Will spürte, wie sich in Anbetracht dieses Vertrauensbeweises sein Herz zusammenzog.

Er hob sie hoch und ging mit ihr zur Tür. Da die Wunde inzwischen nicht mehr blutete, deckte er sie im Wagen mit einer Mullbinde aus dem Verbandskasten ab und steckte das schmutzige Handtuch in eine Plastiktüte, die er in den Kofferraum warf. So. Damit war die Gefahr, dass Jane ohnmächtig wurde oder sich in seinem Auto übergab, hoffentlich gebannt.

Sie nahm neben Tabitha auf der Rückbank Platz und schnallte sich an.

Will steckte den Kopf durch die offene Tür. »Geht's dir gut?«, fragte er.

»Ja, alles okay.« Sie wirkte schon etwas weniger blass.

Er drückte ihren Arm, schloss die Tür und setzte sich hinters Lenkrad. Die Fahrt zum städtischen Krankenhaus dauerte nicht allzu lang. Das Hope Community Hospital verfügte über eine ganz ordentliche Notfallambulanz, und Will kannte die meisten Ärzte und Pfleger dort. Die schwierigeren Fälle mussten zwar in die Unfallklinik von Tulsa verlegt werden, die weitaus größer war, aber wenn nur eine Wunde genäht werden musste, so wie jetzt bei Tabitha, war man hier in guten Händen.

Wie versprochen warf er unterwegs ein-, zweimal Blaulicht und Martinshorn an, was das Mädchen mit einem begeisterten »cool« quittierte.

Gleich darauf hielt er vor dem Eingang zur Notaufnahme, und Jane und Tabby stiegen aus.

»Ich parke nur schnell den Wagen. Bin gleich wieder da.«

»Keine Eile, ich schaff das schon allein«, sagte Jane mit einem matten Lächeln. »Ich bin nicht das erste Mal hier. Leider.«

Das wunderte Will nicht, bei zwei Kindern. Gut möglich, dass sie auch wegen Vic schon das eine oder andere Mal hier gewesen war. »Ich beeil mich trotzdem.«

Er sah ihr nach, bis sie mit Tabitha drinnen verschwunden war, dann fuhr er sein Auto auf den Parkplatz. Zum Glück fand er gleich einen freien Platz. Es war eine kleine Klinik, und wider Erwarten schien nicht allzu viel los zu sein.

Als er die Eingangshalle betrat, stand Jane mit Tabby am Empfangstresen und füllte ein Formular aus.

»Hey, Felicia«, begrüßte er die diensthabende Schwester.

Felicia hob den Kopf. »Hey, Will. Ich wusste gar nicht, dass du heute arbeitest.«

»Tu ich nicht. Ich war mit Jane aus, und ihre Tochter

Tabitha ist gestolpert und hat sich eine Platzwunde am Kopf zugezogen.« Er warf einen Blick über die Schulter. In der Ecke, die als Warteraum fungierte, saßen etwa zehn Personen. »Was meinst du, wie lange wird es dauern?«

Felicia spähte über den Tresen hinweg zu Tabitha, die an ihre Mutter gelehnt dastand.

»Arme Kleine«, sagte sie, und dann, zu Jane gewandt: »Ich hab selbst zwei Kinder. Ist immer unschön, wenn sie leiden müssen, nicht?«

Jane nickte. »Wohl wahr.«

»Ich sehe zu, dass ihr möglichst rasch drankommt.«

Sie nickte Will zu, und er schenkte ihr ein dankbares Lächeln.

Jane reichte Felicia das Klemmbrett mit den ausgefüllten Formularen sowie ihre Krankenversicherungskarte. Felicia erledigte die Formalitäten mit der üblichen Routine, dann durften sie sich setzen. Es dauerte keine fünf Minuten, dann wurde Tabitha auch schon aufgerufen und in einen Untersuchungsraum geführt.

Eine Krankenschwester namens Elaine kam herein und überprüfte die Funktionstüchtigkeit sämtlicher lebenswichtiger Organe. Als sie die Mullbinde von Tabbys Stirn nahm, um sich die Wunde anzusehen, hielt Jane den Blick starr auf die Monitore neben der Liege gerichtet.

»Tja, die ist ganz schön groß. Da werden wir wohl nähen müssen, Herzchen.«

Sogleich stiegen Tabitha wieder Tränen in die Augen. Sie sah ängstlich zu ihrer Mutter. »Mommy ...«

Jane erhob sich und setzte sich zu ihrer Tochter auf

die Liege. »Hab keine Angst, Schätzchen. Ich bin ja da. Ich werde deine Hand halten.«

Will fragte sich, wer wohl Janes Hand halten würde.

»Ich werde die Wunde erst einmal reinigen und desinfizieren und alles vorbereiten«, sagte Elaine zu Jane, dann beugte sie sich über Tabitha. »Das könnte jetzt ein bisschen brennen.«

Bei ihren Worten war Jane wieder blass geworden, doch sie blieb sitzen und hielt Tabithas Hand. Um sie abzulenken, erzählte sie ihr, wo sie mit Will zu Abend gegessen hatte und dass sie danach noch auf einem Konzert und am See gewesen waren, wo sie ein paar Enten gesehen hatten. Sie war sehr tapfer und blickte ihr dabei sogar ins Gesicht.

»So, jetzt darfst du dich hinlegen, und dann warten wir gemeinsam auf den Doktor, ja?«, sagte Elaine, als sie fertig war.

Tabitha sah zu ihrer Mutter, und als diese nickte, sagte sie »Okay« und legte sich artig hin. Die Krankenschwester hatte gerade ein grünes OP-Tuch über ihren Oberkörper ausgebreitet, als der Arzt hereinkam.

Will atmete erleichtert auf, als er ihn erblickte.

»Hallo, Will.«

»Hey, Jeff.«

»Na, dienstlich hier oder nur zum Vergnügen?«

Will grinste. »Jane, das ist Jeff Armstrong, ein guter Freund von mir und ein ausgezeichneter Notfallmediziner. Bei ihm ist Tabitha in besten Händen.«

»Gut zu wissen. Schön, Sie kennenzulernen, Dr. Armstrong.«

»Bitte nennen Sie mich Jeff, sonst fühl ich mich so alt. Und wer versteckt sich da auf meiner Liege?«

»Tabitha«, ertönte eine klägliche, leise Stimme unter dem Papiertuch.

Jeff zog sich ein Paar Einweghandschuhe an und spähte unter die Abdeckung. »Guten Abend, Tabitha. Ich bin Dr. Jeff, und ich werde jetzt die Wunde auf deiner Stirn nähen. Wenn deine Freunde die coolen Stiche sehen, die ich dir gleich verpasse, werden sie alle total neidisch sein. Bist du bereit?«

»Ja.«

Jeff kommentierte jeden einzelnen Handgriff, den er machte, angefangen von der Betäubungsspritze, die er ihr gleich am Anfang gab. Tabitha vergoss ein paar Tränen, und ihr Schluchzen ging selbst Will ans Herz. Doch Jane murmelte die ganze Zeit über tröstende Worte, und sobald die Spritze zu wirken begann, beruhigte sich die Kleine ein wenig. Jeff unterhielt sich angeregt mit Mutter und Tochter über diverse Kindersendungen, von denen Will noch nie gehört hatte. Er hielt sich im Hintergrund und beobachtete die drei schweigend. Nun, da Tabitha keine Schmerzen mehr verspürte, ließ sie die Prozedur gelassen über sich ergehen und lachte sogar zuweilen.

»So, fertig«, verkündete Jeff schließlich, entfernte das OP-Abdecktuch und säuberte die Stirn seiner Patientin. Anschließend untersuchte er sie noch kurz.

»Ich kann keine Anzeichen für eine Gehirnerschütterung erkennen.«

»Puh, da bin ich aber erleichtert«, sagte Jane.

»Du warst eine sehr brave Patientin, Tabitha. Hier ist deine Belohnung.« Jeff hielt ihr einen roten Lutscher hin.

Die Kleine riss die Augen auf und sah zu ihrer Mutter. »Darf ich, Mommy?«

»Aber natürlich.«

Will schüttelte dem Arzt die Hand. »Danke, Jeff.«

»Hey, das ist mein Job. Und wenn ich so coole Patienten wie Tabitha habe, ist es ein toller Job.« Jeff zwinkerte dem Mädchen zu und erntete dafür ein breites Lächeln.

»Ganz im Ernst«, sagte Jane und schüttelte Jeffs Rechte mit beiden Händen. »Dank Ihnen war das alles nur halb so schlimm. Vielen Dank.«

»Gern geschehen.« Jeff schob sich grinsend das dunkle Gestell seiner Brille auf die Stirn. Dann drehte er sich noch einmal zu Tabitha um. »Und du bist künftig im Dunkeln etwas vorsichtiger, okay, Prinzessin?«

Tabitha nahm den Lolli aus dem Mund und grinste. »Okay.«

»In etwa einer Woche können Sie beim Kinderarzt die Fäden ziehen lassen«, sagte Jeff noch zu Jane, ehe er den Raum verließ. Elaine kehrte mit einem Vordruck voller Anweisungen zurück und reichte ihr die Entlassungspapiere.

»Dann mal los«, sagte Will. »Können wir nach Hause fahren, Tabitha?«

»Jep«, erwiderte sie mit dem Lutscher zwischen den Lippen.

Er blickte schmunzelnd zu Jane, die erleichtert aufatmete. »Jep.«

Er fuhr sie nach Hause, wo Jane erst einmal ihre Tochter ins Bett brachte. »Bin gleich wieder da«, versprach sie Will.

Ein paar Minuten später kam sie zurück. »Sie ist unruhig und will, dass ich ihr eine Geschichte erzähle.«

Will nickte. »Verständlich. Ich geh dann mal. Du bist bestimmt hundemüde.«

Jane lachte leise. »Es war ein ereignisreicher Abend.«

Er hob die Hand und fuhr ihr mit dem Daumen über die Wange. »Ja, das war es.« Damit wandte er sich zum Gehen.

»Will?«

Er hielt inne und drehte sich um. »Ja?«

Sie ging zu ihm und schmiegte sich in seine Arme, und er zog sie an sich und gab ihr einen kurzen, aber leidenschaftlichen Kuss, der die Lust von vorhin wieder entfachte.

Dann machte sie sich auch schon wieder von ihm los. »Ich muss mich jetzt um Tabby kümmern.«

»Ja, mach das. Ich melde mich morgen.«

Sie lächelte. »Das wäre schön.«

»Ruh dich inzwischen aus.«

»Gute Nacht, Will.«

Er trat hinaus, und die Tür schloss sich hinter ihm, mit einer Endgültigkeit, die ihm ganz und gar nicht behagte.

Er wäre lieber geblieben, um Jane beizustehen und sich davon zu überzeugen, dass es Tabitha auch wirklich gut ging.

Stattdessen stand er hier draußen, weil er nun einmal nicht zu dieser Familie gehörte.

Aber damit musste er sich wohl oder übel abfinden.

Vorläufig jedenfalls.

## Kapitel 8

In der darauffolgenden Woche konzentrierte sich Jane voll und ganz auf die Schule und die Kinder. Sie hatte befürchtet, Tabitha könnte wegen ihrer Verletzung gehänselt werden, doch das Gegenteil war der Fall – die anderen Kinder in der Vorschule waren alle sehr beeindruckt. Dr. Armstrong hatte also recht gehabt. Natürlich würde eine Narbe zurückbleiben, aber die ließ sich hinter den Stirnfransen ganz einfach verdecken.

Tabitha trug den Vorfall mit Fassung. Sie war begeistert, weil ihr nun mehrere Tage das Haarewaschen erspart blieb, und ging so stolz mit ihrer Wunde hausieren, als handle es sich dabei um eine Auszeichnung für besondere Leistungen. Ryan, der schon mehrere Stippvisiten in der Notaufnahme hinter sich hatte, unter anderem wegen eines gebrochenen Arms, war unglaublich neidisch auf sie, zugleich prahlte er überall mit seiner berühmten kleinen Schwester herum, was Tabitha sehr genoss, denn normalerweise war sie in seinen Augen total uncool. Und er konnte nicht fassen, dass ihn niemand geweckt hatte und er die große Katastrophe einfach verschlafen hatte.

Jane war heilfroh, dass allmählich wieder Norma-

lität einkehrte – soweit in ihrem Leben von Normali-
tät die Rede sein konnte. Will hatte sie wie vereinbart
am Vormittag nach Tabithas Unfall angerufen, aber sie
hatte ihn nach ein paar Sätzen abgewürgt und versprochen, ihn zurückzurufen, denn ihre Eltern hatten soeben Ryan gebracht.

Eine Woche später hatte sie es noch immer nicht getan.

»Dann war der Abend also eher ein Reinfall?«, wollte Chelsea wissen, als sie eines Nachmittags nach der
Schule bei Bert's eine Kleinigkeit aßen. Tabitha besuch-
te eine Freundin, Ryan war beim Baseballtraining und
würde bei einem der Jungs aus seinem Team zu Abend
essen, und dessen Mutter würde ihn dann nach Hause
fahren. Jane hatte also ein paar Stunden frei, zum ersten Mal seit einer Woche. Genau deshalb hatte Chelsea
sie auch zu einem Plausch bei einem Glas Eistee überredet.

»Nein. Ich hab dir doch erzählt, wie toll es war.«

»Bis Tabitha ihren kleinen Unfall hatte.«

»Genau.«

»Und danach hat er dich und Tabby ins Krankenhaus
gebracht und dafür gesorgt, dass ihr gleich drankommt,
richtig?«

Jane verdrehte die Augen. »Das haben wir doch schon
alles mehrfach durchgekaut.« Chelsea hatte sie ebenfalls am Tag nach der Verabredung mit Will angerufen,
und Jane hatte ihr alles haarklein erzählen müssen.

»Ja, das haben wir, aber ich verstehe noch immer
nicht, warum um alles in der Welt du dich jetzt eine

Woche nicht bei ihm gemeldet hast. Hat er dich ange-rufen?«

Jane zuckte die Achseln und nahm einen Schluck Eistee. »Ja. Dreimal sogar.«

»Und?«

»Ich habe ihm gesagt, dass ich viel zu tun habe. Hatte ich ja auch. Nächste Woche sind die Abschlussprüfun-gen, wie du weißt.«

»Und deswegen legst du dein Privatleben komplett auf Eis? Du weißt genauso gut wie ich, dass die Prü-fungen absolut keinen Einfluss auf deinen Tagesablauf haben, weder beruflich noch privat. Also, was ist los, Jane? Warum zeigst du Will auf einmal die kalte Schul-ter? Wenn euer Date so toll war, warum servierst du ihn dann einfach ab?«

Jane verdrehte die Augen. »Ich serviere ihn nicht ab. Ich brauche bloß ein bisschen Abstand, auch wenn das Date fantastisch war.«

Chelsea betrachtete sie eingehend, dann setzte sie sich aufrecht hin. »Ach, jetzt verstehe ich. Du hast Schiss.«

»Was? Wovor sollte ich denn Schiss haben?«

»Du hast Schiss, dass er für dich da sein wird, dass du dich Hals über Kopf in ihn verlieben könntest, und dass er dich wie Vic im Stich lassen wird.«

»Unsinn.«

»Dann hoffst du wohl, dass Vic doch noch eines Ta-ges zurückkommt.«

Jane runzelte die Stirn. »Also, bitte, Chelsea! Nein, das tue ich nicht. Vic kann mir gestohlen bleiben, und daran würde sich auch nichts ändern, falls er tatsächlich eines Tages wieder auftauchen sollte. Ich habe die Nase voll von ihm, und damit basta.«

»Dann bin ich ja beruhigt. Es gibt genügend Frauen, die so dämlich sind, sich immer wieder verarschen zu lassen.«

»Nein, so beschränkt bin ich nicht, dass ich noch einmal auf ihn hereinfalle. Einmal und nicht wieder. Nie, nie mehr.«

»Okay. Und was ist mit Will?«

Jane zog den Kopf ein und starrte in ihren Eistee. »Ich weiß auch nicht. Vielleicht hast du recht. Vielleicht halte ich mich tatsächlich zurück, weil ich Angst davor habe, noch einmal verletzt zu werden.«

»Das, was Vic dir angetan hat, würde Will niemals tun.«

Jane sah ihre Freundin an. »Rein logisch gesehen ist mir das bewusst. Er ist ein echt anständiger Bursche, und ich … ich entwickle allmählich Gefühle für ihn.« Ziemlich starke Gefühle sogar. Seit ihrem gemeinsamen Abend konnte sie kaum an etwas anderes denken als an ihn.

Und vielleicht jagte ihr genau dieser Umstand am meisten Angst ein. »Aber mich überfordert das alles, Chelsea. Es macht mir Angst. Ich bin nicht bereit, mich in jemanden zu verlieben, mit dem ich erst ein einziges Mal im Bett war. Zugegeben, der Sex war sagenhaft, aber mir geht das alles viel zu schnell.«

Chelsea ergriff über den Tisch hinweg ihre Hand. »Manchmal wird man von der Liebe eben überrumpelt. Finde dich damit ab, ob es dir nun passt oder nicht.«

»Ich will aber nicht überrumpelt werden. Es wäre mir lieber, wenn alles ganz gemächlich ginge, Schritt für Schritt.«

»Man kriegt eben nicht immer das, was man will, Jane. Und man kriegt es auch nicht immer so, wie man es erwartet.«

»Ich komme mir erschlagen vor, wie die böse Hexe in *Der Zauberer von Oz*, die nach dem Wirbelsturm unter Dorothys Haus begraben wurde. Normalerweise hat man ein, zwei Monate Zeit, um sich aneinander zu gewöhnen. Man trifft einen Mann ein paarmal, findet ihn sympathisch, und dann stellt man irgendwann fest: Oh, wow, ich glaube, ich habe mich in ihn verliebt. Aber in diesem Fall ging alles so schnell. Ein Date. Überwältigender Sex. Und dann hat er sich auch noch als mein Retter in der Not entpuppt, als Tabitha ins Krankenhaus musste. Und er hat sich nicht nur um Tabby gekümmert, sondern auch um mich, weil ihm gleich aufgegangen ist, dass ich kein Blut sehen kann. Welcher Mann tut denn sowas?«

Chelsea drückte ihr die Hand. »Ein Mann, den du dir schleunigst unter den Nagel reißen und für immer und ewig an dich binden solltest. Amen.«

Jane schüttelte den Kopf. »Ich bin nicht sicher, ob ich dafür schon bereit bin. Oder ob ich jemals wieder dafür bereit sein werde.«

»Wer weiß, vielleicht nicht. Aber die ganze Sache zu beenden, bevor sie überhaupt richtig angefangen hat, ist doch ein bisschen unfair, sowohl ihm als auch dir selbst gegenüber, findest du nicht auch?«

»Schon möglich.« Jane stützte den Kopf in die Hand.

Chelsea klopfte mit dem Zeigefinger auf Janes Handy, das zwischen ihnen auf dem Tisch lag. »Na, also. Ruf ihn an, und frag ihn, ob er noch einmal mit dir ausgeht. Und dann lass dich überraschen, was passiert.«

Will hatte einen ziemlichen Scheißtag hinter sich. Frühmorgens war an der Auffahrt zum Will-Rogers-Turnpike ein Sattelschlepper umgekippt und hatte dabei seine Fracht über sämtliche Fahrspuren verteilt. Sie hatten den Verkehr komplett sperren müssen, und das eine Stunde vor der Rushhour. Es hatte mehrere Stunden gedauert, bis der Highway wieder befahrbar gewesen war, ein kilometerlanger Rückstau war die Folge gewesen. Der Tag hatte also schon schlecht angefangen.

Danach war es allerdings auch nicht besser geworden, ganz im Gegenteil, denn es hatte einen Unfall mit mehreren Verletzten auf dem Highway 44 gegeben. Wären die betroffenen Personen angeschnallt gewesen, dann wären sie glimpflich davongekommen, aber nein … Was dachten diese Leute eigentlich, wofür es Sicherheitsgurte gab? Zu Dekorationszwecken?

Als seine Schicht zu Ende ging, war Will schlecht gelaunt und brauchte dringend ein Ventil, um Dampf abzulassen. Er beschloss, direkt ins Gemeindesportzentrum zu fahren, wo er sich zunächst auf dem Laufband austobte. Binnen einer halben Stunde hatte er bereits eine beachtliche Strecke zurückgelegt.

So halb hoffte er ja, Jane draußen vor der Fensterfront des Kraftraums zu erblicken. Er hatte es aufgegeben, sie anzurufen, nachdem sie vergangene Woche gleich dreimal ziemlich kurz angebunden gewesen war.

Er sollte es sich wohl auch sparen, nach ihr Ausschau zu halten. Er hatte keine Ahnung, ob sie heute da war oder nicht. Nach dem ereignisreichen Tag war er vorhin so abgelenkt gewesen, dass er ganz vergessen hatte, nachzusehen, ob ihr Auto auf dem Parkplatz stand.

Da sie sich nicht ein einziges Mal von sich aus gemeldet hatte, ging er davon aus, dass sie nicht weiter von ihm belästigt werden wollte. Also würde er sie künftig in Ruhe lassen. Noch ein Grund für seinen Frust. Er steigerte das Tempo und trabte weiter dahin, bis ihm der Schweiß aus sämtlichen Poren strömte.

Nach einer Weile stieg Luke auf das Laufband neben ihm. »Trainierst du für einen Sprint oder Marathon?«

Es dauerte, bis Will antwortete. Er drosselte das Tempo für den Cool Down und trank ein paar kräftige Schlucke Wasser. »Weder noch«, sagte er, als er wieder einigermaßen zu Atem gekommen war.

»Verstehe. Du hattest wohl keinen guten Tag, hm?«

»Genau.«

»Ich hab gehört, dass ihr die Straße sperren musstet. Das war bestimmt kein Spaß.«

»Nein.« Die letzten paar Meter legte Will im Schritttempo zurück.

»Dann liegt es also nur an der Arbeit, dass du ein Gesicht machst wie drei Tage Regenwetter?«

»Überwiegend, ja.«

»So, so. Überwiegend«, wiederholte Luke mit einem fragenden Blick. »Willst du darüber reden?«

»Nein.«

»Okay.«

Genau das schätzte er so an Luke – wenn man mal schlecht drauf war, zwang er einen nicht, ihm sein Herz auszuschütten, bevor man dazu bereit war. Im Grunde war der höllisch anstrengende Tag, den er hinter sich hatte, nur die Spitze des Eisbergs. Sein größtes Problem war und blieb Jane. Bei jobbedingtem Frust schaffte ein ausgiebiges Work-out meistens Abhilfe, und mit etwas Glück sah die Welt am nächsten Tag dann wieder freundlicher aus.

Sein Frust wegen Jane dagegen ließ sich nicht so einfach aus der Welt schaffen.

Er wechselte zur Hantelbank, und nachdem er zum Aufwärmen ein paar leichtere Gewichte gestemmt hatte, ließ er sich von Luke bei den schwereren helfen. Schließlich tauschten sie die Plätze, dann trainierten sie noch mit der Langhantel die Schulter- und Beinmuskulatur. Sie redeten ein bisschen über die Arbeit, ansonsten herrschte kameradschaftliches Schweigen. Es tat richtig gut – ein Rundumtraining, bei dem man ordentlich schwitzte, mit einem Partner, der nicht zu viele Fragen stellte.

»Sollen wir uns noch einen Burger reinziehen?«, fragte Luke, als sie geduscht und sich umgezogen hatten.

»Gute Idee.« Schon bei der Vorstellung lief Will das Wasser im Mund zusammen. Er hatte das Mittagessen ausfallen lassen müssen und vorhin nur schnell einen Proteinriegel verdrückt.

Wenig später saßen sie bei Bert's und bestellten zwei

Burger mit allem Drum und Dran, und dazu Salat und Pommes.

»Na, wenn das nicht Officer Griffin und Officer McCormack sind.«

Will stöhnte innerlich auf. Er hatte sich auf einen geruhsamen Abend gefreut. Trotzdem hob er den Kopf und lächelte. »Hallo, Chelsea. Was geht ab?«

Sie zog einen Stuhl heran und setzte sich. »Nicht viel. Und bei euch?«

»Dito«, sagte Luke. »Hast du schon gegessen?«

»Nein, ich hab mir was zum Mitnehmen bestellt. Heut läuft nämlich eine brandneue Reality-TV-Show an. Was ist mit euch beiden?«

»Wir essen hier.« Will deutete auf seinen Teller.

Chelsea schnaubte. »Ach ne, ernsthaft?« Sie spähte zum Tresen. »Und, hast du mal wieder mit Jane telefoniert, Will?«

»Ich hab's versucht, aber sie war nicht sehr gesprächig. Was du vermutlich bereits weißt, also, was soll die Frage?«

Sie zuckte die Achseln. »Ich dachte, ich erkundige mich mal ganz unbedarft. Lass ihr ein bisschen Zeit, Will. Es liegt nicht an dir. Sie mag dich sehr.«

»Chelsea, kümmere dich lieber um deinen eigenen Kram, statt deine Nase in die Angelegenheiten anderer zu stecken.«

»Jane ist meine beste Freundin, wie du weißt, und ich handle nur in ihrem Interesse.«

»Ich frage mich, wie sie es finden würde, wenn sie wüsste, dass du hier mit mir über sie redest.«

Chelsea runzelte die Stirn. »Versuch nicht, mir ein schlechtes Gewissen einzureden, Will. Ich handle auch in *deinem* Interesse, also stell dich nicht so an.«

Luke verschränkte die Arme vor der Brust und lauschte amüsiert dem Schlagabtausch.

»Gibt's da draußen nicht noch ein paar Kinder, denen du die Karriere verbauen kannst, indem du sie in Mathe durchrasseln lässt?«, ätzte Will.

Chelsea lachte. »Gibt's da draußen nicht noch ein paar arme Schweine, denen du die Laune vermiesen kannst, indem du ihnen einen ungerechtfertigten Strafzettel verpasst?«

Luke grunzte. »Mit dieser Nummer solltet ihr auf Tournee gehen.«

»Will weiß, dass ich kein Blatt vor den Mund nehme und mich auch nicht einschüchtern lasse.«

»Aber ich kann dir sehr wohl sagen, dass du dich gefälligst um deinen eigenen Dreck kümmern sollst.«

Chelsea stieß einen übertriebenen Seufzer hervor. »Okay, ich hab den nicht besonders subtilen Wink mit dem Zaunpfahl verstanden und mache, dass ich mit meinem Essen nach Hause komme. Aber jetzt mal im Ernst, Will. Gib Jane nicht gleich auf.«

»Jetzt mal im Ernst, Chelsea. Zieh Leine.« Will wedelte mit der Hand und schob sich die letzten Pommes in den Mund.

»Das war ja hochinteressant«, stellte Luke fest, nachdem Chelsea mit ihrem Abendessen abgezogen war.

Will hatte inzwischen seinen Teller geleert und spülte mit einem Schluck Eistee nach.

»Frag lieber erst gar nicht.«

»Okay, ich halte mich zurück.« Luke schob sich einen Bissen Burger in den Mund, kaute, schluckte und trank einen Schluck Eistee. »Es sei denn, du willst, dass ich frage.«

Will seufzte. »Fang du nicht auch noch an. Dann kannst du dich ja gleich mit Chelsea zusammentun.«

Luke lachte. »Wir haben's versucht, weißt du noch? Haben's aber keine fünf Minuten miteinander ausgehalten. Wir waren schon an der Highschool nicht kompatibel, und das sind wir auch heute nicht.«

»Ja, ich erinnere mich. Bei mir und Chelsea war es ja in etwa dasselbe. Irgendwo da draußen läuft bestimmt der Richtige für sie rum, ein Mann, der sie zurückpfeift, zum Beispiel, wenn sie die Nase in Angelegenheiten steckt, die sie einen feuchten Kehricht angehen.«

»Kann sein, kann aber auch nicht sein. Sie ist eben ein Freigeist. Also, was ist jetzt mit dir und Jane? Oder soll ich meine Nase auch nicht in Angelegenheiten stecken, die mich einen feuchten Kehricht angehen? Dann sag es mir einfach. Ich nehm's mir auch nicht zu Herzen.«

»Ehrlich gesagt habe ich nicht den blassesten Schimmer. Wir waren essen und hatten einen echt schönen Abend. Der einzige Wermutstropfen war, dass sich ihre Tochter die Stirn aufgeschlagen hat. Ich habe die beiden ins Krankenhaus gefahren, und als ich Jane tags darauf angerufen habe, hat sie mich abgewürgt mit dem Argument, sie sei beschäftigt, ihre Eltern seien gerade zu Besuch. So weit, so gut. Sie hat versprochen, sich zu melden, aber sie hat es nicht getan, also habe ich sie ein paar Tage später noch mal angerufen. Wieder dasselbe Spiel: ›Keine Zeit, ich melde mich.‹ Und bei meinem dritten Anruf ebenfalls.«

Luke schob sich ein Pommes in den Mund. »Vielleicht steht sie ja einfach nicht auf dich.«

Will starrte seinen Freund an. »O doch, das tut sie, glaub mir.«

»Zu viel Selbstbewusstsein turnt die Frauen ab, mein Lieber.«

»Nein, im Ernst. Es war ein echt toller Abend, auch für sie, da bin ich ganz sicher.«

Luke lehnte sich zurück. »Dann kann ich dir auch nicht helfen. Frauen sind mir ohnehin ein Rätsel. Aus der meinen bin ich bis zuletzt nicht schlau geworden.«

»Ja, aber das lag daran, dass bei der eine Schraube locker war.«

»Du sagst es. Aus anderen Frauen werde ich allerdings genauso wenig schlau, also halte ich mich lieber ganz von ihnen fern. Boomer ist mir Gesellschaft genug.«

Will schüttelte den Kopf. »Alter, dein Hund? Du musst unbedingt öfter unter Leute.«

Luke lachte. »Du hast ja recht. Aber du bist hier derjenige, der Frauenprobleme hat, nicht ich. Also, was gedenkst du in Bezug auf Jane zu unternehmen?«

»Wenn ich das wüsste. Ich schätze, ich werde es wohl oder übel ein bisschen langsamer angehen müssen. Da sie nicht mit mir reden will, werde ich sie nicht mehr anrufen. Entweder kommt sie irgendwann zur Vernunft, oder es bleibt bei dem einen Date. Ein klassischer One-Night-Stand.«

»Das wäre schade. Ich finde, sie passt gut zu dir.«

»Ganz meine Meinung, Mann. Ganz meine Meinung.«

# Kapitel 9

Am Freitag hatte Jane zu ihrer großen Freude den ersten Abend seit Langem frei. Sie musste weder arbeiten noch auf ihre Kinder aufpassen, denn Ryan übernachtete bei einem Freund, und Tabitha hatte die Nacht unbedingt bei ihren Großeltern verbringen wollen. Nach dem Fiasko vom letzten Mal war Jane bei der Vorstellung zunächst ein bisschen mulmig gewesen, doch die Wahrscheinlichkeit, dass sich so etwas wiederholte, ging gegen Null, wie ihre Mutter ihr glaubhaft hatte versichern können. Sarah hatte Tabby nach der Schule abgeholt und zu einer Schulfreundin gebracht, die nur ein paar Häuser weiter wohnte und mit der die Kleine zum Spielen verabredet war.

Jane hatte also sturmfreie Bude und war allein. Den ganzen Abend und die ganze Nacht.

Was bedeutete, dass sie ein Date hätte haben können, schließlich war sie Single. Aber sie hatte keins, und es bestand auch nicht die Aussicht auf ein Date, weil sie nämlich nicht nur Single, sondern auch ziemlich feige war. Und es war ziemlich unwahrscheinlich, dass sie auf die Schnelle den Mut aufbringen würde, Will anzurufen, der vermutlich inzwischen zu dem Schluss gekommen war, dass sie ihn nicht ausstehen konnte oder dass sie sich vergangenen Samstag mit ihm zu Tode gelangweilt hatte. Dabei war das Gegenteil der Fall.

Was war sie nur für eine Niete! Sie war sogar zu dämlich, um sich mit einem Mann zu verabreden. Also kramte sie ihren Sport-BH, ein T-Shirt und ihre ausgeleierte Yogahose hervor und raffte sich stattdessen zu einem heldenhaften Besuch im Gemeindesportzentrum auf. Sie würde die anderen Frauen in ihren superknappen Hotpants und Sport-Tops einfach ignorieren und versuchen, nicht vom Crosstrainer herunterzufallen.

Sie zog ihre Angestelltenkarte durch den Kartenleser an der Tür zum Kraftraum und marschierte, mit einem Handtuch bewaffnet, hoch erhobenen Hauptes in ihren weißen Stoffturnschuhen zu den Cardiogeräten. Dort suchte sie sich einen freien Crosstrainer, las die Gebrauchsanweisung, wählte ein Programm aus – ein ganz einfaches, das nicht allzu anstrengend klang – und begann mit ihrem Training.

Okay. Das lief ja wie am Schnürchen. Jedenfalls die erste halbe Minute. Dann fingen ihre Oberschenkel an zu brennen. Wenn es nicht so peinlich gewesen wäre, hätte sie das Gerät angehalten und wäre gleich wieder abgestiegen. Doch neben ihr trainierte eine Frau mit Modelmaßen, die ihr irgendwie bekannt vorkam, wenngleich Jane nicht recht wusste, woher.

Hellbraunes Haar, volle Lippen, kleiner, fester Busen. Die Gute hatte ganz offensichtlich noch keine zwei Schwangerschaften hinter sich, sonst wären ihre Oberschenkel nicht so fest. Alles an ihr war perfekt. Und ihre

Bewegungen wirkten leichtfüßig wie die einer Gazelle. Miststück. Jane würde auf gar keinen Fall schon nach – sie warf einen Blick auf die digitale Zeitanzeige – viereinhalb Minuten aufgeben.

Das Programm, das sie ausgewählt hatte, dauerte zwanzig Minuten.

Zwanzig Minuten? War sie eigentlich vollkommen übergeschnappt?

O Gott, sie würde auf dieser Höllenmaschine *sterben.*

Sie umklammerte die Armhebel und starrte angestrengt zum Fernseher. Es lief irgendeine Sportsendung. Stöhn. Sie konnte sich nicht konzentrieren. Der Schweiß sammelte sich zwischen ihren Brüsten und lief ihr in Strömen über den Rücken. Ihr war völlig schleierhaft, wie es kam, dass sie sich noch bewegen konnte, obwohl sie schon gar kein Gefühl mehr in den Oberschenkeln und Waden hatte. Sie spähte flüchtig zur Seite. Das Model schnappte ihren Blick auf und besaß doch tatsächlich die Frechheit, sie anzulächeln.

»Jane Smootz?«

Die Frau kannte ihren Mädchennamen. »Ja, so hieß ich früher. Inzwischen heiße ich Jane Kline. Tut mir leid, Sie kommen mir total bekannt vor, aber ich weiß nicht woher.«

Wieder lächelte die Frau. Ein aufrichtiges Lächeln, kein gekünsteltes. »Wir kennen uns von der Highschool. Ich bin Emma Burnett.«

»Emma! Natürlich. Ich hab schon gehört, dass du wieder in der Stadt bist«, keuchte Jane atemlos. Emma dagegen trabte ganz locker dahin, als würde sie diese Strapazen tagtäglich auf sich nehmen. Vermutlich tat sie das auch. Musste sie unbedingt so umwerfend attraktiv sein?

»Stimmt. Ich habe Dr. Westons Tierarztpraxis gekauft und bin gerade dabei, alles für die Wiedereröffnung vorzubereiten. Ich bin so beschäftigt, dass mir kaum noch Zeit zum Trainieren bleibt.«

Pfff. Genau so sah sie aus – als hätte sie kaum Zeit für Sport. »Freut mich, dass du wieder in Hope bist.«

»Danke, mich auch. Und du bist verheiratet?«

»Und bereits wieder geschieden.«

»Oh, das tut mir leid.«

»Schon okay. Die Scheidung liegt schon zwei Jahre zurück. Aber ich habe zwei tolle Kinder.«

Wieder schenkte ihr Emma ein strahlendes Lächeln, das sie noch attraktiver wirken ließ. War es möglich, einen Menschen gleichzeitig zu hassen und zu mögen?

»Zwei Kinder? Wow! Meinen Glückwunsch, Jane. Wie alt sind die beiden denn?«

Das Gespräch mit Emma zwang Jane, zusätzlich zu ihrem anstrengenden Training auch noch zu atmen und zu reden, aber zumindest verging auf diese Weise die Zeit wie im Flug. Ehe sie wusste, wie ihr geschah, piepste der Timer und signalisierte ihr, dass die zwanzig Minuten vorbei waren. Schwitzend und nach Luft ringend stieg Jane mit reichlich wackeligen Knien vom Crosstrainer.

»Ich sollte dann wohl mal zu den Gewichten wechseln«, sagte sie.

»War schön, dich mal wiederzusehen«, sagte Emma, die nach wie vor so fit und frisch aussah, als wäre sie einer Modezeitschrift entstiegen. »Falls du irgendwelche Haustiere hast, komm doch nach der Eröffnung der Praxis mal vorbei. Ich würde mich freuen.«

»Nein, wir haben keine Haustiere, obwohl mir Ryan und Tabitha ständig mit ihrem Wunsch nach einem Hund in den Ohren liegen.«

Emma grinste. »Tja, du weißt ja, Kinder und Hunde, eine unschlagbare Kombination.«

»So was in der Art behaupten meine Sprösslinge auch immer. Also, bis demnächst, Emma.«

Jane holte sich einen Becher Wasser, kippte den Inhalt nicht sonderlich ladylike in drei großen Schlucken und wischte sich mit dem Handtuch den Schweiß von Hals und Genick. Dann schleppte sie sich zu den Krafttrainingsgeräten.

Wobei sie nicht sicher war, ob sie noch genügend Energie hatte, um bedeutend mehr als ihr Handtuch zu stemmen. Trotzdem setzte sie sich an die Brustpresse.

Nicht schlecht. Sie hatte zwar so wenig Gewicht eingestellt, dass wohl niemand außer ihr selbst beeindruckt gewesen wäre, aber immerhin.

Sie war gerade beim dritten Durchlauf, da kam Will herein.

Mist.

Er bemerkte sie nicht, weil er schnurstracks auf die Laufbänder zusteuerte. Sie beobachtete, wie er ein paar Bekannte begrüßte, das Programm auswählte, sich Kopfhörer in die Ohren stöpselte und losmarschierte, erst ganz gemächlich, zum Aufwärmen, dann steigerte er das Tempo.

Seine Bewegungen wirkten beneidenswert fließend und geschmeidig, wie er dort so locker-lässig vor sich hin joggte. Was für ein Gegensatz zu ihr, die total außer Form war und sich reichlich ungeschickt anstellte! Sie war so in die Betrachtung seiner Arm- und Beinmuskeln, die sich bei jedem Schritt deutlich abzeichneten, vertieft, dass sie erschrak, als sie von einem Mann gefragt wurde, ob sie fertig sei. Offenbar hatte er schon eine Weile darauf gewartet, dass sie die Kraftstation freigab.

»Oh, tut mir leid, ich hab wohl geträumt. Ja, ja, ich bin fertig.«

Sie erhob sich von der Bank und sah sich nach einem Versteck vor Will um.

Hm. Vielleicht sollte sie sich einfach wie eine Erwachsene benehmen und zu ihm rübergehen, statt sich weiter zurückzuziehen, wie sie es die vergangenen zwei Wochen getan hatte.

Sie drückte sich eine Weile bei den Cardiogeräten herum, bis er sein Lauftraining beendet hatte. Schließlich stieg er von der Tretmühle, wischte sich den Schweiß von der Stirn und machte sich auf den Weg zum Getränkespender. Er wirkte überrascht, als sie sich zu ihm gesellte.

»Hallo, Jane.«

»Hi, Will. Ich hoffe, ich störe dich nicht.«

»Nein, kein Problem. Was machst du hier?«

»Na ja, trainieren.« Sie lächelte verlegen. »Allerdings stelle ich mich etwas stümperhaft an.«

Er sah sich um. »Brauchst du Hilfe?«

»Das wäre super. Danke«, sagte sie, erleichtert darüber, dass er ihr eine Brücke baute.

Sie berichtete, was sie bereits gemacht hatte, und er führte sie an den Kraftgeräten vorbei zu den Freihanteln.

»Ähm, ich bin nicht sicher, ob ich dafür noch fit genug bin. Der Crosstrainer vorhin hat mich schon ziemlich geschafft.«

»Verständlich. Ich persönlich hasse diese Dinger und mache am liebsten einen großen Bogen um sie.«

»Das tröstet mich ungemein.«

»Wir fangen mit ganz wenig Gewicht an, dafür machst du mehr Wiederholungen. Ich will nicht, dass du dich verletzt.«

Ihr wurde ganz warm im Bauch in Anbetracht seiner Fürsorglichkeit und des Blickes, mit dem er sie dabei betrachtete. »Danke.«

Unter seiner Anleitung machte ihr das Work-out richtig Spaß. Am Ende hatte sie sämtliche Körperpartien gekräftigt und fühlte sich großartig. Stark. Und als kleinen Bonus hatte sie zwischendurch immer wieder das Spiel seiner Muskeln beobachten können, denn er hatte sein Langhanteltraining gemeinsam mit ihr absolviert, wenn auch mit bedeutend mehr Gewicht.

»Und jetzt? Musst du nicht deine Kinder abholen?«, fragte er auf dem Weg nach draußen.

»Nein, sie übernachten beide auswärts.«

»Verstehe. Dann hast du heute Abend also frei.«

»Ganz recht.«

»Wie schön.«

Er machte keine Anstalten, die Initiative zu ergreifen. Nun gut, dann musste sie eben zur Abwechslung den ersten Schritt tun. Und das hatte sie ganz allein sich selbst zuzuschreiben. »Sag mal, bist du schon verplant, oder hast du zufällig Zeit und Lust, mit mir auszugehen?«

Er lächelte. »Ja, das habe ich ganz zufällig.«

Prompt begannen ihre ohnehin schon weichen Knie zu zittern. »Super. Dann fahre ich gleich mal nach Hause, um mich umzuziehen.«

»Ich hole dich in einer Stunde ab. Ich weiß ja nicht, wie es dir geht, aber ich habe einen Bärenhunger.«

Jane spürte, wie zum ersten Mal seit einer ganzen Weile die Anspannung von ihr abfiel. »Ich auch«, sagte sie.

Aufgekratzt fuhr sie nach Hause, duschte hastig und zog sich an. Jeans, ein Seidentop und dazu schicke Sandalen. Chelsea wäre bestimmt voll des Lobes gewesen. Sie war gerade mit dem Haareföhnen fertig, da klingelte es auch schon.

Sie öffnete Will die Tür und inhalierte begierig seinen appetitlichen Duft. Er roch frisch geduscht. »Hi.«

»Hi. Können wir?«

»Jep.«

»Ich dachte, wir könnten diesmal ja in Hope essen. Kürzlich hat doch ein neues italienisches Restaurant eröffnet, das sollten wir uns mal ansehen.«

»Stimmt, da bin ich vorige Woche dran vorbeigefahren. Hervorragende Idee.«

Wenn ein neues Lokal eröffnete, erregte das stets große Aufmerksamkeit. Der Parkplatz war voll, denn die Bewohner von Hope waren, genau wie Will und Jane, stets darauf erpicht, etwas Neues auszuprobieren. Entsprechend groß war der Andrang, aber das Personal war engagiert und überschlug sich vor Freundlichkeit. Und bei dem köstlichen Geruch, der in der Luft hing, lief ihnen förmlich das Wasser im Mund zusammen. Ein gutes Zeichen.

Sie mussten eine Viertelstunde warten, bis man ihnen einen hübschen Platz am Fenster zuwies. Sogleich kam die Bedienung, eine ehemalige Schülerin von Jane, um ihre Bestellung aufzunehmen. Sie hatte ein weiteres Mädchen im Schlepptau.

»Guten Abend, Mrs. Kline«, sagte das Mädchen. »Wie geht es Ihnen?«

Das war der Nachteil am Leben in der Provinz – ständig liefen einem irgendwelche Bekannte über den Weg. »Hallo, Melanie. Schön, dich zu sehen. Du hast wohl gerade Ferien.«

Melanie musterte Will von Kopf bis Fuß und grinste. »Ja, Ma'am. In einer Woche geht's wieder los. Bis dahin verdiene ich mir hier ein bisschen Geld dazu. Die Serranos sind Freunde meiner Eltern und haben mich gebeten, die Servicekräfte für ihr neues Restaurant einzulernen. Das ist übrigens Tina, sie wird mir heute Abend ein bisschen über die Schulter schauen.«

Will und Jane begrüßten Tina, die Jane jedoch nicht kannte. Sie war also keine Schülerin von ihr.

»Ach stimmt, du hast ja schon während der Highschool bei Bert's gekellnert«, sagte sie zu Melanie.

Diese nickte. »Genau. Und ich habe mir auch in Stillwater wieder einen Teilzeitjob gesucht.«

»Wie läuft's denn am College? Du bist an der Oklahoma State University, richtig?«

»Genau. Es läuft bestens. Dank Ihnen bekomme ich in Mathe nach wie vor lauter Einsen.«

»Das freut mich zu hören. Aber du warst ja auch eine meiner besten Schülerinnen. Für welches Hauptfach hast du dich entschieden?«

»Medizin.«

Jane hatte immer gewusst, dass Melanie es mal weit bringen würde. »Hervorragend. Deine Eltern sind bestimmt stolz auf dich.«

Melanie strahlte sie an. »Danke. Was darf's denn sein?«

»Für mich bloß ein Eistee.«

»Für mich auch«, sagte Will.

»Kommt sofort. Unsere Empfehlung des Tages ist *Pollo alla parmigiana,* Hühnchen mit Parmesan. Das kann niemand besser als Gail und Orlando. Sie werden es lieben, glauben Sie mir.«

Damit eilte sie in Richtung Küche.

»War sie eine gute Schülerin?«, erkundigte sich Will.

Jane nickte. »Eine hervorragende. Wenn alle meine Schüler so wären wie sie, wäre mein Job das reinste Zuckerschlecken.«

Er legte die Speisekarte beiseite. »Ach, das wäre doch auf Dauer langweilig.«

Sie lachte. »Kein bisschen. Ich hätte nichts dagegen, wenn das Unterrichten etwas weniger mühsam wäre.«

»Geht mir mit meinem Job genauso.«

Jane klappte ebenfalls ihre Speisekarte zu. »Hattest du einen anstrengenden Tag heute?«

»Nicht nur heute. Man möchte meinen, in einem Nest wie Hope passiert nicht viel, aber in letzter Zeit ging es ganz schön rund. Über Langeweile kann ich mich weiß Gott nicht beklagen.«

»Kann ich mir lebhaft vorstellen. Auf dem Highway ist immer was los.«

Melanie kehrte mit den Getränken zurück. »Wissen Sie schon, was Sie essen wollen?«

»Ich nehme die Empfehlung des Tages«, sagte Jane.

»Dito.«

»Sie werden es nicht bereuen«, versprach Melanie und klemmte sich die Speisekarten unter den Arm.

Als sie wieder allein waren, ließ Jane den Blick durch das Restaurant wandern. Es war voll und laut, nicht zuletzt wegen der Musik. Sie beschloss, die Gunst der Stunde zu nutzen und reinen Tisch zu machen. Sie hatte es lange genug aufgeschoben.

»Es tut mir leid, dass ich mich so rar gemacht habe.«

Er zuckte die Achseln. »Schon okay. Du hast eben viel um die Ohren.«

»Stimmt. Aber das habe ich immer, und es ist kein Grund, dich ständig abzuweisen und dann nicht zurückzurufen. Du warst so nett zu mir und hast dich so toll um Tabitha gekümmert. Und wie habe ich es dir gedankt? Indem ich unhöflich zu dir war.«

»Ich habe keinen Dank erwartet, Jane.«

»Das weiß ich.« Sie verkrampfte die Finger ineinander und senkte den Blick. »Tja, ich habe eben so meine Probleme mit Männern und Verabredungen. Aber ich arbeite daran.«

Er legte ihr eine Hand auf den Arm. »Ich hab's nicht eilig. Wir haben alle Zeit der Welt.«

Sie hob den Kopf und sah ihn an. »Danke für dein Verständnis.«

»Tja, so bin ich eben. Ein verständnisvoller Bursche.«

Das klang eine Spur sarkastisch, als wäre für ihn damit noch nicht alles vergessen und vergeben, aber Jane beließ es dabei, denn in diesem Moment brachte ihnen Melanie ihren Salat sowie etwas Brot, und ihren Hunger zu stillen war ihr gerade wichtiger als die Besänftigung eines verärgerten Verehrers.

Nach dem Essen ging Will mit ihr ins Kino. Jane konnte sich nicht erinnern, wann sie zuletzt einen Film gesehen hatte, der nicht animiert oder für ein Publikum ab vier Jahren bestimmt war. Er überließ ihr die Auswahl des Filmes, und sie quälte ihn nicht mit der romantischen Liebesschnulze, die sie unheimlich gern gesehen hätte, sondern entschied sich stattdessen für eine Komödie.

Es war die richtige Wahl gewesen. Sie lachte, bis ihr der Bauch wehtat und griff bei einigen besonders lustigen Szenen nach Wills Hand. Er amüsierte sich ebenfalls königlich. Es war ein toller Film.

Hinterher schlenderten sie Arm in Arm aus dem Kino und ließen ihre Lieblingsszenen Revue passieren.

»Danke, dass du diesen Film ausgesucht hast. Den wollte ich mir schon lange anschauen«, sagte er, als sie in seinen Wagen stiegen.

»Du hast also insgeheim gehofft, dass ich mich dafür entscheiden würde.«

»Ja. Ich habe versucht, dich bei der Auswahl auf telepathischem Weg zu beeinflussen.«

»Mit Erfolg. Ich hätte auch den Liebesfilm ganz gern gesehen.«

Will schnitt eine Grimasse. »Echt?«

»Wärst du mitgegangen?«

Er hielt an einer Ampel und sah sie an. »Na, klar.«

»Obwohl er dich womöglich total angeödet hätte?«

»Ich würde jetzt nicht behaupten, dass er mich total angeödet hätte, aber es wäre definitiv nicht meine erste Wahl gewesen.«

Sie lachte.

»In Tulsa gibt es einen neuen Klub, in dem Country gespielt wird. Magst du Country?«

Er war so aufmerksam und versuchte wirklich mit allen Mitteln, dafür zu sorgen, dass sie sich amüsierte, aber sie wollte jetzt lieber mit ihm allein sein. »Was hältst du davon, wenn wir stattdessen zu mir fahren? Da können wir uns auch Countrymusik anhören.«

Er hob eine Augenbraue. »Ah, ja? Weißt du überhaupt, wie man dazu tanzt?«

»Ja, ich kenne durchaus die eine oder andere Figur.«

»Okay, wie du meinst.«

Plötzlich hatte sie es eilig. Sie hatte wegen ihrer albernen Angst schon viel zu viel Zeit verschwendet. Als sie wenig später ausstieg und auf ihre Haustür zuging, bemühte sie sich vergeblich, ihre Aufregung und Ungeduld zu kaschieren. Sie kramte den Schlüsselbund aus

der Tasche und bemühte sich, ihn ins Schloss zu bug-
sieren. Als Will versuchte, ihr dabei behilflich zu sein,
hielt sie inne und blickte auf seine Hand hinunter, die
auf der ihren ruhte.

»Das ist nicht hilfreich«, stellte sie fest.

»Was?« Er schmiegte sich von hinten an sie. Es fühlte
sich gut an.

»Es bringt mich aus dem Konzept, wenn du mich an-
fasst.«

»Dann soll ich dich also lieber nicht anfassen?«, fragte er, rührte sich jedoch nicht.

»O doch. Unbedingt.«

»Dann geh mal einen Schritt beiseite, damit ich die
Tür aufschließen kann, ehe wir womöglich auf deiner
Veranda übereinander herfallen.«

Bei der Vorstellung musste sie schmunzeln, vor allem,
wenn sie sich die entrüsteten Gesichter ihrer Nachbarn
vorstellte. Sie ließ die Hand sinken, und er steckte mit
seinen geschickten Fingern, die zu allerhand Kunststü-
cken imstande waren, wie sie nur zu gut wusste, zielsi-
cher den Schlüssel ins Schloss. Kaum war die Tür offen,
hatte er sie auch schon in den Flur geschoben.

Jane schaltete das Licht ein, dann drehte sie sich zu
ihm um, nahm seine Hände und zog ihn mit sich ins
Wohnzimmer. Dort schnappte sie sich die Fernbedie-
nung und zappte sich durch die Sender, bis sie einen gefunden hatte, auf dem Countrymusik lief.

Will grinste. »Und jetzt zeigst du mir die Figuren, die
du kennst?«

Sie stemmte die Hände in die Hüften. »Du erwartest

doch nicht ernsthaft von mir, dass ich dir jetzt meine Li-ne-Dance-Fertigkeiten demonstriere, oder?«

Er schlang ihr einen Arm um die Taille und zog sie an sich. »Gott, nein. Nicht, wenn ich stattdessen mit dir Stehblues tanzen kann.«

Sie wiegten sich miteinander im Rhythmus der Mu-sik, wobei Jane nicht wirklich registrierte, ob gerade ein schneller Song lief oder eine Schmusenummer. Sie regis-trierte nur, dass Will sie eng umschlungen hielt und ihr in die Augen sah, mit einem Blick, bei dem sie förmlich dahinschmolz. Und als er ihr eine Hand in den Nacken legte und sie küsste, war sie verloren.

Mit einem Mal kamen ihr all die Gründe, die sie vor-geschoben hatte, um ihm aus dem Weg zu gehen, total idiotisch vor, denn sie hatte sich damit um die Chan-ce gebracht, diesen unglaublichen Mund zu küssen, zu spüren, wie Will sie kostete, mit den Lippen neckte. Er hielt ihren Kopf fest und vertiefte den Kuss, indem er die Zunge in ihren Mund gleiten ließ.

Jane schwindelte. Jede Berührung ihrer Zungen be-törte sie nur noch mehr. Sie schob die Finger unter sein T-Shirt und ließ die Handflächen über seine warme Haut wandern, über seinen Bauch, über sein festes Six-pack, dessen Muskeln unter der Berührung zu zittern begannen.

»Mmm«, stöhnte sie, ohne den Kuss zu unterbre-chen.

Als er sie schließlich hochhob und ins Schlafzimmer trug, war es endgültig um sie geschehen.

Sie konnte sich nicht entsinnen, dass ihr so etwas Romantisches schon einmal widerfahren war. Wären ihre Augen nicht bereits geschlossen gewesen, sie hätte entzückt mit den Wimpern geklimpert.

Will knipste das Licht an, setzte sie auf dem Bett ab und zog sich das T-Shirt über den Kopf. Sie nahm sich einen Moment Zeit, um ihn zu betrachten. Er war wirklich eine Augenweide, wie er dort stand, mit nacktem Oberkörper und dem dunklen Flaum, der im tief sitzenden Bund seiner Jeans verschwand.

Als ihr Blick an der Stelle hängenblieb, an der sich unter dem engen Jeansstoff seine Erektion abzeichnete, leckte sie sich unwillkürlich die Lippen. Dann sah sie zu ihm hoch.

Er trat zu ihr und hob den Saum ihres Oberteils an.

»Hübscher BH«, stellte er fest und liebkoste mit den Fingerspitzen durch den BH hindurch ihre vollen Brüste.

Zum Glück hatte sie sich kürzlich neue Unterwäsche zugelegt, für den unwahrscheinlichen Fall, dass sie noch einmal miteinander ins Bett gingen. Seinem anerkennenden Blick nach zu urteilen war die Neuanschaffung jeden Cent wert. Bei der leichten Berührung schlug ihr Herz gleich um einiges schneller, und als er dann die Finger in den BH gleiten ließ, um ihre Knospen zu stimulieren, schnappte sie nach Luft und drückte den Rücken durch.

Will konnte sich nichts Schöneres vorstellen als die Frau, die dort vor ihm saß. Ihre Haut war gerötet vor Verlangen, und die harten, festen Brustwarzen reckten sich seinen forschenden Fingern entgegen. Er ließ den

Vorderverschluss des Büstenhalters aufschnappen und klappte die beiden Körbchen zur Seite, um sie nackt zu sehen.

Dann streifte er ihr die Träger über die Schultern. Sie lehnte sich zurück, und er beugte sich über sie, um einen der Nippel in den Mund zu nehmen.

Sie schmeckte süß, und die kehligen Laute, die sie von sich gab, als er eine Hand unter ihre weiche Brust legte und an der Knospe zu saugen begann, ließen das Blut in seinem Schwanz pulsieren.

Was auch immer sie tat, erregte ihn. Sie gab sich ihm hin, mit Haut und Haaren, beobachtete ihn aufmerksam, während er sie verwöhnte, mit einer Neugier, die ihm ebenso selbstverständlich erschien wie das, was sie hier taten.

Sie war einfach bezaubernd, mit ihrer offenen, ehrlichen Miene.

Er schob sie ein Stück auf dem Bett nach oben, öffnete den Knopf und den Reißverschluss ihrer Jeans und zog sie ihr aus, wobei er die Finger über ihre Haut gleiten ließ, über die Hüften und diese sagenhaften Beine ...

O ja, ihre Beine waren echt eine Wucht. Er ließ die Hose zu Boden gleiten, ergriff ihr linkes Bein und hob es an, um einen Kuss auf die Wade zu drücken und die Hände über den Oberschenkel gleiten zu lassen. Ihre Brüste hoben und senkten sich mit jedem Atemzug, ihr Blick war verschleiert vor Lust, die Lider halb geschlossen.

Wie er den Anblick ihres Körpers liebte! Und erst ihre Augen, die aufmerksam verfolgten, wie er das Bein ablegte und sich über sie beugte, um mit den Lippen eine feuchte Spur auf ihrer Haut zu hinterlassen. Sie erschienen ihm wie Fenster, diese Augen, durch die er sehen konnte, was sie fühlte. Wenn sie lachte, funkelten sie hellblau, wenn sie sauer oder erregt war, wurden sie dunkler. In diesen Augen – mehr noch, in ihr – könnte er sich ohne Weiteres verlieren. Jane hatte ihm wirklich total den Kopf verdreht. Stundenlang hätte er ihre seidige Haut streicheln, sie kosten und ihren Duft inhalieren können. Er drückte die Lippen auf ihren Hüftknochen und begann zu lecken. Sie schmeckte so köstlich wie frische Erdbeeren. Seine Zunge wanderte von der Hüfte nach oben, über die Rippen – eine kitzlige Stelle, wie es schien, denn Jane kicherte – bis zur rechten Brust. Spätestens jetzt, als er die Spitze in den Mund nahm, um daran zu nuckeln, verging ihr das Lachen.

Sie legte eine Hand auf seinen Hinterkopf und hielt ihn fest, während er sie mit dem Mund bearbeitete. Seine Hand tastete sich derweil zu ihrem Schamhügel hinunter. Selbst durch den Stoff ihres Höschens hindurch konnte er spüren, wie feucht sie bereits war. Er streichelte sie, neckte sie und registrierte erneut das Pochen in seinem besten Stück, als sie wimmernd die Finger in den Laken vergrub und die Hüften anhob, seiner Hand entgegen.

Er arbeitete sich wieder küssend zu ihrem Bauch hinunter vor, tauchte die Zunge in ihren Bauchnabel, dann ging es weiter Richtung Süden. Hier war ihr Duft exotischer, süß und moschusartig, und er konnte es kaum erwarten, sie zu kosten und ihr so richtig einzuheizen, bis sie explodierte.

Rasch zog er ihr das Höschen aus, und sie spreizte die Schenkel und stöhnte vor Erregung laut auf, als seine Zunge über ihr Geschlecht glitt. Zitternd wartete sie ab, während er sie mit dem Mund erkundete, und keuchte: »O ja, Will! Ja!«, als er endlich die Lippen um ihre Klitoris schloss und zu saugen begann.

Er liebte es, sie hier, an ihrer empfindlichsten Stelle, zu stimulieren, liebte ihre heftige Reaktion auf seine Reize. Sie genoss es sichtlich ebenfalls, denn sie stemmte sich ihm ungeduldig entgegen, und stieß, als sie schließlich am Ziel angelangt war, ungeniert einen Lustschrei hervor. Er hielt ihre Hüften fest und machte weiter, im Geschmack ihres Liebessafts schwelgend, bis er spürte, dass ihre Muskeln erschlafften.

Dann erhob er sich und blickte zufrieden auf sie hinunter. Sie setzte sich auf, streckte die Hand nach dem Reißverschluss seiner Jeans aus und streifte mit den Fingerknöcheln seine Männlichkeit, als sie ihn öffnete.

Sie sahen sich an, während sie ihm die Hose über die Hüften schob. Ihre Haut war gerötet, und ihre Pupillen waren noch vom Orgasmus geweitet. Ohne den Blick von ihr abzuwenden, stieg er aus der Hose, verfolgte gebannt, wie sie ihm die Boxershorts auszog und nach seinem Schaft griff.

Und als sie den Oberkörper nach vorn beugte, um ihn in den Mund zu nehmen, war es an ihm, nach Luft zu ringen.

Will strich ihr die Haare aus dem Gesicht, teils, damit sie ihr nicht im Weg waren, teils, damit er ihr dabei zusehen konnte, wie sie ihm Lust bereitete. Je tiefer sie ihn in sich aufnahm, desto härter wurde er. Er spannte sämtliche Muskeln an, während sie mit der Zunge jeden Zentimeter seines erigierten Schwanzes erkundete. Dann widmete sie sich eine Weile der empfindlichen Eichel, ehe sie ihn erneut in den Mund nahm und ihn mit beiden Händen massierte.

Er schauderte, konnte sich gerade noch rechtzeitig zurückziehen, ehe er in ihrem Mund kam.

Er beugte sich über sie, legte ihr eine Hand in den Nacken und küsste sie innig. Sie erhob sich und schmiegte sich an ihn, sodass er ihr Zittern, ihren rasenden Herzschlag spüren konnte. Er konnte sich ja selbst kaum noch zurückhalten, hatte das Gefühl, er könnte explodieren, wenn er nicht auf der Stelle mit ihr schlief.

Also dirigierte er sie auf das Bett, schnappte sich ein Kondom, streifte es über und drang in sie ein.

»Ja!« Sie bäumte sich unter ihm auf, fuhr ihm mit den Fingern durch die Haare. »Genau da gehörst du hin.«

Bei ihren Worten krampfte sich sein Herz zusammen. »O ja. Genau da«, ächzte er und stieß erneut tief in sie.

Und dann verstummte er erst einmal eine ganze Weile angesichts der unzähligen Sinneseindrücke, die von ihm Besitz ergriffen hatten. Er konzentrierte sich ganz und gar auf ihren Körper, auf die winzigen Stromstöße, die seine Lippen durchzuckten, wenn sie auf die ihren trafen. Hier wollte er für immer bleiben, dachte er, während er sich in ihr vor und zurück bewegte, in diesem Bett, in dieser Frau. Ihre Körper passten perfekt zueinander, waren wie füreinander gemacht. Gemeinsam erklommen sie den Gipfel der Lust, und als sich ihre inneren Muskeln zusammenzogen und sie kam, riss sie ihn mit, sodass Sekunden später auch er zum Höhepunkt kam und stöhnend das Gesicht in ihre Halsbeuge presste.

Später, als er sich etwas beruhigt hatte, rollte er sich auf die Seite, zog sie an sich und schob ihr das feuchte Haar aus dem Gesicht. »Stört es dich, wenn ich heute Nacht hierbleibe?«

Sie lächelte. »Ich hatte gehofft, dass du bleiben würdest.«

»Gut. Ich habe für Kondomnachschub gesorgt.«

»Ich hab auch welche gekauft. Die Schachtel ist da in der Schublade.« Sie deutete auf ihren Nachttisch.

»Da siehst du's, wir passen einfach gut zusammen.«

Sie grinste. »Ganz meine Meinung.«

Es würde eine lange Nacht werden. Und er hatte das dumpfe Gefühl, dass sie nicht allzu viel schlafen würden.

## Kapitel 10

In den darauffolgenden Wochen sahen sich Jane und Will so oft es ging, besser gesagt, so oft es ihre Arbeitszeiten erlaubten.

Sarah erwies sich als große Stütze. Immer wieder erbot sie sich, auf die Kinder aufzupassen, selbst unter der Woche. Jane willigte zunächst nur zögernd ein, schließlich mussten Ryan und Tabby zur Schule. Andererseits wollte sie Will auch mal werktags sehen, also gestattete sie sich mindestens einen freien Abend pro Woche. Manchmal gingen sie aus, meistens, um irgendwo einen Happen zu essen, aber danach fuhren sie zu ihr nach Hause und genossen die Zweisamkeit, ehe sie die Kinder bei ihren Eltern abholte.

Am schönsten fand sie es, wenn sie mit Will allein war und sie mit Mund und Händen jeden Zentimeter des anderen erkundeten.

Inzwischen kannte er ihren Körper schon recht gut, und sie war immer noch hellauf begeistert von dem seinen. Es war ja auch ein außergewöhnlicher Körper. Jane konnte Stunden damit zubringen, ihn zu betrachten, zu berühren, zu kosten. Leider waren diese Stunden immer viel zu schnell vorbei.

Dennoch freute es sie, wenn Will darauf bestand, auch mal etwas mit den Kindern zu unternehmen statt immer nur mit ihr allein.

Vergangenes Wochenende beispielsweise hatte er einen gemeinsamen Besuch im Zoo angeregt. Jane und die Kinder waren lange nicht mehr dort gewesen. Sie wusste selbst nicht genau, wieso. Vermutlich, weil immer so viel los war und sie ständig zu tun hatte. Die Kinder waren von dem Vorschlag begeistert gewesen, also hatten sie ihr Vorhaben gleich in die Tat umgesetzt.

Es hatte sich so einiges geändert – nicht nur im städtischen Zoo, sondern auch in ihrem Leben. Denn Will war jetzt ein Teil dieses Lebens.

Tabitha vergötterte Will geradezu. Im Zoo hatte sie die ganze Zeit seine Hand gehalten und ihn zu den diversen Gehegen gezerrt. Wie sich herausgestellt hatte, waren sie beide große Pinguin-Fans, und es hatte einiger Anstrengungen bedurft, die beiden zum Weitergehen zu bewegen. Erst die Aussicht auf ein Mittagessen hatte sie schließlich bewogen, sich von ihren befrackten Freunden zu verabschieden.

Mit Ryan verband Will die Liebe zum Sport. Sie hatten sich schon mehrfach über Baseball unterhalten, und Ryan hatte Will gefragt, ob er zu seinem nächsten Spiel kommen wolle, eine Einladung, die dieser nur zu gerne angenommen hatte.

Heute war es endlich so weit gewesen, und Will war wie versprochen gekommen, um Ryan anzufeuern. Und da der für die dritte Base zuständige Coach krankheitsbedingt ausgefallen war, hatte sich Will sogar bereit erklärt, für ihn einzuspringen.

Jane hatte arbeiten müssen und deshalb nicht zusehen können, aber abends kamen alle bei ihr zu Hause zusammen und aßen Pizza, und Ryan berichtete detailreich von seinem Spiel. Er schwärmte in den höchsten Tönen von Will, seinem neuen Idol. Dieser hatte sich offenbar als kämpferischer Coach entpuppt und zwei der Kinder zu Höchstleistungen angespornt, sodass Ryans Team schlussendlich zwei Punkte mehr hatte erzielen können als die ziemlich starke gegnerische Mannschaft und somit siegreich aus der Begegnung hervorgegangen war.

»Du hättest es sehen sollen, Mom. Ich dachte, unser Trainer geht gleich in die Luft, aber Will hatte total recht. Er hat Henry und Brandon rennen sehen und gleich erkannt, dass sie gute Läufer sind und schnell genug, um das Schlagmal rechtzeitig zu erreichen. Es war total cool. Will hat alles richtig gemacht.«

Jane sah zu Will. »Und das gab keinen Ärger mit dem Trainer?«

Will winkte ab, mit einem dieser bei Männern typischen, überaus selbstbewussten Blicke, bei denen sie gleich schwache Knie bekam. »Ach was. Ich war für die dritte Base zuständig. Ich wusste, was ich zu tun habe. Ich hätte sie auf keinen Fall animiert, es zu tun, wenn ich nicht hundertprozentig sicher gewesen wäre, dass es klappt und ihnen nichts passieren kann.«

Ryan nickte. »Glaubst du's mir jetzt, Mom?«

»Ja, ich glaub's dir. Tja, Will, gute Arbeit. Freut mich, dass Ryans Mannschaft gewonnen hat.«

Nach dem Abendessen half Will dem Jungen mit den Geografiehausaufgaben, während Jane mit Tabitha Buchstabieren übte. Es fühlte sich an, als wären sie eine Familie. Ein angsteinflößender Gedanke, und zugleich wunderbar herzerwärmend.

Jane wusste nicht recht, was sie davon halten sollte.

Sie badete Tabitha, brachte die Kinder ins Bett und guckte dann mit Will eine DVD an.

»Wie ich höre, möchte Ryan gern in ein Ferienlager fahren«, bemerkte Will nach einer Weile.

Sie drückte die Pausentaste und sah ihn an. »Sagt wer?«

»Na, Ryan.«

»Oh. Ja, er hat mir davon erzählt, aber es ist zu teuer. Ich musste ihm sagen, dass wir uns das nicht leisten können.«

»Das hat er erwähnt, ja.« Will setzte sich etwas anders hin, damit er sie ansehen konnte. »Ich hab mir überlegt, ob ich ... Na ja, wär's dir recht, wenn ich die Kosten dafür übernehme?«

»Nein.«

Er hob eine Augenbraue. »Warum nicht?«

»Weil ... Na ja, weil das einfach nicht geht. Aber danke für das Angebot.«

»Ich würde es aber gerne tun, Jane. Für Ryan. Es ist ein tolles Sommerlager, und es hat einen hervorragenden Ruf, auch was die Anzahl der Betreuer angeht. Ich war als Kind selbst dort. Man kann Bogenschießen und Kanufahren und wandern ... Und mal abgesehen von den ganzen sportlichen Aktivitäten wird bei dieser Gelegenheit auch die Teamfähigkeit der Kinder trainiert.«

Jane hatte überhaupt keine Lust, das Thema noch einmal durchzukauen, schon gar nicht mit Will. »Das Camp selber ist ja auch nicht das Problem. Ich kann es mir bloß nicht leisten, Ryan dort hinzuschicken. Vielleicht in ein paar Jahren, aber zurzeit geht es einfach nicht.«

Will schwieg eine Weile, doch nach etwa fünf Minuten fing er wieder davon an. »Hast du ein Problem damit, Hilfe von mir anzunehmen?«

Sie seufzte. »Ja, das habe ich. Ich bin Ryans Mutter, und du bist nicht sein Vater. Und ich will und brauche keine Almosen von dir.«

»Von Almosen kann keine Rede sein. Es wäre ein Geschenk.«

Sie wusste, es würde ihr vermutlich nicht gelingen, ihm ihre Beweggründe glaubhaft darzulegen, aber sie musste es versuchen. »Hör zu, Will. Ich weiß es zu schätzen, aber meine Kinder müssen lernen, sich mit dem zu begnügen, was ich ihnen bieten kann, und zwar ohne Hilfe von außen. Ich bin ihre Mutter, und sie bekommen von mir alles, was ich ihnen geben kann. Und wenn ich ihnen einmal etwas nicht geben kann, dann müssen sie eben lernen, darauf zu verzichten. Es geht hier schließlich nicht um ein Grundbedürfnis wie Nahrungsmittel, Kleidung oder einen Schlafplatz. Ein Sommerlager ist ein reiner Luxus.«

»Das verstehe ich doch, Jane. Ganz ehrlich. Aber ich habe das Geld, und ich dachte eigentlich, ich wäre inzwischen ein Teil deines Lebens. Eures Lebens. Warum also sperrst du dich dagegen, dass ich das für Ryan tue?«

»Weil du nicht sein Vater bist. Und weil du *nicht* Teil seines Lebens bist.«

Die Worte waren heraus, ehe ihr bewusst wurde, was sie da sagte. Und dann war es zu spät. Sie konnte sie nicht mehr zurücknehmen.

Will wirkte verstört.

»Okay, das war nicht so gemeint. Lass es mich erklären.«

»Schon gut.« Er stand auf.

»Nein, ist es nicht. Lass uns darüber reden.«

»Nein, ehrlich, ich versteh dich. Ich bin schon weg.«

Sie erhob sich ebenfalls und folgte ihm zur Tür. »Bitte geh nicht.«

Er drehte sich zu ihr um. »Ich finde es toll, dass du so unabhängig bist, Jane, und ich respektiere das auch. Aber irgendwann wirst du dich anderen Menschen wieder öffnen müssen, sie an deinem Leben – und am Leben deiner Kinder – teilhaben lassen. Und das bedeutet auch, dass man sich helfen lässt. Zum Beispiel finanziell. Ich weiß, das ist ein heikles Thema für dich, aber …« Er zuckte die Achseln. »Ach, egal.«

Damit ging er hinaus. Jane sah ihm von der Schwelle aus nach, während er ins Auto stieg und davonfuhr.

Sie war sprachlos. Es war doch richtig gewesen, sein Angebot abzulehnen.

Oder etwa doch nicht?

* * *

152

»Und du hast einfach Nein gesagt?«

»Ganz recht.«

»Warum das denn?«, wollte Chelsea wissen, als sie tags darauf in der Lehrerkantine saßen.

»Weil *ich* für die Versorgung meiner Kinder zuständig bin. Und weil ich Ryan bereits gesagt hatte, dass er sich das Sommerlager aus dem Kopf schlagen soll.«

»Na ja, aber das war davor.«

»Wovor?«

»Na, bevor du mit Will zusammengekommen bist. Inzwischen ist das mit euch beiden ja durchaus etwas Ernstes, nicht?«

Jane zuckte die Achseln. »Keine Ahnung.«

Chelsea verdrehte die Augen. »Komm schon, Jane. Ihr verbringt fast jeden Abend miteinander. Er unternimmt nicht nur mit dir allein etwas, sondern auch mit dir und den Kindern. Die ganze Stadt hat mittlerweile kapiert, dass ihr ein Paar seid. Und dass er deine Kinder liebt. Wo liegt denn das Problem, wenn er dir helfen und die Kosten für Ryans Ferienlager übernehmen will?«

Jane schob das Kinn nach vorn. »Ich möchte es eben im Alleingang schaffen. Ich will nicht auf irgendeinen Kerl angewiesen sein, der mir finanziell unter die Arme greift, damit ich meinen Kindern solche Wünsche erfüllen kann.«

Chelsea legte den Kopf schief. »Irgendein Kerl?«, wiederholte sie. »Ist Will nicht ein bisschen mehr als das für dich?«

»Nun hör schon auf, Chelsea. Du weißt, was ich meine.«

»Also, auf mich erweckt das alles den Eindruck, als wäre Will für dich bloß irgendein Typ, mit dem du gelegentlich ins Bett gehst, wenn du mal wieder ordentlich Dampf ablassen willst, und ansonsten willst du bitteschön weiterhin allein und unabhängig sein.«

»Du verstehst das nicht.« Jane nahm eine Karotte, legte sie aber gleich wieder weg. Ihr war der Appetit vergangen.

»Ich verstehe das durchaus«, widersprach Chelsea. »Sehr gut sogar. Du möchtest deinen Kindern weiterhin den Lebensstandard bieten, den sie gewohnt waren, als Vic noch bei euch war. Aber weißt du was? Das ist unmöglich, denn jetzt musst du allein die Brötchen für deine Familie ranschaffen. Möglich wäre es nur, wenn ihr wieder ein zweites Einkommen zur Verfügung hättet. Dank Will könntest du den Kindern jetzt wieder ein bisschen mehr Luxus bieten. Erklär mir doch bitte mal, warum es so schlimm ist, wenn er dir anbietet, dir finanziell unter die Arme zu greifen.«

»Na, was ist, wenn Will und ich irgendwann wieder getrennte Wege gehen? Die Folgen für die Kinder wären verheerend! Sie würden sich an ihn – und an sein Einkommen – gewöhnen. Ich bin erwachsen, ich kann es verschmerzen, wenn er mich verlässt, aber ich lasse nicht zu, dass er ihnen das Herz bricht, genau wie Vic es getan hat.«

Chelsea nickte. »Ich kann deine Angst durchaus nachvollziehen. Aber du kannst deine Kinder nicht bis in alle Ewigkeit beschützen. Sie werden Enttäuschungen erleben, und die kannst du ihnen nicht ersparen. Vor allem nicht, indem du nie wieder einen Mann an dich heranlässt. Du musst dir wieder gestatten zu leben, Jane. Selbst, wenn du damit das Risiko eingehst, dass man dich – dass man euch – erneut verletzt.«

Jane stierte auf ihre Karotten. »Ich weiß nicht, ob ich dieses Risiko eingehen kann.«

»Dann bist du wohl dazu verdammt, den Rest deines Lebens allein zu verbringen. Ich hoffe nur, du bist dir sicher, dass es das wert ist.«

»Das war gemein, Chelsea.«

»Nein, Jane, das war die Wahrheit.«

## Kapitel 11

Will hatte sich das, was Jane gesagt hatte, über Nacht immer wieder durch den Kopf gehen lassen.

Es waren ihre Kinder, und sie hatte das Recht, solche Entscheidungen zu treffen, auch wenn sie ihm nicht gefielen und wenn er anderer Meinung war als sie.

Ryan hatte das Camp ganz nebenbei in einem Gespräch erwähnt. Will hatte ihm erzählt, dass er als Kind ebenfalls in diesem Lager gewesen war, und Ryan hatte so begeistert geklungen, dass Will ihm einfach gern die Teilnahme ermöglichen wollte.

Es war nichts dabei. Er hatte genügend Geld. Für wen sollte er es auch ausgeben?

Aber Jane sah das alles offensichtlich anders als er. In mancherlei Hinsicht war sie echt verdammt kompliziert.

Aber wie gesagt, es waren ihre Kinder. Die Entscheidung lag bei ihr, und er sollte sich da dringend raushalten.

Am nächsten Tag rief er sie an. Sie klang zurückhaltend, was ihm tierisch gegen den Strich ging.

»Tut mir leid, dass ich gestern einfach abgehauen bin«, sagte er.

»Mir tut das, was ich gesagt habe, auch leid.«

»Du hattest jedes Recht dazu. Ryan und Tabitha sind deine Kinder, und als Mutter bestimmst alleine du über ihr Leben. Ich hätte mich nicht aufdrängen sollen mit meinem Vorschlag.«

Sie schwieg einen Augenblick. »Es ist okay, wenn du Vorschläge machst. Ich freue mich darüber. Aber ich werde nicht jedem davon zustimmen.«

»Damit kann ich leben.«

»Danke, dass du immer so verständnisvoll bist. Zumal ich gelegentlich ziemlich kompliziert bin.«

Er lachte. »Dann verzeihst du mir also?«

»Da gibt es nichts zu verzeihen.«

»Ich bin froh, dass du das so siehst. Es gibt übrigens noch einen Grund, warum ich anrufe.«

»Nämlich?«

»Am Freitag kommt eine Animatronics-Dinosaurier-Ausstellung nach Hope. Meinst du, das würde die Kinder interessieren?«

»Machst du Witze? Sie wären hellauf begeistert.«

»Gut. Was hältst du davon, wenn wir am Freitagabend zusammen eine Pizza essen gehen und uns dann die Dinosaurier ansehen?«

»Klingt super.«

»Okay, ich hole euch ab.«

Sie unterhielten sich noch eine Weile, und als er auflegte, hatte er das Gefühl, dass ihr Verhältnis zueinander wieder einigermaßen unbeschwert war.

Vor allem, als sie sich am Abend im Gemeindesportzentrum begegneten. Jane lächelte ihn an.

»Na, wie war dein Tag?«, erkundigte sie sich.

»Ereignislos, und ereignislose Tage sind für mich gute Tage.«

Sie begleitete ihn zur Umkleide, und unterwegs zog er sie rasch in einen Seitengang, in dem sie ganz allein waren. Er drückte sie an die Wand und küsste sie leidenschaftlich, und sie presste sich an ihn, fuhr ihm mit den Fingern durch die Haare und erwiderte den Kuss mit derselben Inbrunst. Es war Will, der schließlich von ihr abließ und ein-, zweimal tief Luft holte.

»In so einer Sporthose ist eine Erektion nur schwer zu verbergen.«

»Ich habe in etwa dasselbe Problem«, erwiderte Jane schwer atmend.

»Bei dir ist es aber nicht ganz so offensichtlich.«

»Soll ich dir zur Ablenkung ein paar komplizierte Rechenaufgaben stellen?«, fragte sie ihn mit einem spitzbübischen Grinsen.

»Das wird herzlich wenig nützen, wenn wir weiterhin so eng umschlungen dastehen.«

»Da kann ich Abhilfe schaffen.« Jane duckte sich unter seinen Armen hindurch, hauchte ihm einen Kuss auf die Lippen und winkte zum Abschied. »Bis nachher.« Sie zwinkerte ihm zu und ließ ihn stehen.

Hmpf. Wie es aussah, musste er sich die komplizierten Rechenaufgaben selbst ausdenken. Und dabei ein paarmal tief durchatmen.

Am Freitag war auf dem Highway die Hölle los. Es hatte zu regnen begonnen, was nichts Gutes verhieß. Der Regen steigerte sich im Laufe des Tages zu einem

handfesten Unwetter, es ereigneten sich mehrere Unfälle, und zu allem Überfluss waren die Kollegen, die Will
hätten ablösen sollen, beide krankgeschrieben, was bedeutete, dass er Überstunden schieben musste.

Na, toll.

Am Nachmittag rief er Jane an.

»Hey, wie läuft's bei dir?«, fragte er.

»Gut. Ich bin gerade aus der Schule gekommen. Die
Kinder freuen sich schon auf heute Abend.«

»Äh, ja, leider habe ich schlechte Neuigkeiten. Zwei
meiner Kollegen sind krank, deshalb muss ich heute
länger arbeiten.«

»Oh, das tut mir leid für dich.«

»Mir tut es vor allem wegen der Kinder leid, aber da
ist nichts zu machen.«

»Keine Sorge, wir gehen einfach ein andermal hin.
Und du pass auf dich auf da draußen, ja?«

»Sollen wir es auf morgen Mittag verschieben? Da ist
die nächste Vorführung.«

»Klingt gut.«

»Okay, dann hole ich euch um elf ab.«

»Ausgezeichnet.«

»Danke für dein Verständnis. Ich muss jetzt wieder
an die Arbeit. Ich melde mich später noch mal.«

»Okay.«

\* \* \*

Jane legte auf und ging zum Fenster. Schon den ganzen
Tag hatte ein kräftiger Wind geblasen, und jetzt tobte

ein heftiges Sommergewitter. Soeben erhellte ein Blitz den Himmel, gefolgt von lautem Donnergrollen.

Blieb nur zu hoffen, dass der Abend für Will nicht allzu unangenehm werden würde. Sie ging ins Wohnzimmer und berichtete den Kindern, dass er länger arbeiten musste. Sie waren enttäuscht, weil der Besuch der Dinosaurier-Ausstellung auf den nächsten Tag verschoben war, zeigten jedoch Verständnis, als sie ihnen erklärte, wie wichtig Wills Arbeit war, weil er dafür sorgen musste, dass den Menschen auf dem Highway nichts passierte.

Was hatte sie doch für verständige Kinder!

»Als Entschädigung gibt es jetzt Makkaroni mit Käse, und danach dürft ihr euch zwei Filme ansehen. Jeder darf sich eine DVD aussuchen.«

Damit waren die beiden im Nu versöhnt, und der Abend war gerettet.

Sie lächelte.

Es ging eben nichts über Makkaroni mit Käse und die gute alte Filmkunst.

Am nächsten Morgen weckte sie Ryan und Tabitha rechtzeitig und sorgte dafür, dass sie frühstückten, duschten und sich anzogen, damit sie startklar waren, wenn Will kam, denn erfahrungsgemäß war er meist zu früh dran.

Zu ihrer Überraschung ließ er jedoch diesmal auf sich warten. Es wurde elf, Viertel nach elf. Von Will noch immer keine Spur.

»Wird er denn kommen, Mom?«, fragte Ryan mit einem beunruhigten Blick zur Uhr über dem Kamin.

»Ganz bestimmt, Liebes. Aber ich rufe ihn sicherheitshalber trotzdem mal an.« Sie nahm ihr Mobiltelefon zur Hand und wählte seine Nummer.

Er ging nicht ran. Seltsam. Sie versuchte es noch einmal. Wieder vergebens.

Als er um halb zwölf noch immer nicht aufgetaucht war und sie ihn auch telefonisch nicht erreichen konnte, war sie sauer. Er hatte sie versetzt. Aber sie würde verdammt noch mal nicht zulassen, dass ihre Kinder innerhalb von zwei Tagen zweimal enttäuscht wurden. Zumal der Vorschlag mit der Dinosaurier-Ausstellung ja seine Idee gewesen war.

»Gehen wir«, sagte sie und schnappte sich Schlüsselbund und Handtasche.

»Aber Will ist noch nicht da, Mommy«, protestierte Tabitha.

»Will kann nicht kommen, also gehen wir ohne ihn«, sagte sie schlicht, um ihre Kinder nicht mit ihrer Wut auf Will zu belasten. Sie fuhr ins Stadtzentrum, brachte in Erfahrung, wo die Show stattfand, kaufte drei Tickets und bestaunte mit ihren Kindern die sich lebensecht bewegenden Reptilien.

Ryan und Tabitha waren total aus dem Häuschen, Janes Gedanken kreisten jedoch die ganze Zeit nur um Will. Sie hatte ihr Handy beim Betreten der Ausstellungshalle ausgemacht, und als sie es zwei Stunden später wieder einschaltete, hatte sich Will noch immer nicht gemeldet.

Dieser Mistkerl.

Jane kochte vor Wut. Trotzdem ging sie mit den Kindern noch etwas essen und fuhr erst dann mit ihnen nach Hause.

Als Will gegen drei endlich anrief, nahm sie nicht ab und ignorierte auch die Nachrichten, die er ihr im Anschluss schickte.

*Jane, es tut mir leid. Mein Telefon hat sich ausgeschaltet, und mein Ladegerät scheint defekt zu sein. Mein Wecker hat nicht geklingelt.*

*Jane, bitte geh ans Telefon. Ich kann dir alles erklären. Ehrlich.*

*Jane, es tut mir echt leid.*

Pfff.

Er konnte sich seine Ausreden sonst wohin stecken.

Er hatte die Kinder enttäuscht und sie versetzt. Zweimal hintereinander.

Okay, gestern hatte er arbeiten müssen, da konnte man nichts machen. Aber heute … *Mein Telefon hat sich ausgeschaltet.* Wie konnte er es wagen, sie mit einer derart abgedroschenen Erklärung abzuspeisen?

Egal. Für sie war die Sache damit abgehakt. Beziehungen waren ohnehin viel zu anstrengend, und ihr fehlte zurzeit die Energie für so etwas. Sie reagierte das ganze Wochenende nicht auf seine Anrufe und Nachrichten.

Doch als er dann am Sonntagabend persönlich bei ihr auf der Matte stand, blieb ihr nichts anderes übrig, als sich ihm zu stellen. Sie trat hinaus auf die Veranda, wo die Kinder sie nicht hören konnten.

»Ich wäre ja schon eher vorbeigekommen, aber meine Kollegen sind nach wie vor krank, weshalb ich erneut ihre Schicht übernehmen musste.«

Sie verschränkte die Arme vor der Brust. »Wie praktisch.«

Will machte einen Schritt nach vorn, sie wich zurück.

Er runzelte die Stirn. »Du bist sauer, und das verstehe ich, aber bitte lass es mich dir erklären.«

»Da gibt es nichts zu erklären. Dein Telefon hatte keinen Saft mehr oder so. Alles klar.«

»Du glaubst mir nicht? Du willst mir nicht einmal die Chance geben, mit dir darüber zu reden? Du denkst wohl, ich hatte einfach keinen Bock, wie?«

»Ich habe keine Ahnung, was ich denken soll. Und will auch nicht mehr darüber nachdenken. Ich bin müde, Will.«

»Hallo? Ich habe in der Nacht von Freitag auf Samstag bis sechs Uhr morgens gearbeitet, bin nach Hause gekommen und habe sofort mein Telefon ans Ladegerät angeschlossen. Ich schätze mal, der Blitz hat eingeschlagen und ihm den Garaus gemacht, was ich allerdings nicht bemerkt habe, weil ich so müde war. Jedenfalls war irgendwann der Akku leer, das Handy hat sich ausgeschaltet, und der Wecker hat nicht geklingelt. Ich bin erst um ein Uhr mittags aufgewacht, und da konnte ich dich nicht gleich anrufen, weil mein Handy tot war. Ich musste erst einmal losziehen und mir ein neues Ladegerät besorgen.«

»Kein Problem. Ich war mit den Kindern allein in der Ausstellung.«

Er fuhr sich mit den Fingern durch die Haare. »Es tut mir so leid, dass ich nicht mitkommen konnte. Ich werde es wiedergutmachen. Versprochen.«

»Das ist nicht nötig.«

»Meine Güte, du bist ja wirklich stinksauer auf mich. Lass uns darüber reden.«

»Ich will nicht darüber reden. Ich will überhaupt nicht mehr reden.«

»Jane …«

»Ich muss den Kindern jetzt bei der Vorbereitung für die kommende Schulwoche helfen. Und ich glaube, wir brauchen eine Pause, Will.«

»Warum?«

»Mir wird das hier alles zu viel.«

»Mit *das hier* meinst du wohl dich und mich?«

»Ganz recht.«

»Und warum wird es dir zu viel?«

»Einfach so.«

»Weil ich dich und die Kinder am Freitagabend versetzt habe? Und am Samstag dummerweise gleich noch mal, weil das Handy nicht mehr funktionierte?«

Diese Unterhaltung führte doch zu nichts. »Ich muss jetzt wieder rein.« Sie wandte sich zum Gehen.

»Weißt du, was dein Problem ist?«

Na, toll. Jetzt war *er* plötzlich sauer. Sie drehte sich noch einmal um. »Nein. Erklär's mir.«

»Du bist auf der Suche nach einem Ersatz für Vic, und es muss der perfekte Mann sein.«

»Was?«

»Nachdem Vic so viel Scheiße gebaut hat, erwartest du von seinem Nachfolger absolute Perfektion, was dir allerdings kein Normalsterblicher wird bieten können. Aber vielleicht ist es ja genau das, was du willst.«

Sie musterte ihn mit schmalen Augen. »Worauf willst du hinaus?«

»Vielleicht bist du ja auf der Suche nach Vic 2.0, nach dem Vic, in den du dich verliebt hast, bevor er anfing zu trinken.«

»Soll das ein Witz sein? Ich bin keineswegs auf der Suche nach Vic 2.0.«

»Bist du sicher? Und bist du sicher, dass du nicht genau das willst? Dein Leben, als noch alles perfekt war. Bevor alles den Bach runterging. Aber das ist unmöglich, Jane. Das wird einfach nicht passieren. Du wirst dich wohl oder übel mit ein bisschen weniger begnügen müssen.«

Jane spürte Wut in sich aufsteigen. »Du hast keine Ahnung, wovon du redest. Und ich will auch nicht, dass Vic zurückkommt, weder der, der er war, als ich ihn kennengelernt habe, noch der, der sein Leben ruiniert hat, und unseres gleich mit. Ich will weder ihn noch irgendeinen Klon von ihm.«

»Was willst du dann?«

Diese Frage konnte sie ihm nicht beantworten. Sie wusste es ja selbst nicht. Ihr Leben war im Moment so verdammt kompliziert, und sie wollte, dass es wieder einfach wurde.

Wieder trat er einen Schritt auf sie zu, doch diesmal wich sie nicht zurück.

»Ich bin weiß Gott nicht perfekt, Jane, aber weißt du was? Du bist es genauso wenig. Weißt du, was wir sind, du und ich? Wir sind menschliche Wesen, die Fehler machen. Es tut mir leid, dass ich dich und die Kinder enttäuscht habe. Aber ich bin nicht Vic, und ich würde dir niemals so viel Leid zufügen, wie er es getan hat. Er war einfach der falsche Mann für dich. Ich würde mir eher einen Arm abhacken lassen, als dich absichtlich zu verletzen. Also, gib Bescheid, wenn du bereit bist für einen Mann, der der Richtige für dich ist, all seinen Makeln zum Trotz. Ich bin gewillt, mein Bestes zu geben. Ja, hin und wieder werde ich dich enttäuschen, aber ich werde dich niemals verlassen, und niemals, niemals würde ich es darauf anlegen, dir oder Ryan und Tabitha wehzutun. Und noch etwas: Ich liebe dich. Und das muss genügen. Wenn es das nicht tut, dann bin ich wohl doch nicht der Richtige für dich. Und wenn ich es nicht bin, dann kann es vermutlich auch kein anderer sein.«

Damit wirbelte er herum und marschierte davon.

Jane starrte ihm verdattert nach und versuchte zu verdauen, was er ihr da gerade alles an den Kopf geworfen hatte.

## Kapitel 12

Er liebte sie. Er hatte ihr gesagt, dass er sie liebte.

Und nicht nur das, er hatte ihr auch ordentlich die Meinung gegeigt.

Und sie hatte es weiß Gott verdient.

Sie ließ sich auf die Couch im Wohnzimmer fallen, den Kopf in beide Hände gestützt. In ihren Schläfen pochte das Blut, und mit einem Mal hatte sie scheußliche Kopfschmerzen.

Sie verspürte Empörung. Rechtschaffenen Zorn. Sie würde es alleine schaffen. Sie hatte es auch bisher allein geschafft. Nur sie und die Kinder. Ohne Mann. Das hatte doch bisher auch ganz hervorragend geklappt.

Jawohl. Ganz *hervorragend*.

Bis Will gekommen war und ihr Leben komplett durcheinandergebracht hatte. Er hatte dafür gesorgt, dass ihre Kinder aufblühten und wieder mehr Spaß hatten, und sie hatten ihn dafür ins Herz geschlossen.

Genau wie sie ihn ins Herz geschlossen hatte.

Sie liebte ihn. Genau das war das Problem, denn es verlieh ihm die Macht, sie zu verletzen.

Und dann hatte er sich einen Fehler erlaubt, und sie hatte kurzen Prozess gemacht und ihn abserviert.

Weil sie um jeden Preis verhindern wollte, dass sie noch einmal von einem Mann verletzt wurde.

So wie Vic sie verletzt hatte.

Will dachte, sie wollte einen Mann, der genauso war wie Vic?

Sie lachte matt. Vic konnte ihr gestohlen bleiben. Sie wollte diesen Mistkerl nie wiedersehen. Vic war ein Wrack, und sie hoffte und betete jeden Tag, dass er nicht zurückkam.

Will dagegen hatte alles richtig gemacht, und sie hatte ihm bei jeder sich bietenden Gelegenheit Steine in den Weg gelegt. Hatte förmlich darauf gelauert, dass er einen falschen Schritt machte, damit sie sich auf ihn stürzen und ihn in Stücke reißen konnte.

Um ihn für all das zu bestrafen, was Vic ihr angetan hatte.

Weil sie nie die Gelegenheit gehabt hatte, Vic zu bestrafen.

Die Erkenntnis traf sie wie ein Schlag.

Sie hob den Kopf.

Mist.

Jetzt, da sie hier in der Dunkelheit saß, wurde ihr plötzlich alles klar.

War ihre Beziehung noch zu retten, oder war es schon zu spät?

*Gib Bescheid, wenn du bereit bist für einen Mann, der der Richtige für dich ist, all seinen Makeln zum Trotz.*

Er hatte ihr ein Hintertürchen offen gelassen. Sie musste nur hindurchgehen.

Will tigerte ruhelos in seiner kleinen Wohnung hin und her.

Er war viel zu aufgebracht, um zu schlafen. Entnervt zog er sein Handy aus der Hosentasche. Schon nach zwölf, und um fünf musste er schon wieder aufstehen.

»Das ist alles deine Schuld«, knurrte er sein Telefon an und steckte es wieder ein.

Als es an der Tür klopfte, fuhr er herum. Wer zum Teufel konnte das sein, mitten in der Nacht? Vermutlich mal wieder ein betrunkener Kumpel seines Nachbarn, der sich in der Tür geirrt hatte.

Der konnte was erleben. Will riss die Tür auf und setzte zu einer Tirade an, sah sich jedoch zu seiner grenzenlosen Verblüffung Jane gegenüber.

»Jane!«

»Hi.«

»Was zum Geier machst du hier? Weißt du eigentlich, wie spät es ist? Wo sind die Kinder?«

»Ich habe Chelsea gebeten, auf sie aufzupassen. Und ja, mir ist klar, dass es bereits halb eins ist.«

Er blinzelte, dann wurde ihm bewusst, dass sie noch im Flur stand. »Komm rein.«

Sie trat ein, und er schloss die Tür hinter ihr und fragte sich, warum um alles in der Welt sie hier war.

»Möchtest du etwas trinken?«

Sie schüttelte den Kopf. »Nein, danke, nicht nötig. Ich will bloß mit dir reden.«

Seit sie vor ein paar Stunden im Streit auseinandergegangen waren, hatte er keinen klaren Gedanken fassen können.

Er hatte ihr in geradezu brutaler Offenheit Dinge an den Kopf geworfen, die er zwar nicht bereute, die er aber zumindest etwas netter hätte formulieren können. Vielleicht war es einfach nötig gewesen. Er hatte es satt, sie ständig mit Samthandschuhen anzufassen. Gut möglich, dass es ihr ähnlich ging und sie nun zum Gegenschlag ausholen wollte.

Tja, da musste er jetzt durch.

Er fuhr sich mit den Fingern durch die Haare und deutete auf die Tür zum Wohnzimmer. »Setz dich doch. Tut mir leid, dass hier so ein Chaos herrscht.«

»Mach dir deswegen mal keine Gedanken. Ich bin nicht gekommen, um dich für deine Fähigkeiten als Hausmann zu kritisieren.«

»Na, dann.«

Sie lachte verlegen und nahm auf dem Sofa Platz, die Hände zwischen die Oberschenkel geklemmt, und starrte auf ihre Schuhspitzen. Will setzte sich neben sie und wünschte sich nichts sehnlicher, als sie in die Arme zu schließen und an sich zu drücken. Doch wenn er ihre Körpersprache richtig interpretierte, hatte sie gerade keine Lust, in den Arm genommen zu werden, also hielt er sich zurück.

Er hatte das dumpfe Gefühl, dass sie ihm gleich ordentlich den Kopf waschen würde.

Er wartete ab.

Und wartete.

Okay, vielleicht benötigte sie noch ein Weilchen, um ihre Gedanken zu sammeln.

»Bist du sicher, dass du nichts trinken willst?«

Sie hob den Kopf. »Es tut mir leid, Will.« In ihren Augen schimmerten Tränen.

Mist. Das klang, als wäre sie hier, um Schluss zu machen. Aber vielleicht konnte er sie ja dazu bewegen, es sich noch einmal zu überlegen. Sie konnten doch über alles reden.

Vielleicht aber auch nicht. »Was tut dir leid?«

»Dass ich nicht zu schätzen wusste, was für ein toller Mann du bist. Seit wir – zusammen sind, warst du immer für mich und die Kinder da. Und ich habe immer wieder die Flucht ergriffen, habe dich auf Abstand gehalten, weil ich Angst hatte.«

Sieh an. Damit hatte er nun nicht gerechnet. »Das muss dir nicht leidtun, Jane. Du wolltest doch nur dich selbst und deine Familie beschützen. Und das verstehe ich. Ich war zu ungeduldig. Wenn ich einmal weiß, was ich will, dann setze ich eben alles daran, es zu bekommen, ohne Rücksicht auf andere. Das kommt daher, dass ich so lange allein war.«

Sie sah ihn an. »Ja, das habe ich auch schon gemerkt, aber das kann man wohl kaum als Charakterschwäche bezeichnen.«

»Na ja, dadurch wirke ich auf andere gelegentlich stur und rücksichtslos. Ich muss mir angewöhnen, mich in meine Mitmenschen hineinzuversetzen, auch ihre Sichtweise in Betracht zu ziehen. Ich bin Single, und ich habe keine so schlechten Erfahrungen gemacht wie du und deine Kinder. Ich dachte, ich könnte ohne große Schwierigkeiten ein Teil eures Lebens werden. Ich hätte es besser wissen müssen.«

Sie runzelte die Stirn. »Bitte versuch nicht, mein Verhalten zu rechtfertigen oder mich aus der Verantwortung zu nehmen.«

Er versuchte, ein Lächeln zu unterdrücken. »Okay, ich hör ja schon auf.«

»Ich glaube, ich habe mich in dem Moment in dich verliebt, als ich erfahren habe, dass du meinen Rasen gemäht hast. Oder am Abend unserer ersten Verabredung, als du mich im Bett so verwöhnt hast wie noch kein Mann vor dir. Und zugleich hat mir das Ganze eine Heidenangst eingejagt, weil du in mir Gefühle geweckt hast, von denen ich dachte, ich würde sie nie wieder verspüren. Du hast dafür gesorgt, dass ich mich sicher und geliebt gefühlt habe und dass ich dir vertraue.«

Sie holte tief Luft, und Will legte eine Hand auf die ihre. Jane wollte sie abschütteln, doch er ließ nicht locker, bis sie ihre Gegenwehr aufgab. »Es ist okay, Angst zu haben, Jane. Ich weiß, wie groß die seelischen Wunden sind, die dir Vic zugefügt hat.«

Sie nickte, und dicke Tränen liefen ihr über die Wangen.

»Ich könnte ihn erwürgen für das, was er euch angetan hat, dir und den Kindern. Und ich würde alles dafür geben, um es ungeschehen zu machen.«

»Tja, weißt du, ich konnte ihn nie zur Rechenschaft ziehen. Nachdem er uns verlassen hatte, wurde die Scheidung über einen Anwalt abgewickelt. Ich hatte nie eine Gelegenheit, ihm zu sagen, wie tief er mich verletzt hat.« Sie zögerte, stierte erneut auf ihre Schuhe. Will wartete ab. Er wusste, sie brauchte Zeit, um ihre Gedanken zu ordnen, ehe sie sie aussprach. Es hatte keinen Zweck, sie zu drängen.

»Also habe ich alles in mich hineingefressen, bis du in mein Leben getreten bist. Du warst das Ventil, das ich benötigt habe, also habe ich alles an dir ausgelassen. Du hast mein ganzes Misstrauen abgekriegt. Ich habe dich hingehalten, bin dir aus dem Weg gegangen. Und das war total unfair, weil du mir und meinen Kindern nichts getan hast.«

»Na ja, gestern und vorgestern habe ich euch im Stich gelassen, was mir allerdings sehr leidtut.«

»Das hast du nicht. Du bist einer der anständigsten Männer, die ich kenne. Du würdest niemals jemandem absichtlich Kummer bereiten. Und du hattest vollkommen recht, als du mich darauf hingewiesen hast, dass niemand perfekt ist. Aber ich bin auch gar nicht auf der Suche nach Perfektion, Will. Ich habe lediglich auf eine Gelegenheit gewartet, um sagen zu können: ›Ha! Siehst du? Die Geschichte wiederholt sich! Ich habe dir nicht vertraut, und zu Recht, wie man sieht.‹ Dabei hattest du gar nichts falsch gemacht. Das war gemein. Ich war gemein. Und dumm.«

Will zog sie an sich und gab ihr einen Kuss auf die Stirn. »Unsinn. Du wolltest eben dein Herz und deine Kinder beschützen. Ich finde es bewundernswert, wie unerbittlich du dich für ihr Wohlergehen einsetzt.«

Sie löste sich von ihm und sah zu ihm hoch. »Ich hatte Angst davor, mich ganz auf dich einzulassen, weil … weil ich dich liebe und weil ich damit das Risiko eingehe, von dir verletzt zu werden.«

Sein Herz zog sich vor Freude zusammen, als sie nun seine Liebeserklärung von vorhin erwiderte, und in seiner Kehle saß ein dicker, fetter Kloß. Er schluckte, von Gefühlen erfüllt, die ihm völlig neu waren. »Ich werde unweigerlich hin und wieder Fehler machen, Jane. Aber ich verspreche dir, ich werde dir niemals wehtun.«

Sie sah ihm fest in die Augen. »Ich weiß, und ich glaube dir. Ich glaube an dich, Will, weil ich dich liebe.«

Ihre Worte gaben ihm neue Hoffnung. »Wir können es schaffen, Jane. Wir lassen es einfach langsam angehen. Es hat ja keine Eile. Die Kinder müssen sich auch erst noch an mich gewöhnen.«

Sie ließ die Fingerspitzen zärtlich über sein Kinn gleiten. »Meine Kinder lieben dich genauso sehr wie ich.«

Er gab ihr einen sanften Kuss. »Wir sollten es trotzdem langsam angehen lassen. Mir scheint, ihr drei braucht noch etwas Zeit, aber wir haben alle Zeit der Welt. Ich hab's wie gesagt nicht eilig, und ich werde warten, bis ihr so weit seid.«

Jane schmiegte sich seufzend an ihn, und Will schloss sie in die Arme und gab ihr, um ihre Abmachung zu besiegeln, einen Kuss, bei dem sie förmlich dahinschmolz.

Sie kam sich albern vor, weil sie so lange mit ihren Zweifeln und Ängsten hinter dem Berg gehalten hatte, und sie schämte sich, weil sie ihn verletzt hatte. Er dagegen hatte ihr auf Anhieb verziehen, obwohl sie es gar nicht verdient hatte. Sie hatte ihn nicht verdient, aber sie würde den Rest ihres Lebens daran arbeiten, das zu ändern und ihm zu beweisen, dass sie ihn glücklich machen konnte.

Als er den Kuss schließlich unterbrach, lag sie praktisch auf seinem Schoß.

»Musst du nicht wieder nach Hause?«

Sie schüttelte den Kopf. »Chelsea meinte, sie bleibt über Nacht, nur für den Fall, dass wir bis morgen früh hier sitzen und reden. Jedenfalls habe ich gehofft, dass du mich nicht gleich wieder wegschickst.«

Er schenkte ihr ein diabolisches Grinsen, bei dem ihr Magen wie üblich einen kleinen Salto vollführte. »Also, meinetwegen kannst du gern die Nacht bei mir verbringen, Jane. Aber ich glaube kaum, dass wir noch viel reden werden.«

Sie zog seinen Kopf zu sich nach unten. »Deine Einstellung gefällt mir, Will.«

CARLY PHILLIPS

# RUNDUM PERFEKT

Eine Serendipity-Kurzgeschichte

Ich widme diese Kurzgeschichte über Alexa Collins all meinen Leserinnen, die das Städtchen Serendipity und seine Bewohner lieben, um mich bei ihnen dafür zu bedanken, dass sie meine Bücher kaufen, meine Geschichten lesen und mir dann schreiben, wie gut sie ihnen gefallen haben.

## Kapitel 1

Joe's Bar, Serendipity. Alexa Collins ging hier regelmäßig ein und aus, doch diesmal war irgendwie alles anders als sonst. Zum einen stand hinter der Bar heute nicht Joe, der Besitzer, denn der hatte kürzlich geheiratet und war mit seiner Frau Annie in die Flitterwochen gefahren. Zum anderen machte Alexas beste Freundin Cara Hartley, die an sich ein sehr sonniges Gemüt hatte, ein Gesicht wie drei Tage Regenwetter und stierte in ihren Drink, als könnte sie dort die Antwort auf all ihre Fragen finden – und der Mann, der ihr diese Antworten hätte liefern können, glänzte durch Abwesenheit. Alexa hatte mit Männerproblemen nicht allzu viel am Hut, denn sie führte ein äußerst ausgefülltes Leben. Meist war sie stundenlang in der Notaufnahme des hiesigen Krankenhauses im Einsatz und hatte deshalb keine Zeit für eine Beziehung. Sie fand ja noch nicht einmal die Zeit für ein paar aufregende Sexabenteuer zwecks Stressabbau, wobei sie die eigentlich bitter nötig gehabt hätte. Und das anstrengende Leben forderte allmählich seinen Tribut – in den vergangenen Wochen war sie ziemlich down gewesen.

Da kam ihr ein musikalischer Stimmungsaufheller

wie der Song, der soeben aus den Lautsprechern dröhnte, gerade recht, wirkte er auf sie doch so aufputschend wie ein Koffeinkick.

»Ich habe Lust zu tanzen«, verkündete sie und sprang von ihrem Barhocker auf.

Cara ignorierte den auffordernden Blick ihrer Freundin und schüttelte mit einem desinteressierten Seufzer den Kopf. Doch so schnell ließ sich Alexa nicht abwimmeln. Cara brauchte dringend etwas Spaß und Ablenkung, um Mike Marsden, den Mann, der ihr das Herz gebrochen hatte, zu vergessen.

»Los, komm mit. Jetzt wird getanzt«, befahl sie mit einer energischen Kopfbewegung in Richtung Tanzfläche.

Cara stöhnte auf, kam der Aufforderung aber nach.

»Was ist mit dir, Liza?«, fragte Alexa die Dritte in der Runde, die sich vorhin mit ihrem Ehemann Dare Barron zu ihnen gesellt hatte. Der Rest ihrer Clique stand gerade an der Bar.

Liza schwang bereits im Takt die Hüften. »Warum nicht? Ein bisschen abshaken kann nicht schaden.«

Zu den Klängen einer schnellen Nummer von Katy Perry begaben sie sich auf die Tanzfläche neben der Jukebox. »Teenage Dream« ging schon bald über in »Firework«, einen von Alexas Lieblingssongs. Sie schloss die Augen und genoss ein paar Minuten lang das Gefühl völliger Losgelöstheit, während sich ihr Körper wie von allein im Rhythmus der euphorisierenden Musik bewegte.

Als sie die Augen wieder aufschlug, stellte sie fest, dass sie offenbar nicht die Einzige war, die Gefallen an derartiger Gute-Laune-Musik fand. Die Tanzfläche hatte sich gefüllt, um sie wirbelten die Leute wie die Derwische herum, manche mit den Händen über dem Kopf, andere mit zuckenden Hüften, so spritzig und ekstatisch wie die von Katy Perry besungenen Feuerwerkskörper.

Dare war ihnen gefolgt und tanzte eng umschlungen mit Liza, und Alexa wandte sich gerührt ab, damit sich die beiden nicht beobachtet fühlten. Bei dieser Gelegenheit streifte ihr Blick einen geradezu umwerfend attraktiven Fremden mit etwas längerem, sandfarbenem Haar, der allein an einem Tisch in der Nähe der Tanzfläche saß und sie mit halb geschlossenen Augen beobachtete.

Er wirkte nicht im Mindesten verlegen, weil sie ihn dabei ertappt hatte, sondern im Gegenteil ganz entspannt. Nur sein eindringlicher Blick strafte seine lässige Haltung Lügen. Alexa dachte daran, wie bedrückt sie in letzter Zeit oft gewesen war, und wie sehr die Musik, die gerade lief, sie beflügelte. Einer plötzlichen Eingebung folgend bedeutete sie ihm mit gekrümmtem Zeigefinger, zu ihr auf die Tanzfläche zu kommen.

Gut, dass Cara es nicht bemerkt hatte, denn sie hätte sich sehr darüber gewundert. Und Alexa hätte den Impuls, zur Abwechslung mal über ihren Schatten zu springen, beim besten Willen nicht erklären können. Sie spürte nur die quälende Einsamkeit, die ihr Leben bestimmte. Der interessierte, sengend heiße Blick dieses Mannes hatte dafür gesorgt, dass ihr Herz einen Takt ausgesetzt hatte, und das war schon eine halbe Ewigkeit nicht mehr der Fall gewesen.

Sie sah, wie ein Lächeln über sein Gesicht huschte,

und ihr Herz schlug zum Zerspringen, als er sich erhob und auf sie zukam, mit einer selbstbewussten Gelassenheit, wie sie nur wenigen Männern zu eigen ist. Alexa verspürte die gleiche selbstbewusste Gelassenheit, wenn es um medizinische Belange ging, nicht jedoch in anderen Bereichen des Lebens. Aber heute Abend war wie gesagt alles anders, und jetzt war sie froh, dass sie vorhin nicht lange nachgedacht hatte, sonst hätte sie es nie gewagt, einen Wildfremden zum Tanzen aufzufordern.

Kaum stand er auf der Tanzfläche, wiegte er sich auch schon im Takt zur Musik. Er war ihr so nah, dass ihr der erregende, holzige Duft seines Rasierwassers in die Nase stieg. Sie ließen ihre Körper sprechen, die sich geradezu erstaunlich synchron bewegten, wenn man bedachte, dass sie sich überhaupt nicht kannten und gerade das allererste Mal miteinander tanzten. Und als nach einer Weile ein Schmusesong gespielt wurde und sich die Paare rund um sie zum Stehblues zusammenfanden, fackelte er nicht lange, sondern drängte sich ganz selbstverständlich an sie, sodass seine pralle Erektion an ihren Bauch gepresst wurde. Für einen Tanz mit einem Unbekannten war das eindeutig viel zu intim, aber Alexa dachte nicht daran, ihn von sich zu schieben.

Dafür genoss sie es viel zu sehr.

Stattdessen ließ sie das Feuer der Leidenschaft ordentlich knistern, bis sie das Gefühl hatte, statt Blut fließe glühende Lava durch ihren Körper.

Als sie bemerkte, dass Cara näher gekommen war und Alexas Tanzpartner mit argwöhnisch hochgezogener Augenbraue betrachtete, tat sie, als würde sie es nicht bemerken. Seltsam, dass ihr bislang gar nicht bewusst gewesen war, wie sehr sie sich nach diesem erlösenden Gefühl der Freiheit gesehnt hatte, das dieser Mann verhieß.

Nach ein bisschen Spaß und sinnlichen Genüssen.

Wann hatte sie sich diesen Luxus zum letzten Mal gegönnt?

Ihr Tanzpartner legte ihr eine Hand auf die Hüften. Sie trug schwarze Leggings und ein elfenbeinweißes Jäckchen, das sie aufgeknöpft hatte, um ein bisschen Dekolleté zu zeigen. Darunter blitzte die Spitze am Ausschnitt ihres Spaghettiträgertops hervor. Jetzt zahlte sich die Wahl ihrer Kleidung aus – er schob die Hand unter das Top, und sie schauderte wohlig, als sie seine raue Handfläche auf der nackten Haut spürte.

Er schenkte ihr ein sexy Lächeln, ohne den Tanz oder seine Liebkosungen zu unterbrechen. Alexa hätte noch ewig so weitermachen können, doch dann sah sie aus dem Augenwinkel, wie sich Mike Marsden näherte – Caras Ex, der Mann, der ihr das Herz gebrochen hatte.

Er trat hinter Cara und legte die Arme um sie. Sie fuhr überrascht zusammen, ließ es jedoch geschehen und schmiegte sich mit dem Rücken an ihn, ohne sich umzudrehen. Vermutlich nahm sie an, dass es einer ihrer Arbeitskollegen war, denn Mike hätte sie dieses Privileg nie und nimmer eingeräumt. Oder zumindest erst nachdem er ausgiebig zu Kreuze gekrochen war. Alexa ließ die beiden nicht aus den Augen, bereit, einzugreifen, falls die Situation es erfordern sollte.

»Alles okay?«, erkundigte sich ihr Tanzpartner. Es war das erste Mal, dass sie ihn reden hörte, und sein sexy Südstaatenakzent passte perfekt zu seiner äußeren Erscheinung.

Sie nickte und lächelte ihn an, ließ bewundernd den Blick über sein attraktives Gesicht wandern. Er hatte einen wunderschönen, vollen Mund und eine verblasste Narbe über dem linken Auge, und zwei Grübchen zierten seine Wangen. Doch selbst während sie in die Betrachtung versunken war, spähte sie über seine Schulter hinweg zu Cara, wohl wissend, dass ihre Freundin im umgekehrten Fall das Gleiche getan hätte.

Alexa schnappte entrüstet nach Luft, als sie sah, wie Mike den Unterleib an Caras Hintern schmiegte, doch da war ihre Freundin bereits herumgewirbelt und musterte ihren Ex mit einem wütenden Blick.

Die Musik war zu laut, als dass sie das Gespräch zwischen den beiden hätte mit anhören können, also bewegte sie sich unauffällig in ihre Richtung.

»Was willst du hier?«, fragte Cara gerade. In ihren Worten schwang all der Kummer und Groll mit, der sich in ihrem Herzen angesammelt hatte, seit Mike vor einer Woche einfach verschwunden war.

»Ich bin wieder da«, erwiderte Mike, ohne sie aus den Augen zu lassen. Er wirkte genauso erschöpft und mitgenommen wie Cara, ehe sie Alexa widerwillig auf die Tanzfläche gefolgt war.

»Wie schön für dich«, ätzte Cara und stemmte die Hände in die Hüften. »Und da hast du gedacht, du könntest mich einfach von hinten begrapschen und dort anknüpfen, wo wir aufgehört haben, ja?«, echauffierte sie sich mit erhobener Stimme.

*Bravo!*, dachte Alexa und hätte ihrer Freundin am liebsten applaudiert dafür, dass sie Mike nicht so ohne Weiteres mit offenen Armen empfing. Wenn sie im Dienst war, hatte Cara stets jede Situation souverän im Griff, doch privat, als Frau, merkte man ihr zuweilen ihre Verletzlichkeit an. Trotzdem ließ sie sich von niemandem verarschen, auch nicht von Mike Marsden.

Alexa war stolz auf sie.

Ihre Heimatstadt Serendipity war ein kleines Nest im Staate New York, und die Gerüchteküche hatte ordentlich gebrodelt, als Mike, der hier eine Zeit lang als Interimspolizeichef fungiert hatte, von einem Tag auf den anderen wieder von der Bildfläche verschwunden war. Selbstverständlich sorgte die aufgebrachte Unterhaltung zwischen Mike und Cara nun auch für Aufregung unter den anderen anwesenden Gästen. Alexa wusste, die beiden hatten einiges zu klären, aber sie mussten es ja nicht unbedingt vor Publikum tun. Es war an der Zeit, die Show zu beenden. Oder Cara zumindest eine kurze Pause zu verschaffen, damit sie ihre Gedanken sortieren konnte.

Sie tippte ihrer Freundin auf die Schulter. »Alles okay?«

»Ja, alles bestens.« Doch Caras Blick nach zu urteilen entsprach das nicht den Tatsachen.

»Können wir uns irgendwo unterhalten?«, fragte Mike.

»Ist das dein Ernst?« Cara starrte ihn entgeistert an.

»Lass mich eines gleich vorweg klären. Ich weiß nicht, warum du hier bist oder für wie lange, und es ist mir auch egal, aber ich werde nicht jedes Mal dein Betthäschen spielen, wenn du dich mal wieder zu einem Besuch in Serendipity herablässt.«

Alexa unterdrückte ein Grinsen. Sie registrierte, dass ihr Tanzpartner noch hinter ihr war und die Szene verfolgte, und verspürte Bedauern, weil die Sache mit ihm zu Ende war, ehe sie richtig begonnen hatte. Doch ein Abenteuer mit ihm konnte ihr höchstens als kurze Ablenkung dienen, während Caras Freundschaft ewig währen würde. Und keine Frau, die etwas auf sich hielt, ließ eine Freundin in Not wegen eines Mannes im Stich.

Mike streckte die Hand nach ihr aus. »Cara …«

»Nein.« Sie wich ihm aus und schubste ihn an der Schulter von sich.

Alexa trat zwischen die beiden. »Komm mit«, raunte sie ihr zu. Dann sagte sie laut und vernehmlich: »Ich geh mal für kleine Mädchen« und deutete mit dem Kopf zu den Toiletten im hinteren Teil der Bar. Auf diese Weise konnte Cara selbst entscheiden, ob sie bleiben oder gehen wollte.

Mike flüsterte ihr etwas ins Ohr, das Alexa nicht hören konnte, doch Cara schüttelte den Kopf.

Alexa warf dem Mann, den sie nun wohl doch nicht näher kennenlernen würde, einen bedauernden Blick zu. »Tut mir leid, aber meine Freundin braucht mich.« Sie lächelte ihn an. Wirklich zu schade, dass es vorbei war, ehe es richtig angefangen hatte!

Zu ihrer Überraschung nickte er verständnisvoll und

winkte ab. »Kein Problem. War schön mit dir.« Seine Worte brachten ihre Nervenenden zum Klingen. Es fühlte sich genauso erregend an wie die Berührung seiner warmen Hand auf ihrer nackten Haut.

Sie sah ihrem sexy Tanzpartner ein letztes Mal tief in die Augen, dann wandte sie sich zu Cara um, die zwar hin- und hergerissen wirkte, Alexa aber später zweifellos für ihre Intervention danken würde.

»Abmarsch«, befahl Alexa und drängte sich vor ihr her durch die Massen in Richtung Toiletten.

Lucas Thompson sah der schönen Unbekannten, mit der er eben getanzt hatte, nach, während sie mit schwingenden Hüften entschwand. Ihr knackiger Hintern kam in den engen schwarzen Leggings hervorragend zur Geltung. Ihm hatte auch ausnehmend gut gefallen, wie sie sich angefühlt hatte. Ihre Hüfte beispielsweise war weich und anschmiegsam gewesen, ganz anders als bei all den knochigen, aufgedonnerten NFL-Groupies, die ihm zu Hause ständig auf den Fersen waren.

Er seufzte und ging zur Bar. Zeit für einen kühlen Drink, um wieder ein bisschen runterzukommen. Eigentlich hatte er nur einen kurzen Zwischenstopp auf dem Weg zu seinem Kumpel Sawyer einlegen wollen, doch der hatte vorhin angekündigt, dass es bei ihm noch dauern würde. Sawyer Rhodes war ein ehemaliger Footballkollege und stammte aus Serendipity, und er hatte Luke angeboten, er könne bei ihm wohnen, bis dieser seine geschäftlichen Angelegenheiten in New York City geregelt hatte. Sawyer hatte seinen Vater kürzlich in einer Einrichtung für Senioren untergebracht und war zurzeit damit beschäftigt, dessen Haus auszuräumen und zu renovieren, mit dem Ziel, es zu verkaufen. Luke war den ganzen Tag in Manhattan gewesen, wo er sich nicht nur mit seinem Agenten getroffen hatte, sondern auch mit einigen potenziellen Sponsoren. Und da man als Footballprofispieler ständig in sterilen Hotelzimmern untergebracht war, zog er es natürlich vor, zur Abwechslung mal bei einem Freund zu schlafen. Im Gegenzug würde er Sawyer beim Ausmisten und Renovieren unter die Arme greifen.

Als Luke vorhin seinen Wagen auf dem Parkplatz hinter Joe's Bar abgestellt hatte, wäre er nie und nimmer auf die Idee gekommen, dass er heute Abend noch das Tanzbein schwingen würde. Eigentlich hatte er sich bloß ein Feierabendbier und ein paar Chicken Wings gönnen wollen. Er hatte nicht damit gerechnet, dass ihm eine feurige Rothaarige über den Weg laufen würde. Die Frau auf der Tanzfläche hatte ihn in vielerlei Hinsicht überrascht. Sie schien keine Ahnung von American Football zu haben, sonst hätte sie ihn erkannt, schließlich spielte er für die NFL. Nun, vielleicht gehörte sie nicht zu den Anhängern der Texas Titans, sondern interessierte sich nur für das hiesige Team, für das Sawyer neuerdings wieder spielte. Wobei es auch gut möglich war, dass sie generell nicht viel für Sport übrig hatte. Was bedeuten würde, dass sie ihn zum Tanzen aufgefordert hatte, weil er auf sie genauso anziehend gewirkt hatte wie sie auf ihn, und nicht bloß, weil er ein Footballstar war.

Mit ihrer natürlichen Ausstrahlung hatte sie ihn schon von sich überzeugt, ehe er ihre Sommersprossen und grünen Augen aus der Nähe gesehen hatte.

Er hatte schon eine Weile mit unverhohlenem Interesse beobachtet, wie sie ihre prächtigen Hüften im Takt zur Musik bewegte, und sein Schwanz hatte erfreut gezuckt, als sie ihn erspäht und zu sich beordert hatte.

»Wollen Sie gleich bezahlen, oder kommt da später noch etwas dazu?«, erkundigte sich der Barkeeper, als er ihm seine Limo hinstellte.

»Ich bezahle gleich.« Luke hatte einen langen, anstrengenden Tag hinter sich. Erst die Anreise, dann die diversen Besprechungen … Er war erledigt und musste bald ins Bett.

Ehe er die Bar verließ, sah er sich aber noch einmal nach *seiner Frau* um, wie er sie im Geiste nannte, da die Zeit nicht ausgereicht hatte, um ihren Namen in Erfahrung zu bringen, wobei er über sich selbst grinsen musste. Er entdeckte sie auf der anderen Seite des Raumes, wo sie in eine Unterhaltung mit dem Typen vertieft war, der vorhin ihre hübsche brünette Freundin belästigt hatte. Von besagter Freundin fehlte jede Spur. Wie es aussah, spielte sein Rotschopf Schiedsrichter in einer handfesten Beziehungskrise.

Luke zuckte die Achseln und schluckte seine Enttäuschung hinunter. Er hatte nicht den Eindruck, als wäre sie der Typ für einen One-Night-Stand. Andererseits hatte sie vorhin ziemlich hemmungslos mit ihm getanzt. *Wer weiß, wohin der Abend hätte führen können, wären wir nicht unterbrochen worden*, dachte er.

Tja, leider würde er es wohl nie erfahren.

Er legte einen Zwanziger auf den Tresen und wartete auf sein Wechselgeld, was eine Weile dauerte, denn es herrschte Hochbetrieb.

Als der Barkeeper wieder zurück war, gab Luke ihm ein Trinkgeld, leerte sein Glas und wollte gerade gehen, da stürmte plötzlich jemand durch den Hintereingang herein und rief mit lauter Stimme: »Alexa, komm schnell! Cara braucht einen Arzt!«

Zu Lukes Verblüffung fuhr seine rothaarige Tanzpartnerin herum und spurtete los.

Hm. Eine Ärztin. Luke musste unwillkürlich lächeln.

Und ehe er es sich versah, war er auch schon den anderen Gästen nach draußen auf den Parkplatz gefolgt, wo Alexa neben einer Frau auf dem Boden kniete.

Es handelte sich um die Freundin, um deren Wohl sie vorhin so besorgt gewesen war.

»Was ist denn passiert?«, fragte er den Mann, der neben ihm stand.

»Cara Hartley wurde angegriffen.« Der Mann – er sah aus, als wäre er um die dreißig, genau wie Luke – musterte ihn misstrauisch. »Sie sind wohl nicht von hier?«

Seine Reaktion überraschte Luke, der selbst aus einem kleinen Provinznest stammte, nicht im Geringsten. »Nein, ich bin bei einem Freund zu Besuch.« Er hütete sich wohlweislich, Sawyers Namen zu nennen, denn er hatte keine Lust, von Fans belagert zu werden, solange er hier war. »Und ich habe vorhin mit Alexa getanzt«, fügte er hinzu, um anzudeuten, dass er mit dem, was sich hier draußen abgespielt hatte, nichts zu tun hatte.

»Verstehe.« Der Mann nickte, sichtlich beruhigt angesichts dieser Auskunft. »Tja, Alexa ist die Beste ihres Faches. Wenn ihr Vater mal in Rente geht, wird sie die Leitung des städtischen Krankenhauses übernehmen.« Dann ertönte auch schon der rasch lauter werdende Signalton eines Martinshorns, was eine Fortsetzung des Gesprächs praktisch unmöglich machte.

Mit dem Eintreffen des Krankenwagens brach erst recht Hektik aus. Schließlich wurde Cara auf eine Trage gelegt und weggebracht. Alexa stieg zu ihr in den Krankenwagen, nachdem sie Caras Exfreund angewiesen hatte, ihnen mit seinem Auto zu folgen. Sie war natürlich viel zu beschäftigt gewesen, um zu bemerken, dass sich auch Luke unter den Umstehenden befand. Nachdem die Sanitäter die Türen zugeknallt hatten und davongebraust waren, löste sich die Ansammlung an Schaulustigen schon bald wieder auf. Die Stimmung war nach dem Vorfall gedrückt.

Luke stieg in seinen Wagen und ließ den Motor an, ignorierte jedoch die Anweisungen der Stimme aus seinem GPS, die ihm den Weg zu Sawyers Haus weisen wollte. Stattdessen fuhr er in Richtung Highway, denn er erinnerte sich dunkel, auf dem Weg hierher die Ausfahrt zum Krankenhaus gesehen zu haben.

Als er wenig später vor der Universitätsklinik von Serendipity parkte, kratzte er sich am Kopf und fragte sich, was zum Teufel er hier eigentlich wollte. Er kannte diese Alexa doch überhaupt nicht. Trotzdem faszinierte sie ihn wie noch keine andere Frau vor ihr. Und das wollte etwas heißen, schließlich hatte er in den vergangenen Jahren ziemlich viele Frauen verschlissen. Früher, als er noch jünger gewesen war, hatte er es genossen, umschwärmt zu werden und die freie Wahl zu haben. Doch in einem Monat wurde er dreißig, und allmählich hatte er die Lebensweise eines Footballstars irgendwie satt. Alkohol, Groupies und gelegentliche Schlägereien in einer Bar, all das reizte ihn inzwischen nicht mehr sonderlich. Seine Teamkollegen nannten ihn deswegen einen alten Mann. Und wenn schon. Luke wusste, er konnte nach wie vor jeden Einzelnen dieser Jungspunde locker in die Tasche stecken. Und im Gegensatz zu ihnen hatte er begriffen, dass das Leben mehr als nur eine einzige Party war. Und er war bereit, nach dem zu suchen, was ihm zu seinem Glück noch fehlte. Was auch immer das sein mochte.

Im Augenblick war es Alexa.

Als Erstes war ihm aufgefallen, dass sie eine schöne, laszive Frau mit atemberaubend grünen Augen und einem heißen Körper war, zu der er sich ungemein hingezogen fühlte. Dann hatte sie ihre Loyalität unter Beweis gestellt und aus Sorge um ihre Freundin auf einen One-Night-Stand verzichtet, obwohl die Sache schon so gut wie geritzt gewesen war. Luke hätte ihr jedenfalls beim besten Willen nicht widerstehen können. Und zum krönenden Abschluss war sie noch in die Rolle der kompetenten Ärztin geschlüpft, um ihre bewusstlose Freundin zu behandeln, ohne auch nur ansatzweise in Panik zu geraten.

Binnen nicht einmal dreißig Minuten hatte er sie von drei völlig verschiedenen Seiten kennengelernt und war hellauf begeistert von ihr. Er konnte jetzt unmöglich nach Hause fahren. Er wollte wissen, wie es ihr und ihrer Freundin nach den Ereignissen dieses verrückten Abends ging.

Wobei er sich, als er durch die Schiebetür zur Notaufnahme trat, fragte, ob es nicht auch ein bisschen verrückt war, einer Unbekannten nachzustellen. Auch wenn alles darauf hindeutete, dass sie rundum perfekt war.

## Kapitel 2

Alexa untersuchte Cara gründlich und kam schließlich zu dem Ergebnis, dass sie eine Gehirnerschütterung und eine Luftröhrenquetschung erlitten hatte. Der gewalttätige Mistkerl, der sie angegriffen hatte, saß inzwischen hinter Gittern, und es bestand nicht die Gefahr, dass man ihn gegen Kaution freilassen würde, also war Cara vor ihm sicher. Seine Frau hatte ihn kürzlich verlassen, wofür er Cara verantwortlich machte, nicht nur, weil sie Polizistin war, sondern weil sie ein großes Herz hatte und die Ärmste vor einer Weile unter ihre Fittiche genommen hatte. Mike war Cara keine Sekunde von der Seite gewichen und hatte die ganze Nacht an ihrem Bett gewacht. Alexa hatte zunächst befürchtet, seine Anwesenheit könnte Cara zu sehr aufregen, doch die schlief dank des ihr verabreichten Beruhigungsmittels tief und fest. Alexa sah gelegentlich nach ihrer Freundin und legte sich dazwischen in den Bereitschaftsraum, um ein wenig zu dösen. Gegen acht Uhr morgens war Mike in ihren Augen mehr oder weniger rehabilitiert, denn er hatte ihr glaubhaft vermittelt, dass er nichts unversucht lassen würde, um die Beziehung mit Cara zu kitten. Nun gab es für Alexa keinen Grund mehr zu bleiben.

Sie schaute noch kurz im Schwesternzimmer vorbei, um ein paar Anweisungen für Caras Entlassung aufzuschreiben und mit der für Cara zuständigen Krankenpflegerin durchzugehen. »Okay, Emily, ich bin dann weg. Ruf an, falls irgendetwas Wichtiges ansteht, ansonsten bin ich jetzt erst einmal nicht zu erreichen.«

Sie streckte sich und gähnte. »Ich brauche dringend ein ordentliches Frühstück und ein paar Stunden Schlaf.« Wobei die Reihenfolge nicht in Stein gemeißelt war. Gut möglich, dass sie einschlief, ehe sie etwas gegessen hatte.

Schwester Emily, die bereits etwas älter war und hier schon gearbeitet hatte, als Alexas Vater noch neu im Krankenhaus gewesen war, schüttelte den Kopf. »Schätzchen, für einen strahlenden Teint ist schon ein bisschen mehr als das vonnöten. Weißt du überhaupt, was das Wort *Ferien* bedeutet?«

Alexa lachte. »Nein. Der Boss ist ziemlich streng mit mir, musst du wissen.«

Emily legte die Stirn in Falten. »Dein Vater wird dich noch zur Unzeit ins Grab bringen, und wofür? Nur damit die Krankenhausleitung in den Händen einer Collins bleibt.« Ein Summton ließ sie herumfahren. »Das ist bestimmt wieder Mrs. Evans in Zimmer 211«, knurrte sie mit einem Blick auf die Anzeige. »Ich hoffe, diesmal ist es was Ernstes. Wenn sie wieder bloß verlangt, dass ich ihr das Kissen aufschüttle, schreie ich.«

Alexa lachte, während sich Emily auf den Weg machte, doch die Worte der Pflegerin spukten ihr noch eine ganze Weile im Kopf umher. Die Unzufriedenheit der vergangenen Wochen war auf verschiedenste Umstände zurückzuführen, die sie nicht einmal sich selbst eingestehen wollte und teils auch gar nicht benennen konnte. Es gab Dinge im Leben, die für andere Menschen ganz selbstverständlich waren, für die Alexa jedoch keine Zeit hatte. Simple Dinge wie regelmäßige Verabredungen mit Freundinnen, ein gelegentliches Date oder auch einfach bloß mal ein entspannender Abend mit Cara.

Sie holte ihre Jacke und ihre Tasche und ging zum Aufzug. Nun, da sie sich um Cara keine Sorgen mehr machen musste, kehrten ihre Gedanken unweigerlich zu dem attraktiven Fremden zurück, der gestern Nacht mit ihr getanzt hatte. Ihr ganzer Körper zog sich zusammen bei der Erinnerung an diese viel zu kurze, sorgenfreie halbe Stunde, in deren Verlauf sie mit dem Unbekannten mehr Spaß gehabt hatte als in den vergangenen drei Jahren zusammen. Es kam nicht allzu oft vor, dass es Fremde nach Serendipity verschlug. Die Wahrscheinlichkeit, dass sie sich wiedersehen würden, war deshalb gering. Und selbst wenn – sie hatte nicht einmal Zeit für ein kurzes Abenteuer. Traurig, aber wahr. Denn nach dem heftigen Knistern zu urteilen, das sie gespürt hatte, hätte es sich bestimmt gelohnt, sich dafür ein bisschen Zeit zu nehmen.

Womit sie wieder am Anfang ihrer Überlegungen angelangt war. Keine Zeit für Sex. Keine Zeit für eine Zukunft. Sie hatte verzweifelt versucht, diese tristen Gedanken zu verdrängen, doch je länger sie das Mantra ihres Vaters – für einen Collins hat die Arbeit stets oberste Priorität – verinnerlichte, desto geringer war die Wahrscheinlichkeit, dass sie je heiraten und Kinder in die Welt setzen, eine Familie gründen würde. Emily hatte völlig recht mit ihrer Behauptung, sie würde sich noch zu Tode schuften, auch wenn sie es nur im übertragenen Sinn gemeint hatte.

Es gab Tage, da konnte sich Alexa kaum noch daran erinnern, wie sie ins Bett gekommen war, weil sie nach dem anstrengenden Dienst in der Notaufnahme so erschöpft war.

Genau wie jetzt.

Sie trat aus dem Aufzug und durchquerte das Foyer auf dem Weg zum Ausgang. Und blieb wie angewurzelt stehen, als jemand ihren Namen rief.

»Alexa!«

Diese Stimme, dieser Akzent … Das konnte nur *einer* sein.

Sie drehte sich um und blickte direkt in die goldbraunen Augen, die sie schon gestern Abend so begehrlich fixiert hatten. »Was machst du denn hier?«, fragte sie verdattert. »Fehlt dir etwas?«

Er schüttelte den Kopf. »Ich habe bloß auf dich gewartet.«

Alexa blinzelte überrascht.

Er grinste. »Ich hatte schon befürchtet, du könntest mir durch einen anderen Ausgang entwischt sein, aber der freundliche Herr am Empfang hat mir versichert, dass du hier vorbeikommen musst.« Er verschränkte die Arme vor der Brust. »Also habe ich gewartet.«

»Auf mich?«, hakte sie nach, erfasst von einem

Glücksgefühl, das so unbändig war, dass sie kaum imstande war, es als solches zu identifizieren.

»Bist du die hübsche Lady, mit der ich gestern Abend getanzt habe?«, fragte er mit einem Augenzwinkern. »Dieselbe Lady, die mich aus Sorge um ihre Freundin hat stehen lassen?«, neckte er sie weiter, fügte jedoch, ehe sie etwas darauf erwidern konnte, hinzu: »Loyalität ist in meinen Augen übrigens eine überaus bewundernswerte Charaktereigenschaft.«

»Ich ...«

»Das interpretiere ich mal als ein Ja. Und diesem Kittel nach zu urteilen bist du auch dieselbe Frau, die sich gestern Abend auf einen Schlag in eine äußerst begehrenswerte Ärztin verwandelt hat. Was dann wohl bedeutet, dass ich in der Tat deinetwegen hier bin.«

Alexa war geschmeichelt und überwältigt zugleich. »Und warum?« Warum hätte er die ganze Nacht hier herumsitzen und warten sollen, bis sie auftauchte?

»Das habe ich mich auch gefragt, wann immer ich eingedöst und wieder hochgeschreckt bin. Na ja, zum einen hast du mich neugierig gemacht, zum anderen hatten wir gleich einen guten Draht zueinander, und außerdem wollte ich wissen, wie es um deine Freundin steht.«

»Der geht es so weit gut.« Alexa war total von den Socken. »Du hast dir Sorgen um Cara gemacht?«

»Ich habe mir Sorgen um dich gemacht.« Er zuckte die Achseln. »Ja, ich weiß, das klingt verrückt, schließlich haben wir noch keine drei Worte miteinander gewechselt. Wie dem auch sei, ich schätze mal, du warst die ganze Nacht wach und würdest jetzt gern frühstücken.«

»Das wäre toll.« Mit einem Mal war ihre Erschöpfung wie weggeblasen. »Frühstück, meine ich.«

Er grinste sichtlich erfreut. »Da ich nicht von hier bin, wirst du mir verraten müssen, wo man hier um diese Zeit etwas zu beißen kriegt.«

Es gab in Serendipity nur ein einziges Diner. »Im Family Restaurant. Das ist allerdings etwas außerhalb vom Stadtzentrum.« Dummerweise hatte Alexa ihren Wagen bei Joe's stehen lassen. Sie hatte zwar große Lust, mit diesem Mann frühstücken zu gehen, hielt es aber für keine sonderlich clevere Idee, sich einem Unbekannten so ohne Weiteres auf Gedeih und Verderb auszuliefern. »Und da wir uns noch gar nicht kennen, werde ich auf keinen Fall zu dir ins Auto steigen.«

Sofort streckte er ihr die Hand hin. »Luke Thompson.«

»Alexa Collins.« Wie zierlich ihre Finger in seiner Pranke wirkten! Der simple Handshake genügte schon, um sämtliche Nervenenden ihres Körpers in Alarmbereitschaft zu versetzen. Das Knistern, das sie gestern Abend gespürt hatte, war also keine einmalige Angelegenheit gewesen.

Kein Zweifel, die Chemie zwischen ihnen stimmte. Wenn es ihm jetzt noch gelang, sie davon zu überzeugen, dass er kein Stalker oder Serienmörder war, konnte sie seine Einladung beruhigt annehmen, dachte sie mit einem gehörigen Schuss Selbstironie.

»Ich bin ein Kumpel von Sawyer Rohdes, falls diese Info irgendwie hilfreich ist.«

»Ah, der Footballspieler.« Alexa nickte. Eine Kleinstadt war und blieb eine Kleinstadt.

»Ich bin ein paar Tage bei ihm zu Besuch und helfe ihm dabei, das Haus seines Vaters auszuräumen.«

Alexa konnte sich dunkel erinnern, dass ihr Vater irgendetwas in dieser Richtung erwähnt hatte. »Dann hat Mr. Rhodes also wie geplant einen Platz in einer Einrichtung für betreutes Wohnen bekommen?«

»Ja, er ist gestern umgezogen«, bestätigte Luke. »Das heißt, du kennst Sawyer und seinen Vater?«

»Nur vom Hörensagen.«

»Und, genügt das, um dich von mir zum Frühstück ausführen zu lassen?«

Alexa musste unwillkürlich grinsen. »Na ja, wenn du ein Freund der Familie Rhodes bist, dann dürfte wohl keine Gefahr von dir ausgehen.«

Luke grunzte belustigt. »Süße, ich kenne nicht viele Leute, die behaupten würden, dass keine Gefahr von mir ausgeht.«

Das bezweifelte sie nicht, so, wie er sie förmlich mit Blicken verschlang. Die Alexa, in die sie sich in den vergangenen Jahren verwandelt hatte, ging stets auf Nummer sicher, hatte keine Dates und war definitiv nicht gewillt, sich wegen einer Frühstückseinladung um ihren Schlaf bringen zu lassen. Und sie würde niemals einen wildfremden Kerl zum Tanzen auffordern, geschweige denn, sich mit ihm vor aller Augen zu einer heißen Dirty-Dancing-Einlage hinreißen lassen. Doch wie es aussah, warf die Alexa, die sie in der Gegenwart von Luke Thompson wurde, sämtliche Hemmungen über Bord und war durchaus offen für weitere Eskapaden dieser Art.

Luke mochte Frauen mit einem gesunden Appetit, auch wenn das leider viel zu selten vorkam. Eigentlich kannte er so etwas bislang nur von seiner Mutter und seinen Schwestern. Alexa bestellte sich ein ganzes Menü: Rührei mit Speck, zwei Pancakes, ein großes Glas Orangensaft und Kaffee. Luke wusste nicht, was ihm mehr Genuss bereitete: sein Omelette zu verspeisen oder Alexa dabei zuzusehen, wie sie ihr Frühstück verschlang, ohne auch nur einen Gedanken daran zu verschwenden, was er davon hielt. *Noch ein Grund mehr, sie sympathisch zu finden,* dachte er, als sie alles verputzt hatten.

»Puh, ich war echt am Verhungern«, stöhnte sie, als sie fertig war, und wischte sich mit einer Serviette den Mund ab.

Er grinste. »Und, geht's jetzt besser?«

Alexa nickte. »Jep. Jetzt bin ich wieder bei Kräften und zu allen Schandtaten bereit.« Ihre Augen funkelten unternehmungslustig.

Bei ihren Worten kamen ihm gleich ein paar verführerische Ideen, was sie mit ihrer neu gewonnenen Energie alles anstellen konnte. Doch zu seiner eigenen Überraschung beschloss er, erst noch etwas mit ihr zu plaudern, um sie besser kennenzulernen. »Deine Freundin hat also keine ernsthaften Verletzungen davongetragen?«

Alexas Miene wurde weich. »Nein, zum Glück nicht.«

»Und mit ihrem Verehrer ist auch wieder alles im Lot?«

»Noch nicht, aber wenn es nach Mike geht, wird es das wohl bald sein.«

Sie erklärte, Mike sei seit jeher »ein Beziehungspho-biker« gewesen, doch nun sei er wild entschlossen, sich zu ändern. »Ich bin bereit, Nachsicht walten zu lassen, aber wenn er noch einmal ihre Gefühle verletzt, dann werde ich ihn daran erinnern, dass ich mich hervor-ragend auf die Verwendung eines Skalpells verstehe.«

Luke nahm sich vor, das ebenfalls im Hinterkopf zu behalten. »Klingt ja ganz schön blutrünstig.«

»Das nun nicht gerade, aber ich bin diesbezüglich auch nicht zimperlich. Ich bin seit meiner Geburt von Medizinern umgeben. Mein Vater ist ebenfalls Arzt.«

Luke nickte. Es war schön, einen Einblick in ihr Le-ben zu erhalten. »Und du bist in seine Fußstapfen ge-treten?«

Alexa ließ sich Kaffee nachschenken und nahm einen Schluck. »Mir blieb nicht viel anderes übrig. Zumal ich nach dem Tod meiner Mutter niemanden mehr hatte, der sich für meine Wünsche eingesetzt hat.«

»Wie alt warst du da?«

»Zehn.«

Er zog die Nase kraus und versuchte sich vorzustel-len, wie seine Schwestern ohne den stabilisierenden Einfluss ihrer Mutter die Teenagerzeit überstanden hät-ten. Vermutlich gar nicht. »Das tut mir leid.«

»Danke. Was ist mit dir? Hast du Geschwister? Le-ben deine Eltern noch?«, fragte sie. Ein Ablenkungs-manöver, eindeutig.

»Ja, alle beide. Und sie sind auch noch miteinander verheiratet. Und ich habe drei Schwestern.«

Sie öffnete den Mund, klappte ihn wieder zu. »Und

trotzdem ist eine Sportskanone aus dir geworden?«, sagte sie und lachte.

Er grinste. »Das Schicksal war auf meiner Seite. Ich bin das älteste Kind, und mein Dad war Footballcoach an der Highschool und hat mich sehr gefördert.« Seine Mom hatte die Mädchen verhätscheln dürfen, während sich sein Dad ordentlich ins Zeug gelegt hatte, damit aus seinem Sohn auch ja ein richtiger Kerl wurde.

»Du Glückspilz.«

»Ja, das bin ich.«

»Wusstest du schon immer, dass du mal Footballer werden willst?« Sie beugte sich gespannt nach vorn. Ihre Haltung zeugte von einem unverhohlenen Interesse an seiner Antwort. An ihm.

Er nickte. »Eigentlich schon. Ich bin ein Naturtalent, und es hat mir von Anfang an Spaß gemacht. Nicht bloß die Spiele selbst, auch das Drumherum. Und wie war das bei Ihnen, *Doktor Collins*?«

»Ob ich schon als Kind Ärztin werden wollte? Doch, ja. Zumindest theoretisch.« Sie zuckte die Achseln. »Leider ist die Praxis meilenweit von der Theorie entfernt. Es ist alles viel schwerer, als ich erwartet hatte.«

»Was genau? Die Tätigkeit selbst? Die Arbeitszeiten?«

Sie lehnte sich zurück und seufzte brunnentief. »Ich liebe die Medizin. Ich liebe es, Menschen zu behandeln, insbesondere Kinder. Aber es war nie vorgesehen, dass ich mal in der Pädiatrie lande. Seit ich wieder in Serendipity bin, züchtet mich mein Dad zu seiner Nachfolgerin heran, teils in seiner Praxis, teils im Krankenhaus, dessen Leitung ich einmal übernehmen soll. Neben dem Dienst in der Notaufnahme erledige ich allerlei administrative Aufgaben und erstelle sämtliche Dienstpläne fürs Personal, seien es Chirurgen, sonstige Ärzte oder Krankenpfleger – und weil ich mich nicht nur um Organisationskram kümmern will, helfe ich wie gesagt auch in der Praxis aus.«

»Klingt, als hättest du nicht allzu viel Freizeit.«

»Scharf beobachtet, Watson.«

Ihr Lachen klang selbst für Luke gezwungen, dabei kannte er sie noch nicht einmal vierundzwanzig Stunden. »Aber gestern Abend warst du tanzen.«

»Ja, damit Cara mal wieder unter Leute kommt und nicht ständig über Mike nachgrübelt. Ich musste mir extra eine Vertretung suchen. Eigentlich hätte ich arbeiten müssen.«

Allmählich wurde ihm klar, dass ihre Erschöpfung nicht bloß von der einen durchwachten Nacht herrührte. »Und warum kann dich keiner entlasten? Gibt's nicht genügend Ärzte an der Klinik?«

»Doch, aber wenn ich weniger arbeite, könnte es sein, dass sich ein anderer den Posten schnappt, den mein Vater für mich vorgesehen hat.«

Luke entging nicht, dass sie nicht »den Posten, den *ich* haben will«, gesagt hatte. Aber es war nicht an ihm, sie darauf aufmerksam zu machen. Sie war erwachsen, und wenn sie mit ihrem Leben unzufrieden war, dann würde sie etwas daran ändern. »Also, gestern Abend hast du den Anschein erweckt, als würdest du dich gut amüsieren. Zumindest bis zu dem Vorfall auf dem Parkplatz.«

»Eigentlich war ich nur wegen Cara da, aber sobald ich auf der Tanzfläche stand, war mir plötzlich bewusst, wie dringend ich es nötig hatte, mal wieder ein bisschen abzuschalten. Und dann habe ich dich entdeckt …« Sie verstummte etwas atemlos, und die unerwartete Pause wirkte seltsam ermutigend und erotisch zugleich.

Sie musterte ihn eingehend, und Luke fragte sich, was ihr wohl durch ihr hübsches Köpfchen gehen mochte. Und hübsch war sie in der Tat, selbst jetzt, da sie total übermüdet und kaum geschminkt war und Krankenhausklamotten trug. Sie war wirklich etwas Besonderes, mit ihrem glänzenden kastanienroten Haar, ihrer blassen Haut und ihren intelligent dreinblickenden Augen. Aber es war nicht nur ihr Äußeres, das ihren Reiz ausmachte, obwohl er sich gar nicht sattsehen konnte an ihr. Es war schön, mit ihr zu plaudern, und wenn er daran zurückdachte, wie sie gestern miteinander getanzt hatten, juckte es ihn in den Fingern, den Köper, den er gestern nur ganz flüchtig berührt hatte, zu liebkosen.

»Und?«, hakte er nach. Weil sie ihm bedeutet hatte, sich zu ihr zu gesellen. Weil sie es ihm gestattet hatte, so eng mit ihr zu tanzen, dass es für sie beide gleichermaßen erregend gewesen war. Und weil sie sich von ihm zum Frühstück hatte einladen lassen.

Die Kellnerin hatte ihnen soeben die Rechnung gebracht, und Luke wusste, was er als Nächstes wollte. Er war nur nicht sicher, ob Alexa das ebenfalls wollte. Zugegeben, sie hatte ihn schon die ganze Zeit über prüfend gemustert, das Interesse schien also auf Gegenseitigkeit zu beruhen. Es knisterte nach wie vor zwischen ihnen, mit einer Heftigkeit, wie er sie noch nie erlebt hatte. Schon gar nicht in einer so alltäglichen Umgebung wie in diesem Diner. Das zwischen ihnen war etwas ganz Besonderes. Ob sie es wohl auch spürte?

Sie biss sich auf die Unterlippe, und er fragte sich, ob sich ihr Mund wohl so weich anfühlen würde, wie er aussah. Ob sie so süß schmecken würde wie der Ahornsirup auf ihren Pancakes.

»Bei deinem Anblick habe ich alles um mich herum vergessen«, gestand sie leise, ein süßes Kompliment, das ihn völlig unvorbereitet traf.

Und dann streckte sie den Arm aus und ergriff seine Hand. »Kommst du mit zu mir nach Hause?«

Dass sie so direkt sein würde, hatte er zwar nicht erwartet, aber gut, sie führte ein ziemlich hektisches Leben und hatte wenig Zeit für sich selbst. Wenn sie etwas wollte, dann musste sie wohl oder übel zugreifen, sobald die Gelegenheit günstig war. Offenbar versprach sie sich von ihm etwas Entspannung, eine kleine Pause vom Alltag. Und wie es der Zufall wollte, war das ganz in seinem Sinne.

»Nichts lieber als das, Süße.«

## Kapitel 3

Sie hatte es getan. Sie hatte Luke vorgeschlagen, mit zu ihr nach Hause zu kommen. Alexa war vollauf bewusst, was das bedeutete, und sie konnte nicht fassen, dass sie tatsächlich den Mut aufgebracht hatte, es zu tun. Ein kurzer Moment der Schwäche hatte genügt, hatte sie alle Vorsicht in den Wind schlagen lassen. Sie machte den Schlafmangel dafür verantwortlich, und den Umstand, dass Luke sie dazu gebracht hatte, über sich selbst zu reden, über ihre Karriere, ihre mangelnde Freizeit.

Noch nie hatte sie einem derart attraktiven Mann gegenüber gesessen wie ihm, und dann hatte er sie auch noch angesehen, als wäre sie etwas ganz Besonderes. Als würde er sich am liebsten auf sie stürzen und sie mit Haut und Haaren verschlingen … Er hatte ihr vor Augen geführt, was sie alles verpasste und in ihr den Wunsch geweckt, sich endlich wieder einmal etwas Gutes zu tun. Warum auch nicht? Heute hatte sie ohnehin frei und würde keinen Fuß in die Klinik setzen, ob der Profi-Footballspieler Luke Thompson nun mit ihr ins Bett ging oder nicht.

Als sie ihm Minuten später den Weg zu ihr nach Hause erklärte, hatte sie ihre Meinung zwar nicht geändert, aber irgendwie war ihr doch nicht mehr ganz wohl in ihrer Haut. Sie wohnte in einem Häuschen mit drei Schlafzimmern, das Alexa über ihre Bank erworben und mit viel Liebe zum Detail eingerichtet hatte, nachdem die Vorbesitzer, ein älteres Ehepaar, weggezogen waren. Aufgewachsen war sie in einem der schönen großen Herrenhäuser im Villenviertel der Stadt, das ihr jedoch stets wie ein Museum erschienen war, denn ihr Vater hatte dort nach dem Tod ihrer Mutter unzählige Kunstwerke angesammelt. Deshalb legte Alexa viel Wert auf eine gemütliche Inneneinrichtung und Accessoires, die eine heimelige Atmosphäre verbreiteten, denn es war ihr wichtig, dass sich ihre vier Wände wie ein richtiges Zuhause anfühlten, selbst wenn sie denkbar wenig Zeit hier verbrachte. Die Wände waren weiß gestrichen und mit lavendelfarbenen Bordüren versehen, und da und dort standen echte Topfpflanzen, die natürlich gegossen werden mussten – eine Aufgabe, für die sich Alexa ausnahmslos jede Woche Zeit nahm.

Luke trat hinter ihr ein und sah sich sogleich neugierig um. »Hübsch hast du's hier«, stellte er fest, während sie Schlüsselbund und Handtasche auf dem Tischchen im Flur ablegte.

»Danke.« Sie drehte sich nicht zu ihm um, sondern überlegte fieberhaft. Was nun? Sollte sie schnurstracks mit ihm ins Schlafzimmer gehen? Oder ihn erst in die Küche führen und ihm einen Drink anbieten? Ihr Blick streifte die Uhr an der Wand.

Hm. Es war zehn Uhr vormittags. Kein Drink also.

Sie war die ganze Nacht im Krankenhaus gewesen

und sehnte sich nach einer Dusche. Was hatte sie sich bloß dabei gedacht, ihn einfach so mit nach Hause zu nehmen? Und wie sollte es jetzt, wo sie hier waren, weitergehen? Sollte sie gleich hier im Flur über ihn herfallen? Sie hatte eine Zeit lang eine Affäre mit einem Kollegen gehabt, da war das schon mal vorgekommen. Aber wann hatte sie schon je einen wildfremden Mann mit nach Hause genommen? Wahrscheinlich hätte sie über ihre Ratlosigkeit gelacht, wenn sie nicht derart aus der Übung gewesen wäre, was solche Situationen anging.

Ihre Gedanken rasten, ihr Puls ebenfalls.

Dann trat Luke hinter sie, und sie spürte seine Körperwärme im Rücken, als er ihr die Haare von den Schultern strich. »Entspann dich«, sagte er mit dieser tiefen Stimme, bei der sie schier dahinschmolz. »Wir haben den ganzen Tag Zeit. Du musst bestimmt erst mal ein bisschen runterkommen, also geh doch schon mal nach oben und unter die Dusche. Ich warte hier so lange auf dich.«

Wie konnte es sein, dass er genau wusste, was sie jetzt brauchte?

»Okay«, sagte sie leise.

»Du wirst sehen, es wird ganz wunderbar«, prophezeite er ihr, und dann schmiegte er das Gesicht in ihre Halsbeuge und ließ die Lippen über ihre Haut wandern.

Alexa umklammerte die Tischkante und beugte den Kopf nach vorn, bot ihm ihren Nacken dar, während er an ihr knabberte und leckte. Sie schauderte, von einer Welle der Erregung erfasst. Ihre Nervosität war wie weggewischt.

»Du gehst jetzt wohl besser«, murmelte er und legte die Hände auf ihren Hintern. »Sonst legen wir doch gleich hier an Ort und Stelle los.«

Sie stöhnte und löste sich von ihm. »Warte im Schlafzimmer auf mich«, sagte sie und eilte die Treppe hinauf und ins Bad.


Luke sah ihr nach, während sie die fünf Stufen zum Obergeschoss ihrer Multi-Level-Wohnung erklomm. Ihr Körper war in der weit geschnittenen Krankenhauskluft kaum auszumachen, und trotzdem fand er sie attraktiv. Stöhnend löste er sich vom Anblick ihres Hinterns und sah sich in ihren vier Wänden um. Es überraschte ihn nicht, dass die Frau, die er inzwischen schon etwas kennengelernt hatte, ein Häuschen mit Garten besaß, mit weißem Gartenzaun und allem Drum und Dran. Das Interieur war in Elfenbeinweiß und Helllila gehalten und wirkte warm und gemütlich. Alles war genauso, wie er es erwartet hatte, und doch auch ganz anders, und er fand es unheimlich spannend, mehr über sie herauszufinden. Mindestens genauso spannend wie das neue Playbook, das zu Beginn der Footballsaison erschien.

Er grinste. Er konnte echt nicht leugnen, dass er Footballspieler war. Es war ja auch reine Taktik gewesen, dass er ihr ein bisschen Zeit gegeben hatte, um sich etwas zu sammeln und zu beruhigen. Ja, vermutlich würde sie in dieser Zeit auch zu viel nachdenken, aber eine Frau wie Alexa musste sich rundum wohlfühlen, ehe sie mit einem Mann ins Bett ging. Sie erinnerte ihn an seine

Schwestern, und er wusste, wie die tickten, obwohl er sich der Vorstellung, dass seine Schwestern Sex hatten, konsequent verweigerte. Alexa war, genau wie seine Schwestern, ein nettes Mädchen, das zwar gelegentlich bereit war, ein bisschen die Sau rauszulassen. Aber nicht allzu oft. Ein anständiges Mädchen.

Eines, das er wiedersehen wollte.

Huch? Das war wohl noch reine Zukunftsmusik. Sein Blick wanderte erneut im Raum umher. Hm. Die Einrichtung wirkte gemütlich, ließ aber persönliche Gegenstände vermissen. Familienfotos beispielsweise, die es dank seiner Mutter sowohl in seiner Wohnung als auch im Haus seiner Eltern massenhaft gab. Er zuckte die Achseln und ging nach oben, um sich auf die Suche nach dem Schlafzimmer zu machen.

Das Rauschen einer Dusche wies ihm den Weg. Er betrat einen Raum zu seiner Rechten, der ganz offenkundig von einem weiblichen Wesen bewohnt wurde. Weiße Vorhänge, haufenweise Rüschenkissen, und natürlich überall lila Akzente. Luke grinste. Alexa war konsequent. Als im angeschlossenen Badezimmer das Wasserrauschen verstummte, wurde sein bestes Stück im Nu steinhart. Er streifte die Schuhe ab und legte sich aufs Bett, hörte nebenan etwas klappern, als hätte sie einen Gegenstand zur Hand genommen oder abgelegt. Es dauerte nicht lange, da öffnete sich die Tür, und sie trat aus dem Bad, eingehüllt in Dampfschwaden und einen Duft, den Luke bis in alle Ewigkeit mit diesem Moment in Verbindung bringen würde. Bei ihrem Anblick stockte ihm der Atem. Ihre grünen Augen hoben sich deutlich von ihrem blassen Gesicht ab, ihr langes, feuchtes Haar, das er bislang nur zu einem Pferdeschwanz zusammengebunden gesehen hatte, war zerzaust und wirkte dunkler als vorher. Sie trug einen Bademantel – in Dunkellila, was sonst –, der ihr bis zur Mitte der Oberschenkel reichte, sodass ihre langen, durchtrainierten Beine zu sehen waren. Ganz schön sexy. Der seidig glänzende Stoff schmiegte sich an ihre Kurven und gab den Blick auf ein äußerst verlockendes Dekolletee frei.

Zum ersten Mal sah er nun ihr hübsches Gesicht ganz ohne Make-up und erhielt damit einen Eindruck von der Alexa, die sich hinter der Fassade der verführerischen Amazone und der kompetenten Ärztin verbarg.

Er sah eine Frau, die er auf der Stelle unter sich spüren wollte.

Er streckte die Hand nach ihr aus, und sie trat ohne zu zögern näher, verharrte jedoch am Fußende des Bettes.

»Na komm, Süße«, forderte er sie auf, denn der nervöse Blick in ihren Augen war ihm nicht entgangen.

Sie ließ sich auf der Bettkante nieder. »Wenn du deinen Charme spielen lässt, kommt dein texanischer Akzent stärker raus.«

»Hier ist gar nichts gespielt, sondern alles absolut echt.« Und wenn sie einen Blick auf seine Körpermitte wagte, hatte sie einen hieb- und stichfesten Beweis dafür.

Sie öffnete den Mund und stieß einen erfreuten Seufzer hervor, den Luke als sein Stichwort interpretierte. Er legte ihr einen Arm um die Taille und zog sie an sich, sodass sie auf ihm zu liegen kam. Sie fühlte sich genauso gut an, wie sie duftete, wie sie so rittlings auf ihm thronte, die Oberschenkel weit gespreizt. Er schlang die Arme um sie und drückte sie an sich, sodass ihre warme Leibesmitte an seinen pulsierenden Penis gepresst wurde.

Ihre Augenlider schlossen sich flatternd, und sie drückte den Rücken durch, rieb sich zitternd an ihm, als wäre sie bereits kurz davor, zu kommen.

Mist.

»Brauchst du etwas Bestimmtes?«, erkundigte er sich und hob die Hüften an.

Sie wimmerte etwas Unverständliches.

»Was sagst du?«, presste er zwischen zusammengebissenen Zähnen hervor. Es kostete ihn seine ganze Kraft, sich zurückzuhalten, und das, obwohl er noch vollständig angezogen war. Seit der Highschool hatte ihn keine Frau in so kurzer Zeit derart scharfgemacht.

Alexa schlug die Augen auf, sah ihn aber nicht an. »Es ist schon so lange her …«, murmelte sie verlegen und errötete.

Er schluckte schwer, zog es aber vor, nicht zu viele Gedanken daran zu verschwenden. »Dann sollte ich wohl dafür sorgen, dass du voll auf deine Kosten kommst«, sagte er und küsste ihren prächtigen Mund.

Sie öffnete sogleich die Lippen und gewährte ihm Einlass, erwiderte seinen Kuss so gierig, als hätte sie jahrelang darauf gewartet, ihn zu kosten. Sie verstand sich ganz hervorragend aufs Küssen. Kein Wunder also, dass Luke im Nu das Gefühl hatte, in Flammen zu stehen.

Er hielt ihren Kopf fest, während ihre Zungen einander umspielten, und nahm, was sie zu geben bereit war – und das war eine ganze Menge. Sie rieben sich aneinander, knutschten so hemmungslos wie zwei Teenager auf dem Rücksitz eines Autos. Luke schob eine Hand unter ihren Morgenmantel, darauf gefasst, auf eine seidene Barriere zu stoßen. Stattdessen fand er dort unten seinen persönlichen Himmel vor.

Als er einen Finger in ihr warmes, feuchtes Geschlecht gleiten ließ, stöhnte sie laut auf, ohne den Kuss zu unterbrechen. Sie presste sich an ihn, beschrieb kreisende Bewegungen mit dem Unterleib, während sein Finger tiefer in sie eindrang. Sekunden später explodierte sie, begleitet von einem Lustschrei.

Luke hielt ihren bebenden Körper fest, überrascht nicht nur von der Intensität ihres Höhepunkts, sondern auch, weil sie so schnell gekommen war.

Nach einer Weile rollte sie sich von ihm herunter und legte sich auf die Seite, einen Ellbogen aufgestützt.

Sie betrachtete ihn mit weicher Miene. »Das war unglaublich.«

»Freut mich, dass es dir gefallen hat.« Er streifte ihr den seidenen Morgenmantel von den Schultern, darauf erpicht, sie endlich nackt zu sehen.

Ihr Anblick verschlug ihm glatt die Sprache, dabei war er sonst ein Großmaul und nie um Worte verlegen. Sie schien nicht oft in die Sonne zu gehen, denn ihre glatte, von einem Feuchtigkeitsfilm überzogene Haut war blass und schimmerte wie Porzellan, und der appetitliche Duft ihrer Bodylotion, der ihm in die Nase stieg, erregte ihn nur noch zusätzlich. »Rundum perfekt«, murmelte er und umkreiste mit dem Finger eine ihrer dunklen Brustwarzen.

Als Alexa stöhnte, senkte er das Haupt, um sie in den Mund zu nehmen und zu lecken. Unter den wirbelnden Liebkosungen seiner Zungenspitze wurde sie umgehend hart und fest, und ein heftiges Schaudern ging durch ihren Körper. Wie empfindlich sie war!

Luke hätte stundenlang nur dabei zusehen können, wie sie kam, und sich kein bisschen gelangweilt.

Alexa hatte noch nie so viel empfunden. Eine einzige Berührung von Luke genügte, um ihre Lust erneut zu entfachen, ein kurzes Lecken, und schon ging ein Ziehen durch ihren Körper, von der Brust bis hinunter zwischen ihre Oberschenkel.

Sie wand sich unter ihm, verwundert darüber, dass sie schon wieder erregt war. Sonst hatte sie stets nur einen Orgasmus pro Nacht – oder in diesem Fall pro Tag –, doch das Pulsieren in ihrem Unterleib weckte ihre Hoffnung auf mehr. Ein verlockender Gedanke.

Sie wusste es zu schätzen, dass Luke sie zuerst zum Orgasmus gebracht hatte, denn nun war sie entspannt und gelassen, bereit für all das, was da noch kommen mochte. Sie konnte es kaum erwarten, ihn in sich zu spüren. Aber sie war keine Egoistin und wollte sich für die Lust, die er ihr bereitet hatte, erkenntlich zeigen.

»Jetzt bist du dran«, sagte sie mit ungewohnt rauer Stimme und richtete sich auf. »Ausziehen.«

Ohne den Blick seiner goldbraunen Augen von ihr abzuwenden, setzte er sich auf und zog sich das Hemd aus. Die sexy Brust, die darunter zum Vorschein kam, war von einem hellbraunen Haarflaum überzogen.

Alexa starrte ihn an, schluckte und tastete dann nach dem Knopf seiner Jeans. Er erhob sich, entledigte sich blitzschnell seiner Hose und legte sich wieder zu ihr ins Bett.

Alexa schnappte unwillkürlich nach Luft in Anbetracht seines prächtigen, nackten Körpers und seiner imposanten, prallen Männlichkeit. Zögernd streckte sie die Hand danach aus, doch er ergriff ihre Finger und drückte sie an seine Brust, sodass sie die Wärme seiner Haut und das heftige Pochen seines Herzens spüren konnte.

»Jetzt bist du dran«, wiederholte sie und ließ die freie Hand genüsslich über seinen Bauch in Richtung Süden wandern.

»Ich bestehe nicht darauf, dass wir uns abwechseln«, sagte er. »Aber ich werde mich natürlich nicht dagegen wehren.« Damit zog er sie an sich, um sie zu küssen, sodass sie alles um sich herum vergaß und bald nicht mehr in der Lage war, auch nur einen klaren Gedanken zu fassen.

Er schien überall zu sein, sein Körper, seine Lippen, sein Geruch, und als er sie sanft nach hinten drückte, überließ sie sich willig seinen kräftigen Armen. Sie seufzte, als er sich auf sie legte und sie spürte, wie die Spitze seiner beeindruckenden Erektion flüchtig ihre empfindliche Knospe streifte.

»Kondom«, presste sie hervor.

»Ach, Mist.« Er hob den Kopf. »Ich wollte noch welche im Krankenhausshop besorgen, aber ich hatte

Angst, das könnte womöglich ein bisschen zu sieges-sicher wirken.«

»Ich habe welche da – allerdings nicht aus den nahe-liegenden Gründen. Ich werde des Öfteren gebeten, den Aufklärungsunterricht an der Highschool zu überneh-men, und wenn man einer Bande Teenager verklickern soll, was Safer Sex bedeutet, sind Gummis natürlich un-verzichtbar.«

Luke legte den Kopf in den Nacken und lachte schal-lend. »Mit einer Frau, die aussieht wie du, hätte mir der Aufklärungsunterricht garantiert bedeutend mehr Spaß gemacht.« Als er sich wieder einigermaßen beru-higt hatte, fragte er: »Wo sind sie?«

»Dort drüben, in meiner Handtasche.« Sie deutete auf die Kommode.

Luke erhob sich, schnappte sich die Tasche und reich-te sie ihr. Alexa kramte kurz darin, reichte ihm dann einen der eingeschweißten Gummis und ließ die Ta-sche auf den Boden plumpsen, während Luke die Ver-packung aufriss und sich das Präservativ überstreifte. Dann war er auch schon über ihr, sah ihr tief in die Au-gen – und drang bis zum Anschlag in sie ein.

Alexa rang einen Augenblick nach Luft.

»Entspann dich, Süße.« Er hielt inne. »Und vergiss das Atmen nicht.« Seine samtweiche Stimme ließ sie er-schaudern.

»Es ist wie gesagt schon eine ganze Weile her«, mur-melte sie.

Er streichelte ihr mit dem Handrücken über die Wan-ge, und die zärtliche Geste verfehlte ihre beruhigende

Wirkung nicht. Binnen Sekunden hatte sich ihr Körper an seine Größe gewöhnt, und er spürte, wie die Anspannung in ihren Muskeln nachließ.

»So ist es gut«, murmelte er.

Seine Worte taten ein Übriges, sodass er sich nun mühelos in ihr bewegen konnte. Er glitt aus ihr heraus und drang erneut in sie ein, einmal, zweimal, ein drittes Mal, dann hatte er seinen Rhythmus gefunden. Es war, als wäre er nur dafür geschaffen, sie auszufüllen. Mit präzisen Stößen steigerte er ihre Erregung, und sie stemmte sich ihm begierig entgegen, um ihn noch tiefer in sich aufzunehmen. Seine Pupillen weiteten sich, als sie das Becken noch etwas höher anhob, ein stummer Befehl, dem er nur zu gerne Folge leistete.

Wieder und wieder stieß er in sie, stimulierte dabei genau die richtige Stelle, und als er schließlich laut ächzend kam, riss er sie mit auf seinem Endspurt zum Gipfel der Lust und bescherte ihr den heftigsten Orgasmus, den sie je erlebt hatte.

Luke schlug die Augen auf und wusste im ersten Moment nicht, wo er sich befand. Seltsam, denn betrunken war er nicht. Dann fielen ihm schlagartig die Ereignisse des vergangenen Tages wieder ein, und er musste grinsen. Er lag im Bett von Dr. Alexa Collins, in ihrem hübschen Schlafzimmer mit den lila Farbakzenten. Normalerweise verspürte er in einer derartigen Situation ein akutes Unbehagen, doch Alexa unterschied sich grundsätzlich von seinen sonstigen Eroberungen, und das hier fühlte sich ganz und gar nicht an wie ein One-Night-Stand.

Sie hatten den Tag im Bett verbracht, sich beim Chinesen etwas zum Abendessen bestellt, waren anschließend unten im Wohnzimmer übereinander hergefallen und später noch einmal oben in ihrem Schlafzimmer. Danach waren sie eng umschlungen eingeschlafen.

Und er hatte sich selten so gut gefühlt. Er konnte sich selbst nicht so recht erklären, warum er so gut drauf war. Vermutlich, weil ihm etwas Derartiges noch nie widerfahren war. Weil ihm noch nie eine Frau wie Alexa begegnet war. Wie auch immer, eines wusste er mit Sicherheit: Er war noch lange nicht fertig mit dieser heißen Ärztin.

Er wälzte sich auf die andere Seite, nur um festzustellen, dass er allein war.

Und zwar schon seit einer ganzen Weile, wie es schien, denn ihre Seite des Bettes war kalt. Na, toll. Da wollte er zum ersten Mal in seinem Leben mehr von einer Frau, und sie hatte es offenbar noch nicht einmal für nötig befunden, sich von ihm zu verabschieden.

Er stieg aus dem Bett und trat zur Kommode, auf der seine Kleider ordentlich zusammengefaltet auf einem Stapel lagen, mit einem Zettel obenauf.

*Danke für diese unglaubliche Nacht. Musste in die Klinik – ein Notfall. Aber du findest den Weg raus bestimmt auch allein.*

*A.*

Scheiße.

# Kapitel 4

»Bist du sicher, dass dein Vater kein Messie war?«, fragte Luke seinen Kumpel. Auf dem Bürgersteig vor dem Haus stapelten sich bereits unzählige mit nutzlosem Kram angefüllte Kartons, die sie gemeinsam aus dem Keller nach oben geschleppt hatten.

»Kein Kommentar«, ächzte Sawyer und ließ einen weiteren Karton auf den Bürgersteig vor dem Haus seines Vaters plumpsen.

Luke wischte sich mit dem nackten Arm den Schweiß von der Stirn. Es war ein ungewöhnlich warmer Tag. »Hast du eine Ahnung, was da drin ist?«

»Fischereizeitschriften. Können wir jetzt das Thema wechseln? Mich würde zum Beispiel brennend interessieren, wo du gesteckt hast.«

»Na, hör mal, du bist doch nicht meine Mutter, oder? Ich habe dich angerufen und Bescheid gegeben, dass ich erst am späten Vormittag komme.«

»Ja, und du hast erwähnt, dass du jemanden kennengelernt hast. Und dann spazierst du hier einfach rein, ohne auch nur ein Wort darüber zu verlieren. Serendipity ist eine kleine Stadt. Die Wahrscheinlichkeit, dass ich sie kenne, ist ziemlich groß. Also, erzähl.«

Luke tat, als hätte er es nicht gehört, sondern drehte sich wortlos um und ließ ihn stehen. Er hatte nicht die Absicht, hier herumzustehen und mit Sawyer in Hausfrauenmanier zu tratschen.

Doch Sawyer ließ nicht locker. »Hat sie denn was getaugt?«, rief er ihm nach.

Luke konnte es ihm nicht verübeln.

Früher hatten sie einander immer alles brühwarm erzählt, wenn einer von ihnen nach einem Match in der Stadt oder nach einem Auswärtsspiel eine heiße Braut aufgegabelt hatte. Inzwischen führten sie allerdings beide ein bedeutend ruhigeres Leben. Aber vielleicht war ja genau das der Grund für Sawyers Neugier.

»Was ist denn mit dir los? Hast du's etwa so nötig, dass du dich jetzt schon an meinen Sexabenteuern aufgeilen musst?«, witzelte Luke, als Sawyer ihn eingeholt hatte.

Dieser ging in die Küche, entnahm dem Kühlschrank zwei Plastikflaschen mit Vitamindrinks, warf Luke eine davon zu und leerte die andere in einem Zug. Erst dann sah er seinem Kumpel ins Gesicht. »Was bist du denn so gereizt? Ich finde es eben seltsam, dass du so geheimnisvoll tust, vor allem nach einem One-Night-Stand mit einem Flittchen, das dich gleich am ersten Abend rangelassen hat?«

Luke biss die Zähne zusammen und zählte im Geiste bis zehn. Sawyer wollte ihn doch nur provozieren, in der Hoffnung, ihm damit weitere Informationen entlocken zu können. Er war nicht gerade die Sensibilität in Person, gehörte aber nicht zu den Männern, die Frauen nur verarschen.

»Meine Lippen sind versiegelt«, knurrte Luke.

Er war jetzt nicht in der richtigen geistigen Verfassung, um über Alexa zu reden.

Um ganz ehrlich zu sein, war er sauer, weil sie einfach gegangen war. Sie hätte ihn zumindest wecken und sich von ihm verabschieden können. Traurigerweise hatte er diese Nummer selbst nur allzu oft gebracht, doch bis jetzt hatte er sich noch kein einziges Mal Gedanken darüber gemacht, wie es sich wohl für die Frauen angefühlt hatte, die er allein zurückgelassen hatte. Gut, manche von ihnen hatten es sich vermutlich nicht sonderlich zu Herzen genommen, und bei der einen oder anderen hätte er es definitiv vorgezogen, morgens alleine aufzuwachen. Er hatte seinen Eroberungen bislang auch nie erlaubt, über Nacht zu bleiben, damit sie sich auch ja keine falschen Hoffnungen machten. Vielleicht fühlte er sich ja gerade deshalb jetzt so mies. One-Night-Stand oder nicht, er wollte Alexa wiedersehen. Dass dieser Wunsch offenbar nicht auf Gegenseitigkeit beruhte, ging ihm ganz schön an die Nieren.

Inzwischen hatte Sawyer begriffen, dass Luke die ganze Sache nicht wie sonst auf die leichte Schulter nahm, und zog ihn nicht weiter damit auf. »Jetzt mal im Ernst, Luke. Wer ist es? Sie hat dich ja offensichtlich nicht total kaltgelassen. Wer weiß, vielleicht kann ich dir helfen, vorausgesetzt, ich kenne sie«, sagte er, in der Hoffnung, auf diese Weise mehr zu erfahren.

»Sie heißt Alexa Collins«, sagte Luke.

Sawyer blieb vor Überraschung der Mund offen stehen. »Im Ernst? Alexa Collins? Die Ärztin?«

»Genau die.«

»Wow.« Sein Kumpel stieß einen anerkennenden Pfiff hervor. »Du hast Geschmack, mein Lieber. Die Frau hat Klasse. Kein Wunder, dass dir die unter die Haut geht.«

Statt einer Antwort kippte sich Luke die Hälfte seines Vitamindrinks in die Kehle. Alexa ging ihm in der Tat unter die Haut, und er wusste nicht, was er dagegen unternehmen sollte. »Du kennst sie also?«

»Mein Dad ist bei ihrem Vater in Behandlung, deshalb hatten die beiden in den vergangenen Monaten häufig miteinander zu tun. Er hat mir das eine oder andere über Alexa erzählt.«

Luke lehnte sich mit der Hüfte an die Anrichte.

»Zum Beispiel?«

»Zum Beispiel, dass sie nur für ihre Arbeit lebt. Ich kann mir nicht vorstellen, dass ihr viel gemeinsam habt.« Sawyer hob fragend eine Augenbraue.

»Tja, da täuschst du dich.« Sie hatten sich auf Anhieb blendend verstanden, und Luke brannte darauf, mehr über sie zu erfahren. »Ich hatte den Eindruck, dass ihr Vater ziemlich viel Druck auf sie ausgeübt hat, was ihre Berufswahl anging. Sie tut, was er von ihr erwartet, aber mir scheint, so richtig glücklich ist sie nicht.«

»Ihr alter Herr redet in einer Tour davon, dass sie mal die Klinikleitung übernehmen wird, wenn er in Rente geht. Sie hat gute Karten und ist beim Vorstand beliebt, und damit das so bleibt, muss sie ihre ganze Freizeit der Karriere opfern. Ich glaube, Alexa Collins weiß gar nicht, wie man Spaß hat.«

»O doch, das weiß sie sehr gut«, widersprach Luke.

Sawyer prustete los. »Na, du musst es ja wissen.«

»Kein Kommentar.«

»Ja, ja, der Gentleman schweigt und genießt. Und lässt nichts über seine Lady kommen. Dich hat's ja ganz schön erwischt. Und, was gedenkst du jetzt in dieser Angelegenheit zu unternehmen?«

Luke legte den Kopf in den Nacken und starrte an die Decke. »Am klügsten wäre es wohl, gar nichts zu unternehmen.«

»Wieso denn das zum Teufel?«

»Ich lebe in Texas, Alter. Sie ist von hier. Es war ein One-Night-Stand, und ich sollte es dabei belassen.« Bei der Vorstellung drehte sich ihm der Magen um. Schon das war ein Zeichen dafür, dass er sie am besten möglichst rasch vergessen sollte.

»Aber das wirst du nicht tun.«

Luke schüttelte den Kopf. »Nein, das werde ich nicht tun.«

»Hast du einen Plan?«

Das nicht, aber seit Sawyer vorhin erwähnt hatte, dass Alexa nur für ihre Arbeit lebte, spukte ihm ein Gedanke durch den Kopf. Er zuckte die Achseln. »Ich werde ihr beibringen, wie man das Leben genießt.«


Nach der Nacht mit Luke schwebte Alexa auf Wolke sieben durchs Krankenhaus. Sowohl bei der morgendlichen Visite als auch bei den Besprechungen danach war sie bester Laune gewesen, und das war sie noch immer, als ihr Vater sie kurz vor dem Mittagessen abfing. Sie verspürte ein höchst angenehmes Kribbeln in diversen Körperpartien, die lange vernachlässigt worden waren und die ein gewisser Footballstar zu neuem Leben erweckt hatte.

»Was muss ich hören, Alexa? Du hast am Wochenende im städtischen Jugendzentrum ein paar Kinder unentgeltlich behandelt?« Seine edlen Züge und das dunkelbraune Haar, das da und dort von silbernen Strähnen durchzogen war, machten Alan Collis zu einem gut aussehenden Mann. Leider bemerkte das allerdings kaum jemand, weil er wegen seines übertriebenen Arbeitseifers unbeliebt war und stets eine missbilligende Miene zur Schau stellte.

Selbst Alexa merkte von seinen positiven Eigenschaften in letzter Zeit wenig. Früher war das anders gewesen.

Er hatte Alexa allein großgezogen, und sie zweifelte nicht daran, dass er sie liebte, obwohl er ihr gesamtes Leben bestimmte. Ihr Vater hatte irgendwann verlernt, das Leben zu genießen, und er setzte alles daran, diese Fähigkeit auch seiner Tochter auszutreiben.

»Nun?«, hakte er nach, da sie nicht gleich antwortete.

Sie legte die Hand auf die Krankenakten, die sich auf dem Tresen vor dem Eingang zum Schwesternzimmer stapelten.

Sie hätte wissen müssen, dass er früher oder später Wind davon bekommen würde. »Na ja, es war die Rede von Streptokokken, und da habe ich angeboten, mal vorbeizuschauen, weil sich ein paar der Kinder krank gefühlt haben.«

»Hast du die Medikamente aus dem Krankenhaus mitgenommen?«, wollte er wissen.

Sie straffte die Schultern. »Nein, hab ich nicht. Wie kannst du es wagen, mir so etwas zu unterstellen? Ich habe sie aus eigener Tasche bezahlt.«

»Dass du in dieser Zeit auch zahlende Patienten hättest behandeln können, daran hast du wohl nicht gedacht, wie?«

Alexa verspürte ein Pochen in den Schläfen. »Diese Kinder waren krank und mussten behandelt werden.«

»Dann hätten ihre Eltern sie zum Kinderarzt bringen und dort für die Behandlung bezahlen können.«

Alexa schnaubte. Diese Kinder verbrachten ihre Nachmittage im Jugendzentrum, damit ihre Eltern arbeiten gehen konnten, selbst am Wochenende. Aber das verstand ihr Vater nicht. »Ich bin dir keine Rechenschaft darüber schuldig, was ich in meiner Freizeit tue.« Sie drehte sich zu der Krankenpflegerin um, die hinter ihr stand. »Ich habe bei einigen Patienten die Medikamentendosis angepasst. Würden Sie die Änderungen bitte in die Krankenakten einpflegen?« Sie klopfte auf die Klemmbretter, mit denen sie bereits durch war.

»Wird gemacht, Dr. Collins.« Die Schwester nahm den Stapel an sich und verzog sich.

Alexa wandte sich wieder zu ihrem Vater um. »Also, wie gesagt, ich …«

»Wenn du so viel Freizeit hast, dass du Leute unentgeltlich behandeln kannst, dann sollte ich dich wohl für einige weitere Schichten in der Notaufnahme einteilen«, unterbrach er sie.

Sie biss die Zähne zusammen und atmete ein paarmal tief durch, entschlossen, sich von ihrem Vater nicht auf die Palme bringen zu lassen und seine Aufmerksamkeit stattdessen auf die Bereiche ihres Lebens zu lenken, die ihr wichtig waren.

»Hast du schon gehört, um wen ich mich vorgestern die ganze Nacht gekümmert habe – freiwillig?«

Ihr Vater blinzelte. »Ich hatte noch keine Zeit, mir die Liste der Neueinlieferungen anzusehen.«

»Auf die Gerüchteküche ist wohl kein Verlass mehr. Du weißt also noch gar nichts von dem Angriff auf Cara?«

»Welche Cara?«

»Cara Hartley, meine beste Freundin.«

Alexa war älter als Cara und im Villenviertel von Serendipity aufgewachsen, während Cara von der anderen Seite der Stadt stammte, weshalb sie sich als Schülerinnen in unterschiedlichen Kreisen bewegt hatten. Als Alexa jedoch nach dem Studium zurückgekehrt war, hatten sie einander besser kennengelernt und waren inzwischen richtig eng befreundet. Leider interessierte sich ihr Vater nicht die Bohne für Alexas Freundinnen.

»Sie wäre auf dem Parkplatz hinter Joe's Bar fast erwürgt worden. Zum Glück war ich zur Stelle, um mich um sie zu kümmern. Ich habe mir die ganze Nacht in der Klinik um die Ohren geschlagen und mir große Sorgen um sie gemacht. Und dann kommst du und machst mir Vorwürfe, weil ich kranke *Kinder* behandelt habe, als wäre das ein Verbrechen«, echauffierte sie sich mit erhobener Stimme.

In diesem Augenblick ertönte hinter ihr eine nur allzu vertraute Stimme. »Alexa, Süße, bin ich froh, dass ich dich gefunden habe!«

Luke.

Alexa fuhr herum. Er musste sich ihnen unbemerkt genähert haben, während sie damit beschäftigt gewesen war, sich über ihren alten Herrn aufzuregen.

»Stör ich?«, fragte Luke, obwohl er zweifellos mitbekommen hatte, dass sie sich mit ihrem Vater zankte, wie er aus dessen verkniffener Miene schloss.

Alan Collins beäugte ihn misstrauisch. »Wer sind Sie?«

Alexa schluckte die Antwort hinunter, die ihr auf der Zunge lag: *Dad, darf ich vorstellen, das ist der heiße Profifootballspieler, den ich neulich Abend bei Joe's aufgegabelt und mit nach Hause genommen habe. Und den ich heute früh allein in meinem Bett zurückgelassen habe, nachdem wir es wie die Karnickel getrieben haben.*

Sie konnte sich lebhaft vorstellen, was ihr Vater davon hielte, wenn er wüsste, wie sie ihren gestrigen freien Tag – und die darauffolgende Nacht – verbracht hatte. Er wäre zweifellos wenig angetan. Vermutlich in etwa so wenig wie Luke von der Nachricht, die sie ihm hinterlassen hatte. Sie hatte ihre Botschaft bewusst kühl formuliert, weil sie auf keinen Fall den Eindruck erwecken wollte, eine Klette zu sein. Dass sie dringend in der Klinik gebraucht wurde, hatte sie bloß geschrieben, um sich vor dem peinlichen Morgen danach zu drücken. Eine kleine Notlüge, und ein ausgefuchster Plan in ihren Augen. Schließlich hatte sie nicht angenommen, dass sie Luke je wiedersehen würde. Dass sie sich nach der aufregendsten, explosivsten Nacht ihres Lebens schon so bald wieder über den Weg laufen würden, noch dazu ausgerechnet hier in der Klinik, das hatte sie nun wirklich nicht erwartet.

Luke streckte ihrem Vater die Hand hin. »Luke Thompson.«

»Dr. Alan Collins.« Die beiden schüttelten sich die Hände. »Und ich möchte immer noch wissen, wer Sie sind und was Sie von meiner Tochter wollen.«

»Dad!« O Gott. Alexa stöhnte. Sie war fast einunddreißig, und ihr Vater benahm sich, als hätte er ein Recht darauf, sich so aufzuführen. »Luke ist … ein Freund.« Luke musterte sie mit einem glühenden Blick, machte aber keine Anstalten, ihr zu widersprechen. Ein Glück. »Und wir haben etwas zu bereden. Unter vier Augen.«

»Aber du musst dich um deine Patienten kümmern«, protestierte ihr Vater.

»Nein, ich muss jetzt erst einmal Mittagessen gehen.«

»Das trifft sich gut. Ich habe nämlich einen Picknickkorb draußen im Auto und wollte dich fragen, ob du Lust hast, mir Gesellschaft zu leisten.« Luke freute sich diebisch über diese Gelegenheit, ihrem alten Herrn eins auszuwischen.

Alexa starrte ihn an. Erst jetzt registrierte sie, dass er einen wollweißen Pullover trug, der seinem gebräunten Teint schmeichelte, und seine goldenen Augen glänzten, als würde er ein ganz bestimmtes Ziel verfolgen. »Es ist aber recht frisch heute«, wandte sie ein.

»Meine Tochter hat recht. Außerdem verlässt sie zum Mittagessen nie die Klinik, sondern isst in der Kantine, damit sie jederzeit abrufbereit ist, wenn sie gebraucht wird.«

Luke maß ihn mit einem missbilligenden Blick. »Ich weiß, dass es draußen kühl ist, Süße. Meine texanischen Knochen sind weiß Gott andere Temperaturen gewöhnt. Aber in den vergangenen vierundzwanzig Stunden habe ich den Eindruck gewonnen, dass du dringend mal abschalten und ausspannen musst, und deshalb werde ich dich jetzt an einen Ort entführen, an dem wir ungestört essen können. Hinterher bringe ich dich wieder zurück, und dann kannst du hier weiterschuften.«

Ihr Vater starrte ihn an, als hätte Luke nicht mehr alle Tassen im Schrank.

Alexa konnte es ihm nicht verdenken. Sie hätte wohl dasselbe getan, hätte sie Luke und seine Einladung nicht so verdammt verlockend gefunden. Ihre brüske Nachricht hatte Luke kein bisschen abgeschreckt. Im Gegenteil, er hatte sich auf die Suche nach ihr gemacht, hatte sich etwas ganz Besonderes für sie ausgedacht. Mit Genugtuung sah sie eine Ader an der Schläfe ihres Vaters pulsieren, wie so oft, wenn sie etwas sagte oder tat, das ihm gegen den Strich ging.

Ihr war, als säße ein Teufelchen auf ihrer Schulter, das ihr riet, auf das Diktat ihres Vaters zu pfeifen und zur Abwechslung einmal das zu tun, was *sie* wollte. Außerdem war die Frau in ihr, die Luke gestern wach geküsst hatte, nicht bereit, sich stillschweigend wieder schlafen zu legen.

»Ich hole nur schnell meine Jacke«, sagte sie zu Luke, begleitet von einem Blick, mit dem sie nicht nur ihre Dankbarkeit zum Ausdruck bringen wollte, sondern auch die Leidenschaft, die er in ihr geweckt hatte.

Die Message schien angekommen zu sein, denn er grinste, und das Funkeln in seinen Augen verriet ihr, dass seine unterschwellige Begierde der ihren um nichts nachstand.

»Wir sind hier noch nicht fertig, Alexa«, wandte ihr Vater ein.

Sie straffte die Schultern. »Du hast mir zweifellos noch einiges zu sagen, Dad, aber ich für meinen Teil habe genug geredet. Zumindest vorläufig.« Aber eines war ihr klar: Wenn sie zurückkam, wartete hier eine handfeste Auseinandersetzung auf sie, ganz zu schweigen von dem Druck, den ihr Vater auf sie ausübte.

Jetzt hatte Luke mit eigenen Augen gesehen, womit sich Alexa tagtäglich herumschlagen musste. Ihr Vater war ein gefühlloser Mistkerl, und obwohl sie sich gegen ihn behauptete, war es kein Wunder, dass sie sich selten den Luxus gönnte, unter Leute zu gehen und sich ein bisschen zu amüsieren. Was Lukes Mission nur noch wichtiger machte. Er war nur noch zwei Tage in der Stadt, und die wollte er möglichst sinnvoll mit Alexa nutzen. Sawyer hatte ihn für verrückt erklärt, hatte ihm aber einen Ort genannt, an dem sie garantiert ungestört sein würden. Auf sein Anraten hatte Luke im Family Restaurant die nötige Verpflegung besorgt.

Er brachte Alexa zum See am anderen Ende der Stadt,

parkte den Wagen und führte sie zu einer kleinen Hütte am Ufer, die Sawyers Vater gehörte. Hier kamen die männlichen Mitglieder der Familie Rhodes im Sommer zum Fischen her. Sawyer hatte ihm versichert, er müsse lediglich die Heizung einschalten, an die auch der Warmwasserboiler angeschlossen sei.

Auf der Fahrt war Alexa schweigsam gewesen. Vermutlich war ihr nicht ganz wohl bei der ganzen Sache, weil sie sich mit ihrem Vater gestritten und entgegen ihrer Gewohnheit über Mittag das Klinikgelände verlassen hatte. Und weil sie nun mit ihm allein war. Flink sprang er aus dem Geländewagen und eilte auf die Beifahrerseite, um ihr beim Aussteigen zu helfen.

»Danke.« Sie spähte über die Schulter zu der rustikalen Holzhütte hinter ihnen. »Wem gehört die denn?«

»Sawyer und seinem Vater.« Luke nahm ihre Hand und führte sie zur Tür. »Lass uns reingehen. Ich drehe gleich mal die Heizung auf, dann hole ich das Essen.«

»Du hast ja wirklich an alles gedacht«, murmelte sie, während er ein paar Knöpfe am Thermostat drückte, bis ein lautes Summen ertönte, das ihnen signalisierte, dass die Heizung tatsächlich anlief.

»Na ja, ich hatte ja auch genügend Zeit.« Das war wohl ein kleiner Seitenhieb auf die Tatsache, dass sie sich einfach aus dem Staub gemacht hatte.

»Ich musste dringend in die Klinik«, rechtfertigte sie sich sogleich und rieb sich die Hände, wich seinem Blick jedoch aus.

»Gehe ich recht in der Annahme, dass du in erster Linie dringend aus dem Haus wolltest, damit du dich nicht mehr mit mir auseinandersetzen musst?«, fragte er, um reinen Tisch zu machen. Keine Lügen mehr. Er hatte einen leichten Schlaf und hätte es bestimmt gehört, wenn ihr Handy oder ihr Festnetztelefon geklingelt oder ihr Pager gepiepst hätte. Okay, vielleicht war sie heute früh ganz regulär zum Dienst im Krankenhaus eingeteilt gewesen. Aber sie hatte im Vorfeld nichts dergleichen erwähnt, und er ließ sich nichts vormachen. Er hatte sich selbst oft genug ähnlicher Notlügen bedient.

Aber sein Gefühl sagte ihm, dass das hier alles andere als ein stinknormaler One-Night-Stand war. Und er war fest entschlossen herauszufinden, ob ihn dieses Gefühl trog oder nicht.

## Kapitel 5

Alexa war zutiefst geschockt. Luke hatte sie durchschaut! Noch nie hatte jemand das, was sie sagte oder warum sie es sagte, in Frage gestellt, sei es nun beruflich oder privat. Normalerweise wagte es niemand, ihre Worte zu hinterfragen. Jeder respektierte ihre Meinung – okay, jeder außer ihrem Vater, aber der zählte nicht, denn der respektierte auch sonst nichts und niemanden. Doch jetzt hatte ihr Luke auf den Kopf zugesagt, dass sie gelogen hatte.

Nicht zu fassen.

Und überaus peinlich. Alexa kam sich dämlich vor, und sie schämte sich.

Sie zwang sich, ihn anzusehen. »Tja, du bist eben ein Profi in Sachen One-Night-Stands, im Gegensatz zu mir. Ich dachte, es wäre einfacher für uns beide, wenn ich dich einfach schlafen lasse und gehe.«

Er blinzelte, sichtlich überrascht, weil sie beschlossen hatte, die Wahrheit zu sagen, statt weiter Ausflüchte vorzubringen.

Nun, den Medizinstudenten, die sie betreute, riet sie ja auch stets, Fehler lieber gleich zuzugeben und die Konsequenzen zu tragen. Da war es nur recht und billig, wenn sie sich selbst ebenfalls an diese Maxime hielt.

Lukes Pupillen hatten sich geweitet. »Ich mag früher mal ein Profi gewesen sein, aber es ist lange her, seit ich so etwas gemacht habe.«

Jetzt war es an ihr, überrascht zu blinzeln. »Ehrlich?«

Er grinste. »Jep. Du bist für mich nicht bloß eine weitere Kerbe an meinem Bettpfosten, Süße. Ganz und gar nicht.«

»Du meinst, seit der letzten Kerbe ist schon recht viel Zeit vergangen?«

Luke schmunzelte. »Genau.«

Sie fragte sich, wie das kam, hakte aber nicht nach.

»Und obwohl ich einfach die Fliege gemacht habe, bist du mir ins Krankenhaus nachgefahren.« Und das gab ihr zu denken. Sie biss sich auf die Unterlippe.

Außerdem hatte er sich mächtig ins Zeug gelegt. Kaum zu glauben, dass er Sawyer um den Schlüssel zu dieser Hütte gebeten und auch noch etwas zu essen besorgt hatte!

»Du hast mir die Augen geöffnet«, sagte er. »Bisher war immer ich es, der sich sang- und klanglos aus dem Staub gemacht hat. Jetzt weiß ich, dass es kein schönes Gefühl ist, allein aufzuwachen.«

Alexa verzog verlegen das Gesicht. »Tut mir leid.«

»Das muss es nicht. Ich habe nichts dagegen, gelegentlich noch eine wichtige Lektion zu lernen. Und wenn ich den Eindruck gehabt hätte, dass du mich nicht mehr sehen willst, wären wir jetzt nicht hier.«

Seine Worte entlockten ihr ein Lächeln. »So, du hattest also den Eindruck, dass ich dich wiedersehen wollte?«

»Mehr als das. Ich war mir ganz sicher.«

»Du bist ja ganz schön anmaßend.« Trotzdem gefiel ihr seine selbstbewusste Art irgendwie. Sie passte zu seinem Beruf als Profisportler und ließ ihn seltsamerweise nicht arrogant wirken, sondern nur noch anziehender.

Was Alexa ihm allerdings nicht auf die Nase zu binden gedachte. Sie verschränkte die Arme vor der Brust und betrachtete ihn mit schmalen Augen. »Und wie kommst du darauf, dass ich dich wiedersehen wollte?«

»Na ja, ich könnte jetzt entweder nachzählen, wie viele Orgasmen du dank mir hattest, oder erwähnen, dass du vor Freude ganz rote Wangen bekommen hast, als ich vorhin im Krankenhaus aufgekreuzt bin. Such es dir aus.«

Alexa schnaubte belustigt. Wie hätte sie es ihm auch übel nehmen sollen? »Okay, okay, du hast ja recht. Also, was ist da drin?« Sie zeigte auf die Tüten, die er aus dem Auto geholt und auf der Küchenanrichte abgestellt hatte.

»Thema wechseln gilt nicht. Ich will es hören.« Er trat zu ihr, und sie wich zurück, bis sie rücklings an die Küchenwand stieß.

»Was?«, hauchte sie und sah zu ihm hoch, und ihr stockte beinahe der Atem in Anbetracht seiner breiten Schultern. Seine Nähe und der erregende Geruch, der ihn umgab, weckten Erinnerungen daran, wie er sie neulich verwöhnt hatte.

»Ich will hören, dass du mehr willst. Von mir«, sagte er. Seine Lippen waren nur Zentimeter von den ihren entfernt, sein Atem roch leicht nach Pfefferminz.

Als sie seufzte, wusste er, dass er gewonnen hatte.

»Ich will mehr von dir«, murmelte sie.

Seine Augen leuchteten erfreut auf. Trotzdem rührte er keinen Finger, machte keine Anstalten, das zu tun, worauf sie schon die ganze Zeit wartete. Dabei brannte sie förmlich darauf, wünschte sich nichts sehnlicher, als dass er sie mit seinen Küssen um den Verstand brachte.

»Ich habe übrigens nur eine Stunde Mittagspause«, erinnerte sie ihn.

Er fluchte verhalten, und dann drückte er ihr endlich die Lippen auf den Mund und ließ die Zunge um die ihre kreisen. Im Nu wurde Alexa heiß, und das hatte nichts damit zu tun, dass sie noch ihre Jacke trug. Sie schlang ihm die Arme um den Nacken und erwiderte den Kuss, so leidenschaftlich es ging, bis sie alles um sich herum vergessen hatte.

Nach einer Weile löste er sich ächzend von ihr.

»Was ist los? Warum hörst du auf?«, protestierte sie enttäuscht. Sie hätte noch ewig so weitermachen können.

»Weil du nur eine Stunde Mittagspause hast und etwas essen musst.« Er trat einen Schritt zurück, schälte sich aus seiner Jacke und öffnete die beiden Tüten mit dem Essen. »Besteht auch nur der Hauch einer Chance, dass ich dich dazu überreden kann, heute Nachmittag blauzumachen?«

Sie sah ihn an, und bei seinem hoffnungsvollen Blick

geriet sie zum ersten Mal in ihrem Leben ernsthaft in Versuchung, auf ihre Arbeit zu pfeifen. »Das würde ich furchtbar gern, aber es geht nicht. Ich habe nachher eine wichtige Besprechung mit den Eltern eines noch recht jungen Patienten.« Enttäuschung machte sich in ihr breit. Zu schade, dass sie den Termin nicht absagen konnte!

»Aber du hast es zumindest in Erwägung gezogen.« Luke musterte sie einen Moment lang mit einer Miene, die irgendwie – erfreut wirkte. Dann wandte er sich ab und entnahm den Tüten zwei verpackte Sandwiches und zwei mit Alufolie bedeckte Plastikteller. Er hatte sogar echtes Besteck dabei, und außerdem zwei große Thermobecher.

»Was ist das?«, erkundigte sie sich.

»Heiße Schokolade.«

»Mmh! Ich liebe heiße Schokolade.«

»Ich weiß.«

Alexa hob eine Augenbraue. »Ach ja? Wie das?«

»Ich hab mich im Family Restaurant mit einer gewissen Gina Donovan unterhalten und sie gebeten, mir das mitzugeben, was du am liebsten isst und trinkst.« Er pulte die Folie von den Tellern. Darunter kamen zwei Portionen Pommes zum Vorschein.

Statt ihm beim Auspacken der Sandwiches zu helfen, stand Alexa wie vom Donner gerührt da, konnte nicht fassen, wie viel Mühe er sich gegeben hatte mit seinem ›Picknick‹, wie er es nannte. Und das alles nur für sie!

Sie konnte sich nicht entsinnen, wann sich je ein Mensch dafür interessiert hatte, was sie am liebsten aß oder sich derart ins Zeug gelegt hatte, um ihr das Gefühl zu geben, dass sie etwas Besonderes war. Normalerweise waren für so etwas ja die Mütter zuständig, doch Alexa hatte die ihre viel zu früh verloren und konnte sich kaum noch an sie erinnern. Irgendwann war ihre Großmutter väterlicherseits zu ihnen gezogen, um ihnen unter die Arme zu greifen, eine Frau, die emotional leider genauso unterkühlt war wie ihr Sohn. Die Männer in Alexas Leben konnte man getrost vergessen. Wenn sie sich – was selten genug vorkam – mit einem Mann einließ, dann wusste er für gewöhnlich, dass sie nicht viel Zeit erübrigen konnte und ihm niemals ihre volle Aufmerksamkeit schenken würde, also unternahmen die meisten erst gar keinen Versuch, ihr Herz zu erobern.

Luke Thompson dagegen hatte es binnen kürzester Zeit geschafft, ihr das Gefühl zu geben, geschätzt und umsorgt zu werden, und damit war Alexa völlig überfordert.

Sie schluckte den Kloß in ihrer Kehle hinunter. »Luke?«, sagte sie leise.

»Ja?« Er hob den Kopf.

»Heute Nachmittag kann ich auf keinen Fall blaumachen, aber ich könnte mir morgen freinehmen«, sprudelte sie hervor, ehe sie es sich anders überlegen konnte.

Ha! Eine derartige Euphorie verspürte Luke sonst nur nach einem Touchdown. Er wusste, wie viel Überwindung es Alexa kostete, sich mal einen Tag von ihren beruflichen Verpflichtungen freizukaufen. Dass sie es nun seinetwegen tun wollte, war – einfach fantastisch.

»Ich nehme dich beim Wort.«

Sie machten sich über das Essen her, und nachdem sie die Küche aufgeräumt hatten, setzten sie sich auf die lädierte alte Couch, um ein bisschen zu fummeln und zu knutschen. Es endete damit, dass Alexa frustriert und unbefriedigt war und Lukes Schwanz vor Erregung schmerzte, aber auf diese Weise hatte er ihr zumindest die Freuden, die ihr morgen bevorstanden, in Erinnerung gerufen.

Danach fuhr er sie zurück zur Klinik, begleitete sie zum Eingang und küsste sie zum Abschied, ohne sich darum zu scheren, wer sie dabei beobachtete. Schließlich machte sie sich mit einem seligen Lächeln wieder an die Arbeit, und Luke hütete sich wohlweislich, ihr zu sagen, dass man ihr deutlich ansah, was sie getrieben hatte, denn dann wäre sie garantiert vor Scham im Boden versunken.

Vor sich hin grinsend fuhr er zu Sawyer, der inzwischen einen Container bestellt hatte, um all den Müll, den sein Vater mit den Jahren angesammelt hatte, zu entsorgen. Abends kippten sie ein paar Bierchen und sahen sich einen Film an.

Noch am nächsten Morgen musste er schmunzeln, wann immer er an ihre Knutschsession auf der Couch dachte.

Höchste Zeit, die nächste Phase seines »Alexa Collins lernt das Leben zu genießen«-Plans umzusetzen.

»Wo fahren wir hin?«, wollte sie wissen, als er sie am nächsten Tag abholte und ihr die Beifahrertür seines Wagens öffnete.

Schon wieder offenbarte sich ihm eine neue Seite ihrer Persönlichkeit: Bislang hatte er sie bereits als sexy Sirene, seriöse Ärztin und angespannte Tochter erlebt, und heute wirkte sie mit ihrem frechen Pferdeschwanz einfach wie eine unbeschwerte junge Frau. Im Übrigen sah sie auch in Jeans, Stiefeln und einem leichten Pulli atemberaubend aus.

»Das ist eine Überraschung«, sagte er und versuchte, sich nicht anmerken zu lassen, was in ihm vorging.

Alexa klatschte begeistert in die Hände, und ihre Wangen waren gerötet. In Anbetracht ihrer Vorfreude wurde er erneut von einer schier überwältigenden Welle der Leidenschaft erfasst.

»Hast du wieder ein ›Picknick‹ vorbereitet?«

»Unter anderem.«

Er hielt sich bewusst bedeckt, genoss es, sie auf die Folter zu spannen. Um sich zu amüsieren, musste man auch mal spontan sein, und er hatte das dumpfe Gefühl, dass für Spontaneität in ihrem straff durchorganisierten Leben wenig Platz war.

»Gib mir wenigstens einen kleinen Tipp«, bettelte sie und setzte sich mit untergeschlagenen Beinen hin, den Oberkörper ihm zugewandt.

Er lachte und fuhr los. »Vergiss es.«

Ihr Handy klingelte, und sie zog es aus der Tasche, warf einen Blick auf das Display und ging ran. Geschlagene zehn Minuten lang unterhielt sie sich mit jemandem im Krankenhaus über diverse Patienten und die Medikamente, die ihnen verabreicht werden mussten.

Luke presste die Lippen aufeinander und versuchte,

seiner Verärgerung Herr zu werden. Er hatte großen Respekt vor ihrer Tätigkeit – wer hätte das nicht? –, aber war es denn wirklich nötig, sie an ihrem freien Tag zu behelligen? An sich war er ein ziemlich gelassener Zeitgenosse, aber er wurde zusehends ungehalten, wenn ihm jemand auch nur eine Minute seiner knapp bemessenen Zeit mit Alexa streitig machte. Morgen musste er nach Hause, denn am Samstag stieg eine große Geburtstagsfeier für seine Nichte. Somit konnte er nur noch den heutigen Tag mit dieser Frau verbringen, von der er, wie er bereits wusste, mehr wollte.

Die meisten Menschen hätten ihn wohl für verrückt erklärt. Vermutlich alle außer seiner Mutter, die stets behauptete, es sei »Liebe auf den ersten Blick« gewesen, als sie seinem Vater begegnet war, weshalb er sie auch nicht allzu lange hatte umwerben müssen. Die beiden waren binnen kürzester Zeit vor den Traualtar getreten und bis heute miteinander glücklich. Lukes Schwestern waren ebenfalls allesamt bereits verheiratet und hatten Kinder, obwohl sie jünger waren als er. Und er selbst war längst kein unreifer Junge mehr und hatte genügend Erfahrungen gesammelt, um bereits nach dieser kurzen Zeit zu der Überzeugung zu gelangen, dass Alexa die Richtige für ihn war und er den Rest seines Lebens mit ihr verbringen wollte.

Zugegeben, er wusste selbst nicht so genau, wie sie das bewerkstelligen sollten, schließlich wohnten sie in verschiedenen Staaten. Aber darüber konnte er sich auch später noch den Kopf zerbrechen. Jetzt galt es erst einmal, jede Minute auszukosten.

Er parkte den Wagen schon ein paar Straßen vor dem anvisierten Ziel und stieg aus. Alexa sprang aus dem Wagen und hüpfte wie ein Gummiball vor dem Kofferraum auf und ab, so gespannt war sie auf die Überraschung, die er für sie in petto hatte.

Luke gluckste. »Ich möchte gar nicht wissen, wie du dich an Weihnachten aufführst.«

»Weihnachten war nie so aufregend wie das hier«, murmelte sie halblaut, als wären ihre Worte nicht für seine Ohren bestimmt.

»Echt?« Er drehte sich zu ihr um und musterte sie ernst, eine Hand auf der Heckklappe. »Erzähl.«

Seufzend fügte sie sich und gewährte ihm erneut einen Einblick in ihr Leben, und es kostete sie seltsamerweise nicht einmal sonderlich viel Überwindung. »Wir hatten nicht einmal einen Weihnachtsbaum. Dad hatte nicht die Zeit, um einen Baum zu schmücken, und seiner Mutter war Weihnachten total schnuppe.«

»Kein Weihnachtsbaum?«, wiederholte Luke entrüstet.

»So, jetzt weißt du Bescheid. Der Film *Der Grinch* könnte glatt von meiner Familie handeln«, murmelte sie, ohne ihn anzusehen und zog dabei den Kopf ein. »Wenn du jetzt so entsetzt bist, dass du nichts mehr mit mir zu tun haben willst, dann fahr mich einfach nach Hause.«

»Hey.« Er legte ihr eine Hand auf den Arm. »Sowas traust du mir zu, nur weil du als Kind keinen Weihnachtsbaum hattest? Du musst ja echt eine ziemlich schlechte Meinung von mir haben.«

Alexa musste wider Willen lachen. »Ehrlich gesagt

hat mir die Vorstellung, *du* könntest eine schlechte Meinung von *mir* haben, mehr Kopfzerbrechen bereitet. Aber ich kann dir versichern, dass ich inzwischen jedes Jahr ein Bäumchen aufstelle, obwohl es sich eigentlich kaum lohnt, weil ich so selten zu Hause bin.« Gott, was faselte sie da bloß für einen Mist, aus lauter Verlegenheit! Zeit für einen Themenwechsel. »Also, was ist da drin?«, fragte sie mit aufgesetzter Fröhlichkeit und klopfte auf den Kofferraumdeckel. Luke starrte sie eine gefühlte Ewigkeit lang an. Wahrscheinlich waren es in Wirklichkeit nur ein, zwei Sekunden, aber Alexa wand sich unter seinem prüfenden Blick.

»Etwas, das man dir als Kind wahrscheinlich ebenfalls vorenthalten hat«, sagte er, öffnete die Heckklappe und hielt ein Paar Eislaufschuhe in die Höhe.

Funkelnagelneue weiße Eislaufschuhe mit lila Schnürsenkeln.

»O mein Gott.« Alexa wusste nicht, was sie mehr rührte, die Geste an sich oder die lila Schnürsenkel. »Meine Lieblingsfarbe.« Vor Rührung hatte sie prompt einen Frosch im Hals.

Er lachte nur. »Kannst du denn eislaufen?«

»Ich hab's als Kind ein paarmal gemacht, bis mein Vater Wind davon bekommen und es mir verboten hat, weil es in seinen Augen zu gefährlich war. *Was, wenn du dir an der Kufe die Hand aufschlitzt? Wie sollst du dann je Ärztin werden, geschweige denn Chirurgin?*«, äffte sie ihn nach. Es klang täuschend echt.

»Wie alt warst du da?«, erkundigte sich Luke mit sanfter Stimme.

Der Kloß in ihrer Kehle schwoll an. Alexa schluckte schwer. »Vierzehn.« Sie fuhr zusammen, als Luke mit der flachen Hand auf das Autodach schlug.

»Dieser verfluchte Hurensohn. In diesem Alter hättest du mit deinen Freundinnen herumalbern sollen, statt dir den Kopf über deine Zukunft zu zerbrechen. Ich wette, du hattest damals noch gar keine Ahnung, ob du überhaupt Ärztin werden willst.«

In ihren Augen glänzten Tränen. »Wusstest du denn mit vierzehn, was du wolltest?«

»Ja.«

»Ehrlich?«

Er grinste spitzbübisch, und seine Augen blitzten auf. »Natürlich. Ich wollte Lucy Granders Busen begrapschen.«

Sie lachte, erst leise, dann aus voller Kehle. »Du bist echt unglaublich.«

»Trotzdem meine ich es ernst. Ich habe zwar schon damals Football gespielt, aber ich habe keinen Gedanken daran verschwendet, ob ich das mal professionell machen will oder nicht. Und genauso wenig hättest du mit vierzehn an deine künftige Laufbahn als Ärztin denken sollen.« Er nahm ihre Hände in seine. »Also, wie sieht es aus, hast du Lust, eislaufen zu gehen?«

»Hältst du mich fest, bis ich es alleine schaffe?«

Er hob eine Augenbraue. »Aber klar doch, Süße. Nichts lieber als das.«

Sie verdrehte die Augen. »Tief in deinem Inneren bist du noch immer ein Teenager, stimmt's?«

»Das will ich doch hoffen.«

Sie legte ihm die Hände auf die Schultern und zog ihn an sich. »Ich auch«, sagte sie und küsste ihn auf den Mund.

Sofort stoben die Funken. Alexa vergrub die Finger in den Stoff seiner Jacke und schmiegte sich an ihn. Ja, die Initiative war von ihr ausgegangen, aber sein leises Stöhnen signalisierte ihr, dass er jeden Moment das Kommando übernehmen konnte. Und genau das tat er dann auch. Er tauchte die Zunge tief in ihre Mundhöhle, küsste sie, als wollte er sichergehen, dass sie ihn nie mehr vergaß. Sie liebte seinen unverwechselbaren Geschmack, männlich mit einem Hauch von Pfefferminz. Und die Art und Weise, wie er sich um ihre Gunst bemühte, gab ihr den Rest.

Sie war im Begriff, sich in ihn zu verlieben. Schade, dass ihnen nur so wenig Zeit miteinander vergönnt war. Denn im Grunde genommen hatte sich für sie nichts geändert: Sie hatte nach wie vor keine Zeit für eine Beziehung, und Luke Thompson mochte zwar eine Seele von einem Menschen sein, aber er wohnte in Texas.

## Kapitel 6

Es war unschwer zu erraten, was Alexa wollte oder was in ihr vorging. Sie machte keinen Hehl aus ihren Gefühlen, hätte beim besten Willen nicht vor ihm verbergen können, was sie empfand. Und Luke wusste nur zu gut, wonach ihr der Sinn stand, so, wie sie sich an ihn klammerte. Wenn er nicht bald intervenierte, kamen sie heute garantiert nicht mehr zum Eislaufen.

Es kostete ihn selbst schier übermenschliche Anstrengungen, den Kuss zu unterbrechen, aber er schaffte es. »Wir wollten doch eislaufen gehen, Süße.«

Benommen sah sie zu ihm hoch und nickte. »Richtig. Eislaufen.«

»Meinst du denn, du schaffst das, in deinem Zustand?«, witzelte er, wobei er ihre Unterarme vorsichtshalber noch nicht gleich losließ.

»Mal sehen. Du hast doch vorhin versprochen, mich festzuhalten.« Sie grinste und trat einen Schritt zurück. »Also, kann ich jetzt endlich meine neuen Eislaufschuhe anprobieren und einweihen?«

Luke nickte und schlug den Weg zur Eishalle ein. Er war sich ziemlich sicher, dass ihr die Schuhe passen würden. Diesmal hatte er sich an Cara Hartley wenden müssen, um an die nötigen Informationen zu kommen. Er hatte die Polizistin zu Hause aufgesucht, und sie hatte erst einmal die Hände in die Hüften gestemmt und ihn misstrauisch beäugt, ehe sie ihm Alexas Schuhgröße verraten hatte. »Wenn Sie ihr das Herz brechen, bekommen Sie es mit mir zu tun«, hatte sie hinzugefügt. »Ich habe eine Waffe, und ich weiß sie zu gebrauchen.«

»Alles klar«, hatte er erwidert und dann mit einem anerkennenden Nicken hinzugefügt: »Ich finde es beeindruckend, wie gut Alexa und Sie aufeinander aufpassen. Und es freut mich, dass Sie auf dem Weg der Besserung sind.«

»Danke.«

»Und dass Ihr Liebster offenbar doch noch zur Vernunft gekommen ist«, hatte er hinzugefügt, da die Miene der Polizistin etwas weniger streng gewirkt hatte.

Und auf ihren indignierten Blick hin mit einem hastigen »Tja, ich geh dann mal lieber« das Weite gesucht.

Das Eisstadion und der dazugehörige kleine Laden befanden sich in einer Nachbarstadt von Serendipity. Sawyer war mitgefahren und hatte die ganze Fahrt hin und zurück gelacht. Luke hatte es einfach ignoriert. Wenn Sawyer erst seine große Liebe gefunden hatte, würde er bestimmt auch noch einiges zu lachen haben.

Im Stadion angekommen, verfolgte er, wie Alexa ihre Schuhe anzog und zuschnürte. »Die passen ja wie angegossen!«, rief sie aufgekratzt. Sie gebärdete sich genau wie seine Nichte an Weihnachten.

»Trotzdem kann es sein, dass du Blasen bekommst, weil sie noch neu sind«, warnte er sie. »Wir sollten es besser nicht übertreiben.« Er erhob sich und streckte ihr den Arm hin.

Alexa krallte sich daran fest, und dann begaben sie sich gemeinsam aufs Eis. Luke hätte gern behauptet, sie sei ein Naturtalent, aber das wäre gelogen gewesen. Doch was ihr an Talent fehlte, machte sie mit Ehrgeiz und Enthusiasmus wett. Ganz egal, wie oft sie auf dem Hosenboden landete – und das war leider ziemlich oft –, sie rappelte sich ein ums andere Mal wieder auf und machte unverdrossen weiter. Morgen würde ihr Hintern grün und blau sein. Ein Grund mehr, sie nachher nach allen Regeln der Kunst zu verwöhnen.

Es gab Schlimmeres.

»So, das war's für heute«, verkündete er nach gut zwei Stunden, als er sie gerade wieder einmal aufgefangen und damit ihren x-ten Sturz verhindert hatte.

»Ich kann aber noch«, widersprach sie, obwohl sie bereits mit den Zähnen klapperte.

Luke legte ihr einen Arm um die Taille und führte sie an den Rand der Eisfläche. »Also, auch wenn du nicht zugeben willst, dass dir kalt ist, ich fühl mich wie ein Eiszapfen, und ich brauche jetzt deine Körperwärme, um wieder aufzutauen.«

Sie hob eine Augenbraue, war aber nicht gewillt, sich so schnell geschlagen zu geben. »Nur noch eine Runde.«

Luke verfluchte im Geiste ihren Vater, der in seiner Tochter den Drang geweckt hatte, sich ständig zu beweisen. »Nein. Du schlotterst bereits, und dein Hintern muss höllisch wehtun. Es kommt mir gerade so vor, als wüsstest du gar nicht, was aufgeben heißt. Wenn ich kein Machtwort spreche, sind wir noch morgen hier, nur weil du mir unbedingt etwas beweisen willst, das du mir gar nicht beweisen musst. Es ging in erster Linie darum, Spaß zu haben, weißt du noch?«

Sie lief rot an. »Ich ... Ja, das weiß ich noch. Und ich hatte einen Heidenspaß.« Das Funkeln in ihren Augen wirkte ziemlich überzeugend.

»Ich auch. Aber nur eine kurze Autostrecke von hier entfernt wartet eine gemütliche kleine Hütte mit einem kuscheligen Bett auf uns. Also, willst du dich weiter hier auf deinen hübschen Allerwertesten fallen lassen, oder soll ich lieber dafür sorgen, dass du deine Schmerzen vergisst? Es wird dir gefallen, versprochen.« Er sah sie abwartend an.

»Na ja, wenn du es so formulierst ...« Sie ergriff seine Hand. »Wer als Letzter beim Auto ist, hat verloren!«, rief sie, im Begriff, loszuspurten, doch Luke wollte nicht, dass sie noch einmal das Eis küsste, also hob er sie kurzerhand hoch und trug sie in den Umkleidebereich, obwohl sie den ganzen Weg aus vollem Hals »Lass mich gefälligst runter!« kreischte.

Das Eislaufen hatte Alexa wirklich unheimlich viel Spaß gemacht, obwohl sie weiß Gott alles andere als ein Naturtalent war. Dabei hatte sie angenommen, es wäre wie Fahrradfahren – das verlernte man doch auch nicht mehr, wenn man es einmal beherrschte. Wobei ihr Vater ihr auch das verleidet hatte. *Gehirnerschütterungen sind gefährlich, Alexa.* Zum Glück hatte Luke eine Engelsgeduld an den Tag gelegt. Immer wieder hatte er ihr die Hand hingestreckt, um ihr auf die Beine zu helfen, hatte sie mit seinen starken Armen so lange festgehalten, bis sie einigermaßen stabil auf den Kufen stand und wieder allein loslegen konnte – und früher oder später unweigerlich wieder auf dem Hintern landete.

Am Schluss hatte sie gefroren wie ein Schneider, und ihre Füße hatten scheußlich wehgetan – gut möglich, dass sie tatsächlich Blasen bekommen hatte, wie er es ihr prophezeit hatte –, aber sie hätte trotzdem noch ewig weitergemacht, wenn er sie nicht vom Eis getragen hätte.

»Luke?«, sagte sie, als sie im Auto saßen.

»Hm?«

»Ich fand es echt klasse.« Er sollte wissen, wie sehr sie dieses kleine Abenteuer genossen hatte.

»Echt?«

»Absolut.«

Wenig später parkte er vor Sawyers Hütte am See, stellte den Motor ab und stieg aus, um ihr die Tür zu öffnen.

Ehe er ihr aus dem Wagen half, legte er eine Hand auf das Autodach und sagte: »Ich hoffe, dir ist klar, dass du mir nichts beweisen musst. Mir ist total egal, ob du eislaufen kannst oder nicht. Ich wollte bloß, dass du dich amüsierst.« Seinem ernsten Blick nach zu urteilen fürchtete er wohl, sie könnte sich übernommen haben.

»Das habe ich. Ich habe jede Minute genossen. Sogar, wenn ich hingefallen bin«, erwiderte sie grinsend.

Luke verzog das Gesicht. »Das wirst du morgen bestimmt nicht mehr so lustig finden.«

Sie strich mit den Fingern über seine von Sorgenfalten durchzogene Stirn. »Werde ich wohl, vorausgesetzt, du massierst mir jetzt die Schmerzen weg, wie du es mir vorhin versprochen hast«, konterte sie mit tiefer, rauer Stimme.

Und ehe sie wusste, wie ihr geschah, hatte er sie erneut hochgehoben und zur Hütte getragen. Alexa vergrub die Finger in seinem Haar, während er den Schlüssel aus der Hosentasche fischte und die Tür aufschloss, ohne sie abzusetzen. Er roch unheimlich verführerisch, männlich und nach frischer Luft.

Drinnen schlüpfte sie aus den Stiefeln und ließ sie auf den Boden fallen. »Was musstest du Sawyer eigentlich versprechen, damit er dir diese Hütte zur Verfügung stellt?«

Er ließ ein tiefes, kehliges Lachen hören, das ihr durch und durch ging. »Ach, nur meinen Erstgeborenen«, scherzte er, doch in Anbetracht seines eindringlichen Blickes stockte Alexa der Atem.

Luke und Kinder. Eine flüchtige Erwähnung hatte genügt, und schon hatte sich die Vorstellung in ihren Gehirnwindungen festgesetzt. Alexa liebte Kinder. Sie behandelte Kinder, so oft es ging, denn sie waren mit Abstand die fröhlicheren Patienten als die meisten Erwachsenen. Genau deshalb bot sie auch gelegentlich eine kostenlose medizinische Versorgung im Jugendzentrum an. Und außerdem kam sie allmählich zu dem Schluss, dass sie nie eine eigene Familie haben würde. Herrje. Luke hatte bestimmt nur einen kleinen Witz reißen wollen, ohne zu ahnen, welch tiefgreifende Sehnsüchte er damit bei ihr weckte.

»Alexa?« Er setzte sie auf dem Bett ab und legte sich neben sie. »Was hast du denn?«

Sie blinzelte und verbannte ihre tristen Gedanken in die hinterste Ecke ihres Gehirns. »Nichts. Gar nichts«, versicherte sie ihm.

Es war albern, Pläne zu schmieden und Gefühle zu entwickeln, wegen eines Mannes, den sie gerade mal ein paar Tage kannte. Er hatte ihr in dieser kurzen Zeit ein unbezahlbares Geschenk gemacht: Er hatte ihr die Möglichkeit geliefert, zu *leben* und einiges von dem nachzuholen, was ihr bislang entgangen war. Und sie wusste, wenn er wieder weg war, musste sie sich überlegen, wie es von nun an weitergehen sollte, und ein paar Entscheidungen treffen.

Aber noch war er hier bei ihr.

Und sie hatte vor, sich ganz auf die Gegenwart zu konzentrieren. Also öffnete sie den Reißverschluss ihrer Jacke, zog sie aus und warf sie auf den Boden. Als Nächstes kam Lukes Jacke dran.

Darunter trug er ein langärmeliges, eng anliegendes Thermoshirt in Schokoladenbraun, das seine goldenen Augen betonte und in dem seine Arm- und Brustmuskeln hervorragend zur Geltung kamen. Ihr lief bereits das Wasser im Mund zusammen, als sie ihm das Shirt aus dem Hosenbund zerrte und über den Kopf zog, um es anschließend mit einem gezielten Wurf zur Jacke am Boden zu befördern.

»Hey, ich dachte, *ich* soll mich um *dich* kümmern?«

Nun gut, wenn er es unbedingt so wollte, ihr sollte es recht sein. »Nur zu«, sagte sie. »Ich bin ganz dein.«

Mit einem leisen Knurren tief in seiner Kehle richtete er sich auf und begann, sie Stück für Stück zu entkleiden. Mit ihren feuchten Jeans hatte er eine Weile zu kämpfen, doch schließlich lag Alexa in ihrer Spitzenunterwäsche vor ihm.

»Du raubst mir den Atem, Süße.«

Alexa hatte prompt einen Kloß im Hals. Sie schluckte. »Geht mir mit dir genauso. Du gibst mir das Gefühl, dass ich etwas Besonderes bin. Das tut mir gut, und das werde ich dir nie vergessen.« Sie wandte betreten den Blick ab. Es war ihr einfach herausgerutscht, dabei hatte sie gar nicht so viel von sich preisgeben wollen.

»Du bist doch auch etwas Besonderes.«

Das sah ihr Vater anders. *Chirurgen gibt es wie Sand am Meer, Alexa. Du musst dich anstrengen. Noch besser werden. Wenn du dich nicht ordentlich ins Zeug legst, gehst du in der Masse unter.* Gott, wie sie es hasste, ständig seine verdammten Ermahnungen im Ohr zu haben! Sie hatte sich den heutigen Tag freigenommen, hatte sichergestellt, dass sich ein zuverlässiger Kollege um ihre Patienten kümmerte, hatte ganz bewusst keinen einzigen Blick auf ihren Pager und ihr Handy geworfen. Und doch lastete ständig dieser Druck auf ihr, der sich wie ein unsichtbares eisernes Band um ihre Brust legte, und die Stimme ihres Vaters wollte partout nicht verstummen.

Luke musterte sie mit einer Mischung aus Zärtlichkeit und Beunruhigung. »Alexa? Lex?«

»Ja, ja, ich höre dir zu.« Sie fand es schön, wie er ihren Namen abkürzte. Auch das gab ihr das Gefühl, für ihn etwas Besonderes zu sein.

»Von wegen. Du warst in Gedanken gerade meilenweit weg.«

»Aber jetzt bin ich wieder ganz bei dir«, versicherte sie ihm, um ein verführerisches Lächeln bemüht, damit er gar nicht erst auf die Idee kam, nachzuhaken, wohin ihre Gedanken abgewandert waren. Sie hatte keine Lust, Probleme zu wälzen. Nicht jetzt, da sie ein derart attraktives männliches Wesen vor sich hatte.

Allerdings kannte sie Luke inzwischen schon ganz gut und wusste, sie musste ihn ablenken, ehe er womöglich eine Erklärung von ihr forderte und damit die Stimmung ruinierte. Denn das durfte nicht geschehen. Also griff sie nach dem Vorderverschluss an ihrem BH, öffnete ihn und schob sich dann langsam die Träger über die Schultern und die Oberarme. Luke verfolgte, wie die Körbchen nach unten glitten und grinste, als eines davon an ihrer Brustwarze hängen blieb.

»Warte, ich helfe dir.« Er beugte sich nach vorn, um die betreffende Brust sanft mit den Zähnen vom BH zu befreien.

Kaum war das geschafft, glitt auch schon seine Zunge über die empfindliche Knospe. Die flüchtige Berührung genügte, und Alexa sank stöhnend nach hinten in die Kissen, so intensiv und unerwartet waren die Empfindungen, die er damit bei ihr hervorrief. Wieder schnellte seine Zunge hervor, und dann nahm er auch die Lippen zu Hilfe, sodass sie im Nu vor Erregung zitterte.

* * *

Luke war noch nie eine Frau untergekommen, die so leicht erregbar war wie Alexa. Sie verstellte sich nicht, enthielt ihm keine ihrer Gefühlsregungen vor, sondern ließ ihn teilhaben an allem, was in ihr vorging, und es befriedigte ihn ungemein, zu wissen, dass er in der Lage war, ihr derartige Genüsse zu bereiten. Sie war vollkommen ausgehungert gewesen, hatte sich sichtlich nicht nur nach Sex, sondern nach Zuneigung ganz allgemein gesehnt. Und er war entschlossen, ihr in der Zeit, die ihnen noch blieb, zu geben, was auch immer er ihr geben konnte.

Mit einer Hand liebkoste er ihre Brust, während er mit der anderen ihr Höschen nach unten schob. Ihr Schamhügel schmiegte sich perfekt an seinen Handteller. Luke unterdrückte ein Stöhnen, denn sein Schwanz signalisierte ihm unmissverständlich, wie sehr ihm gefiel, was er spürte.

»Luke«, seufzte Alexa und spreizte völlig ungeniert die Schenkel. Er nahm die Einladung ohne zu zögern an und tauchte den Zeigefinger zwischen die Falten ihres feuchtwarmen Geschlechts.

Sie hob das Becken an, um ihn tiefer in sich aufzunehmen, und als er zusätzlich mit dem Daumen ihre empfindliche Klitoris zu massieren begann, drückte sie mit zuckenden Hüften den Rücken durch und warf den Kopf von einer Seite zur anderen. »Du bist wunderschön«, murmelte er und verfolgte fasziniert, wie sich ihre Wangen röteten.

Ihre Lider öffneten sich flatternd, und sie sah ihn an, am ganzen Körper zitternd. »Ich will …«

»Ich weiß, was du willst.« Aber er wollte in ihr sein, wenn sie kam. Rasch erhob er sich, schälte sich aus den restlichen Kleidern und zog ein Kondom aus der Hosentasche.

Kaum saß er wieder neben ihr, hatte sie ihm zu seiner Überraschung auch schon das Kondom aus der Hand genommen, die Verpackung aufgerissen und in Windeseile den Gummi über seinem prallen Schaft abgerollt.

»Voilà.« Sie grinste stolz. »Und jetzt mach schnell.«

Luke stützte sich mit einer Hand neben ihrem Kopf auf der Matratze ab und ging über ihr in Stellung. Sie stieß einen erregenden Kehllaut hervor, der ihn nur noch zusätzlich anheizte. Er hob den Blick, sah ihr in die Augen und drang tief in sie ein, und es fühlte sich an, als wäre er endlich wieder zu Hause.

Alexa warf den Kopf in den Nacken und schnappte nach Luft. »O Gott.«

»Das ist nicht Gott, Süße, das sind wir beide, du und ich.« Und sie waren verdammt heiß. Und hart. Und feucht.

Er zog sich ein Stück aus ihr zurück, nur um gleich wieder in sie hineinzugleiten. Als Alexa die Beine anwinkelte, um ihn noch besser zu spüren, biss er die Zähne zusammen und musste sich sehr zusammenreißen, um nicht zu früh zu kommen, während sie ihn flüsternd anfeuerte. *Fester, schneller, oh Gott, ja!* Jede Bewegung, jeder Stoß war begleitet von einem erotischen Schmatzen. Und dann verkrampfte sich ihr Körper plötzlich, ohne jede Vorwarnung, und sie explodierte.

Wieder und wieder zogen sich ihre inneren Muskeln

zusammen und molken sein bestes Stück, sodass es nun auch mit seiner Zurückhaltung endgültig vorbei war. Unerbittlich stieß er ein ums andere Mal in sie, von nie gekannten Gefühlen übermannt. Ihm war vollauf bewusst, dass das hier weit mehr war als bloß Sex, und er nahm es hin und erfreute sich an der Erkenntnis, bis schließlich auch er den Gipfel der Lust erreicht hatte.

Danach dauerte es eine Weile, bis sie wieder zu Atem gekommen waren. »Alles okay?«, erkundigte er sich, als er sich schließlich von ihr herunterrollte.

Alexa betrachtete ihn mit einem verklärten, verträumten Blick. »Es ging mir noch nie besser.«

»Das freut mich zu hören.« Luke küsste sie auf die Nasenspitze, dann stieg er aus dem Bett und ging ins Bad.

Als er zurückkam, starrte sie lächelnd an die Decke. Mit ihren geröteten Apfelbäckchen war sie der Inbegriff von Gesundheit und Zufriedenheit. *Und diese Zufriedenheit verdankt sie nur mir*, dachte Luke und konnte sich ein Grinsen nicht verkneifen.

»Umdrehen«, sagte er und ließ sich auf der Bettkante nieder.

»Hm?«

Er verpasste ihr einen Klaps auf die Hüfte. »Du sollst dich auf den Bauch drehen.«

Alexa stöhnte, tat aber wie geheißen, und er beugte sich über sie, um ihr nacktes Hinterteil genauer unter die Lupe zu nehmen. Ein paar rote Flecken zierten die glatte weiße Haut, und sie hatte auch ein paar Kratzer abbekommen. »Tut's sehr weh?«, fragte er mit gerunzelter Stirn und begann ihr Gesäß zu kneten.

»Ein bisschen«, tönte die Antwort gedämpft aus dem Kissen.

»Tut mir echt leid, Süße. War nicht meine Absicht, dir Schmerzen zuzufügen.« Er drückte ihr einen Kuss auf die linke Pobacke, was Alexa mit einem Kichern goutierte.

»Ich werd's überleben«, versicherte sie ihm.

»Das hoffe ich«, sagte er und setzte seine Massage fort.

Sie seufzte genüsslich.

»Wann musst du eigentlich wieder nach Texas?«, fragte sie dann, ohne sich zu bewegen, das Gesicht in der Armbeuge versteckt.

Diese Unterhaltung war längst überfällig gewesen. Luke holte tief Luft. »Morgen geht mein Flieger. Am Samstag muss ich zu Hause sein, da steigt die Geburtstagsparty meiner Nichte.«

Schweigen. Die Realität hatte Einzug gehalten, die erotisch aufgeladene Stimmung war dahin.

»Du würdest meine Nichten garantiert lieben«, hörte er sich sagen. »Sie sind wirklich goldig. Zwei richtig süße kleine Mädchen, mit Schleifen im Haar und Cowboystiefeln an den Füßen«, fuhr er fort. Am liebsten hätte er die Zeit um eine Stunde zurückgedreht. Nur wie? Wie sollte er es anstellen, dass sie wieder Alexa und Luke in der Hütte am See waren statt Luke aus Texas und Alexa aus Serendipity, New York?

Er vernahm ein Hicksen, das allerdings auch ein unterdrücktes Schluchzen hätte sein können.

Mist, Mist, Mist.

»Nimm dir das Wochenende frei, und flieg mit mir nach Texas.«

Alexa fuhr hoch und drehte sich um. Ihre Augen waren gerötet. »Wie, bitte?« Sie starrte ihn an.

Es war ihm einfach so herausgerutscht, aber er hatte es absolut ernst gemeint. »Begleite mich nach Texas. Ich stelle dir meine Familie vor. Du wirst dich blendend amüsieren, und meine Leute werden hellauf begeistert sein von dir.«

Alexa riss die Augen auf. »Aber … Ich muss arbeiten. Das Krankenhaus … Meine Patienten.« Und natürlich ihr Vater, auch wenn sie ihn mit keinem Wort erwähnte.

»Die werden alle noch da sein, wenn du wieder zurückkommst.« Luke wusste selbst nicht so recht, was er sich von seinem Vorschlag erhoffte. Er wusste nur eines: Er wollte sie noch länger um sich haben.

Alles andere würde sich schon irgendwie fügen.

Solange sie nur Ja sagte.

## Kapitel 7

Alexa setzte sich im Bett auf, zog sich das Laken über den Busen und starrte Luke an. *Begleite mich nach Texas,* hatte er gesagt. Die Vorstellung erschien ihr unheimlich verlockend. In ihrem ganzen Leben hatte sie sich noch nie vor ihrer Verantwortung gedrückt, und noch nie hatte sie so stark den Wunsch verspürt, ihren Wochenenddienst einfach sausen zu lassen.

Doch leider gewann die vernünftige, verlässliche Alexa im Nu wieder die Oberhand. »Ich kann doch nicht einfach abhauen, wenn mir der Sinn danach steht.« Sie verzog das Gesicht, weil ihr bewusst war, dass das viel eher nach ihrem Vater klang als nach ihr selbst.

Und Lukes gekränkte Miene sprach Bände.

»Luke ...«

»Ich weiß, du musst arbeiten. Ich verstehe das.« Er bückte sich nach seiner Hose, ohne sich von der Bettkante zu erheben.

Alexa wollte nicht, dass ihre gemeinsame Zeit zur Neige ging, und erst recht nicht auf diese Weise. »Nein, das tust du nicht. Ich würde dich furchtbar gern begleiten. Ehrlich.«

Er hielt mitten in der Bewegung inne, ein Bein bereits

in der Hose, und sah sie über die Schulter hinweg an. »Es ist nicht so schwierig, wie es klingt. Ich möchte wetten, du hast jede Menge Urlaub und Überstunden angesammelt. Und da du es geschafft hast, dir heute freizunehmen, gehe ich davon aus, dass es genügend Leute gibt, die für dich einspringen können. Wahrscheinlich schuldet dir ohnehin die halbe Belegschaft noch einen Gefallen.«

Alexa war feuerrot angelaufen, weil er recht hatte. Unfassbar, wie viel er binnen kürzester Zeit über sie herausgefunden hatte. »Ich würde wirklich gern mitkommen«, beteuerte sie erneut. »Aber ich kann mir nicht zweimal hintereinander so kurzfristig freinehmen.« Wenn er ihr doch nur glauben würde!

Luke zog den Reißverschluss seiner Jeans zu. »Hör zu, Lex, ich will dir nichts vormachen. Die Begegnung mit dir und die vergangenen drei Tage kamen für mich nicht nur vollkommen unerwartet, sie waren für mich verflucht noch mal einfach sensationell.«

Alexa ließ ihm seine Ausdrucksweise kommentarlos durchgehen, erstens, weil sie sich nicht daran störte, und zweitens, weil sie genauso empfand. Sie musste sogar wider Willen lächeln.

Er hakte die Daumen in die Gürtelschlaufen seiner Hose und stierte sie an. »Niemand weiß so gut wie ich, wie wichtig Disziplin und Routine sind. Ich hätte niemals als Sportler Karriere gemacht, wenn ich nicht während der Spielzeit immer hundertzehn Prozent gegeben hätte und auch außerhalb der Saison einigermaßen regelmäßig trainiert hätte. Und wenn ich das Gefühl hätte, dass du mir einen Korb gibst, weil du unbedingt arbeiten *willst* oder weil du fürchtest, es könnte deiner Karriere schaden, dann würde ich dich auch nicht weiter nerven. Aber das ist nicht der Grund, stimmt's?«

Alexa starrte ihn an, die Stirn in Falten gelegt, und ihre Schultern waren so angespannt, dass ihr das Genick schmerzte. Doch er ignorierte ihren bitterbösen Blick einfach. Offenbar war er noch lange nicht fertig. »Was ist denn deiner Meinung nach der wahre Grund?«, fragte sie bissig und verschränkte die Arme vor der Brust wie einen Schutzschild.

Schon eigenartig. Wenn ihr vor fünf Minuten jemand gesagt hätte, dass sie sich einmal gegen diesen Mann würde verteidigen müssen, hätte sie ungläubig gelacht.

»Du willst deinem Vater nicht sagen, dass du dir schon wieder freinimmst. Weil du Angst hast, ihn zu enttäuschen, und weil du all das, das er in mühevoller Kleinarbeit für dich aufgebaut hat, nicht aufs Spiel setzen willst. Aber lass mich dir nur eine einzige Frage stellen, Süße: Ist das wirklich die Zukunft, die *du* dir wünschst?«

Plötzlich war ihre Kehle wie ausgedörrt, und ihre Wut war auf einen Schlag verflogen. Seine Worte bewiesen, wie gut er sich in sie hineinversetzen konnte. Er wusste um ihre Verunsicherung ob ihrer beruflichen Zukunft. Er hatte sie nicht kränken wollen. Er wollte nur, dass sie glücklich war.

Seine Miene wurde weich. »Wenn ich könnte, würde ich noch ein paar Tage hierbleiben. Ich würde ohne zu zögern ein, zwei Besprechungen verschieben oder ein

Training absagen, nur um noch etwas Zeit mit dir zu verbringen. Aber ich habe mir eines geschworen: Dass ich niemals eine Familienfeier verpassen werde, denn jeder Geburtstag kommt genau einmal im Leben. Und außerdem will ich das Gesicht meiner Nichte sehen, wenn sie das Barbie-Auto mit Elektroantrieb in der Einfahrt stehen sieht, das ich für sie besorgt habe.«

Oh Mann. Das gab Alexa endgültig den Rest. Dabei kannte sie das kleine Mädchen, von dem die Rede war, gar nicht. Aber mit dieser Aussage hatte sie wieder eine neue Seite an Luke Thompson kennengelernt, die ihr schier den Atem raubte. Seine Worte hatten ihr einen heftigen Stich versetzt, denn wie viele ihrer Geburtstage hatte ihr Vater verpasst, weil er hatte arbeiten müssen? Luke dagegen wollte nicht einmal den Geburtstag seiner Nichte versäumen.

Jetzt stand es endgültig fest: Er war wirklich etwas ganz Besonderes. Ein Mann, der seine Prioritäten zu setzen wusste.

Dann riss sie das Klingeln ihres Telefons, das noch in ihrer Handtasche steckte, jäh aus ihren Gedanken. Alexa verzog das Gesicht. Es war ihr Vater, sie erkannte es am Klingelton.

Luke betrachtete ihre Tasche mit schmalen Augen. »Ist er das?«, fragte er.

Alexa nickte, schnappte sich ihre Tasche und kramte das klingelnde Handy hervor. Sie hatte mindestens sechs oder sieben Anrufe verpasst, alle von ihrem Vater. »Ich habe ihm nicht gesagt, dass ich mir heute freinehme.« Sie hob den Kopf.

Luke schüttelte ungläubig den Kopf. »Wie lange willst du noch zulassen, dass er dein Leben diktiert?«

»Das tut er doch überhaupt n...«

»Hallo??« Er schnaubte. »Natürlich tut er das.«

Das nervige Klingeln verstummte, und auf dem Display erschienen die Worte *Ein Anruf in Abwesenheit*, gefolgt von einem Piepton, der ihr signalisierte, dass sich ihre Voicebox eingeschaltet hatte. Alexa pfefferte das Gerät auf das Bett.

»Zieh dich an«, sagte Luke, und seine Stimme klang sanfter als erwartet. »Ich ziehe inzwischen das Bett ab und stopfe die Bettwäsche schon mal in die Maschine. Den Rest erledigt dann eine Putzfrau, meinte Sawyer.«

Alexa nickte und erhob sich schweigend. Jetzt, da nur noch sie nackt war, fühlte sie sich unwohl in ihrer Haut. Sie griff nach ihren Kleidern und schlüpfte mit dem Rücken zu Luke in Slip, BH und Bluse. Ihre Hose fühlte sich klamm an.

»Haben wir noch ein bisschen Zeit? Dann könnte ich schnell meine Jeans in den Trockner stecken, bevor ich sie wieder anziehe.« Sie drehte sich zu Luke um und schnappte nach Luft, als sie feststellte, dass er direkt hinter ihr stand.

Er legte die Hände auf ihre Unterarme und beschrieb durch den Stoff ihrer Bluse hindurch mit den Daumenkuppen bedächtig Kreise auf ihrer Haut. »Ich will nicht, dass wir im Unfrieden auseinandergehen.« Er sah ihr in die Augen. In seinem Blick lag aufrichtiges Bedauern.

Alexa wurde flau. »Ich auch nicht.« Sie wollte überhaupt nicht, dass sie auseinandergingen. Nun, er hatte sie zu sich eingeladen, und sie hatte abgelehnt.

Er hatte ihr reichlich Stoff zum Nachdenken geliefert, und sie brauchte jetzt etwas Zeit, um das alles zu verarbeiten, konnte ihr Leben nicht auf einen Schlag umkrempeln. Sie war schon immer ein Denker gewesen, jemand, der erst überlegte und dann handelte, und alte Gewohnheiten legte man nicht so schnell ab, obwohl sie es sehr genossen hatte, während der Zeit mit Luke auch mal spontan zu sein.

»Gib her«, sagte er und streckte die Hand nach ihrer Jeans aus. »Ich werfe gleich mal den Trockner an.«

»Danke.« Sie reichte ihm die Hose und half ihm dann, das Bett abzuziehen.

Wieder herrschte Schweigen, nur war es mittlerweile etwas weniger angespannt. Eben war die Stimmung noch fröhlich und sexuell aufgeladen gewesen, jetzt war sie gedrückt. Sie wussten beide, dass *es* vorbei war.

Was auch immer *es* sein mochte.

Und Luke hatte vollkommen recht: Es war verflucht noch mal sensationell gewesen.


Luke fuhr Alexa nach Hause, brachte sie zur Tür, schlang die Arme um sie und küsste sie. Sie wusste, das war der Abschied, obwohl er es nicht laut aussprach. Obwohl er ihre Nummer in sein Handy getippt und gespeichert hatte. Es war vorbei. Sie spürte es: Das war der letzte Kuss.

Sie ging ins Haus, wollte nur noch allein sein. Ihren Vater rief sie nicht zurück. Er konnte verdammt noch mal warten, bis sie morgen wieder in der Arbeit war. Stattdessen nahm sie sich ausgiebig Zeit, um zu trauern. Denn genau das tat sie, so verrückt es auch klingen mochte. Sie trauerte. Um eine Beziehung, die sie beendet hatte, ehe sie überhaupt richtig angefangen hatte. Um einen Mann, der ihr in drei Tagen mehr gegeben hatte als sonst jemand in ihrem ganzen Leben. Und sie trauerte um all die Jahre ihrer Kindheit und Jugend, in denen sie so einsam und frustriert gewesen war, weil sie versucht hatte, den Ansprüchen ihres Vaters gerecht zu werden, der nie zufrieden sein würde.

Sie suhlte sich ausgiebig in Selbstmitleid, stopfte sich mit Eiscreme voll und telefonierte stundenlang mit ihrer besten Freundin, und als sie schließlich ins Bett ging und in einen unruhigen Schlaf verfiel, war ihr schmerzlich bewusst, dass Luke schon morgen um diese Zeit wieder in Texas sein würde.

Und dass sie ein paar wichtige Entscheidungen würde treffen müssen. Entscheidungen, die sie selbst, ihr Leben und ihre Zukunft betrafen.


Alexa hatte ihr dunkelblaues Power-Kostüm angezogen, das sie immer zu Besprechungen mit dem Vorstand trug, dessen Vorsitz ihr Vater innehatte, oder wenn es sonst irgendwie darum ging, mit »denen da oben« Änderungen im Status quo zu verhandeln. Normalerweise war sie im Krankenhaus ausschließlich in flachen Schuhen unterwegs, doch heute entschied sie sich für hochhackige Pumps, die ihr das Gefühl verliehen, dass sie die Zügel in der Hand hielt. Das Gefühl, dass sie es mit allem und jedem aufnehmen konnte. Dasselbe Gefühl hatte sie auch in Lukes Gegenwart gehabt.

Sie legte noch etwas Make-up auf, dann stieg sie in ihren Wagen und fuhr los. Wenig später parkte sie vor dem Krankenhaus und betrat das Gebäude, das sie von Kindesbeinen an als ihr zweites Zuhause betrachtet hatte. Während sie mit klappernden Absätzen durch den Korridor auf das Büro ihres Vaters zuging, sann sie darüber nach, wie traurig es eigentlich war, wenn ein kleines Mädchen eine Klinik als sein Zuhause bezeichnete. Aber es war nun einmal eine Tatsache, und jetzt war sie bereit, sich dieser Tatsache zu stellen, und damit auch dem Mann, der für ihre bisherigen Lebensumstände verantwortlich zeichnete.

Sie klopfte an.

»Herein.«

Alexa öffnete die Tür und spähte hinein. »Tag, Dad. Kann ich kurz mit dir reden?«

»Ich hab zu tun«, sagte er, ohne den Kopf von den Unterlagen zu heben, die sich vor ihm auf dem Schreibtisch stapelten. Genau das war es, was sie stets abschreckte, wenn sie sich ausmalte, dass sie einmal seinen Posten an der Spitze der Klinik übernehmen würde: die Unmengen an Papierkram, die erledigt werden mussten und einen über kurz oder lang davon abhielten, sich mit Patienten aus Fleisch und Blut zu beschäftigen.

Sie holte tief Luft und trat trotzdem ein. »Ich würde es sehr zu schätzen wissen, wenn du dir ein paar Minuten Zeit nehmen würdest. Es ist wichtig.« Damit schloss sie die Tür hinter sich und wartete ab. Sie würde dieses Büro erst wieder verlassen, wenn sie alles losgeworden war, was ihr auf der Seele lastete.

Ihr Vater legte mit einem resignierten Seufzer den Stift ab und bedeutete ihr, auf der anderen Seite seines Schreibtisches Platz zu nehmen.

Doch Alexa zog es vor, stehen zu bleiben. Sie musste sich bei dieser schwierigen Unterhaltung jeden noch so kleinen Vorteil zunutze machen.

»Also, was ist los? Ich habe nicht den ganzen Tag Zeit.«

Alexa ballte unmerklich die Hände zu Fäusten, entspannte sie wieder. »Bist du eigentlich glücklich, Dad?«

Er blinzelte, dann legte er die Stirn in Falten. »Wie, bitte?«

Sie hatte sehr lange darüber nachgedacht, wie sie es angehen sollte und sich ihre Worte sorgfältig zurechtgelegt. »Ich habe dich gefragt, ob du glücklich bist. Mit deinem Leben. Deiner Arbeit.«

»Ich bin ein vielbeschäftigter Mann, Alexa. Für philosophische Betrachtungen fehlt mir die Zeit.«

»Tja, dann muss ich dir die Frage wohl noch einmal stellen, und ich wäre dir sehr dankbar, wenn du dir die nötige Zeit nimmst, um sie aufrichtig zu beantworten. Es ist mir wichtig.«

»Also gut.« Er legte die Hände auf dem Schreibtisch ab und sah sie an. »Ich denke nicht darüber nach, ob ich glücklich bin oder nicht.«

Das war genau die Antwort, die sie erwartet hatte, aber Alexa hatte nicht damit gerechnet, dass die Erkenntnis so schmerzhaft sein würde. »Hast du es denn

je getan?« Jetzt musste sie sich doch setzen, Machtgefü-
ge hin oder her. Sie hatte weiche Knie. »Zumindest früher mal – als du Mom kennengelernt hast? Als ihr …
euch ineinander verliebt habt?«

Die letzte Frage war ein Schuss ins Blaue gewesen,
denn sie hatte keine Ahnung, ob sich ihre Eltern geliebt
hatten oder nicht. Sie konnte sich nicht erinnern, wie
die beiden miteinander umgegangen waren, und ihr Vater sprach nie darüber.

Ihr Vater schüttelte irritiert den Kopf. »Was ist denn
mit dir los? Bist du krank?«

Alexa atmete einmal tief durch, dann verkündete sie:
»Ich werde eine Weile unbezahlten Urlaub nehmen.«
Sie sagte es bewusst ganz langsam und bedächtig, statt
die Worte hastig hervorzustoßen, wie sie es eigentlich
am liebsten getan hätte.

Er würde sie nur ernst nehmen, wenn sie energisch
auftrat und sich nicht beirren ließ, sondern zu ihrem
Vorhaben stand. Denn nur auf diese Weise konnte man
sich Alan Collins' Respekt verdienen. Es sei denn, man
verfolgte ein Ziel, das nicht mit seinen Wünschen oder
Anordnungen konform ging.

Er beugte sich nach vorn. »Okay, jetzt weiß ich, dass
du krank bist. Unbezahlter Urlaub? Was zum Teufel
willst du damit bezwecken?«, sagte er, gerade so, als
hätte er nicht sein einziges Kind vor sich, sondern einen
seiner Angestellten.

»Ich hatte in den vergangenen Tagen die Gelegenheit, mir zu überlegen, was ich mir vom Leben erwarte und …« Wieder holte Alexa tief Luft. »Das hier ist

es definitiv nicht. Ich will mich nicht den Rest meines Lebens mit dem Papierkram für dieses Krankenhaus herumschlagen. Ich will nicht in deine Fußstapfen treten. Ich will meinen eigenen Weg gehen.«

»Deinen eigenen Weg gehen«, äffte er sie nach. »Lass mich raten: Da steckt dieser Footballspieler dahinter.« Er schnaubte verächtlich.

»Du weißt, dass Luke Profifootballer ist?« Das war das Erste, was Alexa in den Sinn kam.

»Natürlich, schließlich war das ständige Getuschel der Krankenpflegerinnen nicht zu überhören. Aber ich hatte eigentlich angenommen, meine Tochter wäre über derartige Schwärmereien erhaben. Und ich hatte gehofft, dass deine kleine Rebellion nur vorübergehend ist und du dich wieder voll und ganz auf deine Arbeit konzentrierst, nachdem du dich ausgetobt hast.«

Alexa blies die Backen auf und zwang sich, ruhig zu bleiben.

»Tja, da irrst du dich. Diese ›kleine Rebellion‹ war längst überfällig. Ich bin schon seit Jahren unzufrieden, auch wenn ich erst in den vergangenen Tagen begriffen habe, was es bedeutet, das Leben zu genießen und glücklich zu sein.«

»Alexa, nicht viele Menschen haben eine so gute Ausbildung erhalten wie du«, sagte ihr Vater übertrieben langsam und geduldig, als würde er mit einem ungezogenen Kind reden. »Du solltest dich glücklich schätzen, dass dir beruflich so zahlreiche Möglichkeiten offenstehen.«

Sie hob die Hand. »Dad, ich bin dir wirklich dankbar

für all das, was du mir ermöglicht hast, aber hast du je daran gedacht, dass ich vielleicht etwas ganz anderes will als du?«

»So? Was denkst du denn, was du willst?«, fragte er herablassend.

Er würde sie nie verstehen. Die Erkenntnis schmerzte Alexa. Er war zwar ihr Vater, aber er war nicht ihr Daddy. Das war er nie gewesen. »Ich will einer Tätigkeit nachgehen, die mir Freude bereitet. Ich bin nicht naiv – ich weiß, das Leben ist nicht immer ein Zuckerschlecken, sondern zuweilen ganz schön anstrengend, aber wenn ich morgens aufwache, dann will ich zumindest die Gewissheit haben, dass ich mir meine Arbeit selbst ausgesucht habe. Ich werde mir nicht mehr von dir vorschreiben lassen, was ich tun soll.«

Ihr Vater ballte erzürnt die Fäuste, so fest, dass die Fingerknöchel weiß hervortraten. »Du bist undankbar und respektlos.«

Alexa legte den Kopf schief. »Das sehe ich anders. Bis jetzt habe ich immer alles getan, was du mir aufgetragen oder von mir verlangt hast. Ich habe versucht, den Weg einzuschlagen, den du mir vorgezeichnet hast. Jetzt will ich meinen eigenen gehen.«

»Ich habe dich großgezogen.« Inzwischen war er krebsrot angelaufen und zitterte vor Zorn.

»Ja, du bist deinen Pflichten als Vater nachgekommen. Aber es ist nicht okay, wenn Eltern ihre Kinder manipulieren und herumkommandieren, bis sie genau ihren Wünschen oder Vorstellungen entsprechen. Ich liebe dich, Dad, aber ich will mein eigenes Leben führen.«

»Willst du deinen Beruf als Ärztin aufgeben?«

Sie schüttelte den Kopf. »Nein, ich brauche lediglich ein bisschen Zeit, um herauszufinden, auf welches Fachgebiet ich mich spezialisieren möchte …« Sie zögerte, überlegte, ob sie fortfahren sollte. Im Grunde war jetzt auch schon alles egal. »Und ich muss mir überlegen, wo ich tätig sein will.« Krankenhaus, eigene Praxis oder Jugendzentrum? Noch wusste sie es nicht, aber sie würde schon irgendwann zu einer Entscheidung gelangen.

Ihr Vater räusperte sich. »Ich rate dir dringend, in dich zu gehen und dir das alles noch einmal gut zu überlegen. Die Welt dreht sich weiter. Mit anderen Worten: Es kann durchaus sein, dass deine Stelle vergeben ist, wenn du zurückkommst.«

Ihr eigener Vater war nicht bereit, ihr ihren Job warmzuhalten? Das traf sie unerwartet, aber es gelang ihr, sich die Enttäuschung über seine illoyale Haltung nicht anmerken zu lassen. »Dieses Risiko gehe ich ein.«

»Wie du willst. War das alles? Ich habe nämlich noch massenhaft zu tun.« Damit griff er nach seinem Stift und widmete sich wieder den Unterlagen auf seinem Schreibtisch, ohne Alexa auch nur eines weiteren Blickes zu würdigen. Nur das leichte Zittern seiner Hand verriet ihr, dass seine Gelassenheit bloß gespielt war.

»Eine Frage noch«, sagte sie leise.

Vielleicht lag es an ihrem Tonfall, jedenfalls hob er den Kopf. »Ja?«

»Was haben wir an meinem fünften Geburtstag unternommen?«

Seine Augen wurden zu schmalen Schlitzen. »Weiß ich nicht mehr.«

»Und am zehnten?«

Er schob das Kinn nach vorn. »Dieselbe Antwort.«

Alexa nickte. Die einzigen Geburtstage, an die sie sich erinnerte, waren die, an denen sie sich nach ihrer Mutter gesehnt und sich gegrämt hatte, weil ihr Vater lieber arbeitete, als mit ihr zu feiern.

»Weißt du, was das Traurigste daran ist? Ich wünschte, ich wüsste es auch nicht mehr«, sagte sie gepresst. Sie hatte einen dicken Kloß im Hals und konnte nur noch mit Mühe die Tränen zurückhalten.

Vielleicht war es ja nur Wunschdenken, aber ihr war, als könnte sie einen Ansatz von Bedauern in den Augen ihres Vaters aufflackern sehen. »Wiedersehen, Dad«, murmelte sie.

Er sagte nichts, und als sie ihm zum Abschied einen letzten Blick zuwarf, hatte er das Haupt gesenkt und tat, als wäre er in seine Arbeit vertieft.

## Kapitel 8

Eine Familienfeier im Hause Thompson war immer eine große Sache. Lukes Schwestern samt ihren Kindern, seine Cousins, dazu Nachbarn und Freunde ... Natürlich war der Lärmpegel gewaltig. Privatsphäre? Fehlanzeige. Trotzdem liebte Luke solche Feste normalerweise. Nicht jedoch heute.

Heute war er nicht mit dem Herzen bei der Sache, denn sein Herz war noch in Serendipity, New York. Wer hätte gedacht, dass diese kleine Stadt je eine Rolle in seinem Leben spielen würde, noch dazu eine so entscheidende! Er konnte an nichts anderes als an Alexa denken.

Am Donnerstag hatten sie sich verabschiedet. Heute war Samstag. Luke hatte seine Nummer in ihr Handy gespeichert und gehofft, sie würde ihn anrufen. Aber die Wahrscheinlichkeit, dass sie es tun würde, war wohl eher gering, nachdem er ihr vor dem Abschied noch ungefragt reingedrückt hatte, wie sie ihr Leben seiner Meinung nach gestalten sollte.

Da er etwas Ablenkung von seinen persönlichen Problemen brauchte, sah er sich suchend nach seinen Schwestern um und überlegte, mit welcher der drei er jetzt am ehesten reden wollte. Sein Blick blieb an

Ashley, der jüngsten, hängen. Sie hatte gleich nach der Highschool geheiratet und zwei Kinder. Luke konnte ihren Mann auf den Tod nicht ausstehen, dabei hielt er sich sonst für einen vergleichsweise unkomplizierten Menschen, der mit allen Leuten auskam. Aber dieser Todd war einfach ein Idiot.

»Hey, Zuckerschnecke«, sagte er. Zuckerschnecke war sein persönlicher Kosename für Ashley.

»Hey, Luke.«

Er ließ sich auf der Picknickbank neben ihr nieder, und sie lehnte sogleich den Kopf an seine Schulter, was bei ihm sämtliche Alarmglocken schrillen ließ. »Ich war doch nur eine Woche weg. Was ist passiert?«

»Ich habe Todd verlassen«, berichtete sie mit heiserer Stimme.

Luke hätte sie am liebsten zu dieser Entscheidung beglückwünscht, ließ es mit Rücksicht auf ihre Gefühle aber bleiben. »Warum das?«

»Er hat mich mit Mandy Stone betrogen«, flüsterte sie. Ihre bekümmerte Miene sprach Bände.

»Mandy Stone? Die Tochter von Todds Boss?«, fragte er gepresst. Ausgerechnet Mandy Stone, die es offenbar für ihre Bürgerpflicht hielt, sich an Luke heranzumachen, wann immer er an einem Event in seiner Heimatstadt teilnahm! So ging das schon, seit er damals das Stipendium für die University of Miami erhalten hatte und ins dortige Footballteam aufgenommen worden war.

»Ich glaube, Mandy war nur die Letzte einer ganzen Reihe von Affären. Todd hat es immer gehasst, gebunden zu sein.«

Luke straffte die Schultern. Er hatte gute Lust, diesen Scheißkerl windelweich zu prügeln. »Dann hätte er dich nicht im Sommer nach dem Highschoolabschluss schwängern sollen.«

Sie schniefte, dann lachte sie. »Es gehören immer zwei Dumme dazu, Luke. Und ich würde meine Kinder gegen nichts in der Welt eintauschen.«

»Und wie geht es jetzt weiter?«

»Das muss ich mir erst überlegen. Ich bin vorübergehend mit den Kindern zu Mom und Dad gezogen.«

Er küsste sie auf die Schläfe. »Dir wird schon etwas einfallen. Und ich bin ja auch noch da, falls du Hilfe brauchst.«

»Danke.«

»Für dich tu ich doch alles, Zuckerschnecke.« Er liebte seine Schwestern, selbst wenn sie zuweilen gewaltige Nervensägen sein konnten.

Sie seufzte. »Ja, ich weiß. Und genau deswegen liebe ich dich. Jetzt erzähl du mal, wie war dein Trip an die Ostküste?«

»Erfolgreich. Ich habe ein paar vielversprechende Werbeverträge in Aussicht.«

»Was ist es diesmal? Hämorrhoidencreme? Männerhaarfärbemittel? Oder ein Medikament gegen Erektionsstörungen?« Sie boxte ihm den Ellbogen in die Rippen.

Luke verdrehte die Augen. »Frechdachs«, knurrte er. »Ich sage nur Ford Broncos und mein eigenes Rasierwasser.«

»Echt? Wow!« Sie pfiff anerkennend. »Ich bin stolz

auf dich. Und, was habt ihr sonst noch so getrieben, du und Sawyer? Habt ihr euch ein paar heiße Bräute aufgerissen?«

Luke überlegte kurz, wie viel er ihr offenbaren sollte, und beschloss, ihr sein Herz auszuschütten. Er musste dringend mit jemandem über Alexa reden, und Ashley konnte etwas Ablenkung gebrauchen. »Wir haben das Haus seines Vaters entrümpelt. Eigentlich wollte Sawyer es verkaufen, aber ich glaube, er wird es renovieren und behalten. Und ja, ich habe jemanden kennengelernt.«

Ashley setzte sich aufrecht hin und musterte ihn mit schmalen Augen.

»Was ist?«, fragte Luke, dem unter ihrem prüfenden Blick gar nicht wohl in seiner Haut war.

»Ich habe dich gefragt, ob ihr euch ein paar heiße Bräute aufgerissen habt, und du erzählst mir, dass du *jemanden kennengelernt* hast. Das ist ein himmelweiter Unterschied! Also, was genau hat es mit ihr auf sich?«

Luke hob den Blick zum wolkenlosen Himmel. »Tja, die Frage stelle ich mir auch immer wieder, seit ich Alexa das erste Mal gesehen habe.«

»Was macht sie denn so besonders?«

Luke hätte eine ellenlange Liste aufzählen können, aber die Eigenschaften an Alexa, die ihm als Erstes in den Sinn kamen, waren zu persönlich. Darüber wollte er nicht einmal mit Ashley reden. Alexas Unsicherheit beispielsweise. Für eine Ärztin, die regelmäßig über das Leben anderer Menschen entschied, hatte sie erstaunlich wenig Selbstwertgefühl. Was natürlich auf ihren

Vater zurückzuführen war, der sie jahrelang manipuliert hatte.

Luke hatte versucht, ihr die Augen zu öffnen. Und nur weil sie seine Einladung nach Texas nicht gleich mit Handkuss angenommen hatte, wie andere Frauen es zweifellos getan hätten – Frauen, die ihm nichts bedeuteten und die er ohne mit der Wimper zu zucken für sie hätte stehen lassen –, hatte er den Finger in die Wunde legen und ihr unter die Nase reiben müssen, wo ihre Schwächen lagen, und sie gedrängt, darüber nachzudenken, was sie eigentlich vom Leben erwartete.

*Wie außerordentlich feinfühlig von mir*, dachte er beschämt und verzog das Gesicht.

»So, so. Schweigen im Walde.« Ashley grinste spitzbübisch. Ihre traurige Miene war wie weggewischt. »Sie geht dir unter die Haut, und du weißt noch nicht einmal genau, wieso. Du bist bis über beide Ohren verknallt!«, krähte sie schadenfroh und klatschte in die Hände. Und schon war sie wieder die kleine Schwester, die ihn auch früher schon gern geärgert hatte. »Diese Frau würde ich zu gern kennenlernen.«

*Das ist wohl eher unwahrscheinlich*, dachte Luke frustriert. »Krieg dich wieder ein«, brummte er, behielt jedoch für sich, was er getan hatte.

»Entschuldige.« Sie wurde wieder ernst. »Wie ist sie denn so?«

»Äußerst beschäftigt. Sie ist nämlich Ärztin, mit ihrer derzeitigen Arbeitssituation aber nicht sonderlich glücklich, glaube ich. Und sie ist sehr loyal. Ich habe selbst miterlebt, wie sie ihrer Freundin beigestanden hat, die nach einem tätlichen Angriff medizinisch versorgt werden musste. Alexa hat die ganze Nacht an ihrem Krankenbett gewacht. Sie ist hübsch. Rotbraunes Haar ...«

»Brünett mit kastanienroten Strähnen, meinst du? Gerne mal zu einem Pferdeschwanz zusammengebunden? Ist sie in etwa so groß wie ich und erweckt auf einer Grillparty in Texas den Anschein, als würde sie sich etwas fehl am Platz fühlen?«, fragte Ashley mit einem verdächtig breiten Grinsen im Gesicht.

Luke fuhr herum, und tatsächlich, da war sie: Dr. Alexa Collins – hier, in Texas, im riesigen Garten seiner Eltern. In Begleitung seiner *Mutter*, mit der sie sich offenbar angeregt unterhielt, während diese sie zu der Picknickbank führte, auf der Luke und Ashley saßen.

»Ich glaub, mich tritt ein Pferd!«, stieß er verblüfft hervor.

»Tja, ich habe gleich mal messerscharf kombiniert, dass sie das sein muss, denn sonst tummeln sich auf unseren Familienfeiern nur Leute, die ich kenne. Wie kommt's, dass sie hier ist?«, wollte Ashley wissen.

»Ich habe sie eingeladen«, entgegnete Luke.

»Was? Und warum hast du das vorhin nicht erwähnt?« Ashley boxte ihn zur Strafe in die Schulter.

»Weil sie die Einladung erst nicht angenommen hat.« Mittlerweile waren die beiden Frauen fast bei ihnen angekommen. Er erhob sich.

»Lucas Thompson, du hast mir nicht erzählt, dass wir so hohen Besuch erwarten!«, rügte ihn seine Mutter Luise, die Herrscherin über die elterliche Ranch. Sie bedachte ihn mit einem strafenden Blick, gerade so, als hätte er ein Kapitalverbrechen begangen.

»Er hatte keine Ahnung, dass ich komme, Mrs. Thompson«, sagte Alexa leise.

»Er hat Sie eingeladen, Alexa, und das heißt, Sie bedeuten ihm etwas. Und über so etwas sollte er mich gefälligst informieren!«

»Ma!«, rief Luke. Höchste Zeit, seine Mutter zurückzupfeifen, ehe sie Alexa gleich wieder vergraulte.

Doch Alexa winkte grinsend ab. »Schon okay.« Mann, wie er dieses Grinsen vermisst hatte!

Luke schüttelte den Kopf. Er fand das Verhalten seiner Mutter ganz und gar nicht okay, sondern im Gegenteil ausgesprochen peinlich. »Alexa, darf ich vorstellen: meine Schwester Ashley. Ash, das ist Alexa.«

Seine Schwester sprang auf und schüttelte der Besucherin die Hand. »Wenn man von der Sonne spricht, geht sie auf, stimmt's, Luke?«

Luke verdrehte die Augen. »Ihr zwei bringt mich noch ins Grab«, brummte er. »Ashley, Mom, seid so gut und macht euch vom Acker. Holt euch was zu essen oder zu trinken oder so.« Er sah Alexa in die Augen. »Alexa und ich müssen reden.«

»Wir gehen ja schon.« Nervensäge hin oder her, wenn es darauf ankam, wusste Ashley, was sich gehörte. »Los, komm mit, Ma. Du kannst dich später mit Lukes Freundin unterhalten.«

»Ash!«, zischte Luke ihr verärgert hinterher, doch zu seiner Überraschung funkelten Alexas Augen amüsiert auf. Sie sah aus, als könnte sie jeden Moment losprusten.

»Freut mich ja, wenn wenigstens *du* das alles zum Lachen findest«, knurrte er so laut, dass seine Mutter und
seine Schwester es noch hören konnten.

»Du hast ja keine Ahnung, wie glücklich du dich mit
deiner Familie schätzen kannst«, sagte sie und sah den
beiden Frauen mit wehmütiger Miene nach.

Luke wusste nicht, was Alexa hier machte, aber er
ging mal davon aus, dass ihr Erscheinen ein gutes Zeichen war. Er bot ihr seinen Arm an, damit sie sich bei
ihm unterhaken konnte, und dann führte er sie zu einem
kleinen Pavillon in einer abgelegenen Ecke des Gartens,
gleich neben dem Seiteneingang der Ranch. Diese Oase
der Ruhe hatte sich seine Mutter nach Lukes Geburt
von seinem Vater bauen lassen, mit dem Argument, sie
benötige einen Rückzugsort.

Sie nahmen auf der Hollywoodschaukel Platz. »Ich
nehme an, es war nicht gerade einfach wegzukom-
men?«, fragte er.

»Das ist wohl die Untertreibung des Jahrhunderts.«

Der kummervolle Blick ihrer schönen grünen Augen sprach für sich. Luke forderte keine Erklärung – er
wusste, Alexa würde ihm alles erzählen, sobald sie so
weit war. »Und trotzdem bist du da.«

»Ich … Ich hatte gehofft, dass die Einladung noch
steht«, sagte sie zögernd.

Da war sie wieder, die Unsicherheit, an die er vorhin
gedacht hatte, Sekunden bevor Alexa aufgetaucht war.
In ihrem Outfit – sie trug Jeans und ein weißes Spit-
zentop und hatte sich eine leichte Denimbluse um die
Hüfte gebunden – sah sie aus, als wäre sie schon hier

zur Welt gekommen, und dennoch wirkte sie zutiefst verunsichert. Dabei war Verunsicherung wirklich das Letzte, was sie in seiner Gegenwart empfinden sollte.

»Du bist hier immer willkommen, Süße.«

Alexa atmete hörbar erleichtert auf. »Puh, ein Glück. Als ich nämlich gestern bei meinem Boss um unbezahlten Urlaub angefragt habe, meinte er nur, er könne nicht ausschließen, dass meine Stelle in meiner Abwesenheit anderweitig nachbesetzt wird.« Sie presste die Lippen zusammen.

Dieser Mistkerl. »Das hat dein Vater gesagt?«

»Er hat nicht eben gerade begeistert reagiert, als ich ihm eröffnet habe, dass ich meinen eigenen Weg gehen möchte.«

Luke wusste nicht, was ihn mehr überraschte – das Lächeln, das sie ihm schenkte, oder die Tatsache, dass sie sich seinen Rat zu Herzen genommen und beschlossen hatte, darüber nachzudenken, was sie eigentlich wollte, den Konsequenzen zum Trotz.

Er ergriff ihre Hände. »Also, ich finde das großartig.« Auch, dass sie seiner Einladung nun doch gefolgt war. »Das heißt, du wirst eine Weile bleiben?«

Alexa zuckte die Achseln. Sie hatte keine Ahnung. »Jetzt bin ich erst einmal hier, für wie lange auch immer. Ich dachte, das ergibt sich dann schon. Erst müssen wir doch mal testen, ob wir uns überhaupt noch mögen.« Innerlich krümmte sie sich. Sie klang ja wie ein schüchternes Schulmädchen! Ein Wunder, dass sie den Flug heil überstanden hatte, obwohl sie nicht gewusst hatte, was sie hier erwarten würde.

Die Adresse von Lukes Eltern hatte sie von seinem Kumpel Sawyer Rhodes erhalten, der sie in ihrer Entscheidung bestärkt und ihr versichert hatte, Luke würde sich freuen, sie zu sehen. Alexa hatte daraufhin den erstbesten Flieger nach Texas genommen. Falls Luke inzwischen seine Meinung geändert haben sollte und sie wieder nach Hause schickte, würde sie eben mit der nächsten Maschine wieder nach New York zurückkehren.

»Ob wir uns noch *mögen*?« Luke gluckste. »Also, ich weiß ja nicht, wie es dir geht, aber meine Gefühle für dich gehen weit über ein schlichtes *Mögen* hinaus.« Er strich ihr mit dem Finger über die Wange, und der Blick seiner goldenen Augen lieferte ihr die sehnlichst erhoffte Bestätigung. Und als er sich über sie beugte und sie seine Körperwärme und seinen vertrauten Geruch registrierte, spürte sie, wie sich das flaue Gefühl in ihrer Magengegend verflüchtigte.

»Ich habe mich doch schon auf den ersten Blick unsterblich in dich verliebt«, fuhr er fort. »Und jetzt, da du diese Reise ins Ungewisse auf dich genommen hast, lasse ich dich so bald nicht mehr gehen. Jetzt starten wir gemeinsam durch.«

»Okay.« Sie schluckte schwer. Das Herz pochte wie verrückt in ihrer Brust, und in ihrem Kopf flüsterten tausend Stimmen, dass er der Richtige für sie war. »Für mich ist das alles so neu und ungewohnt.«

»Geht mir genauso. Ich hätte nie gedacht, dass ich mich mal wie ein Schneekönig freuen würde, wenn mir eine Frau sagt, dass sie bis auf Weiteres bei mir zu bleiben gedenkt, aber genauso ist es. Also, ich schlage vor, wir nützen diese Zeit, um uns besser kennenzulernen und uns zu überlegen, wie es bei dir beruflich weitergehen soll.« Er sah ihr tief in die Augen. »Und wenn du schon dabei bist, kannst du ja auch gleich darüber nachdenken, *wo* du deinen Beruf künftig ausüben möchtest. Mal angenommen, wir *mögen* uns auch weiterhin.«

Er grinste, und da wusste Alexa, dass sie die richtige Entscheidung getroffen hatte.

»Na, klingt das gut für dich?«, fragte er.

Sie nickte. »Sehr gut sogar.«

»Na, also. Hab ich dir eigentlich schon gesagt, wie sehr ich mich freue, dass du hier bist?« Er fuhr fort, ohne ihre Antwort abzuwarten: »Ich freue mich nämlich tierisch, dass du hier bist. Du wirst sehen, es war die richtige Entscheidung.«

Alexa grinste. *O ja*, dachte sie, während er ihr die Lippen auf den Mund drückte. Die beste Entscheidung ihres Lebens, kein Zweifel.

JESSICA CLARE

# DIE LEGENDÄRE JANE

# Kapitel 1

Die schrägsten Anrufe kamen immer spät nachts.

Es war zwei Uhr morgens, als das Telefon klingelte, und Hank Sharp hatte ein flaues Gefühl im Magen, als er ranging, wusste er doch aus Erfahrung, dass das nichts Gutes verhieß. Aber das war irgendwie zu erwarten, wenn man Nachtschicht hatte.

»Polizeidienststelle Bluebonnet.«

»Bist du das, Hank?« Das klang nach Don Tatums Stimme. »Schiebst wohl mal wieder ne Nachtschicht, wie?«

»Jep. Was kann ich für dich tun, Don?«

»Auf meiner Kuhweide treibt sich so'n junges Ding rum«, berichtete Don konsterniert. »Hat ne Videokamera dabei und führt Selbstgespräche. Scheint, als hätte sie vor, ne Kuh umzuschubsen.«

Eine Kuh umzuschubsen? Das durfte doch nicht wahr sein! »Ein betrunkener Teenager?«, mutmaßte Hank. Auf solche bescheuerten Ideen kamen eigentlich nur Highschool-Kids, die geistig minderbemittelt oder betrunken waren, oder beides. Jeder normale Mensch wusste, dass sich Kühe zum Schlafen hinlegten und schon deshalb nicht umgeschubst werden konnten.

»Nö, die ist schon n Stück älter.« Don schwieg einen Augenblick, dann fuhr er fort: »Und sie ist definitiv eine von diesen verrückten Kuhschubserinnen. Hat sich grad an eins der Tiere angeschlichen und sich dagegengestemmt. Soll ich meine Flinte holen?«

»Lass mal, Don.« Hank angelte den Autoschlüssel vom Haken an der Wand neben seinem Schreibtisch. »Bleib im Haus. Ich kümmere mich darum.«

»Okidoki«, sagte Don gutmütig. Er klang müde, aber nicht sonderlich verärgert. Eher verblüfft. »Aber beeil dich, sonst hat sie demnächst 'n Hufabdruck im Gesicht.«

»Bin schon unterwegs.« Hank legte auf, verließ die winzige Polizeidienststelle von Bluebonnet und stieg in den Streifenwagen. Er hätte den Weg zu Tatums kleiner Farm blind zurücklegen können, trotzdem hielt er vorschriftsmäßig an jeder Ampel und jedem Stoppschild. Es konnte schließlich nicht angehen, dass ein Cop gegen das Gesetz verstieß.

Und Hank hatte das Gesetz quasi schon mit der Muttermilch aufgesogen, schließlich war er in die Fußstapfen seines Vaters und Großvaters getreten.

Als er in den Weg zu Don Tatums Farm einbog, drosselte er das Tempo und hielt nach einem geparkten Wagen Ausschau. Beide Seiten der Straße waren unverbaut. Wenn er hier auf ein Auto stieß, dann gehörte es mit großer Wahrscheinlichkeit dieser Kuhschubserin. Tatsächlich erblickte er schon bald einen Pick-up mit einem Nummernschild aus Florida. Er hielt direkt dahinter an, notierte sich das Kennzeichen, dann stieg er aus und leuchtete mit der Taschenlampe in den Wagen.

Leer. Der gehörte garantiert dieser Verrückten. Hank schaltete die Taschenlampe wieder aus und machte sich daran, den Weidezaun neben dem Fahrzeug zu inspizieren. Am Stacheldraht hing ein knallrosa Stofffetzen. Die Gute schien ja nicht sehr geübt im Umgang mit Weidezäunen zu sein. Hank zog die beiden Drähte etwas auseinander, schob sich vorsichtig dazwischen hindurch und betrat die Weide.

Tatum besaß zwar mehrere Morgen Land, aber es war trotzdem ein Leichtes, das Mädchen ausfindig zu machen. Hank musste lediglich dem beunruhigten Muhen der Kühe folgen, die sich auf einem der Felder unweit der Farm versammelt hatten.

»Ihr dämlichen Viecher«, zeterte jemand in einiger Entfernung. »Jetzt schlaft endlich ein! Oder soll ich euch etwa ein Wiegenlied singen?«

Hank spähte in die Richtung, aus der die Stimme ertönt war, und erblickte prompt einen roten Lichtpunkt. Ah, ja. Das war dann wohl die Kamera. Wie bescheuert musste man eigentlich sein, wenn man sich zu nachtschlafender Zeit hier draußen herumtrieb in dem Bestreben, Kühe umzuschubsen und das Ganze auch noch zu filmen? Er hakte die Daumen in den Gürtel und ging gemächlich auf die Frau zu.

Die Nacht war ziemlich hell, denn es war Vollmond, weshalb er deutlich erkennen konnte, dass er es mit einer ziemlich groß gewachsenen Person zu tun hatte, die soeben vor der Kamera in Position ging. Außer dem kleinen roten Punkt war kein Licht zu sehen. Was zum Henker filmte sie da bloß, ohne Scheinwerfer?

Er blieb stehen, um sie zu beobachten.

»Okay«, sagte sie gerade in die Kamera, die auf einem Stativ stand. »Wir warten jetzt noch eine Viertelstunde, und dann suchen wir uns eine schlafende Kuh zum Umschubsen. Hätte nicht gedacht, dass es so schwierig ist, eine schlafende Kuh aufzutreiben! Die Viecher könnten doch zumindest mal ein Nickerchen machen. Aber nein, sie scheinen kein bisschen müde zu sein. So was hab ich ja echt noch nie erlebt.«

Das klang entnervt. Hanks Mundwinkel zuckten.

Eine Weile herrschte Schweigen, dann warf sie einen Blick über die Schulter und fuhr fort: »Die Kuh da hinten hat sich jetzt schon länger nicht mehr bewegt. Ich warte noch ein, zwei Minuten, bis sie eingedöst ist, dann kann's losgehen.« Sie rieb sich die Hände und rückte das Stativ der Kamera zurecht.

Höchste Zeit, einzugreifen, ehe Don Tatums Prophezeiung in Erfüllung ging und sie tatsächlich einen Hufabdruck auf der Stirn abbekam. Hank knipste die Taschenlampe an und leuchtete ihr ins Gesicht.

»Polizei«, schnarrte er. »Keine Bewegung.«

Die Frau erstarrte. Kniff die Augen zu und riss die Hände in die Höhe.

Im Schein der Taschenlampe war zu erkennen, dass sie recht hübsch war, selbst mit zugekniffenen Augen. Sie hatte ultrakurze schwarze Shorts, gestreifte Kniestrümpfe in Neongrün und Pink sowie Springerstiefel an, und ihre Haare waren zu zwei hohen Affenschwänzchen zusammengebunden. Dazu trug sie knallrosa Lippenstift und Glitzer-Augen-Make-up. Sie sah aus, als wäre sie auf dem Weg zu einer Rave-Party.

Was zum Teufel trieb sie hier auf Don Tatums Kuhweide?

»Es ist nicht das, wonach es aussieht, Officer«, sagte sie, sie Hände artig nach oben gestreckt. Ihr knallrosa ärmelloses Top wies auf der Vorderseite einen Riss auf, der zu dem Stück Stoff vom Stacheldrahtzaun passte.

Hank warf einen Blick auf die Kühe, dann musterte er die Frau vor der Kamera. »Also, für mich sieht es ganz danach aus, als wollten Sie hier ein paar Kühe umschubsen.«

Sie öffnete vorsichtig ein Auge und sah ihn an. »Okay, dann ist es doch das, wonach es aussieht.« Jetzt hielt sie sich eine Hand vors Gesicht, um ihre Augen vor dem Licht der Taschenlampe abzuschirmen. »Vielleicht können Sie mir ja verraten, wie man es richtig anstellt?«

»Nein, Ma'am, aber ich kann Ihnen verraten, dass es gegen das Gesetz ist, ein Privatgrundstück zu betreten, und das hier ist eindeutig ein Privatgrundstück.«

Er wartete ab, gespannt auf ihre Antwort. Die meisten Menschen entschuldigten sich in so einer Situation gleich wortreich oder versuchten, sich mit irgendwelchen Ausflüchten herauszureden.

Die Frau vor ihm schnappte nach Luft, dann stieß sie ein triumphierendes »Ha!«, hervor und klatschte begeistert in die Hände. »Heißt das etwa, Sie werden mich verhaften? Warten Sie, ich muss kurz nachsehen, ob ich noch genügend Saft habe.«

»Genügend Saft?«, wiederholte Hank mit gerunzelter Stirn.

Sie drehte sich zu ihrer Kamera um und nahm sie hastig vom Stativ. »Jep«, verkündete sie nach einem prüfenden Blick. »Alles bestens, die Batterie ist noch halb voll. Das sollte reichen. Klasse, dann bin ich auch gleich mit Material für die kommende Woche versorgt.« Sie fummelte noch immer an der Kamera herum. »Was meinen Sie, wirkt es überzeugender, wenn ich bei der Verhaftung Widerstand leiste?«

»Überzeugender? Von einer Verhaftung war nie die Rede. Ich fordere Sie lediglich auf, Mr. Tatums Grund und Boden zu verlassen.«

»Sie wollen mich also nicht verhaften?« Die Frau starrte ihn enttäuscht an.

»Nein.«

»Okay, dann gehe ich nirgendwohin«, erklärte sie aufmüpfig.

Hank seufzte. Mist. War ja klar, dass *er* Nachtschicht hatte, wenn eine Verrückte in der Stadt ihr Unwesen trieb. »Schalten Sie die Kamera aus, damit wir uns unterhalten können.«

»Vergessen Sie's. Ich brauche die Kamera.«

Okay, jetzt fing sie allmählich an, ihn zu nerven. Es konnte wohl nicht schaden, sie ein bisschen einzuschüchtern. »Also, wenn Sie weiterhin Widerstand leisten, dann werde ich Sie leider doch verhaften müssen.« Eine kleine Notlüge hatte noch niemandem geschadet. Nur, weil jemand nicht gleich beim ersten Mal seine Anweisungen befolgte, war das noch lange kein Wider-

stand gegen die Staatsgewalt, aber vielleicht spurte sie
ja, wenn er ihr drohte.

»Na, wer sagt's denn.« Sie steckte die Kamera wieder
auf das Stativ und warf einen letzten, prüfenden Blick
darauf, dann drehte sie sich zu ihm um und streckte
ihm die Arme hin. »Immer her mit den Handschellen,
Süßer!«

Kein Zweifel, sie war total übergeschnappt.

Er hatte ihr keine Handschellen angelegt, zu ihrer
großen Enttäuschung. Sie hatte lautstark protestiert, als
er ihre Kamera ausgeschaltet hatte, sich aber problemlos in den Streifenwagen verfrachten lassen. Und da sie
so darauf erpicht gewesen war, verhaftet zu werden,
hatte er sie mitgenommen aufs Revier, sich ihre Daten
notiert und ihr eine Anzeige wegen Hausfriedensbruch
verpasst.

Normalerweise hätte er sie bloß verwarnt und laufen
lassen, wie das in einer Kleinstadt wie Bluebonnet üblich war. Man tauchte am Tatort auf, jagte dem Unru-
hestifter ein bisschen Angst ein und schickte ihn nach
Hause.

Doch damit hatte sich diese durchgeknallte Person
ja partout nicht zufriedengeben wollen. Sie hatte darauf bestanden, eingesperrt zu werden. Hatte ihm auf
der Fahrt Löcher in den Bauch gefragt, sich genauestens
nach dem Prozedere erkundigt und ihn angebettelt, wenigstens einmal kurz »das Tatütata für sie anzuwerfen«.

Er hatte sich geweigert.

Jetzt saß sie in der einzigen Zelle des Gefängnisses

von Bluebonnet, die ohnehin die meiste Zeit leer stand, und wartete darauf, dass sie abgeholt wurde. Hank quälte sich in der Zwischenzeit mit einem dieser Smart-Formulare herum, in die sie mittlerweile jeden Scheiß eintippen mussten. Wobei die Bezeichnung »smart« irreführend war, denn die Dinger waren reichlich kompliziert zu handhaben. Außerdem zickte sein Computer mal wieder. Diese dämliche Kiste wurde von Mal zu Mal langsamer, und Hank war nicht gerade ein Computergenie. Genau wie seine Kollegen hatte er weder Zeit noch Lust, sich mit diesen Blechtrotteln auseinanderzusetzen.

Er betrachtete das Fahndungsfoto der Frau. Sie hatte dafür posiert, hatte regelrecht mit der Kamera geflirtet, mit dem Schild in der Hand. Und sie hatte ihn doch tatsächlich gebeten, mehrere Aufnahmen zu machen, damit sie sich das beste Bild aussuchen konnte!

Selbstverständlich hatte er ihr auch diesen Wunsch abgeschlagen.

Sie war total aus dem Häuschen gewesen, als er ihre Fingerabdrücke genommen hatte, und sie hatte sich gefreut wie ein kleines Kind, als er sie anschließend in die Zelle gebracht hatte.

Das Mädel war echt nicht ganz sauber.

Der Upload ihres Fahndungsfotos und ihrer Fingerabdrücke dauerte auf seinem unglaublich langsamen Computer eine halbe Ewigkeit. Als das geschafft war, holte sich Hank eine Tasse Kaffee und kehrte damit an den Schreibtisch zurück. Hinten auf dem T-Shirt dieser Verrückten war die Internetadresse www.dielegendaerejane.com aufgedruckt gewesen, das hatte ihn natürlich neugierig gemacht.

»Wollen doch mal sehen, was sich dahinter verbirgt.« Er tippte die Adresse ein und sah sich sogleich mit einer Vielzahl blinkender Logos und Werbebanner konfrontiert. In der Mitte der Webseite prangte der Schriftzug DIE LEGENDÄRE JANE – ICH MACHE MICH ZUM AFFEN, DAMIT IHR ES NICHT TUN MÜSST. Dann startete ohne sein Zutun ein Video.

Hm. »Die legendäre Jane« war also ein Blog, genauer gesagt, der Video-Blog dieser Geistesgestörten. In dem Video trug sie dasselbe alberne Outfit wie jetzt und war auch genauso geschminkt und frisiert. Schien eine Art Kostümierung zu sein.

»Diese Woche durchstreifen wir die Wälder des östlichen Texas auf der Suche nach dem weltberühmten Bigfoot. Es gibt hier eine Farm, auf der diese Kreatur schon mehrfach gesichtet wurde. Es heißt, Bigfoot kommt des Öfteren hier vorbei, um Hühnereier zu stibitzen. Dieser Versuchung konnte ich natürlich nicht widerstehen, also habe ich mal angefragt, und die Besitzer der Farm haben sich freundlicherweise bereit erklärt, unser Kamerateam zu empfangen. Ich schlage vor, wir sagen gleich mal Hallo.«

Bigfoot?!? Was zum Henker …?

Hank stoppte das Video und klickte auf den Beitrag der Vorwoche, in dem es um eine Plantage in Louisiana ging, auf der es angeblich spukte. Er scrollte nach unten. Eines der älteren Videos handelte von einer Teufelsjagd in Jersey. In einem weiteren waren Jane und eine

Freundin dabei zu sehen, wie sie hysterisch gackernd knisterndes Brausepulver verdrückten und dazu Unmengen Limo in sich hineinkippten.

Okay, damit stand wohl endgültig fest, dass bei dieser Frau eine Schraube locker war. Und jetzt hatte sie Don Tatums Kühe belästigt, weil sie frisches Filmmaterial für ihren Blog benötigte? Kopfschüttelnd machte er sich wieder an die Arbeit. Er warf einen Blick auf ihren Führerschein, ausgestellt auf den Namen Luanne Allard.

Sieh an. Die legendäre Jane hieß im echten Leben also Luanne.

Im Morgengrauen, kurz bevor die Kollegen eintrafen, die ihn ablösten, fuhr Emily Allard-Smith vor der Polizeidienststelle von Bluebonnet vor. Sie trug einen Jogginganzug und hatte sich das dunkelblonde Haar zu einem Pferdeschwanz zusammengebunden. Normalerweise war sie ziemlich aufgebrezelt, doch diesmal war sie ausnahmsweise ungeschminkt, was Hank ein wenig wunderte.

Natürlich kannte er Emily. Die ganze Stadt kannte sie. Sie hatte vor einer Weile das sogenannte Peppermint House gekauft, eine riesige Bruchbude, die sie zu einer Frühstückspension umbauen wollte. Und da sie überzeugt war, dass es in dem alten Gebäude spukte, rief sie die Polizei, wann immer dort auch nur eine Bodendiele knarzte. Seine Kollegen waren der Ansicht, der lieben Emily fehle ganz einfach ein Mann im Haus.

Hank dagegen fragte sich gerade, ob womöglich ihre durchgeknallte Schwester dahintersteckte.

»Guten Morgen, Officer Sharp. Ich komme, um meine Schwester Luanne abzuholen.«

Emily schnitt eine Grimasse, als wäre ihr die Angelegenheit peinlich.

Er musterte sie nachdenklich. »Ich weiß ja nicht, ob es Ihnen schon aufgefallen ist, aber Ihre Schwester ist verrückt.«

»Also, hören Sie mal! Das ist sie nicht!«

»Sind Sie da ganz sicher?«

Emily seufzte und deponierte eine Tupperdose mit Muffins vor ihm auf den Tresen.

Das war der andere Grund, warum Hank und seine Kollegen so oft im Peppermint House vorbeischauten: Emily konnte verdammt gut backen und kochen, und großzügig war sie obendrein. »Ich hab ein paar Blaubeermuffins mitgebracht. War Luanne sehr lästig?«

»Ging so. Sind Sie beide in einer Großstadt aufgewachsen?«

Emily nickte. »Ja, warum?«

»Weil Ihre Schwester glaubt, man könnte Kühe umschubsen.«

»Ach, Quatsch.« Emily ballte eine Hand zur Faust. »Sie weiß sehr wohl, dass das unmöglich ist.«

»Sie hat es aber versucht.«

»Aber doch bestimmt nur für diesen dämlichen Blog. Sie ist überzeugt, dass ...« Sie verstummte abrupt und schüttelte den Kopf. »Wie auch immer. Ich bin hier, um die Kaution für sie zu hinterlegen.«

»Das ist nicht nötig. Sie hat bloß eine Verwarnung erhalten.« Emily hob eine Augenbraue, und er zuckte die

Achseln. »Aber sie wollte unbedingt eine Nacht hinter Gittern verbringen, also habe ich ihr den Gefallen getan und sie eingesperrt.«

Von wegen »nicht verrückt«. An dem Sprichwort *Liebe macht blind* musste wohl etwas dran sein, wenn Emily Allard-Smith nicht wahrhaben wollte, dass ihre Schwester nicht mehr alle Tassen im Schrank hatte.

Luanne trommelte mit den Fingern auf die kalte Metallpritsche, auf der sie saß.

Okay, so eine Nacht im Gefängnis war weitaus weniger spannend, als sie angenommen hatte. Nicht, dass sie große Erwartungen in dieser Richtung gehegt hatte. Aber es wäre den Aufwand wert gewesen, wenn zumindest ein bisschen brauchbares Filmmaterial für ihren Blog dabei rausgekommen wäre. Aus einer Nacht im Knast hätte sie mit etwas Glück eine kleine Videoserie machen können, die ihr genügend Stoff für die nächsten zwei, drei Wochen geliefert hätte.

Leider hatte Hank Sharp, der gut gebaute Gesetzeshüter, ihre Kamera konfisziert und sich standhaft geweigert zu kooperieren. Spielverderber.

Im Grunde konnte sie ihm deswegen keinen Vorwurf machen. Sie hatte sich ja wirklich auf fremdem Grund und Boden befunden, und außerdem hatte sie ziemlich viel Quark gelabert. Tja, sobald die Kamera lief, dachte sie eben nur noch an ihren Blog.

Dass man Kühe nicht umschubsen konnte, war ihr natürlich sonnenklar, aber das wussten ihre Zuseher nicht, und deshalb war das Thema Kuhschubsen ideal für ihren Blog. Und nur darum ging es. Solange sich die Leute über ihre idiotischen Unternehmungen amüsierten, besuchten sie ihre Webseite, und für jeden Besuch auf ihrer Webseite wanderte Geld auf ihr Konto.

Luanne sprang auf, als ein Schlüssel im Schloss umgedreht wurde und der propere Polizist ihre Zelle betrat. Er war so groß, dass er nur in geduckter Haltung durch die Tür passte.

So etwas fiel ihr immer gleich auf. Schließlich war sie selbst sogar in flachen Schuhen über eins achtzig groß, was die Auswahl an in Frage kommenden Verehrern leider ziemlich einschränkte. Wenn ihr daher ein Mann über den Weg lief, der sie überragte, dann sprach sich das blitzschnell bis zu ihren Eierstöcken herum.

Und selbige schlugen quasi Saltos vor Begeisterung in der Gegenwart von Officer Hank Sharp.

Dabei war er rein optisch nicht unbedingt der attraktivste Mann, der ihr je begegnet war. Wenn sie ihn so ansah, wäre ihr jedenfalls nicht gleich der Ausdruck »edle Gesichtszüge« in den Sinn gekommen, und gelächelt hatte er in ihrer Gegenwart bislang auch noch nicht. Aber er war unglaublich groß und hatte tolle breite Schultern, und dazu einen Hintern, der in der Uniform hervorragend zur Geltung kam.

Und deshalb fand sie ihn dann doch ziemlich heiß.

Er bedachte sie mit einem missbilligenden Blick, als er eintrat, gefolgt von ihrer Schwester Emily. Luanne tat, als würde sie ihre verdrossene Miene nicht bemerken. Sie setzte ein breites Lächeln auf und rief: »Hey, Em! Danke, dass du die Kaution für mich hinterlegt hast.«

»Das war nicht nötig.« Der schnuckelige Polizist reichte ihr einen Zettel. »Sie erhalten lediglich eine Verwarnung. Halten Sie sich künftig von fremdem Eigentum fern, Miss Allard. Ich möchte Sie hier nie wiedersehen.«

»Geht klar, Officer«, flötete sie zuckersüß. »Haben Sie zufällig meine Kamera dabei?« Vielleicht gestattete er wenigstens, dass Emily filmte, wie sie den Knast verließ. Das konnte sie dann immer noch mit ein paar geschickt inszenierten Clips zusammenschneiden.

»Die händige ich Ihnen nachher am Ausgang aus.«

Luanne seufzte. Mist. Wieder nichts.

Fünf Minuten später hatten sie die Dienststelle verlassen und befanden sich auf dem Weg zu Emilys Haus. Luanne hielt den Zettel mit der Verwarnung in der einen Hand und ihre Kamera in der anderen. »Mein Pick-up steht noch an der Straße zu dieser Farm.«

»Ich habe Officer Sharp den Ersatzschlüssel gegeben. Er wird den Wagen nachher holen. Ich schätze mal, er wollte verhindern, dass du dich noch mal in die Nähe von Don Tatums Farm begibst.«

»Ah ja. Er sieht ja auch sehr vertrauenswürdig aus. Wie ein großer Golden Retriever«, meinte Luanne sarkastisch. »Trotzdem hättest du mich zumindest fragen können, ehe du ihm einfach meinen Autoschlüssel gibst.«

»So macht man das hier eben.« Emily zuckte die Achseln, schaltete den Blinker ein und bog in die Einfahrt zu ihrem Haus ein. »Das Leben in einer Kleinstadt ist manchmal ein bisschen gewöhnungsbedürftig, das ist mir schon klar.«

›*Ein bisschen gewöhnungsbedürftig*‹ *ist die Untertrei-bung des Jahrhunderts,* dachte Luanne. Aber sie wurde ja nicht nach ihrer Meinung gefragt.

Sie betrachtete die rot-weiß gestrichene Monstrosi-tät, die ihre Schwester vor einer Weile erworben hatte. Das sogenannte Peppermint House, eine Mini-Villa im viktorianischen Stil, war das älteste Gebäude in Blue-bonnet, und leider auch mit Abstand das hässlichste. Es verfügte über acht Schlafzimmer und sah aus wie eine überdimensionale Zuckerstange, seit irgendein Irrer auf die beknackte Idee gekommen war, die Fensterläden weiß und den Rest knallrot anzumalen.

Doch Emily liebte diese verdammte Bruchbude und war wild entschlossen, hier irgendwann ein B&B zu be-treiben, obwohl sie über keinerlei Erfahrungen in dieser Branche verfügte. Sie hatte auch noch nie eine vikto-rianische Villa renoviert. Trotzdem hatte sie sich vol-ler Elan in die Umbauarbeiten gestürzt. Im Alleingang. Nun, Luanne mischte sich prinzipiell nie in die Ange-legenheiten ihrer Schwester ein. Emily würde garan-tiert nicht sonderlich begeistert auf Kritik oder Zweifel an ihren Plänen reagieren, also hielt Luanne lieber den Mund.

Sie stiegen aus dem Wagen, und Luanne spähte an der Fassade empor. Eines der Fenster stand offen, eine mit Spitzen versehene Gardine flatterte im Wind. »Du soll-test mich unbedingt ein Feature über dieses Haus ma-chen lassen, Em. Hotels, in denen es spukt, sind gerade der letzte Schrei. Ich könnte ein paar unheimliche Ge-räusche einbauen, damit der Beitrag glaubwürdig wirkt.

Du wirst sehen, man wird dir im Nu die Bude einrennen.«

»Vergiss es, Luanne«, sagte Emily mit fester Stimme und erklomm die Stufen zur Veranda. »Ich will mit deinem Blog nichts zu tun haben. Und ich will normale Gäste, keine Ghostbusters. Außerdem werden die Renovierungsarbeiten noch eine ganze Weile dauern.«

Damit öffnete sie die Tür und trat ein. Sie hatte nicht abgeschlossen. Auch das war etwas, woran sich Luanne erst noch gewöhnen musste: dass man in einer Kleinstadt ungehindert in jedes Haus hineinspazieren konnte.

»Nun stell dich doch nicht so an.«

Luanne deponierte die Kamera auf dem Tischchen im Foyer und ging in die Küche, um sich etwas zu trinken zu holen. Sie hatte riesigen Durst. Officer Sharp hatte ihr nämlich nichts zu trinken angeboten. Irgendwie hatte sie den Eindruck, dass er sie nicht ausstehen konnte. Schade. »Du könntest das Geld gut gebrauchen.«

»Noch habe ich Geld«, widersprach Emily. »Und dein Blog zieht bloß allerlei Spinner an. Bluebonnet ist eine Kleinstadt, und genau deshalb fühle ich mich hier so wohl. An deinen spleenigen Geschäftsideen hat hier niemand Interesse.« Sie musterte Luanne streng. »Niemand außer dir.«

»Meine spleenigen Geschäftsideen lassen die Haushaltskasse klingeln, Em.« Luanne nahm eine Flasche Dr. Pepper aus dem Kühlschrank und setzte sich damit auf einen Barhocker. »Letzten Monat kam doppelt so viel Zaster rein wie sonst. Ich hatte so viele Klicks wie noch nie. Gibt's noch Muffins?«

Emily schob sich sogleich eifrig an ihr vorbei, holte eine Plastiktüte mit Muffins aus dem Kühlschrank und hielt sie Luanne hin. »Ja, aber dafür hattest du auch so viele Stalker wie noch nie. Genau deshalb bist du doch nach Bluebonnet gezogen, oder? Weil dir jemand aufgelauert hat und nach Hause gefolgt ist.«

Luanne zuckte die Achseln, entnahm der Tüte einen Muffin und konzentrierte sich ganz darauf, das Papier abzupulen. Dem Blick ihrer Schwester wich sie wohlweislich aus. »Na ja, die Männer stehen eben auf Jane.«

»Ja, weil du aussiehst wie eine lebende Barbiepuppe, wenn du deine dämlichen Videos drehst«, echauffierte sich Emily. »Such dir endlich einen richtigen Job, Luanne.«

»Wie denn? Du weißt so gut wie ich, dass ich bei meiner beschissenen Bonität im Moment keine Stelle als Investmentbankerin bekomme.« Sie biss in den Muffin. »Jane ist im Augenblick alles, was ich habe. In einem Monat habe ich die letzte Kreditkartenrechnung abbezahlt. An meiner Bonität wird das zwar so bald nichts ändern, aber ich schätze mal, das ist egal, wenn ich erst genug Geld auf dem Konto habe. Und dann kann ich wieder von vorne anfangen, mir mit einer normalen Arbeit etwas Neues aufbauen. Aber bis dahin macht die legendäre Jane weiter.«

Emily schüttelte seufzend den Kopf und genehmigte sich ebenfalls einen Muffin. »Ich habe bloß Angst, dass du dich total in diese Sache verrennst und da nie wieder rauskommst, Luanne.«

»Unsinn. Ich habe alles unter Kontrolle. Keine Sorge,

ich werde deswegen schon nicht im Knast enden ...«, witzelte sie.

Emily knüllte das Papierförmchen ihres Muffins zusammen und warf es ihr an den Kopf. »Du bist unmöglich!«

## Kapitel 2

Luanne fuhr mit dem Finger an einem Regal der örtlichen Eisenwarenhandlung entlang und gähnte. Hm. Dieser Tante-Emma-Laden hier hatte nicht, was sie für ihr nächstes Video benötigte. Aber wenn sie schon mal hier war, konnte sie gleich mal abchecken, ob sich sonst etwas Brauchbares fand. Sie betrachtete ihre staubige Fingerspitze und schauderte. Putzzeug wurde hier ganz offensichtlich nicht oft verkauft.

Dieses Wochenende stand ihr nächstes Husarenstück auf dem Programm. Ja, sie hatte noch das vermasselte Video vom Kuhschubsen und ihrer Verhaftung in der Hinterhand, aber es schadete nicht, wenn sie ein paar Clips auf Vorrat drehte.

Außerdem war Arbeiten das ideale Mittel gegen Langeweile. Sie war erst vor etwas mehr als einer Woche nach Bluebonnet gezogen und kannte hier noch niemanden außer Emily. Und ihre Freundinnen zu Hause hatten alle normale Bürojobs und konnten tagsüber nicht stundenlang telefonieren oder chatten. Als Nächstes plante sie einen Beitrag über Kornkreise. Sie war auf die Idee gekommen, nachdem sie neulich auf dem Weg nach Bluebonnet an einem langen, flachen Getreidefeld vorbeigefahren war. Angeblich benötigte man für einen Kornkreis lediglich ein Seil, das an einem Holzpflock befestigt wurde, und dann lief man mit dem gespannten Seil in der Hand im Kreis und drückte dabei die Getreidehalme platt. Luanne hatte sich einige Anleitungsvideos angesehen und war zu dem Schluss gekommen, dass das nicht allzu schwer zu bewerkstelligen sein müsste. Und selbst wenn es nicht klappte, konnte sie den Clip ins Internet stellen, denn ihr Publikum amüsierte sich erfahrungsgemäß auch dann, wenn ihre Unternehmungen scheiterten.

Das Seil klemmte bereits unter ihrem Arm. Sie schnappte sich noch zwei Rollen Klebeband – davon konnte man nie genug haben – und begab sich damit zur Kasse. Es war nur ein Kunde vor ihr, aber es dauerte eine Ewigkeit, bis Merle, der greisenhafte Ladenbesitzer, die Preise in die Registrierkasse getippt hatte, und dann entspann sich auch noch eine Diskussion darüber, ob der Kunde seine Schraubenmuttern womöglich in einer anderen Größe benötigte. Luanne unterdrückte ein Lachen und blickte durchs Fenster auf die Straße hinaus.

Der Ortskern von Bluebonnet wirkte zugegebenermaßen pittoresk. Die Ladenzeilen zu beiden Seiten der Main Street waren für ein Mädchen aus der Großstadt zwar mehr als überschaubar, doch dafür waren die adretten Häuschen äußerst hübsch anzusehen. Luannes Blick wanderte hinüber zum Mexikaner, dem einzigen Restaurant in der Stadt. Daneben gab es hier unter anderem einen Coffeeshop, einen Schönheitssalon und einen Antiquitätenladen, der an einen aus dem Rahmen geratenen Garagenflohmarkt erinnerte. Eine kleine Grünanlage mit einem schmucken Pavillon bildete das Stadtzentrum. Das Peppermint House befand sich nur zwei Straßen weiter und war bequem zu Fuß zu erreichen. Doch so günstig gelegen die Einkaufsmöglichkeiten in der Main Street auch waren, Luanne bekam hier nicht das, was sie benötigte, also würde sie sich wohl oder übel Emilys Auto borgen und in die Stadt fahren müssen. Ihr eigener Wagen befand sich nämlich noch in Polizeigewahrsam.

Apropos Polizei … Mit schmalen Augen spähte sie zu dem Gebäude hinüber, in dem neben dem Rathaus auch die Stadtbücherei, die Post und das Polizeirevier untergebracht waren. Bestimmt brüstete sich dieser vermaledeite Hank Sharp gerade damit, dass er die legendäre Jane verhaftet hatte. Blieb nur zu hoffen, dass ihr der Bursche nicht allzu bald wieder über den Weg lief. Wobei sein Hintern ja echt nicht zu verachten war. Den hätte Luanne durchaus ganz gern wiedergesehen. Es wäre direkt eine Verschwendung, diesen Prachthintern nicht mal genauer unter die Lupe zu nehmen – solange sie nicht mit seinem Besitzer reden musste.

Endlich hatte der Kunde vor ihr bezahlt, und Luanne legte lächelnd ihr Seil und die beiden Rollen Klebeband auf den Tresen. »Guten Morgen.«

Merle schenkte ihr ein zahnloses Grinsen. »Ihnen auch 'n wunderschönen guten Morgen. Haben Sie gefunden, was Sie gesucht haben?«

Wow, was für eine überschwängliche Begrüßung. Luanne erwiderte das Grinsen und fischte einen Computerausdruck aus ihrer Handtasche. »Nein, das nicht, aber ich habe da zwei Fragen an Sie.«

Der Greis hob die Augenbrauen. »Ich helfe gern, wenn ich kann.«

Er war wirklich die Freundlichkeit in Person. Luanne hielt ihm lächelnd den Ausdruck unter die Nase. »Haben Sie dieses Tier schon mal hier gesehen?«

Merle betrachtete das Bild mit gerunzelter Stirn. »Das ist ja n hässlicher Hund.«

»Es ist ein Chupacabra«, sagte Luanne. »Ich habe neulich mit einem Farmer aus der Gegend gesprochen, und er meinte, er hätte vom Highway aus einen gesehen. Haben Sie zufällig auch schon mal einen Chupacabra zu Gesicht bekommen?«

»Ein Tschuppawas?«

»Ein Chupacabra.« Sie tätschelte seine Hand. »Sie können den Ausdruck behalten. Ich bin bereit, jedem, der dieses Tier gesehen hat, zweihundert Dollar zu bezahlen.«

Der alte Mann riss die Augen auf. »Soll ich den Zettel hier neben der Kasse aufhängen?«

»Das wäre toll«, sagte sie honigsüß.

Er befestigte den Ausdruck umständlich mit einem Streifen Tesa an der Wand. Als er fertig war, strahlte Luanne ihn an. »Also, eigentlich bin ich auf der Suche nach einem Bohrer und einem Holzpfosten. Etwa sieben Zentimeter dick und einen Meter sechzig lang.«

»Das ist eine Eisenwarenhandlung.«

»Ja, ich weiß. Aber manche Eisenwarenhandlungen verkaufen auch Holz. Sie nicht?«

Er kratzte sich am Kopf und überlegte. »Ich kann ja mal im Lager nachsehen«, sagte er und setzte sich in Zeitlupe in Bewegung.

Hm, das konnte dauern, und der Vormittag war schon halb rum. »Lassen Sie nur. Ich gehe woandershin.«

Merle winkte ab. »Nein, nein, kein Problem. Ich seh gern für Sie nach.«

»Das ist nicht nötig, wirklich«, beteuerte sie und verdrehte die Augen, als er dennoch im Schneckentempo in die hinterste Ecke des Ladens schlurfte und zwischen den staubigen Regalen verschwand.

Herrje, wenn das so weiterging, stand sie zu Ladenschluss immer noch hier. Luanne seufzte, dann setzte sie sich kurzerhand auf den Tresen. Und wie sie so dort saß und aus dem Fenster guckte und mit den Füßen schlenkerte, ging draußen doch glatt Hank Sharp, der Polizist mit dem knackigen Po, vorbei.

Sie erstarrte. *Komm bloß nicht hier rein. Komm bloß nicht hier rein. Komm bloß nicht …*

Mist.

Er wurde langsamer, spähte mit zusammengekniffenen Augen durch die schmutzige Scheibe.

Dann machte er kehrt und ging schnurstracks auf die Tür der Eisenwarenhandlung zu.

Na, toll. Luanne straffte die Schultern und setzte ein laszives Lächeln auf. Angriff war bekanntlich die beste Verteidigung.

Vielleicht suchte er ja gleich wieder das Weite, wenn sie ihn anmachte. Etwas Besseres fiel ihr auf die Schnelle nicht ein.

Auch diesmal musste er den Kopf einziehen, als er eintrat, eine ganz simple Bewegung, die unwiderstehlich sexy auf Luanne wirkte. Wohl, weil sie selbst so riesengroß war. Wenn sie mit diesem Mann ausginge, müsste sie keine Ballerinas tragen, und sie müsste sich nicht kleiner machen, wenn man sie miteinander fotografierte. Neben diesem Mann könnte sie einfach sie selbst sein. Ein unglaublich reizvoller Gedanke für eine Frau von ihrer Statur.

»Na, wenn das nicht der heißeste Cop von Bluebonnet ist«, schnurrte sie lächelnd, und es war kein bisschen gespielt.

Er blieb wie angewurzelt stehen und warf einen Blick über die Schulter.

»Sie sind gemeint, Inspector Sharp.«

Ihr war, als würde er erröten, wenngleich sie wegen seiner großen, verspiegelten Sonnenbrille nicht ganz sicher war. »Officer Sharp«, verbesserte er sie.

»Ach, richtig. Und, wie geht's, wie *steht's*?« Sie zwinkerte ihm zu.

O ja, jetzt lief er unverkennbar rot an.

Er trat zu ihr und zog ihren Autoschlüssel aus der Tasche. »Hier. Ihr Wagen steht drüben vor der Wache.«

»Danke, sehr liebenswürdig.« Luanne schwang die Beine hin und her. »Und, was machen die Kühe?«

»Die Kühe?«

»Ja, die Kühe. Ich hoffe, sie sind nach meinem Besuch nicht traumatisiert.«

Ein Lächeln, das ihn gleich bedeutend anziehender wirken ließ, huschte über sein breites Gesicht. »Nein, die sind so weit wohlauf.« Er betrachtete sie von Kopf bis Fuß. »Heute zur Abwechslung in Zivil?«

Luanne trug Jeans und ein weißes T-Shirt.

»Jep. Heute müssen Sie mit der langweiligen Luanne Vorlieb nehmen. Klein Jane kommt nur zum Spielen raus, wenn die Kamera läuft.«

Er lehnte sich neben ihr an den Tresen und verschränkte die Arme vor der Brust. »Also, als langweilig würde ich Sie nun nicht bezeichnen, Miss Allard.«

Sieh an, er erinnerte sich an ihren Nachnamen, und er fand sie nicht langweilig. Es hatte fast den Anschein, als würde er mit ihr flirten! Süß.

Luanne legte den Kopf schief und betrachtete ihr Spiegelbild in seiner Brille. »Das ist nett von Ihnen. Aber ich wette, das sagen Sie zu allen geistesgestörten Gesetzesbrecherinnen.«

»Nur zu den gut aussehenden.« Jetzt schenkte er ihr ein richtiges Lächeln. Mit Zähnen und allem Drum und Dran.

Der Bursche schmeichelte ihrem Ego. »Sagen Sie, Officer, wo bekommen Gesetzesbrecherinnen wie ich denn hier einen Drink?« Sie war kurz davor, affektiert mit den Wimpern zu klimpern.

»Es gibt hier nur ein Lokal, das Alkohol ausschenkt. Mögen Sie Tex-Mex?«

Damit war wohl der Mexikaner drüben auf der anderen Straßenseite gemeint. »Sie haben nicht zufällig Lust, mal ein Corona mit mir zu kippen?«, sagte Luanne, obwohl sie bislang nicht in Erwägung gezogen hatte, einen Fuß in den Laden zu setzen.

Sein Lächeln wurde breiter. »Ich …« Er verstummte.

»Was haben Sie denn?«

Er griff nach dem Computerausdruck, den Merle vorhin an die Wand geklebt hatte. »Was ist das?« Sein Grinsen war wie weggewischt.

»Ach das«, sagte sie leichthin. »Da ist offenbar jemand auf der Suche nach …« Sie beugte sich zu ihm rüber und tat, als würde sie den Text auf dem Zettel studieren. »… einem Chupacabra.«

Officer Sharp stierte mit schmalen Lippen auf den Ausdruck. Dann sah er sie an. »Wenn ich die Nummer hier unten wähle, klingelt dann Ihr Handy?«

Luanne schwang die Beine hin und her. »Schon möglich.«

In diesem Augenblick tauchte Merle zwischen den Regalen auf. Er schwenkte einen Besenstiel. »Ist zwar kein Pflock, aber vielleicht geht der ja auch?«

»Nein, das glaube ich kaum«, beeilte sie sich zu sagen. »Aber egal, ich fahre zum Baumarkt in die Stadt.«

»Sind Sie sicher?«, fragte Merle. Er beäugte den Besenstiel und streckte ihn ihr hin. »Ich würde Ihnen gern den Weg in die Stadt ersparen.«

»Kein Problem«, versicherte sie ihm und sprang vom Tresen.

»Na, dann kassier ich mal den Rest.«

Es dauerte, bis Merle zur Kasse geschlurft war. Luanne linste vorsichtig zu Officer Sharp hinüber, der noch immer die Arme vor der Brust verschränkt hatte. Den Zettel mit dem Chupacabra-Bild hatte er offenbar vergessen.

»Wofür brauchen Sie denn den ganzen Kram?«, wollte er wissen.

Mist. »Ach, bloß für … ein Projekt«, räumte sie widerstrebend ein.

»Ein Jane-Projekt?«

Luanne trat von einem Fuß auf den anderen, während Merle den Preis für das Isolierband und das Seil in die Registrierkasse tippte. »Äh, ja.«

»Kann es sein, dass es dabei irgendwie um Kornkreise geht?«

»Kann sein, kann aber auch nicht sein.«

»Luanne«, sagte er warnend.

Hm. Eben war sie noch Miss Allard und Jane gewesen, jetzt nannte er sie Luanne, noch dazu in diesem missbilligenden Tonfall von gestern Nacht. Officer Knackpo hatte sich wieder in einen Spielverderber verwandelt.

»Nun regen Sie sich schon ab, da ist doch nichts dabei. Wenn überhaupt, dann ziehe ich meine Kreise außerhalb Ihres Zuständigkeitsbereiches, keine Sorge.«

Merle nannte ihr die Summe, und sie zog ein Bündel Geldscheine aus der Hosentasche, bezahlte und griff nach ihren Neuerwerbungen. Der Polizist beobachtete sie schweigend und folgte ihr nach draußen.

Mist. Sie blieb auf dem Bürgersteig vor dem Laden stehen und spähte hinüber zum Revier. Tatsächlich, dort stand ihr Auto. Und was nun? Sollte sie einfach hingehen und losfahren? Es war allerdings nicht auszuschließen, dass er ihr folgen würde. Sie konnte natürlich auch erst einmal zu Fuß zum Peppermint House zurückkehren. Aber das wäre total albern.

Ein Schatten fiel über sie, als Hank Sharp zu ihr trat. Luanne blickte zu ihm hoch. Dass sie zu einem Mann hochsehen musste, war etwas völlig Neues für sie. »Gibt's irgendein Problem, Officer? Ist der käufliche Erwerb von Klebeband und Seil jetzt etwa verboten?«

Er presste die Lippen zusammen, dann sagte er streng: »Es gefällt mir nicht, was Sie hier treiben. Bluebonnet ist eine friedliche Kleinstadt, und wir können hier auf Leute verzichten, die Kühe umschubsen, Kornkreise fabrizieren oder Gerüchte über den Chupacabra streuen. Sie legen es darauf an, Unruhe zu stiften, einfach nur zum Spaß, und das kann ich nicht tolerieren.«

»Wie, Sie halten mir ernsthaft eine Strafpredigt, nur, weil ich neulich in meiner Funktion als Jane ein bisschen Unsinn gemacht habe? Also, das finde ich unfair, zumal Sie mich so eiskalt haben abblitzen lassen, als ich Sie eben gefragt habe, ob Sie mit mir ausgehen.« Okay, damit hatte sie jetzt ein bisschen die Wahrheit verdreht, aber sie war enttäuscht, weil ihr kleiner Flirt ein so jähes und unerfreuliches Ende gefunden hatte.

Seine vollen Lippen öffneten sich, nur ein, zwei Millimeter weit. »Wann, bitteschön, haben Sie mich gefragt, ob ich mit Ihnen ausgehe?«

Luanne verdrehte die Augen. »Hallo? Ich habe mich erkundigt, wo man hier einen Drink bekommt. Das ist doch ein klassischer Anmachspruch.«

Sie hätte schwören können, dass sich seine Ohren zartrot verfärbten.

»Schon gut, ich bin ein großes Mädchen – und das meine ich nicht als Anspielung auf meine Gardemaße«, fuhr sie fort. »Was ich damit sagen will: Sie können mir auch einfach so eine Abfuhr erteilen, ganz ohne Strafpredigt. Ich werd's mit Fassung tragen, versprochen.«

Er nahm die Sonnenbrille ab, und da fiel ihr zum ersten Mal auf, wie grün seine Augen waren. Faszinierend. Wieder huschte ein Lächeln über sein Gesicht, und Luannes Herz schlug unwillkürlich schneller. »Ich hatte nicht vor, Ihnen eine Abfuhr zu erteilen, Miss Allard. Wann soll ich Sie abholen?«

## Kapitel 3

Aus unerfindlichen Gründen war Luanne nervös. Sie strich das schwarze Kleid glatt und betrachtete sich im Spiegel. Nein. Darin war sie eindeutig overdressed. Seufzend zog sie es wieder aus und warf es zu den dreizehn anderen Outfits auf ihrem Bett. Es war doch bloß ein Date, noch dazu nicht einmal ein richtiges. Im Grunde war es lediglich ein Abendessen mit einem freundlichen Unbekannten, der zufälligerweise ein Mann war, mehr nicht.

Trotzdem musste sie immer wieder an die wohlwollenden Blicke denken, mit denen er sie betrachtet hatte. Und zwar, als sie Luanne gewesen war und nicht die durchgeknallte Jane. Und deshalb wollte sie es nicht vermasseln. Weiß der Geier, warum. Also zog sie sich noch einmal um. Sie griff sich ihre Lieblingsjeans, in der ihr Hintern zum Anbeißen aussah, und schlüpfte in ein ärmelloses seidiges Top mit Wasserfallausschnitt, in dem ihr Dekolleté – auf das sie ziemlich stolz war – gut zur Geltung kam. Na, also. Viel besser. Dieses Outfit signalisierte Interesse, aber nicht so deutlich wie das Kleid. Jeans waren in diesem Fall einfach perfekt.

So, nun fehlten nur noch ihre superschicken knallroten Pumps mit den zehn Zentimeter hohen Stilettostöckeln. Ah, da waren sie ja, in der untersten, hintersten Ecke ihres Kleiderschranks. Luanne liebte diese Schuhe. Leider hatte sie sie bislang kaum getragen, weil sie damit nicht nur ihre Freundinnen, sondern meist auch die Männer, mit denen sie ausging, haushoch überragte und sich vorkam wie eine Fahnenstange.

Doch heute hatte sie ein Date mit einem Kerl, der gute fünfzehn Zentimeter größer war als sie, und deshalb konnte sie ihre Stilettos tragen. Diese Chance durfte sie sich nicht entgehen lassen.

Mit diesem Gedanken im Hinterkopf ging sie ins Bad, um ihr Make-up aufzufrischen.

Als es klingelte, zuckte sie so heftig zusammen, dass sie sich beinahe das Mascarabürstchen ins Auge gebohrt hätte. Na toll, jetzt hatte sie einen fetten schwarzen Strich am Augenlid.

»Ich geh schon«, rief Emily von unten, während Luanne hastig versuchte, den Schaden zu beheben. Hank kannte sie bereits in ihrem Jane-Outfit, doch heute Abend wollte sie bei ihm keinerlei Assoziationen in dieser Richtung wecken, deshalb beschränkte sie sich auf Eyeliner, Mascara und einen Hauch Lippenstift in einem dezenten Nude-Ton. Die Haare trug sie offen, sodass sie in sanften, natürlichen Wellen ihr Gesicht umrahmten, womit sie sich auch frisurentechnisch völlig von Jane unterschied.

Blieb nur zu hoffen, dass er nicht enttäuscht sein würde. Es kam ihr so vor, als hätten sich alle Männer, mit denen sie in Laufe des vergangenen Jahres ausgegangen war, bloß für ihr schrilles Alter Ego interessiert.

Doch als sie in ihren engen Jeans und den roten Stöckelschuhen die Treppe runterkam, wusste sie, dass sie sich richtig entschieden hatte. Officer Knackpo plauderte gerade mit Emily, wobei er vergeblich versuchte, sich kleiner zu machen, als er war. Emily, die Glückliche, kam nämlich im Gegensatz zu Luanne nicht nach ihrem Vater und war gerade mal einen Meter sechzig groß. Die Treppe gab ein Knarzen von sich, und Hank hob den Kopf. Als er Luanne erblickte, breitete sich ein ganz langsam ein Lächeln auf seinem Gesicht aus. Er schien recht angetan zu sein.

Von ihr. Nicht von Jane.

Luanne erwiderte das Lächeln. Der Abend fing gut an.

Sie gingen zu Fuß, da sich der Mexikaner nur ein paar Straßen weiter befand und die Temperaturen überraschenderweise angenehm kühl waren für einen Juniabend. Unterwegs unterhielten sie sich gestelzt über das Wetter, aber das Gespräch verlief schleppend und versiegte irgendwann ganz. Die letzten Meter zum Restaurant legten sie schweigend zurück.

*Hübsch sieht sie heute Abend aus*, dachte Hank. Nein, mehr als das. Atemberaubend. Das hellbraune Haar fiel ihr locker auf die Schultern, und von dem grässlichen Glitzer-Make-up keine Spur. Sie hatte ein schönes Gesicht, und ihre Beine wirkten schier endlos in diesen Jeans.

Sie spielte definitiv in einer anderen Liga als er. Er war bloß ein langweiliger, mittelmäßig gut aussehender, zu

322

groß geratener Bursche vom Land. Er wusste, welche Eigenschaften Frauen an Männern schätzten, und er verfügte über keine Einzige davon. Die meisten Mädels, mit denen er bislang ausgegangen war, hatten ihm nach dem dritten Date den Laufpass gegeben, zu Intimitäten war es nur mit den wenigsten gekommen. In seiner Heimatstadt galt er als notorischer Junggeselle, und das war er ja auch, wenngleich nicht ganz freiwillig. Nur sehr wenige Frauen hatten ein ernsthaftes Interesse an einem Mann, der sie um fast einen halben Meter überragte.

Doch Luanne war ein gutes Stück größer als die meisten Frauen.

Nach ein paar Minuten unbehaglichen Schweigens schielte sie zu ihm hinüber, und er räusperte sich. »Waren Sie schon mal hier? Zum Essen, meine ich?«

Sie schüttelte den Kopf. »Ich bin erst vor knapp zwei Wochen zu Em gezogen und habe noch nicht allzu viel hier unternommen.«

Er erwähnte wohlweislich nicht, dass sie sich immerhin schon auf einer Kuhweide herumgetrieben, in einer Gefängniszelle übernachtet und mit der Erschaffung von Kornkreisen beschäftigt hatte. »Ich weiß, es sieht nicht gerade vielversprechend aus. Es war mal ein ganz normales Wohnhaus, ehe es zu einem Restaurant umgebaut wurde.«

»Ehrlich?« Luanne zog die Nase kraus, als wäre sie nicht sonderlich begeistert. »Eigenartig. Ich bin mir nicht sicher, ob ich im Wohnzimmer von wildfremden Menschen essen möchte.«

»Es ist ein Familienbetrieb«, erklärte Hank, als hätte

er das Bedürfnis, seine Heimatstadt vor ihr zu verteidigen. »Das Essen ist hervorragend.«

Luanne lächelte erneut. »Dann müssen Sie mir sagen, was ich bestellen soll.«

»Kann ich machen«, versprach er und hielt ihr die Tür auf. Ihm entging nicht, dass sie von einigen der Anwesenden angestarrt wurden, als sie eintraten. Tja, kein Wunder, er war groß, sie war gut aussehend. Allerdings schien die Tatsache, dass sie die Aufmerksamkeit der anderen Gäste erregten, Luanne ein klein wenig nervös zu machen.

»Hallo, Hank«, begrüßte ihn eine der Kellnerinnen lächelnd und griff sich zwei Speisekarten vom Empfangstischchen am Eingang. »Möchtest du deinen angestammten Platz?«

»Gern.« Er legte Luanne eine Hand auf den Rücken und dirigierte sie zu dem entsprechenden Tisch in der hintersten Ecke des Restaurants. Er mochte diesen Platz, weil er von hier aus das gesamte Lokal überblicken konnte, während er sein Mittagessen in sich hineinschaufelte. Alte Gewohnheiten. Außerdem war man hier hinten relativ unbeobachtet, was er heute Abend, da er ein Date hatte, umso mehr zu schätzen wusste. Er rückte Luanne den Stuhl zurecht, und sie nahm anmutig darauf Platz.

»Sie haben hier einen Stammplatz?«, fragte sie und breitete ihre Serviette auf dem Schoß aus, während er sich setzte.

»Na ja, es ist das einzige Restaurant in der Stadt«, sagte er und fügte, weil das nicht sonderlich schmeichelhaft für das Lokal klang, hinzu: »Und das Essen schmeckt.«

Er behielt für sich, dass sein Vater mit dem Besitzer befreundet war und dass sich deshalb sämtliche Polizisten der Stadt hier gratis den Bauch vollschlagen durften.

Luanne warf ihm einen Blick zu, der schwer zu deuten war, und schlug dann die Speisekarte auf. »Was ist denn Ihr Lieblingsgericht?«

Er sagte es ihr, und sie bestellten es. Beide. Und dazu zwei Flaschen Corona. Dann schwiegen sie erneut, und Hank wand sich innerlich, weil er sich so ungeschickt anstellte. Es war höchste Zeit für ein bisschen Small Talk, doch leider fiel ihm partout kein Gesprächsthema ein. Totales Blackout. Verfluchter Mist. Wenn sie nicht gleich etwas sagte und damit das Schweigen brach, würde er anfangen zu schwitzen.

»Wollten Sie eigentlich schon immer zur Polizei?«, fragte sie, und er konnte mit Mühe einen Seufzer der Erleichterung unterdrücken.

»Jep.« Hank fischte die Limettenspalte aus seinem Bier, deponierte sie auf seiner Serviette und trank. »Alle Männer in meiner Familie sind bei der Polizei.«

»Ach, echt? Wer denn noch außer Ihnen?«

»Mein Vater ist der Polizeichef von Bluebonnet, genau wie sein Vater vor ihm. Meine Familie lebt hier schon seit der Gründung der Stadt.«

Ihr Lächeln wurde breiter. »Ah, also auch eine Art Familienbetrieb. Man sieht es Ihnen irgendwie an. Sie wirken auf mich wie ein typischer Vertreter des Gesetzes.«

»Ach ja?« War das jetzt eine Beleidigung oder ein Kompliment? »Was macht denn einen typischen Vertreter des Gesetzes Ihrer Meinung nach aus?«

»Na ja, Sie wissen schon. Ein Musterbeispiel an Anstand, Gehorsam und Loyalität«, sagte sie mit einer entsprechenden Handbewegung. Dann schob sie mit dem Zeigefinger die Limettenspalte in ihre Corona-Flasche und nahm einen Schluck. »Sie sehen aus, als wäre Ihr Berufsweg schon genetisch vorgezeichnet gewesen.«

Hank runzelte die Stirn. Das klang, als wäre er in ihren Augen ein in die Jahre gekommener Pfadfinder. Nicht gerade die Sorte Mann, auf die Frauen fliegen. Dabei hatte sie im Grunde genommen den Nagel auf den Kopf getroffen. Er war ein gehorsamer Sohn, und er war zur Polizei gegangen, weil das alle männlichen Mitglieder seiner Familie taten. »So wie Sie das sagen, klingt es nicht gerade schmeichelhaft.«

Sie schüttelte den Kopf und grinste ihn an, die Bierflasche noch an den Lippen. »Frauen behaupten ja immer, sie wollen einen wilden Burschen, den sie zähmen können, aber ich wette, die meisten hätten viel lieber einen netten Kerl. Solange er einigermaßen sexy ist.«

Mit dieser Vermutung lag sie zweifellos falsch, sonst hätten ihm die Frauen ja längst die Bude eingerannt. Trotzdem fand er es nett von ihr, dass sie offenbar versuchte, ihm das Gefühl zu vermitteln, es sei ok, kein wilder Bursche zu sein. Er wusste, die meisten Frauen zogen ein Alphamännchen vor, und in diese Kategorie fiel Hank Sharp definitiv nicht.

Trotzdem war sie hier, und sie lächelte ihn an. Das war doch schon mal was. »Was ist mit Ihnen?«

»Was soll mit mir sein?« Sie stellte die Bierflasche ab. Ihr Lächeln wirkte einen Hauch weniger fröhlich.

»Ihre Schwester lebt schon länger hier in Bluebonnet, richtig?«

»Ganz recht.« Interessant, jetzt strahlte sie wieder, gerade so, als hätten sie vorhin ein Thema gestreift, über das sie nicht reden wollte. »Em wollte schon immer eine Frühstückspension betreiben. Ich dachte, jetzt ist sie total übergeschnappt, als sie mir erzählt hat, dass sie ein renovierungsbedürftiges Haus auf dem Land gekauft hat. Aber der alte Kasten hat durchaus seinen Reiz, selbst wenn er mit seinem rot-weißen Anstrich ziemlich aus der Umgebung heraussticht.«

»Sie ist überzeugt, dass es darin spukt. Mindestens einmal die Woche ruft sie bei uns auf dem Revier an, damit wir jemanden vorbeischicken.«

Luanne verdrehte die Augen. »In den zwei Wochen, die ich jetzt dort wohne, habe ich nichts auch nur ansatzweise Unheimliches gehört oder gesehen, und ich war schon in einigen Spukhäusern.«

»Als Jane?«

»Jep. Ich bin ziemlich sicher, dass im Peppermint House keine Geister umgehen. Und falls doch, könnte sie sich eine goldene Nase verdienen, wenn sie mich ein Video drehen ließe, aber sie weigert sich hartnäckig.«

»Es hat eben nicht jeder Lust, vor der Kamera zu stehen«, sagte Hank, um einen möglichst milden Tonfall bemüht.

Trotzdem runzelte sie die Stirn, weil er sie getadelt hatte. Und schon herrschte wieder Schweigen.

Na, toll. Er hatte echt null Talent, was Verabredungen anging.

Die Kellnerin brachte ihnen Chips und Salsa. Luanne griff zu, dann seufzte sie und stellte fest: »Irgendwie läuft es noch nicht so richtig rund mit uns beiden, oder?«

»Wohl wahr«, pflichtete ihr Hank bei. Bis jetzt fand er das Date eher enttäuschend.

Luanne grinste schelmisch. »Wäre es Ihnen lieber gewesen, wenn ich mich als Jane verkleidet hätte?«

»Nein«, erwiderte er fast eine Spur zu rasch. Er mochte Luanne. Mit ihrem Alter Ego konnte er nicht allzu viel anfangen. »Sie ist mir ein bisschen zu auffällig.«

Luanne lachte. Sie wirkte überrascht. »Ach, die Klamotten und das Make-up, meinen Sie? Das ist bloß eine Art Rüstung.«

»Rüstung?«

»Genau. Ich bin darauf gekommen, als ich in Austin beim Roller Derby zugesehen habe. Als die Mädels durch den Hintereingang reinkamen, sahen sie alle noch ganz harmlos und unscheinbar aus, aber beim Rennen waren sie nicht wiederzuerkennen – total irre geschminkt und frisiert und mit absolut schrägen Outfits. Mir war gleich klar, dass das eine Art Rüstung für sie ist. Man schlüpft in sein Kostüm, dann noch die Kriegsbemalung, und schon ist man in der richtigen Stimmung, und die Show kann losgehen.« Sie zwinkerte ihm zu. »Ist bei Ihnen und Ihrer scharfen Uniform doch auch nicht anders.«

Herrje, erst brachte er kein vernünftiges Wort heraus, und jetzt lief er auch noch feuerrot an wie eine Tomate. »Sie schmeicheln mir.«

Sie wackelte mit den Augenbrauen und schob sich noch eine Ladung Chips in den Mund. »Zeigen Sie eigentlich vielen Frauen Ihren Schlagstock?«

Er beugte sich über den Tisch. »Die meisten ergreifen die Flucht, wenn ich ihn raushole«, erwiderte er, weil es fast unmöglich war, nicht auf ihre anzüglichen Bemerkungen einzusteigen. »Ich glaube, sie haben Angst davor, weil er so groß ist.«

Sie hielt sich eine Hand vor den Mund und prustete los. Ihre Augen funkelten belustigt in der gedimmten Beleuchtung des Restaurants. »Ich dachte, die Dinger lassen sich zusammenschieben?«

»Meiner nicht.«

»Er ist also die ganze Zeit groß und hart?«

Hank steckte sich ein paar Chips in den Mund und kaute ausgiebig, damit er nicht darauf antworten musste.

»Wissen Sie eigentlich, dass Ihre Ohren anfangen zu glühen, wenn Ihnen etwas peinlich ist? Sieht echt süß aus.«

Hank räusperte sich. »Sie sind ganz schön direkt, oder?« Wahrscheinlich fingen seine Ohren jetzt gleich an, hektisch zu blinken.

»Wer direkt ist, kommt im Leben einfach weiter. Wenn ich immer das schüchterne Mauerblümchen geben würde, hätte ich heute Abend garantiert kein Date mit einem schnuckeligen Polizisten ergattert. Und deshalb ziehe ich es vor, direkt zu sein.«

Na, ein Glück.

Als sie die anfängliche Verlegenheit erst einmal überwunden hatten, amüsierten sie sich prächtig, fand jedenfalls Luanne. Hank war genauso unkompliziert und sympathisch, wie er nach außen hin wirkte und kam ihr mit seinem Landjungen-Charme vor wie eine Südstaaten-Version von Dudley Do-Right. Alles deutete darauf hin, dass er tatsächlich so nett war, wie er aussah. Sie fühlte sich unheimlich zu ihm hingezogen und schmolz dahin, wenn er rot anlief.

Witzig war er auch. Dass er einen eher ruhigen Eindruck machte, war wohl weniger auf Schüchternheit zurückzuführen als auf seine Angewohnheit, seine Mitmenschen zu beobachten. Seiner Aufmerksamkeit entging nichts. Als sie über ihre bisherigen Begegnungen sprachen, stellte sich heraus, dass er sich selbst kleinste Details einprägte, von denen sie dies niemals angenommen hatte. Und er weihte Luanne in die Geschichte, Gerüchte und Skandale von Bluebonnet ein, wobei die »Skandale« ehrlich gesagt keine Oma hinter dem Ofen hervorgelockt hätten. In jeder seiner Anekdoten spiegelten sich seine intelligenten Beobachtungen und der trockene Humor, der ihn so attraktiv machte. Als er erzählte, wie man ihn zum ersten Mal gerufen hatte, damit er eine »Katze« von einem Baum herunterholte, die sich schließlich als Opossum entpuppt hatte, musste Luanne so lachen, dass sie Seitenstechen bekam.

Ein Polizist mit Humor, der das Herz am rechten Fleck hatte, unprätentiös, sexy und obendrein von imposanter Statur. Meine Herren, dieses Bluebonnet schien ja ein guter Nährboden zu sein.

Der Abend verging fast zu schnell. Nach dem zweiten Bier stieg Luanne auf Mineralwasser um. Sie wollte keinen Schwips bekommen, wollte keine Minute der Unterhaltung verpassen. Hank hatte sogar bloß eine Flasche Corona getrunken und hielt sich seither ebenfalls an Wasser. Kein großer Biertrinker also. Aber das störte sie nicht. Er war eben kein Partylöwe, sondern eher der verantwortungsbewusste Kumpel, der im Notfall zur Stelle war, um den Partylöwen vor sich selbst zu retten.

Als es ans Zahlen ging, nahm Hank ohne zu fragen die Rechnung an sich und beglich sie. Anschließend begleitete er Luanne zurück zum Peppermint House, wobei er lediglich neben ihr her ging, die Hände in den Hosentaschen vergraben. Er machte keine Anstalten, ihre Hand zu halten oder ihr einen Arm über die Schultern zu legen. Bedeutete das nun, dass er keine Lust hatte, auf Tuchfühlung zu gehen?

Es war ein gelungenes Date gewesen. Trotzdem erweckte Hank fast den Anschein, als wäre das für ihn auch schon alles gewesen. Oder wollte er doch mehr? Luanne hatte keine Ahnung. Die meisten Männer sandten entsprechende Signale aus, doch Hank war für sie wie ein Buch mit sieben Siegeln, und das machte sie ganz kirre.

Beim Peppermint House angekommen, musterte sie ihn zum wiederholten Male verstohlen von der Seite, während sie die Stufen zur Veranda erklommen. Er sah anders aus, wenn er in Zivil war. Und zwar nicht unbedingt schlechter. Er trug Jeans, Stiefel und ein ordentlich gebügeltes schwarzes Hemd mit langen Ärmeln, obwohl Sommer war. Die obersten zwei Knöpfe standen offen, darunter war ein dunkles T-Shirt zu sehen. Die Hitze schien ihm also nichts auszumachen. Seine Jeans waren um den Hintern herum eng geschnitten, was seiner knackigen Figur schmeichelte, und in den Hosentaschen zeichnete sich zu Luannes großer Freude keine Kautabakdose ab. Das kurz geschorene Haar passte zu diesem Aufzug ebenso gut wie zu seinem Polizisten-Outfit.

Alles in allem fand sie ihn auch ohne Uniform echt heiß. Sie war total scharf auf ihn, lechzte förmlich danach, die Finger in den schwarzen Stoff seines Hemdes zu vergraben und seinen Kopf zu sich runterzuziehen. Aber was, wenn ihre Initiative nicht auf Gegenliebe stieß? Sie wollte auf keinen Fall als Verrückte, die sich den hiesigen Polizisten der Stadt an den Hals warf, in die Annalen von Bluebonnet eingehen.

Schließlich standen sie vor der Haustür, und Luanne sah ihn erwartungsvoll an.

Er lächelte schüchtern. »Das war ein schöner Abend, Luanne«, sagte er, ohne die Hände aus den Hosentaschen zu nehmen.

Na, also. Das klang doch schon recht vielversprechend. »Finde ich auch.«

»Tja, dann …« Er grinste noch einmal und wandte sich zum Gehen. »Gute Nacht.«

Hä???

Er ließ sie einfach stehen? Mussten sie sich etwa erst einmal ein Jahr lang geheime Botschaften zustecken, ehe sie einen Kuss bekam? Also, bitte! Sie waren doch nicht mehr auf der Grundschule! »Darf ich Sie etwas fragen?«, rief sie ihm mit gerunzelter Stirn nach.

Hank war bereits die obersten zwei Stufen hinuntergesprungen.

Er fuhr herum, stieg wieder eine Stufe nach oben. »'türlich, Ma'am.«

*Ma'am??* Was sollte denn diese förmliche Anrede, nachdem sie sich beim Abendessen so blendend unterhalten hatten?

»Ist irgendetwas nicht in Ordnung?«

»Wie, nicht in Ordnung?«

»Na ja, ich stehe hier auf der Veranda und blicke Ihnen tief in die Augen, und Sie starten nicht einmal einen Versuch, mich zu küssen oder zu befummeln. Finden Sie mich nicht sexy?«

Er trat einen Schritt näher. Seine Lippen waren nur ein schmaler Strich, als würde er sich über ihren streitlustigen Tonfall ärgern. »Wie kommen Sie denn darauf?«

Sie legte die Hände unter ihre Brüste und hob sie etwas an. »Weil ich Ihnen schon den ganzen Abend meine Mädels unter die Nase halte, und Sie haben sie bislang keines Blickes gewürdigt. Und außerdem trage ich Jeans, in denen mein Hintern fantastisch aussieht, und dazu meine Leg-mich-flach-Pumps, aber Sie behandeln mich, als wäre ich eine Nonne. Deshalb würde ich gerne wissen, ob es an mir liegt. Bin ich zu groß? Oder hat es was mit Jane zu tun? Wenn das nämlich der Grund ist, dann ...«

In zwei Schritten war er bei ihr und brachte sie zum Schweigen, indem er ihr seine heißen, harten Lippen auf den Mund drückte. Sein Bartschatten kitzelte sie am Kinn. Er bewegte die Lippen, öffnete sie ein klein wenig und begann ganz zart an ihrer Oberlippe zu saugen.

Luanne bekam bei der schlichten Liebkosung butterweiche Knie, mehr noch, sie schmolz dahin wie ein Eis in der Sonne. Er legte die Arme um sie, ohne das zärtliche, sanfte Saugen an ihrer Lippe zu unterbrechen. Es war der sinnlichste Kuss, den sie je erlebt hatte, so erotisch, dass sich ihr Mund wie von allein öffnete, was Hank als Einladung zu interpretieren schien, denn auch seine Lippen öffneten sich etwas weiter, und Luanne spürte, wie seine Zunge sich in ihre Mundhöhle vorwagte. Sie stieß einen kaum hörbaren Seufzer hervor, und als er die Hände zu ihrem Hintern hinunterwandern ließ und sie an sich zog, schmiegte sie sich willig an ihn und schlang ihm die Arme um den Hals.

Rein größenmäßig war er … perfekt. Zum ersten Mal in ihrem Leben küsste sie einen Mann, der wie für sie geschaffen war. Bei Hank musste sie nicht in die Knie gehen oder den schiefen Turm von Pisa spielen, musste keine Witze reißen wie sonst immer, wenn sie mal wieder einen Verehrer in ihren Stöckelschuhen haushoch überragte. Sie waren wie füreinander gemacht, und ihr Busen wurde an seine feste Brust gepresst, während Hank sie leidenschaftlich küsste und dabei ihre Pobacken knetete.

Als er sich schließlich von ihr löste, starrte sie benommen zu ihm hoch. Seine Lippen glänzten feucht, und sie hätte sie am liebsten abgeleckt und gleich wieder vorn angefangen.

»Wenn ich dir nicht auf deine ›Mädels‹ geglotzt habe, dann deshalb, weil ich nicht gleich beim ersten Date aufs Ganze gehen wollte, Luanne«, sagte er. »Aber sie sind mir durchaus aufgefallen, genau wie dein fantastischer Hintern und die Leg-mich-flach-Pumps. Ehrlich gesagt habe ich vorhin beim Essen sogar befürchtet, du könntest womöglich gleich die Flucht ergreifen, weil ich dich andauernd angestarrt habe. Aber ich gehöre nicht zu den Männern, die gleich beim ersten Date über eine Frau herfallen, selbst wenn sie noch so sexy ist. Ich habe mich im Griff. Und außerdem hat man mir eingetrichtert, dass man es mit Frauen, mit denen es einem ernst ist, langsam angehen lässt.«

»Schön und gut, Officer Ich-hab-mich-im-Griff«, sagte Luanne atemlos und strich seinen Kragen glatt, der etwas zerknautscht war. »Aber es gibt einen Unterschied zwischen ›langsam‹ und ›Superzeitlupe‹. Wir sind erwachsen, und wenn du mich küssen willst, dann darfst du in Zukunft gerne einfach loslegen …«

Schon hatte er ihr erneut die Lippen auf den Mund gepresst und küsste sie. Fordernder diesmal, leidenschaftlicher. *Keine höfliche Zurückhaltung mehr*, dachte Luanne und seufzte zufrieden. Der Kuss dauerte so lange, dass sie unwillkürlich die Zehen krümmte und leicht schwankte, als er wieder von ihr abließ.

»Na also, geht doch«, keuchte sie.

Er grinste. »Jep. Wann sehen wir uns wieder?«

Sie kraulte ihn im Nacken. »Ich habe morgen noch nichts vor.«

»Morgen habe ich Nachtdienst.« Er beugte sich über

sie, um ihr einen letzten Kuss auf die Lippen zu hauchen. »Wie wär's mit einem frühen Abendessen?«

Sie sahen sich dann nicht erst abends, sondern schon am Vormittag auf dem kleinen Platz im Stadtzentrum. Luanne brauchte Briefmarken und war gerade auf dem Weg zur Post, als plötzlich ein Streifenwagen neben ihr hielt.

»Morgen, schöne Frau«, sagte eine vertraute Stimme.

Sie blieb stehen und grinste, als sie Hank erblickte. Er trug wieder seine verspiegelte Sonnenbrille. »Schickes Outfit«, sagte sie bewundernd. »Gehört die Sonnenbrille eigentlich zur Uniform, oder kauft ihr hier alle im selben Laden ein?«

»Wir kaufen alle im selben Laden ein«, antwortete er gelassen.

Sie grinste. »Wusste ich's doch.«

»Warum bist du schon so früh auf den Beinen?«

Sie deutete auf das Multifunktionsgebäude, in dem Rathaus, Postamt und Polizeirevier untergebracht waren. »Ich gehe Briefmarken kaufen. Und du? Riskierst dein Leben bei der Jagd auf gemeingefährliche Verbrecher?«

»Nicht um neun Uhr morgens. Ich wollte mich gerade hinter einem Straßenschild in der Nähe der Schule postieren, um eventuell den einen oder anderen Temposünder zu schnappen.«

»Du schlimmer Lümmel.«

»Ich bin bei Weitem nicht so schlimm wie die Temposünder.«

Hach, er flirtete wieder mit ihr. Wie schön, dass er, wider den ersten Eindruck, doch einen Sinn für Humor hatte. »Immer willst du allen, die ein bisschen Unfug machen, das Handwerk legen, du Spielverderber.«

»Wieso, führst du irgendetwas im Schilde?« Seine Augen funkelten spitzbübisch.

»Wer weiß. Da draußen gibt es ein paar Getreidefelder, die förmlich darum betteln, dass man ihnen einen Kornkreis verpasst.«

Seine Miene verdüsterte sich, ihrem neckischen Tonfall zum Trotz. Sie hatte ganz offensichtlich das Falsche gesagt, denn auf einen Schlag war die lockere Flirtstimmung dahin. Schluss mit lustig.

Hank stierte einen Moment lang geradeaus, dann sah er sie wieder an. »Untersteh dich. Keine Kornkreise in dieser Stadt.«

»Natürlich nicht«, erwiderte sie leichthin. »In der Stadt gibt's ja auch keine Getreidefelder.«

»Du weißt schon, was ich meine. Wenn ich dich erwische, muss ich dich verhaften. Diese ganzen Dummejungenstreiche, die du als Jane verzapfst, sind riskant. Du solltest sie allesamt bleiben lassen.«

Luanne verdrehte die Augen. *Riskant?* So ein Quatsch. »Erinnere mich daran, dass ich dir nicht mehr davon erzähle.«

Er öffnete den Mund, als wollte er noch etwas sagen, hielt sich aber zurück.

Sie starrten einander ein paar Sekunden lang an, und Luanne trat verlegen von einem Fuß auf den anderen. Meine Güte, warum musste er gleich so übertreiben und den bierernsten Bullen spielen, wenn sie das Wort Kornkreis in den Mund nahm? Das klang ja fast, als fände er ihren Job total bescheuert. Aber wenn er das tat, warum wollte er dann mit ihr ausgehen? Wollte er das überhaupt noch?

Sie musste es wissen. »Der gestrige Abend war echt schön«, sagte sie, um das Gespräch wieder in sicherere Gefilde zu steuern.

Prompt kehrte sein Lächeln zurück. »Finde ich auch. Steht unser Date noch?«

»Klar. Warum bist du eigentlich schon im Dienst? Ich dachte, du musst erst heute Abend arbeiten.«

»Ich bin für einen Kollegen eingesprungen. Ich hab dich nicht angelogen.«

Sie lachte. »Das wollte ich dir auch gar nicht unterstellen, du Döskopf. Ich hab mich bloß gewundert.«

»Ach, so. Entschuldige.« Seine Ohren röteten sich, und Luanne spürte, wie ihr Herz schneller schlug. »Es ist bloß … Na ja, für einen Polizisten ist Ehrlichkeit eben ziemlich wichtig.«

Sie zwinkerte ihm zu. »Ich werd's mir merken. Dann bis später.«

»Bis später.«

*Eine Woche später*

Luanne stand wie üblich früh auf und holte sich einen Kaffee, dann klappte sie ihren Laptop auf, um die Besucherzahlen ihrer Webseite zu überprüfen. Hm. Wieder ein Anstieg, verglichen mit der Vorwoche. Hervorragend. Sie hatte das erste Video vom Kuhschubsen gepostet, und es war der Hit, wie die Kommentare bewiesen. Das überraschte sie nicht. Je alberner die Situation, desto besser kam das Video bei ihren Fans an.

*Wow, ist der Cop heiß,* lautete einer der Kommentare. *Den würde ich mir zu gern unter den Nagel reißen. Wo wurde denn das Video gedreht?*

*Sorry, Ladys, der heiße Cop ist schon vergeben,* dachte sie und nippte an ihrem Kaffee. Sie klickte auf das Video und spulte vor, bis Hank auf der Bildfläche erschien. Dann hielt sie das Video an und ließ das Standbild auf sich wirken. Hach, diese breiten Schultern und diese goldige Sorgenfalte auf seiner Stirn ...

In der vergangenen Woche hatten sie sich jeden Tag gesehen. Er hatte ein-, zweimal mit einem Kollegen seine Schicht getauscht, damit er sie zum Essen ausführen konnte, und wenn das unmöglich gewesen war, hatten sie sich stattdessen zum Frühstücken getroffen. Heute hatte er frei und wollte mit ihr angeln gehen. Was völlig absurd klang. Was für eine verrückte Idee, bei einem Date angeln zu gehen! Trotzdem freute sich Luanne schon darauf. Es war fast ein bisschen beängstigend, wie sehr. Irgendetwas an Hanks gutmütiger Landei-Freundlichkeit reizte das Großstadtmädchen in ihr.

Im Übrigen war sie ziemlich sicher, dass ihr bei diesem Abenteuer die eine oder andere Idee für ihren Blog kommen würde. Was, wusste sie noch nicht genau, aber ihr würde schon etwas einfallen, das ihr reichlich Klicks einbrachte. Das war eine ihrer Stärken.

Einigermaßen überrascht stellte sie fest, dass sie in der vergangenen Woche nur wenig Zeit für ihren Blog gehabt hatte. Sie stellte ihre Tasse ab, schnappte sich ihre Lieblingsjeans vom Fußboden und beäugte sie kritisch. Dann zuckte sie die Achseln, stieg hinein und zog ihr Lieblingstop dazu an. Seltsam, kein einziger Anruf in Sachen Chupacabra, und das trotz der versprochenen Prämie von 200 Dollar. Das war ungewöhnlich für ein Provinznest wie Bluebonnet. Es musste hier doch zumindest einen Trunkenbold geben, der bereit war, ihr eine gute, glaubwürdige Story aufzutischen. Gestern Abend hatte sie sicherheitshalber noch ein paar Zettel an diversen Telefonmasten aufgehängt. Natürlich konnte sie im Notfall auch einen Schauspieler engagieren oder jemanden dafür bezahlen, aber sie zog »echte« Augenzeugen vor. Die wirkten einfach überzeugender als irgendein angeheuerter Gehilfe, der seinen auswendig gelernten Text herunterleierte.

Luanne band sich das Haar zu einem Pferdeschwanz zusammen und warf einen Blick in den Spiegel. Kein Make-up. Na ja, wozu auch? Sie gingen bloß angeln, und bei der Knutsch-Session gestern Abend in seinem Wagen hatte ihr Hank die gesamte Schminke vom Gesicht geküsst. Wenn sie nur ans Knutschen mit ihm dachte, wurde ihr ganz warm vor Erregung. Für einen hoch aufgeschossenen Burschen vom Land, der bescheiden angab, er habe noch nicht viel Erfahrung in Sachen Beziehung, küsste er wie ein Weltmeister. Gegen ein solches Talent war nun wirklich nichts einzuwenden, zumal sie ja davon profitierte.

Sie schlüpfte in ihre Sandalen, steckte ihren Ausweis und ein paar Kröten ein und griff nach ihrem Handy, das just in dem Moment ein Summen von sich gab.

Eine SMS von Hank.

*Es wird etwas später*, schrieb er. *Dad hat mal wieder ein Problem mit einem der neuen Computerprogramme. Ich fahre erst aufs Revier und hole dich in ca. einer halben Stunde ab.*

Luanne schmunzelte. Schon wieder ein Computernotfall am Revier? Das kam ja praktisch täglich vor. Schon merkwürdig, dass von den fünf Männern, die dort arbeiteten, kein Einziger mit einem PC umzugehen wusste.

*Ich komme hin*, schrieb sie zurück und ging nach unten.

Emily hob den Kopf, als sie das Wohnzimmer betrat. Sie trug noch ihren Morgenmantel und ihre Flauschpantoffeln und hatte ein großes Tapetenmusterbuch auf dem Schoß. »Wo willst du denn schon hin um diese Zeit?«

»Hank geht mit mir angeln.«

Em grunzte belustigt und blätterte um. »Ihr trefft euch ja ziemlich oft in letzter Zeit. Ich dachte, du bist so mit deinem Blog beschäftigt, dass du kaum weißt, wo dir der Kopf steht?«

Prompt meldete sich Luannes schlechtes Gewissen. Sie hatte ihrer Schwester nämlich gesagt, sie habe zu viel um die Ohren, um mit ihr zum Baumarkt zu fahren und Fliesen auszusuchen. Aber mal im Ernst: Fliesen aussuchen!? Sie musste schon gähnen, wenn sie nur daran dachte.

»Ich habe noch Beiträge für die kommenden zwei Wochen, die muss ich lediglich online stellen. Und für die Bearbeitung des nächsten Videos bleibt mir noch ausreichend Zeit.«

»Aha.«

»Im Ernst. Mehr als genug Zeit. Ich bin gerade damit beschäftigt, Augenzeugen für die Chupacabra-Folge aufzutreiben.«

»Verstehe.«

Luanne hob das Kinn an. »Apropos, falls du jemanden kennst, der bereit ist, mir gegen ein stattliches Entgelt seinen kahl geschorenen Pudel als Gaststar für ein verwackeltes Video über den sagenumwobenen Chupacabra zur Verfügung zu stellen, dann sag Bescheid.«

Em verdrehte die Augen. »Aye, Käptn.«

Luanne grinste. »Was ist? Es ist leicht verdientes Geld.«

»Es ist ein total durchgeknallter, idiotischer Job, Luanne«, sagte Em, beileibe nicht zum ersten Mal. »Es wundert mich, dass sich Hank Sharp nicht daran stört, schließlich ist er Polizist.«

Luanne zuckte die Achseln. »Er hat nichts dergleichen gesagt«, flunkerte sie. Dass er eine Leichenbittermiene aufsetzte, wann immer die Rede auf ihre Arbeit kam, behielt sie wohlweislich für sich.

»Pff. Das kann ich mir beim besten Willen nicht vorstellen. Die Sharps sind gesetzestreue Bürger, die sich nichts zuschulden kommen lassen. Ich wette, Hank ist in seinem ganzen Leben noch nie bei Rot über eine Kreuzung gefahren und hält sich strikt an die Geschwindigkeitsbegrenzung, wann immer er sich einer Schule nähert. Wenn du mich fragst, geht er bloß jeden Abend mit dir aus, damit du beschäftigt bist und keinen Unsinn anstellst.« Emily hob die Hand und scheuchte ihre Schwester hinaus. »Viel Spaß. Versuch, was fürs Abendessen zu fangen.«

Luanne ging zur Tür und öffnete sie. »Ich hoffe, du stehst auf Elritzen.«

»Immer her damit«, rief ihr Emily nach.

Luanne hopste grinsend über die Verandatreppe und machte sich auf den Weg zum Revier. Emily spielte gerne die strenge ältere Schwester, aber ihre Sticheleien waren nicht ernst gemeint. Sie liebte es, andere zu bemuttern, und da sie frisch geschieden war, hatte sie zurzeit außer Luanne niemanden, den sie bemuttern konnte.

Aber das, was sie da eben gesagt hatte … Luanne runzelte die Stirn.

Die Behauptung, Hank würde nur deshalb jeden Abend mit ihr ausgehen, damit sie keinen Unsinn machte, war doch lächerlich. Oder?

»Ich glaub, mein Goldfisch jodelt«, stieß der Polizist am Empfangstresen hervor, als sie die Polizeidienststelle betrat. »Die legendäre Jane.«

Hank, der an einem der Schreibtische ganz hinten saß, hob den Kopf und runzelte missbilligend die Stirn.

Luanne seufzte. Das war kein gutes Omen. Trotzdem setzte sie ein freundliches Lächeln auf und begrüßte den Cop am Eingang, der sie mit unverhohlener Begeisterung anstarrte. »Ganz recht, das bin ich.«

»Meine Kinder lieben Ihren Blog!« Der Mann nahm sein Käppi ab, wischte sich den Schweiß von der Stirn und setzte es wieder auf. »Wir haben uns scheckig gelacht, als Sie damals von der Klippe gesprungen sind, weil Sie unbedingt ein Ei von einem Weißkopfseeadler erbeuten wollten. Das war klasse. Sie sind echt eine knallharte Nummer. Kein Glitzer-Make-up heute?«

Sie lächelte weiter, obwohl es ihr bereits etwas unangenehm war, dass er so viel Aufhebens um sie machte.

»Das Glitzer-Make-up trage ich nur für die Filmaufnahmen.« Nahm er ernsthaft an, dass sie im Alltag mit rosa Glitzer auf den Augendeckeln rumlief? Also, bitte.

Er wirkte enttäuscht. »Oh. Ich hätte furchtbar gern ein Foto von Ihnen für meine Kinder, aber ich glaube nicht, dass sie Sie so erkennen. Na ja, eines muss man Ihnen lassen, Sie sind ganz schön groß«, sagte er mit einem anerkennenden Pfiff und sah zu ihr hoch. »In den Videos wirken Sie nicht halb so groß.«

»Ich schätze, das mit dem Foto müssen wir auf ein andermal verschieben«, flötete sie und zwang sich, weiterzulächeln. »Eigentlich bin ich wegen Hank da.«

»Der versucht mal wieder, seinem Vater beizubringen, wie man einen Computer benutzt«, erwiderte der Polizist grinsend. »Wir haben neulich vom County neue Formulare bekommen, und bei denen blicken wir alle noch nicht so richtig durch.«

Herrje, Hank Senior musste wirklich total planlos sein, wenn er auf die Hilfe seines Sohnes angewiesen war, der ja nun auch alles andere als ein Computerexperte war. »Danke. Darf ich durchgehen?« Der Mann nickte, und sie schlängelte sich zwischen den Tischen hindurch bis ganz nach hinten, wo Hank neben einem schlaksigen Hünen mit grauweiß gesprenkeltem Haarschopf saß und angestrengt auf einen Bildschirm starrte.

»Geh zum nächsten Feld, Dad«, murmelte er. »Du musst jedes rot markierte Feld ausfüllen.«

Sein Vater runzelte die Stirn und bewegte die Maus, dann klickte er in Zeitlupe. Einmal, ein zweites Mal.

»Nein, Dad, Doubleclick bedeutet, dass du zweimal klicken musst.«

»Hab ich doch, hast du doch gesehen.«

»Du musst zweimal schnell hintereinander klicken.«

»Hab ich doch getan.«

Hank stöhnte entnervt und hob den Kopf. »Es könnte noch eine Weile dauern, Luanne.«

»Schon gut«, sagte sie und beugte sich über die beiden, um einen Blick auf den Monitor zu werfen. »Kann ich irgendwie helfen? Sieht aus wie ein recht simples Access-Template.«

Die beiden Männer drehten sich zu ihr um und stierten sie an.

»Access-Template?«, wiederholte Hank.

»Ganz recht.« Sie lächelte und deutete auf eines der Felder. »Hier werden die Informationen eingetragen, und ich schätze mal, danach klickt man auf diesen Button, um zusätzliche Informationen aus der Datenbank abzurufen, stimmt's?«

Vater und Sohn glotzten sie weiter wortlos an.

Sie lachte. »Nun guckt nicht so ungläubig. Ich hatte

in meinem alten Leben ziemlich oft mit Computern zu tun.«

Der alte Sharp erhob sich und bedeutete ihr, sich zu setzen. »Toben Sie sich aus.«

Luanne nahm Platz, griff nach den handschriftlichen Notizen, die er ihr hinhielt – es war ein Strafzettel –, und hatte binnen Minuten sämtliche Details in die landesweite Datenbank eingetragen. Danach erhielten Vater und Sohn von ihr eine kurze Einführung in die Handhabung der Datenbank. Die beiden nickten, als hätten sie alles verstanden, doch sie war ziemlich sicher, dass sie alles wieder vergessen würden, bis sie das nächste Mal etwas in die Datenbank eintragen mussten.

Als sie geendet hatte, klopfte ihr Hanks Vater anerkennend auf die Schulter. »Wir sollten einen unserer Jungs feuern und stattdessen Sie einstellen.«

»Über so etwas reißt man keine Witze, Dad«, wies Hank ihn mit leiser Stimme zurecht.

»Das war kein Witz. Stewart schläft doch ständig ein, wenn er auf Streife ist.«

»Er ist ja auch schon siebzig.«

In diesem Augenblick vermeldete Luannes Handy mit einem Piepston, dass sie eine SMS erhalten hatte. Sie spähte auf das Display. *Hallo, ich schreibe wegen dem Chupacabra. Habe diese Nummer von einem Flyer. Interesse?*

Na, endlich! Sie steckte das Handy wieder ein und schenkte den beiden Männern ein breites Lächeln. »Ich brauche keinen Job. Ich habe schon einen. Können wir dann gehen, Hank?«

»Gleich. Gib mir nur noch eine Minute.«

Sie nickte und ging schon mal vor. Draußen auf dem Parkplatz zückte sie noch einmal ihr Telefon und tippte hastig eine Antwort. Hank wäre bestimmt nicht begeistert, wenn er wüsste, worum es ging, also war es wohl besser, wenn er es gar nicht erfuhr.

*Bin sehr interessiert an Augenzeugenberichten. Bin allerdings gerade beschäftigt, melde mich in ein paar Stunden.*

Sie schob das Handy in ihre Hosentasche, denn Hank steuerte bereits auf sie zu.

»Du bist meine Heldin«, sagte er mit rauer Stimme und lächelte auf sie hinunter. »Ohne dich hätte es mindestens eine Stunde gedauert, bis mein Vater kapiert hätte, was er machen muss.« Er schlang ihr einen Arm um die Taille.

»War mir ein Vergnügen«, schnurrte sie und strich mit der Hand über den dunklen Kragen seiner Uniform. »Ich helfe doch immer gern, Officer.«

Er grinste spöttisch. »Ach ja? Das klingt mir aber nicht nach der Luanne, die ich kenne.«

Seine Worte kränkten sie, obwohl sie nicht genau wusste, wieso. Er tat ja gerade so, als wäre sie eine Art Landplage, oder, schlimmer noch, eine Bedrohung für die Menschheit. Und das gefiel ihr ganz und gar nicht. Ja, sie hatte keinen stinknormalen Bürojob. Na und? Irgendwie musste sie sich doch ihre Brötchen verdienen. Luanne befreite sich aus seinem Griff, öffnete die Fahrertür ihres Wagens und stieg ein. Seinen fragenden Blick ignorierte sie geflissentlich.

Sie schnallte sich an, doch ehe sie den Motor gestartet hatte, saß Hank auch schon auf dem Beifahrersitz. Mist. Sie hätte die Zentralverriegelung aktivieren sollen.

»Was hast du denn?«, wollte er wissen, als er ihren aufgebrachten Blick aufschnappte.

Sie rammte den Schlüssel ins Zündschloss, blickte aber stur geradeaus. Es war noch früh, eben ging die Sonne hinter den Bäumen in einiger Entfernung auf. Hank hatte eine Nachtschicht hinter sich, wollte aber trotzdem den Tag mit ihr verbringen. Warum also war sie so gereizt, obwohl sie im Gegensatz zu ihm ausgeschlafen war? Das Handy in ihrer hinteren Hosentasche piepste und rief ihr den Grund dafür in Erinnerung.

Es behagte ihr nicht, ihm etwas zu verheimlichen. Schließlich tat sie nichts Unrechtes. Sie warf einen scharfen Blick nach rechts. Er saß neben ihr, groß und attraktiv wie eh und je. Zu schade, dass er unbedingt so ein Saubermann sein und ständig gegen ihren Job wettern musste. Es kam ihr fast so vor, als würde er sich für sie schämen. Als hätte sie in seinen Augen irgendwie Dreck am Stecken.

Was total albern war. Zugegeben, ihr Job war unkonventionell, aber von irgendetwas musste sie ja leben.

Wieder dachte sie an Emilys Mutmaßung, Hank gehe nur so oft mit ihr aus, um sie von der Arbeit für ihren Blog abzuhalten. Eine lachhafte Vorstellung. Oder war vielleicht doch etwas dran?

»Wenn du eine so schlechte Meinung von mir hast, warum gehst du dann mit mir aus?«

»Och.« Er rutschte zu ihr rüber, sodass sich ihre

Oberschenkel berührten, und zum ersten Mal in ihrem Leben ärgerte sie sich darüber, dass ihr Pick-up eine durchgehende Sitzbank hatte. »Sag bloß, ich habe deine Gefühle verletzt?«, feixte er mit einem reichlich arroganten Grinsen.

»Niemand lässt sich gerne sagen, dass er eine riesengroße Landplage ist, Hank.«

»So riesengroß bist du gar nicht«, widersprach er mit beschwichtigender Stimme. »Du hast genau die richtige Größe für mich.«

Sie schubste ihn von sich. »Das ist nicht lustig.«

Er nahm ihre Hand und presste sie sich mitten auf die Brust. »Ich ziehe dich doch bloß auf, Luanne«, sagte er und grinste auf sie hinunter. »Du weißt doch, dass ich dich mag.«

»Ja, aber du hasst Jane, und irgendwie geht es doch immer um sie. Also woher soll ich wissen, ob du die Wahrheit sagst? Was genau magst du denn an mir?«

Er schob ihr eine Haarsträhne, die sich aus ihrem Pferdeschwanz gelöst hatte, hinters Ohr, und die flüchtige Berührung ließ sie wohlig schaudern. »Soll ich jetzt echt alles einzeln aufzählen?«

»Jep.«

»Na ja, du bist groß …«, begann er und gluckste, als sie ihm einen ungehaltenen Blick zuwarf. »Kleiner Scherz. Es gibt vieles, was ich an dir mag.«

»So vieles, dass du wohl gar nicht weißt, wo du anfangen sollst.«

Hank rieb sich die Wangen und seufzte. »So was gehört eben nicht gerade zu meinen Stärken, Luanne.«

»Schade, weil es nämlich durchaus zu meinen Stärken gehört.«

»Genau, das ist zum Beispiel eine der Eigenschaften, die ich so an dir schätze«, gab er zu. »Angst ist für dich ein Fremdwort.«

Das klang schon eher nach einem Kompliment und nicht nach ›Luanne, du bist eine Geißel der Menschheit‹. »Und was noch?«

»Du bist witzig«, fuhr er fort und rückte noch etwas näher. »Du bist clever und kennst dich super mit Computern aus. Du trittst anderen gegenüber freundlich und offen auf, und du bist immer bereit, etwas Neues auszuprobieren.« Als sie skeptisch eine Augenbraue hob, legte er ihr grinsend einen Arm um die Schulter und zog sie an sich. »Okay, ich geb's zu, ich hab mir gestern Nacht auf meinem Handy das eine oder andere Jane-Video reingezogen, während ich den Temposündern aufgelauert habe.«

Sie schmiegte sich an ihn. »Okay, jetzt versuchst du dich einzuschmeicheln.« Aber seine Worte stimmten sie etwas milder.

Er lachte. »Nein, tu ich nicht, ehrlich. Es ist nur … Na ja, hin und wieder wäre ich schon gern ein bisschen mehr wie du. Extrovertiert und kontaktfreudig und abenteuerlustig. Und fitter im Umgang mit Computern. Ich bin bloß ein Kleinstadt-Cop, der nicht einmal weiß, wie man das Wort abenteuerlustig schreibt. Ich bin eben anders groß geworden.« Er beugte das Haupt und gab ihr einen zärtlichen Kuss auf die Schläfe, der ihr schier den Atem raubte. »Aber das bedeutet nicht, dass ich diese Eigenschaften nicht an dir zu schätzen weiß.«

Sie schloss die Augen, kippte den Kopf nach hinten und spitzte fordernd die Lippen.

Er küsste sie auf den Mund. »Dann bist du nicht mehr sauer?«, flüsterte er.

»Ich war gar nie sauer«, entgegnete sie leichthin und schlang ihm die Arme um den Hals. »Ich wollte nur ein paar Komplimente einheimsen.«

»Du hast es echt faustdick hinter den Ohren, Luanne Allard.«

»Da stehst du doch drauf, gib es zu.«

»Stimmt. Aber auf dich stehe ich noch mehr.« Er wickelte sich ihren Pferdeschwanz um die Hand und zog daran, sodass sie den Kopf noch weiter in den Nacken legte und er federleichte Küsse auf ihre Kehle hauchen konnte. »Am liebsten würde ich dich an Ort und Stelle vernaschen.«

Bei seinen Worten ging eine Welle der Erregung durch ihren Körper, bis hinunter zu den Zehen. Sie waren jetzt etwa eine Woche zusammen, hatten aber bisher nicht viel mehr getan als geflirtet und geknutscht. Seine unverblümten Worte entfachten jäh ihre Leidenschaft. Und als er sich dann von ihrem Kinn bis zum Ohr leckte, vergaß sie alles um sich herum.

Ein leises Stöhnen entrang sich ihrer Kehle, als er ihr Ohrläppchen zwischen die Zähne nahm, um sanft daran zu knabbern und anschließend besänftigend daran zu lecken. Sie krallte die Finger in den Kragen seiner Uniform. »Das ist eine meiner erogenen Zonen.«

»Ich merk's. Hochinteressant. Deine Erregbarkeit gehört übrigens auch zu den Dingen, die ich an dir mag«, murmelte er und biss sie noch einmal ins Ohrläppchen.

Prompt flackerte die Flamme der Leidenschaft noch höher auf. Luanne ächzte, ihre Hüften zuckten. Dann leckte er wieder an ihrem Ohrläppchen, und ihre Brustwarzen wurden steinhart. Sie drückte den Rücken durch und presste sich an seine Brust, und als er schließlich mit der Zungenspitze ihre Ohrmuschel zu erkunden begann, war ihr, als müsste sie vor Erregung gleich den Verstand verlieren.

»Ja, Hank, berühr mich. Berühr mich überall.«

Seine Zunge suchte erneut ihr Ohr, und seine Hand ließ von ihrem Pferdeschwanz ab und wanderte stattdessen unter ihr Top, wo sie auf ihrem Bauch verharrte.

War das etwa schon alles? Luanne packte seine Hand, schob sie nach oben und seufzte erleichtert, als Hank begann, durch den BH hindurch ihren Busen zu liebkosen.

»Du fühlst dich so toll an, Luanne«, murmelte er, nur um gleich wieder an ihrem Ohrläppchen zu saugen und mit dem Daumen ihre Brustwarze zu massieren.

»Vielleicht glaubst du mir ja, wenn ich dir sage, dass ich verrückt nach dir bin.«

»Ich … ich weiß nicht recht. Ein bisschen mehr Überzeugungsarbeit kann nicht schaden«, entgegnete sie, worauf er durch den Stoff hindurch in ihre harte Knospe kniff. Sie schnappte nach Luft und ächzte: »Oh Mann, Hank, du …«

Dann näherten sich plötzlich Schritte auf dem Bürgersteig, und sie fuhren auseinander wie zwei Teenager. Hank rutschte hastig wieder auf seine Seite hinüber. Im selben Moment klopfte jemand an die Fensterscheibe und spähte in den Wagen.

Es war sein betagter Kollege Stewart. »Alles okay?«

Luanne streckte beide Daumen nach oben. Sie hatte das dumpfe Gefühl, dass sie feuerrot angelaufen war. Hoffentlich zeichneten sich ihre erigierten Brustwarzen nicht zu deutlich unter dem dünnen Top ab!

Er bedeutete ihr, das Fenster zu öffnen, und sie drückte auf den Fensterheber und startete den Motor. Stewart reichte ihr einen Computerausdruck mit einem Foto von ihr in ihrem Jane-Outfit. »Würden Sie das hier für meine Enkel signieren?«

Sie nahm den Stift, den er ihr hinhielt, unterschrieb und reichte ihm beides lächelnd zurück. Dass sie ihr Alter Ego Jane aber auch immer und überall verfolgen musste! Sobald Stewart weg war, schielte sie vorsichtig zu Hank hinüber, gespannt auf seine Reaktion. Jammerschade, dass sie unterbrochen worden waren, denn die erotisch aufgeladene Stimmung war verflogen.

Hanks Ohren glühten. »Ich hatte vollkommen vergessen, dass wir noch vor dem Revier stehen.«

Wie süß. Und sexy obendrein.

Sie grinste und schob einen Finger unter seinen Kragen. »Von wegen nicht abenteuerlustig. Du hättest mich doch beinahe im Auto flachgelegt, und das direkt vor deiner Dienststelle.«

»Von flachlegen kann keine Rede sein. Ich hab lediglich deinen Busen begrapscht.«

»Wer sagt denn, dass da schon Schluss gewesen wäre?« Sie zwinkerte ihm zu und legte den Rückwärtsgang ein. »Aber ich schätze mal, jetzt willst du endlich angeln gehen.«

»Angeln? Wie zum Geier kannst du jetzt ans Angeln denken?«

Luanne grinste nur.

\* \* \*

Das Angeln dauerte dann nicht allzu lang. Nach zwei, drei Stunden machte sich die Nachtschicht bemerkbar, Hank fielen die Augen zu. Luanne fuhr ihn nach Hause, zog ihm die Schuhe aus und brachte ihn ins Bett. Als sie sich über ihn beugte, um ihm einen Abschiedskuss zu geben, murmelte er etwas von wegen kuscheln und versuchte, sie zu sich runterzuziehen. Sie fühlte sich geschmeichelt, widerstand aber der Versuchung.

Sie hatte zu viel zu tun. Und nun, da er schlief, konnte sie ihr Vorhaben ungestört in die Tat umsetzen.

## Kapitel 4

»Vielen Dank noch mal für das Interview. Das war wirklich äußerst aufschlussreich.« Luanne schaltete die Kamera aus, wischte sich mit der freien Hand ein Glitzerstäubchen aus dem Auge und zog einen ihrer gestreiften Kniestrümpfe hoch.

Der Bursche – er hieß Bobby – steckte das Bündel Geldscheine ein, das sie für ihn bereit gelegt hatte und bedachte sie mit einem Lächeln, das er vermutlich für verführerisch hielt. Leider war er schätzungsweise gerade mal siebzehn, wenn überhaupt. »Freut mich, dass ich helfen konnte. Ich bin ein großer Fan der legendären Jane.«

»Danke. Sehr liebenswürdig.«

»Es war mir eine Ehre, ganz im Ernst. Ich stehe jederzeit gern für weitere Videos zur Verfügung. Einfach anrufen.«

Hm. Sie überlegte. Sie trug bereits ihr Jane-Outfit und hatte hier einen Freiwilligen, der zu allen Schandtaten bereit war. Gleich ging die Sonne unter, und sie hatte nicht nur Aufnahmen von »Spuren« und einer inszenierten Chupacabra-Sichtung im Kasten, sondern auch ein brauchbares Interview mit einem jungen Mann, der ihr zwar ganz offensichtlich einen Bären aufband, bei ihrem Publikum aber garantiert gut ankommen würde. Jetzt fehlte nur noch eine Begegnung mit einem »leibhaftigen« Chupacabra, die sie an einem der kommenden Abende mit ihrer Nachtsichtkamera drehen würde, dann hatte sie genügend Material für diesen Beitrag. Aber wenn sie schon mal einen Helfer hatte, sollte sie diese Gelegenheit nutzen und zwei Fliegen mit einer Klappe schlagen. Sie überprüfte den Akku ihrer Kamera. Noch halb voll. Perfekt. Das Seil und die Holzpfosten, die sie gekauft hatte, lagen im Kofferraum ihres Wagens. Sie musterte Bobby. »Du weißt nicht zufällig, wie man Kornkreise macht?«

»Nö, aber ein paar Kilometer von hier gibt es ein Hirsefeld, das sich für ein paar ›Feldstudien‹ anbieten würde.«

Perfekt.

»Dann mal los.«


Hank kam gerade aus der Dusche, als sein Telefon klingelte. Gähnend nahm er es zur Hand und warf einen Blick auf das Display. Hm. Der County Sheriff. Oh Mann, der hatte ihm gerade noch gefehlt. Was war jetzt wieder los?

Er nahm das Gespräch an. »Hank Sharp hier.«

»Tag, Hank. Ich bin's, Rick. Tut mir leid, wenn ich störe.«

»Ich habe zwar heute frei, aber ist schon okay.« Hank kratzte sich die noch feuchte Brust und gähnte erneut. Brannan rief öfter mal an, wenn ihm am Wochenende ein

Mann fehlte. Normalerweise war Hank ja allzeit bereit, aber heute hatte er nicht die geringste Lust einzuspringen. Heute wollte er Luanne und ihr Lächeln wiedersehen und mit ihr einen Happen zu sich nehmen, sei es im Rahmen eines späten Abendessens oder eines frühen Frühstücks. »Bin gerade aufgewacht. Ist bei euch mal wieder Not am Mann? Ich stehe heute nämlich nicht ...«

»Nein, ich rufe nicht deswegen an.«

»Ach nein? Warum dann?«

»Weil es hier vorhin einen kuriosen Zwischenfall gab.«

Hank verspürte ein flaues Gefühl im Magen. »Was ist passiert?«

»Schon mal was von Kornkreisen gehört?«

Er stöhnte auf. »Lass mich raten. Es geht um eine ziemlich große Frau in einem knallrosa T-Shirt, die bis über beide Ohren in Schwierigkeiten steckt.«

»Sie hatte einen jungen Burschen im Schlepptau. Wir haben die beiden mitgenommen aufs Revier. Sie hat behauptet, sie kennt dich.«

»Sie ist ... meine Freundin.« Aber wer mochte der Junge sein, mit dem sie unterwegs gewesen war? Was zum Teufel hatte sie sich bloß dabei gedacht, noch andere Leute in die Sache zu verwickeln? Hank fluchte verhalten. Hatte er ihr nicht klipp und klar gesagt, sie solle ihre Dummejungenstreiche bleiben lassen? Und sobald er im Bett lag und schlief, ging sie hin und tat es trotzdem. Unfassbar.

Aus der Leitung ertönte Lachen. »Das hat sie auch behauptet. Du ...«

Hank hatte genug gehört. »Ich bin in einer halben Stunde da«, knurrte er und legte auf.

Das würde sich bestimmt im Nu in der ganzen Stadt herumsprechen. Und nicht nur das, vermutlich wusste es bald das halbe County. Er mochte Luanne, aber das war töricht und gedankenlos von ihr. Was sollte er mit einer Freundin, die ständig Mist baute, sich dabei filmte und die Videos auch noch online stellte? Wenn sie sich strafbar machte und ungeschoren davonkam, dann würden sich die Leute garantiert bald fragen, was er ihr wohl noch so alles durchgehen lassen würde. *Schon praktisch, wenn man mit einem Polizisten zusammen ist,* würde es heißen. *Diese Luanne Allard kann sich alles erlauben, und ihr Freund stellt sich einfach blind und taub und tut, als wüsste er von nichts.*

So gern er sie auch hatte, aber das konnte er sich nicht leisten. Bluebonnet war eine Kleinstadt, da musste man als Polizist eine blütenweiße Weste haben, sonst war man erledigt.

Wenn sie so weitermachte, ruinierte sie seine Karriere.

Entweder sie suchte sich einen anderen Job, oder sie mussten Schluss machen. Eine andere Lösung gab es nicht. Er musste mit ihr reden. Und er konnte sich bereits lebhaft vorstellen, wie sie reagieren würde.

Er presste die Lippen zusammen, griff nach der nächstbesten Hose und schlüpfte hinein.

Als er das Büro des County Sheriffs betrat, musterte ihn Brannan mit einem süffisanten Grinsen. »Na, kommst du deine Freundin abholen?«, fragte er überflüssigerweise.

Hank stierte den Mann nur missmutig an und bedeutete ihm vorauszugehen.

Brennan führte ihn zu den Gefängniszellen und öffnete die erste.

Luanne saß in ihrem Jane-Outfit auf der eisernen Pritsche und sah aus wie das personifizierte schlechte Gewissen. Grasflecken zierten ihre Kniestrümpfe, ihre Wangen waren mit Glitzer verschmiert, und ihre sonst so keck wirkenden Zöpfe hingen traurig herab. »Überraschung«, sagte sie mit einem kläglichen Grinsen.

Er erwiderte es nicht. Stattdessen musterte er Brannan und wartete ab.

»Der Farmer verzichtet auf eine Anzeige. Und der Junge, der bei ihr war, ist noch minderjährig. Seine Eltern haben ihn abgeholt.«

Hank nickte, ohne Luanne, die sich nun erhob und zu ihm trat, auch nur eines Blickes zu würdigen. »Ich fahre sie nach Hause. Danke, dass du mich gleich verständigt hast. Ich weiß es zu schätzen.«

»Kann ich sonst noch etwas für dich tun?« Brennan grinste listig.

»Nein, danke«, erwiderte Hank kühl. Er legte Luanne eine Hand auf den Rücken und schob sie unsanft nach draußen.

Bis sie auf dem Parkplatz waren, wechselten sie kein Wort. Luanne legte die Hand auf den Türgriff seines Streifenwagens und grinste trotzig. »Und, soll ich hinten sitzen, weil ich ungezogen war?«

Das trug ihr einen bitterbösen Blick von Hank ein.

»Okay, da hat heute jemand offenbar keinen Sinn für Humor«, murmelte sie halblaut und nahm auf dem Beifahrersitz Platz.

Er sagte nichts, sondern wartete, bis sie eingestiegen war, schnallte sich an, startete den Motor und fuhr los in Richtung Highway.

Ein paar Minuten herrschte Schweigen. Dann schielte sie zu ihm hinüber. »Redest du nicht mehr mit mir?«

Er unterdrückte ein Seufzen. »Was soll ich da noch sagen?«

»Keine Ahnung. Wie wär's mit ›*Ich bin echt sauer auf dich, Luanne. Wann hörst du endlich auf mit dieser Scheiße?*‹ Und dann könnte ich sagen, dass du nicht mein Vater bist und ich tun kann, was ich will. Und dann streiten wir uns noch ein bisschen, und danach haben wir heißen Versöhnungssex auf der Rückbank.«

»Ich bin tatsächlich nicht dein Vater«, pflichtete er ihr bei. »Und ich kann dich nicht davon abhalten, weiter Scheiße zu bauen, solange das, was du tust, nicht verboten ist. Was bedeutet, dass ich mich wohl zwischen dir und meinem Job werde entscheiden müssen.«

»Das ist doch Quatsch.«

»Nein, ist es nicht. Ich bin Polizist, Luanne. Was meinst du wohl, wie das rüberkommt, wenn ich tatenlos zusehe, wie meine Freundin Videos von ihren rechtswidrigen Aktivitäten ins Internet stellt, wo sie sich jeder Hinz und Kunz ansehen kann? Ist dir nicht klar, dass mein Image darunter leidet?«

»Kornkreise sind doch nicht rechtswidrig.«

»Ach nein? Dieses Hirsefeld gehört einem Farmer, der vom Ertrag seiner Ernte lebt und davon seine Kinder ernährt. Ihr habt fast tausend Quadratmeter des Feldes niedergetrampelt. Das ist im Grunde dasselbe, als hättest du ihm einen Batzen Geld geklaut, Luanne. Ich weiß ja nicht, wie man dort, wo du herkommst, zu widerrechtlichem Betreten eines Grundstücks und mutwilliger Zerstörung fremden Eigentums steht, aber hier bei uns ist so etwas illegal. Du kannst von Glück sagen, dass er dich nicht angezeigt hat. Das Mindeste wäre, dass du dich bei ihm entschuldigst.«

Inzwischen befanden sie sich wieder in Bluebonnet. Luanne schwieg, so lange, dass er schließlich zu ihr hinübersah. Sie hatte die Unterlippe nach vorn geschoben. Vom Glitzer-Make-up auf ihren Augendeckeln war nicht mehr viel übrig.

»Aber ich schätze mal, das ist dir alles egal, weil du den Besitzer nicht persönlich kennst. Und es war ja bloß ein ach-so-lustiger Streich für deinen Blog«, fuhr er bissig fort. Er bog in die lange Einfahrt, die zum Peppermint House führte, und hielt den Wagen an.

»Du verstehst das nicht, Hank. Ich tue das nicht, weil ich es so furchtbar lustig finde. Es ist eben mein Job. Ich muss doch auch von etwas leben. Und je krasser die Videos, desto mehr Geld verdiene ich damit.«

»Du hast recht, ich verstehe es wirklich nicht, Luanne. Schon möglich, dass du davon lebst, aber wenn du mich fragst, ist es nicht in Ordnung, sich seinen Lebensunterhalt mit illegalen Mitteln zu verdienen.«

»Nicht alles, was ich mache, ist illegal.« Sie verschränkte die Arme vor der Brust. »So, wie du das sagst, könnte man glatt den Eindruck kriegen, ich wäre ein gemeingefährlicher Verbrecher. Ich bin kein schlechter Mensch, nur weil ich einen Videoblog mache.«

»Ich halte dich auch nicht für einen schlechten Menschen«, sagte er leise. »Aber ich habe den Eindruck, dass du nur an dich selbst denkst.«

Luanne schnaubte und musterte ihn von der Seite. »Na, an wen sollte ich denn sonst denken?«

»An mich zum Beispiel.«

Sie hob ungläubig eine Augenbraue. »Was genau willst du mir damit sagen?«

»Ich bin Polizist, Luanne. Und ich lebe in einer Kleinstadt. Alles, was du machst, fällt irgendwann auf mich zurück.« Als sie den Kopf schüttelte, fuhr er fort. »Und deshalb kann nicht tatenlos zusehen, wie du hier ständig Mist baust. Wenn ich davon erfahre, dass du gegen das Gesetz verstoßen hast, muss ich dich verhaften. Deshalb will ich gar nichts über deine Unternehmungen wissen.« Er zögerte, dann fügte er hinzu: »Es ist wohl das Beste, wenn wir künftig wieder getrennte Wege gehen.«

»Getrennte Wege?«, wiederholte sie schockiert. »Du machst mit mir Schluss? Wegen ein paar dämlicher Kornkreise?«

»Nein, Luanne. Ich mag dich. Ich mag dich wirklich sehr. Wir würden perfekt zusammenpassen, wenn da nicht unsere Arbeit wäre. In dieser Hinsicht sind wir leider nicht kompatibel. Wenn wir zusammenbleiben wollen, müsste einer von uns den Job wechseln. Aber ich kann nicht von dir verlangen, dass du dir eine neue

Arbeit suchst, genauso wenig wie du von mir, und deshalb sollten wir uns besser nicht mehr sehen.«

Sie starrte ihn an.

»Es tut mir leid, Luanne.«

»Und mir erst«, fauchte sie wütend, riss die Autotür
auf und stieg aus.

Mist. Jetzt hatte er sie verletzt. Dabei hatte er echt
versucht, es ihr möglichst schonend beizubringen. Hank
stellte den Motor ab und öffnete die Tür. »Luanne«, rief
er ihr nach. Er fühlte sich mies.

Sie stürmte hoch erhobenen Hauptes die Verandatreppe hoch, ohne sich noch einmal umzudrehen. Bis
er aus dem Wagen geklettert war, was wegen seiner langen Beine immer eine Weile dauerte, hatte sie bereits die
Haustür hinter sich zugeknallt.

Okay, sie war eindeutig sauer. Tja, was zum Teufel hätte er denn machen sollen? Er konnte doch nicht
so tun, als wüsste er nichts von ihren Eskapaden – sie
filmte sich dabei und stellte die Videos online, Herrgott
noch mal! Das Licht auf der Veranda erlosch. Er stieg
wieder ein und starrte noch eine Weile auf das Arma-
turenbrett.

Seltsam, sie fehlte ihm schon jetzt.


»Was hast du gesagt?«, fragte Emily. Sie goss sich eine
Tasse Kaffee ein und setzte sich damit an den Esstisch.
»Du hattest den Mund voll. Ich habe keine Wort ver-
standen.«

»Ich hab gesagt, Officer Stock-im-Arsch hat mich
abserviert«, wiederholte Luanne und schob sich einen

Löffel Cap'n Crunch in den Mund. »Seiner Ansicht nach ist mein Job schwachsinnig und illegal.« Sie presste sich die Müslischüssel an die Brust. Andere Menschen trösteten sich mit Eiscreme, sie zog Frühstückscerealien vor.

»Womit er absolut recht hat«, stellte Emily fest.

Luanne bedachte sie mit einem bitterbösen Blick.

»Ach, komm schon. Wenn das, was du machst, nicht schwachsinnig und illegal wäre, würde sich doch kein Schwein für deine Videos interessieren. Süße Mädels gibt es im Internet wie Sand am Meer. Aber Mädels, die wie eine Nutte angezogen sind und versuchen, Kühe umzuschubsen, sind eher selten.«

»Ich bin nicht angezogen wie eine Nutte!«, protestierte Luanne. Ihre Stimmlage war plötzlich um eine Oktave höher.

»Mein Outfit ist vom Roller Derby inspiriert, Herrgott noch mal!«

Emily winkte ab. »Was ich damit meine, ist: Du ziehst dich verrückt an und machst verrückte Sachen, an denen du ein weltweites Publikum teilhaben lässt, und das alles nur, damit möglichst viele Leute deine Webseite besuchen, weil dir jeder Klick Geld von deinen Werbepartnern einbringt. Richtig?«

Luanne schaufelte weiter Frühstücksflocken in sich hinein und kaute ausgiebig. »Richtig«, nuschelte sie. »Und?«

»Ich kann mir echt nicht vorstellen, warum ein tugendhafter Musterknabe wie Hank Sharp damit ein Problem haben sollte«, sagte Emily mit unschuldigem

Blick. »Er muss dich ja echt total an der Nase herumgeführt haben. Lag es vielleicht an seinen Piercings? An den Tätowierungen? An seiner Harley? Ach so, warte, so etwas hat er ja gar nicht. Er fährt einen Streifenwagen und zieht ausschließlich vorschriftsmäßig gestärkte Klamotten an.«

»Jetzt tu nicht so, als wäre er ein langweiliger Waschlappen, Em! Das ist er nämlich nicht«, echauffierte sich Luanne, obwohl sie selbst nicht genau wusste, warum sie diesen Idioten auch noch verteidigte. Er hatte sie abserviert! Eigentlich sollte er ihr total egal sein.

»Ach nein? Was ist er denn dann?«

Wieder kaute Luanne lange und überlegte. Dann seufzte sie. »Er ist echt – korrekt.«

»Wie, korrekt?«

»Ja, du weißt schon.« Luanne wedelte mit dem Löffel in der Luft herum, wobei ein paar Tropfen Milch auf Emilys antikem Tisch landeten. »Er ist ein anständiger Bursche. Er hört den Leuten zu, wenn sie Probleme haben. Er rettet Kätzchen von Bäumen. Er findet es schön, den Menschen zu helfen und das Richtige zu tun.«

Em grunzte belustigt und wischte mit einem Blatt Küchenrolle die Milchtropfen auf. »Klingt ja schauderhaft. Zum Glück bist du ihn los. Ich wette, er hat ständig an dir rumgekrittelt und dir gesagt, was du tun und lassen sollst.«

Luanne kaute und schwieg. Er hatte nichts dergleichen getan. Er mochte es, wie sie sich anzog, wie sie redete, wie sie sich gab. Und es gefiel ihm auch, wenn sie mal die freche Göre raushängen ließ. Sie war das genaue

Gegenteil von ihm, aber er hatte sie kein einziges Mal wegen ihres Benehmens kritisiert, hatte nie gesagt, sie müsse sich ändern. Sie hatte einfach sie selbst sein können, und er hatte es auch noch gut gefunden. Der einzige strittige Punkt war ihr Job gewesen. »So was in der Richtung, ja«, brummelte sie.

»Dann sei doch froh, dass es vorbei ist. Schließlich liebst du deinen Job, nicht?«, sagte Em sanft.

Luanne musterte sie mit schmalen Augen und schob sich einen weiteren Löffel Cap'n Crunch in den Mund. Ihre Schwester wusste, was sie wirklich von Jane und ihrem Blog hielt. Es war eine reichlich aufwendige Tätigkeit, und hin und wieder auch ganz schön nervig. Sie hatte ihr ja sogar einen Stalker eingebracht! Tagtäglich schrieben ihr irgendwelche Psychos, die forderten, sie solle endlich ein Oben-ohne-Video drehen. Es war ermüdend. Die letzten drei Männer, mit denen sie ausgegangen war, hatten unbedingt vor laufender Kamera mit ihr schlafen wollen. Sie waren auf Jane scharf gewesen, nicht auf Luanne.

Hank dagegen interessierte sich nur für sie. Für Luanne.

Stöhnend legte sie den Kopf auf der Tischplatte ab. »Das ist echt so unfair, Em. Da lerne ich endlich einen anständigen Kerl kennen, und dann entpuppt er sich als krankhafter Tugendbold.«

»Was ist denn daran so schlimm?«

»Na, dass er wegen meiner Arbeit mit mir Schluss gemacht hat!«

»Dann such dir eben eine neue Arbeit! Dieser Blogger-Job ist doch total albern. Du findest schon etwas anderes.«

»Ich kann jetzt nicht einfach aufhören, Em! Ich habe Rechnungen zu begleichen, und zwar nicht zu knapp, das weißt du genau.« Luanne runzelte die Stirn. »Wobei die Lage inzwischen nicht mehr ganz so dramatisch ist.«

»Ich dachte, das wäre längst erledigt?«

»Fast.« Luanne rührte mit dem Löffel in ihrer Müslischüssel und sah zu, wie die aufgeweichten Cerealien an den Rand trieben. »Aber ich denke nicht daran, meinen Job an den Nagel zu hängen, nur weil so ein dahergelaufener Provinznestpolizist es von mir verlangt. Womit soll ich mir denn bitteschön stattdessen meine Brötchen verdienen? Soll ich jetzt etwa anfangen, Spitzendeckchen zu häkeln?«

»Du könntest es mit einer ganz normalen Arbeit versuchen, so wie der Rest der Menschheit«, sagte Em. »Oder, was weiß ich … gemeinsam mit deiner Schwester ein B&B führen.«

Luanne stöhnte und wedelte abwehrend mit ihrem Löffel. »Ich habe dir schon hundertmal gesagt, dass ich dir meinetwegen eine Webseite basteln kann, aber das ist auch schon alles. Renovierungsarbeiten sind echt nicht mein Ding.«

»Für welche Tätigkeit auch immer du dich entscheidest, sie wird deine unverwechselbare Handschrift tragen, davon ich bin überzeugt.« Emily tätschelte ihr grinsend die Hand. »So, und jetzt ruf Hank an und sag ihm, dass du mit ihm reden willst.«

Luanne überlegte einen Augenblick, dann schüttelte sie den Kopf. »Nein. Wenn er etwas von mir will, muss er den ersten Schritt machen. So weit kommt es noch, dass ich zu Kreuze krieche und ihn um eine zweite Chance anflehe.«

Emily seufzte resigniert.


*Eine Woche später*


»Ganz recht, Officer Sharp. Ich bin mir ziemlich sicher, dass ich oben Stimmen gehört habe«, beteuerte Emily Allard-Smith gerade mit zitternder Stimme. »Ich wäre Ihnen wirklich sehr dankbar, wenn Sie vorbeikommen und mal nachsehen würden.«

Hank stierte aus dem Fenster seines Büros hinaus in die Dunkelheit und seufzte. »Ich bin zurzeit der einzige wachhabende Polizist, Ms. Allard-Smith. Meine Kollegen kommen erst gegen Mitternacht. Ich kann unmö…«

»Ich habe Cookies gebacken«, unterbrach sie ihn.

Als würden Cookies ausreichen, um ihn zum Peppermint House zu locken. Bei seinem Vater mochte diese Masche ziehen, aber bei ihm? »Ms. Allard-Smith, ich …«

»Bitte«, flehte sie. »Ich habe solche Angst! Hier geht ein Geist um, da bin ich ganz sicher.«

Hank war ganz sicher, dass wieder einmal ihre lebhafte Fantasie mit ihr durchging. Er hätte seinen Kopf darauf verwettet, dass es bloß ein paar Eichhörnchen waren, die da in ihrem Dachboden herumgeisterten. »Okay, ich werde mal sehen, was sich machen lässt.«

»Danke!«, flötete sie. »Wir haben uns zu Tode erschreckt, als wir die Geräusche gehört haben. Luanne ist ohnehin schon die ganze Woche total neben der Spur, und diese unheimlichen Geräusche haben uns jetzt echt den Rest gegeben.«

Hört, hört. Luanne hatte Angst? Er setzte sich aufrecht hin. Und sie war schon die ganze Woche total neben der Spur? Sehnte sie sich womöglich genauso nach ihm wie er nach ihr?

Die quirlige, fröhliche Luanne hatte seinem Leben quasi einen bunten Anstrich verpasst. Mit ihr war alles lustiger. Aufregender. Und in der Woche, seit er Schluss gemacht hatte, war ihm der graue Alltag irgendwie … na ja, grauer als sonst erschienen. Es war, als hätte jemand die Scheinwerfer ausgeknipst, und seither war die Welt nicht mehr bunt, sondern schwarz-weiß. Er erledigte seine Aufgaben automatisch und ohne jeglichen Enthusiasmus.

Was total albern war. Oder auch nicht, dachte er, als ihm ihr spitzbübisches Grinsen in den Sinn kam. Vielleicht tat sie ihm ja einfach gut, so wie er ihr guttat.

Zu schade, dass sich ihre Berufe als unvereinbar entpuppt hatten. Es wäre auf Dauer garantiert nicht gut gegangen. Trotzdem musste er andauernd daran denken, was sich noch alles zwischen ihnen hätte entwickeln können.

»Also gut, ich bin in fünf Minuten da«, versprach er Emily matt.

»Hervorragend!«, rief sie. Es klang verdächtig aufgekratzt.

## Kapitel 5

Emily Allard-Smith erwartete ihn schon auf der Veranda ihrer viktorianischen Villa. Sie trug ein rosa Sweatshirt und Jeans mit Löchern an den Knien und wirkte kein bisschen verängstigt. »Vielen Dank fürs Kommen, Officer Sharp«, flötete sie mit einem breiten Lächeln.

Er trat ins Haus und warf unauffällig einen Blick ins Wohnzimmer. Die Möbel waren mit weißen Laken zugedeckt, es herrschte das übliche Chaos. Nun gut, die Renovierungsarbeiten waren noch in vollem Gange, und Emily machte alles im Alleingang. Luanne konnte er nirgends entdecken, was ihn nicht sonderlich überraschte. Wahrscheinlich war sie geflüchtet, als sie gehört hatte, dass er im Anmarsch war, dachte er geknickt. Es kam ihm so vor, als würde sie ihm aus dem Weg gehen, was er ausgesprochen schade fand, denn er hätte sie gern mal wiedergesehen. Und er hätte zu gern gewusst, ob er ihr genauso fehlte wie sie ihm oder ob nur er sich grämte, weil ihre kurze Beziehung ein so jähes Ende gefunden hatte. Er räusperte sich und blickte auf die zierliche Emily hinunter. »Gab es seit unserem Telefonat vorhin noch weitere ungewöhnliche Vorkommnisse?«

»Ungewöhnliche Vorkommnisse? Ähm, nein.« Sie legte ihm eine Hand auf den Arm und bugsierte ihn zur Treppe. »Kommen Sie mit. Ich zeige Ihnen, von wo die Geräusche kamen.«

Er folgte ihr nach oben, wobei ihm auffiel, dass das Haus in mehrfacher Hinsicht in einem bedauernswerten Zustand war. Trotzdem war es ein schönes Haus. Nur eben ziemlich heruntergekommen.

Sie blieb vor einer Tür stehen und flüsterte: »Es kam von hier drin. Werfen Sie doch bitte mal einen Blick rein.«

Hank nickte und vernahm von drinnen tatsächlich ein Rascheln, als er die Hand auf den Türknauf legte. Mit gerunzelter Stirn riss er die Tür auf – und erstarrte verblüfft.

Luanne saß mit einer aufgeschlagenen Zeitschrift auf dem Schoß in einem Fauteuil.

Sie stierte ihn einen Moment lang mit offenem Mund an, dann sah sie zu ihrer Schwester. »Was macht der denn hier?«, fragte sie vorwurfsvoll.

Zu Hanks Überraschung verpasste Emily ihm einen kräftigen Stoß, sodass er in das Zimmer – Luannes Schlafzimmer, wie es aussah – taumelte. »Sie« – sie deutete auf Hank – »entschuldigen sich jetzt gefälligst bei meiner Schwester dafür, dass Sie mit ihr Schluss ge-macht und ihre Gefühle verletzt haben. Und du« – jetzt schwenkte ihr Zeigefinger zu Luanne – »erzählst die-sem Mann, wie du wirklich über deinen Blog denkst und warum du überhaupt damit angefangen hast.«

Die beiden glotzten sie konsterniert an.

Emily nickte energisch und bedachte sie mit einem letzten warnenden Blick. »Und ich will keinen von euch sehen, ehe ihr euren Disput nicht beigelegt habt. Habe ich mich klar ausgedrückt? Wenn wieder alles im Lot ist, gibt's einen Teller Cookies.« Damit knallte sie die Tür hinter sich zu und ließ Luanne und Hank allein.

Eine Weile herrschte Stille, dann schnaubte Luanne belustigt. »Sie hat eindeutig ihre Berufung verfehlt. Sie hätte Lehrerin werden sollen«, sagte sie.

In Anbetracht ihres kleinlauten Lächelns war Hanks Groll gegen sie auf einen Schlag verraucht. »Behandelt sie etwa alle Leute wie siebenjährige Kinder?«, fragte er.

»So ziemlich.« Luanne schloss die Zeitschrift und musterte ihn mit einem argwöhnischen Blick.

Mist. Er hatte sie wohl wirklich verletzt, dabei hatte er sich so bemüht, das Richtige zu tun. Verlegen trat er von einem Fuß auf den anderen. Aber früher oder später hätte er sie garantiert verhaften müssen. Da war es doch besser, gleich mit ihr Schluss zu machen, oder? Offenbar nicht, ihrem gekränkten Blick nach zu urteilen.

Es hätte ihm egal sein müssen. War es aber nicht.

Er verschränkte die Arme vor der Brust und spähte zur geschlossenen Tür, dann sah er wieder zu Luanne, die ihn erwartungsvoll betrachtete.

»Was ist nun?«, fragte sie. »Bist du gekommen, um dich zu entschuldigen oder nicht?«

Na ja, eigentlich war er gekommen, weil Emily ihn hergebeten hatte. Aber seit er hier war, konnte er plötzlich nur noch an Luanne denken. Und er konnte sich gar nicht an ihr sattsehen. Sie sah richtig hübsch aus, obwohl sie eine Yogahose und ein altes T-Shirt trug und sich das Haar zu einem unordentlichen Knoten zusammengebunden hatte. Am liebsten hätte er die Strähnen, die sich daraus gelöst hatten und ihr Gesicht umrahmten, beiseitegeschoben, um mit den Fingern ihre Züge nachzuzeichnen und sie dann ganz sanft und zärtlich zu küssen, bis die Falten von ihrer Stirn verschwanden. Er öffnete den Mund, doch die Worte blieben ihm im Hals stecken. Mist. Große Reden zu schwingen war einfach nicht sein Ding, und außerdem hatte er keine Ahnung, was sie von ihm hören wollte.

Seufzend rieb er sich das bartstoppelige Kinn. Es war wohl am vernünftigsten, wenn er mit der Wahrheit anfing. »Ich dachte echt, es wäre das Beste, wenn ich Schluss mache, Luanne. Dir muss doch auch klar sein, dass unsere Jobs immer ein Problem darstellen werden.«

»Deswegen hättest du mich aber nicht stante pede vor der Haustür abliefern und dich auf Nimmerwiedersehen verabschieden müssen.« Jep, sie war definitiv noch sauer. »Ich meine, wenn du nicht mit mir zusammen sein willst, dann kannst du mir das auch einfach mitteilen. Wie gesagt, ich bin ein großes Mädchen, ich werd's verschmerzen.«

»Ich will aber mit dir zusammen sein. Ich kann bloß nicht. Verstehst du das nicht?«

Zu seiner Verblüffung nickte sie, streckte ihre langen Beine aus und erhob sich. »Doch. Ich hätte es nur nett gefunden, wenn du mit mir darüber geredet hättest, statt einfach über meinen Kopf hinweg irgendwelche Entscheidungen zu treffen.«

»Ich hätte es auch nett gefunden, wenn du mit mir geredet hättest, ehe du dich auf die Jagd nach dem Chupacabra gemacht hast.«

»Es war nicht der Chupacabra, es waren die Kornkreise.« Da war es wieder, ihr verschmitztes Lächeln, wenn auch noch nicht ganz so breit wie sonst. Sie baute sich vor ihm auf. »Dass es den Chupacabra nicht gibt, weiß doch jedes Kind.«

Sie war nur Zentimeter von ihm entfernt.

Hank seufzte.

Sie ließ die Hand über seine Brust wandern, bis sie direkt über seinem Herzen zu liegen kam, eine Geste, die bewundernd und besitzergreifend zugleich wirkte und seinen Schwanz sogleich zu Höchstform auflaufen ließ. »Aber das ist okay. Ich verzeihe dir.«

»Und?« Er hob eine Augenbraue.

»Und was?« Sie sah mit Unschuldsmiene zu ihm hoch. Ihre Finger spielten mit dem obersten Knopf an seinem Hemd.

»Deine Schwester hat gesagt, ich soll mich bei dir entschuldigen, und du sollst mir die Wahrheit über deinen Job erzählen.« Er beugte den Kopf und inhalierte ihren Duft. Verführerisch, frisch und verdammt sexy. »Ich habe meinen Teil der Abmachung eingehalten.«

Prompt ließ sie die Hand sinken, und ihr verschmitztes Grinsen war wie weggewischt. Sie verknotete die Finger ineinander, als wäre sie nervös.

Was auch immer sie ihm zu sagen hatte, war ihr offenbar unangenehm oder stimmte sie traurig.

Hm. Das gefiel ihm ganz und gar nicht. Die unerschrockene Luanne war ihm bedeutend lieber. Was mochte sie auf dem Herzen haben? Er setzte sich in den Fauteuil und zog sie auf seinen Schoß.

Sie ließ es geschehen und legte ihm die Arme um den Hals. »Ich bin nicht sicher, ob das eine gute Idee ist, Officer Sharp.«

»Wenn du meine Freundin bist, wüsste ich nicht, was dagegenspricht.«

Sie verharrte regungslos. »Bin ich das denn?«, fragte sie und musterte ihn ernst, fast schon hoffnungsvoll.

»Ich will keine andere.« Diese Aussage würde er wohl noch bereuen, falls sie sich weigerte, ihren Job aufzugeben. Aber das war ihm im Augenblick schnurzpiepegal, denn sie lächelte und streifte mit den Lippen zärtlich seinen Mund.

Hank erwiderte den Kuss, kitzelte mit der Zunge ihre Lippen, um ihr zu signalisieren, dass er sie begehrte. Sie gab ein erregendes Stöhnen von sich, presste den Busen an seine Brust und öffnete den Mund noch etwas weiter.

Als sie sich nach einer Weile voneinander lösten, atmeten sie beide schwer, und Luanne wirkte benommen.

»Also«, sagte Hank. »Du wolltest mir etwas über deine Arbeit erzählen.«

Luanne schlug die Augen nieder. »Bist du auch ganz sicher, dass du die unschöne Wahrheit hören willst?«

»Natürlich will ich das. Mehr als alles andere auf der

Welt.« Okay, im Moment wollte er eigentlich nur eines: Sie küssen bis in alle Ewigkeit, und falls es nicht zu viel verlangt war, hätte er sie außerdem gern mal nackt gesehen. Aber er konnte sich vorerst auch damit begnügen, dass sie auf seinem Schoß saß, den Hintern an seine Erektion geschmiegt.

Luanne seufzte. »Es ist nicht so, als wäre ich total erpicht darauf, den Jane-Blog zu machen. Aber ich habe keine andere Wahl.«

»Wieso?«

Sie zögerte lange, und es wurde so still im Raum, dass er das Ticken einer Uhr hören konnte. »Weil ich mich von einem Kerl verarschen habe lassen«, platzte sie schließlich heraus. Hank wartete schweigend ab, also sah sie ihm in die Augen und fuhr fort. »Ich glaube, ich habe schon mal erwähnt, dass ich Finanzwissenschaft studiert habe. Ich war Investmentbankerin, spezialisiert auf den auftragsmäßigen An- und Verkauf von Aktien.«

»Verstehe«, sagte Hank, obwohl das für ihn eine völlig fremde Welt war.

»Wer in diesem Bereich tätig ist, muss eine tadellose Bonität vorweisen können. Niemand vertraut einem Menschen, der nicht einmal die eigenen Finanzen im Griff hat, sein Geld an.«

Hank ahnte, worauf sie hinauswollte. »Lass mich raten: um deine Bonität ist es nicht gerade zum Besten bestellt.«

»Du sagst es.« Sie stieß ein gezwungenes Lachen hervor. »Vor etwa zwei Jahren ist mein damaliger Freund bei mir eingezogen. Er hat sich meine Post unter den

376

Nagel gerissen und in meinem Namen eine ganze Reihe von Kreditkarten beantragt, und dann ist er eines schönen Tages an die Westküste gezogen, weil er sich selbst finden musste oder irgend so ein Mist. Das mit den Kreditkarten habe ich erst Monate später herausgefunden. Natürlich habe ich bei den diversen Banken Einspruch eingelegt, mit mäßigem Erfolg. Meine Bonität war im Arsch. Man hat mich entlassen, wegen eines vorgeschobenen Grundes, und eine neue Anstellung in meinem Bereich zu finden war und ist unter diesen Umständen absolut unmöglich. Um die Schulden abzuzahlen, habe ich meine gesamten Ersparnisse aufgebraucht, die eigentlich für meine Altersvorsorge vorgesehen waren.«

Er lauschte ihr schweigend, ohne sie zu unterbrechen, rieb ihr bloß dann und wann den Rücken, um sie zu trösten.

»Das mit dem Blog fing ganz zufällig an«, fuhr Luanne fort und verkrampfte erneut die Finger ineinander. »Eine Freundin hat mich zum Skydiving überredet, damit ich mal auf andere Gedanken komme. Es war total irre. Wir hatten dieses total alberne Outfit an und haben im Vorfeld die ganze Zeit Witze gerissen, weil wir nicht zugeben wollten, dass wir die Hosen gestrichen voll hatten. Tja, die Kamera des Betreibers lief die ganze Zeit mit. Heutzutage wird ja alles dokumentiert. Hinterher wurde meiner Freundin das Video zum Verkauf angeboten. Sie hat es online gestellt, und ehe wir wussten, wie uns geschieht, hatten es auch schon hunderttausend Leute angeklickt, und sie wollten noch

mehr verrückte Aktionen sehen. Sie haben sogar Vorschläge gemacht.«

Sie zuckte die Achseln. »Na ja, und so führte eins zum
anderen. Ich habe damit angefangen, weil es ein interes-
santer Zeitvertreib war, während ich auf der Suche nach
einem neuen Job war. Irgendwann hat mir eine Firma
einen Werbevertrag angeboten. Es klang harmlos, also
dachte ich ›Warum nicht?‹ und unterschrieb. Danach
habe ich die ganze Sache vergessen, bis der erste Scheck
kam. Eine vierstellige Summe. Ich war total von den
Socken. Und ich hatte Blut geleckt, habe in einer Tour
neue Videos gepostet und damit ein kleines Vermögen
verdient. Meine Fangemeinde wuchs, mein Schulden-
berg schmolz dahin.« Sie lächelte schief. »Aber das bedeutet nicht, dass ich den Rest meines Lebens als Blog-
gerin arbeiten will. Ich hatte schon vor ungefähr einem
Jahr die Nase voll davon, aus Hubschraubern zu springen und ekliges Zeug in mich reinzustopfen, aber ich
musste weitermachen, weil ich auf das Geld angewiesen war. In meinem Berufsfeld bekomme ich so schnell
keinen Job, also mache ich vorerst als Jane weiter, denn
das ist das Einzige, was ich sonst noch draufhabe.«

Hank hatte ihr staunend gelauscht. »Und ich dachte,
du findest es witzig, dich zum Affen zu machen.«

Sie lächelte gezwungen. »Im Gegenteil. Manchmal
geht es mir tierisch auf den Senkel. Die Leute interessieren sich nämlich nicht für mich, sie wollen nur mit-
erleben, wie sich Jane mal wieder zum Horst macht.
Ich hatte Verabredungen mit Männern, die wollten,
dass ich mich im Bett in Jane verwandle. Es kam vor,

dass mir ein Kellner im Restaurant mein Essen auf den Schoß gekippt hat, in der Hoffnung, dass irgendwo eine versteckte Kamera mitläuft und alles filmt. Ganz zu schweigen davon, dass mir jemand bei meinem Auto aufgelauert und mich bis nach Hause verfolgt hat …«

Hank drückte sie an sich. »Wenn es dich so nervt, dann such dir doch einen anderen Job. Einen ruhigen, weniger riskanten.«

Luanne zuckte die Achseln. »Es ist eben einfacher, so weiterzumachen wie bisher und das Geld einzusacken.«

»Ich habe Geld«, sagte er leise. »Möchtest du dir etwas borgen?«

»Lieber Himmel, bloß nicht. Bei jemandem in der Kreide zu stehen ist das Letzte, was ich will. Kommenden Monat ist die letzte Kreditkartenrechnung abbezahlt, und dann dauert es nur noch ungefähr fünf Jahre, bis meine Bonität wiederhergestellt ist.« Sie lächelte matt. »Tja, du hast wohl angenommen, ich würde nur in meinen Videos so tun, als wäre ich ein Loser, aber ich bin auch im echten Leben einer.«

»In meinen Augen bist du kein Loser«, versicherte er ihr und rieb ihr erneut den Rücken. »Du hattest eben Pech und bist an den falschen Mann geraten. Aber das ändert nichts an meiner Meinung von dir. Wenn überhaupt, mag ich dich jetzt noch lieber.« Er grinste, als er ihren skeptischen Blick aufschnappte. »Wer hätte das gedacht? Hinter der verwegenen Fassade der wilden Luanne Allard mit ihrem Das-geht-mir-alles-am-Arsch-vorbei-Gehabe verbirgt sich eine Frau, die genauso verantwortungsbewusst und bieder ist wie ihr Freund.«

»Hm.« Sie lehnte sich an ihn, sodass ihr Atem seine Wange streifte. »Es gibt Schlimmeres als so zu sein wie mein Freund.«

»Nämlich?«

»Einsam zu sein.« Sie schob die Hand zwischen seine Beine und befühlte seine Erektion. »Du hast mir gefehlt.«

»Du hast mir auch gefehlt, Baby.« Er gab ihr einen Kuss. Dann stöhnte er auf. »Verflixt und zugenäht, ich muss dringend wieder aufs Revier. Ich schiebe nämlich heute allein Dienst, und ich bin schon viel zu lange weg.«

Luanne rutschte ein bisschen auf seinem Schoß hin und her, bis er nach Atem rang. »Darf ich mitkommen?«

»Nur, wenn du versprichst, mich abzulenken.«

»Abgemacht.«

Hank stand auf und setzte sie auf dem Fußboden ab, wobei er sie ganz gemächlich an seinem Körper entlanggleiten ließ. Sie fühlte sich so gut an! »Am besten gehst du direkt vor mir her.«

»Warum das?«

Er rieb sich das Kinn und schnitt eine Grimasse. »Weil ich keine Lust habe, deiner Schwester meinen Schlagstock zu präsentieren, der sich, wie du weißt, nicht zusammenschieben lässt ...«

»Du schlimmer Lümmel, du.« Sie schenkte ihm ein laszives Grinsen und rieb noch einmal mit der Hand über seine Leibesmitte. »Ich weiß was Besseres: Ich lenke Emily ab, dann kannst du dich ungesehen rausschleichen.«

Sie legten den Weg zum Revier in Rekordzeit zurück, und kaum waren sie durch die Tür, eilte Hank auch schon zur Telefonanlage. Er atmete erleichtert auf. »Keine Anrufe.«

Luanne grinste ihn an. »Wie überaus pflichtbewusst.«

Er erwiderte das Grinsen, was ihn unwiderstehlich sexy wirken ließ. »Das turnt dich doch an.«

»Schon möglich.« Sie schlenderte zu ihm rüber und postierte sich neben dem Tisch, an dem er saß, und er packte sie an der Hüfte und zog sie erneut auf seinen Schoß. Luanne liebte es, wenn er das tat. Sie war noch nie zuvor mit einem Mann zusammen gewesen, der größer war als sie, und sie fand es schön, seine körperliche Überlegenheit zu spüren. Dann kam sie sich vor wie ein kleines, zierliches Frauchen und fühlte sich unbeschreiblich weiblich.

Hank wandte sich dem Computer zu und loggte sich bei einem Portal ein.

»Ach du liebe Zeit, was war denn das?«

Er sah sie irritiert an. »Was?«

»Die Webseite, auf der du gerade warst.« Sie nahm ihm die Maus ab und klickte auf »Zurück«.

»Das ist der offizielle Webauftritt der Stadt Bluebonnet.«

Luanne kicherte und scrollte nach unten. Das war ja die reinste Katastrophe! Es hätte sie nicht weiter verwundert, am unteren Seitenrand Bilder von glitzernden Einhörnern zu erblicken. Im Hintergrund blinkte ein grauenhaft schlechtes Foto des Stadtwappens, und, du meine Güte, was war das für eine Schrift? Doch nicht etwa Comic Sans?!« »Bitte sag mir, dass jetzt nicht auch noch gleich Musik ertönt.«

»Nein, das haben wir leider nicht hingekriegt«, gab er zu.

Sie lachte. »Die habt ihr also selbst gebastelt«, stellte sie mit einer Mischung aus Belustigung und Entsetzen fest.

Er nickte und grinste beschämt. »Ich sage doch, wir haben keine Ahnung von Computern.«

»Gott, das ist ja echt – goldig.« Schauderhaft. »Soll ich euch vielleicht eine neue Webseite machen?«

»Wenn du das tust, musst du meinem Vater aber auch noch einmal zeigen, wie man mit dieser Access-Datenbank umgeht.«

Luanne schlang ihm die Arme um den Nacken und rieb die Nase an seiner Wange. »Sag bloß, die großen, bösen Bullen von Bluebonnet sind auf die Hilfe einer *Frau* angewiesen, weil sie keine Ahnung von Computern haben?«

»Genauso ist es«, sagte er mit rauer Stimme. »Luanne Allard, hiermit verdonnere ich Sie zu fünfzig Stunden gemeinnütziger Arbeit.«

»Warum das? Was wird mir denn zur Last gelegt, Officer Knackpo?«

»Besitz einer tödlichen Waffe ohne Waffenschein«, sagte er mit todernster Miene und kniff sie in den Hintern.

»Puh, ist das abgedroschen«, echauffierte sie sich mit einem übertriebenen Stöhnen. »Mal im Ernst, Officer Sharp. Wenn das schon der beste Anmachspruch ist, den Sie auf Lager haben, dann wundert es mich nicht, dass Sie so lange Single waren.«

Er stand auf, ohne sie abzusetzen, und trug sie zu einer Tür am anderen Ende des Raumes. »Tja, Ihr Pech, Ma'am. Sie sind verhaftet.«

»Ach du Schreck. Was stellen Sie jetzt mit mir an, Officer Scharf, äh, Sharp?«

»Na ja …« Er taxierte sie. »Erst werde ich Sie wohl gründlich durchsuchen müssen, und dann werde ich Sie unter vier Augen – verhören.«

»Das klingt aber äußerst verheißungsvoll.«

»Ja, nicht?« Er betrat ein spärlich möbliertes Kabuff und setzte sie vorsichtig auf einem rechteckigen Holztisch ab.

Luanne sah sich überrascht um. Die Wände waren kahl, abgesehen von dem Tisch gab es noch zwei Stühle und ein verspiegeltes Fenster, sonst nichts. Sie verfolgte, wie Hank noch einmal nach draußen ging und kurz hinter der Tür verschwand, ehe er sich wieder zu ihr gesellte.

»Was hast du gemacht?«

»Ich wollte nur sichergehen, dass die Kamera, die bei jedem Verhör mitläuft, ausgeschaltet ist.« Er beugte sich zu ihr hinunter und küsste sie. »Es sei denn, du möchtest der Welt gerne zeigen, wie *Jane* einer Verhaftung entkommt?«

Luanne erstarrte. Sein Tonfall verriet ihr alles, was sie wissen musste. Wenn sie weiterhin die durchgeknallte Jane spielen wollte, würde er sich damit arrangieren. »Du versuchst nicht mehr, es mir auszureden?«

»Du bist eine erwachsene Frau, Luanne. Ich kann dich zu nichts zwingen. Ich will bloß, dass du glücklich bist. Der Rest wird sich schon irgendwie ergeben.«

Sie blinzelte, weil sie plötzlich Tränen der Rührung in den Augen hatte. »Ich will nicht, dass irgendjemand sieht, wie Jane und Hank poppen. Wenn überhaupt, dann soll die Welt sehen, wie Luanne und Hank poppen.«

Hank betrachtete sie einen Moment lang, dann legte er ihr eine Hand auf die Wange. »Du möchtest also mit mir poppen, Luanne?«

Sie nickte und grinste frech. »Und ehrlich gesagt wäre es mir lieber, wenn die Kamera aus bleibt.«

»Das lässt sich einrichten.« Er küsste sie. »Bist du auch ganz sicher, dass du das willst?«

»Na, und ob. Ich werfe mich dir doch schon die ganze Zeit an den Hals, aber du zierst dich ja immer wieder.«

»Ich habe aber kein Kondom dabei«, gab er zu bedenken und fuhr sich frustriert mit den Fingern durch die Haare.

»Kein Problem. Ich nehme die Pille und bin kerngesund. Wenn du mir versichern kannst, dass dein Schlagstock ebenfalls blitzsauber ist, können wir meinetwegen loslegen.«

»Mein Schlagstock hatte bisher noch nicht allzu viel Gelegenheit, sich schmutzig zu machen«, gestand Hank verlegen.

Sie grinste und öffnete den obersten Knopf an seinem Hemd. »Wart's nur ab. Ehe du weißt, wie dir geschieht, wird aus dem Saubermann ein richtiger Dreckspatz.«

Er stöhnte. »Wenn du weiter so anzüglich daherredest, kann ich für nichts garantieren.«

»Na gut, dann beschränke ich mich eben auf die nonverbale Kommunikation.« Sie öffnete den zweiten Hemdknopf und presste die Lippen auf das Stück Haut, das darunter zum Vorschein kam. »Mmm. Lecker.«

»Nein, du bist lecker.«

»Wir sind beide lecker.« Sie zog ihn an sich, sodass er zwischen ihren Oberschenkeln zu stehen kam, dann parkte sie eine Hand auf seinem Hintern und knetete prüfend, mit schief gelegtem Kopf, eine Pobacke. »Hm. Schön fest und knackig. Ihr Gesäß hat den Test schon mal bestanden, Officer.«

»Ich dachte, das ist mein Verhör.«

»Tja, wie es aussieht, hat Luanne Allard, Spezialistin für Leibesvisitationen, das Kommando übernommen.« Sie schob die andere Hand zwischen zwei weitere Hemdknöpfe und machte einen Schmollmund, als sie darunter auf ein weißes T-Shirt stieß statt auf nackte Haut. »Du hast entschieden zu viel an.«

»Und ich dachte immer, Frauen stehen auf Polizeiuniformen.«

»Das tun sie auch.« Sie knetete noch einmal seinen Hintern. O ja, beim Anblick von Officer Hank Sharp in seiner Montur bekam sie weiche Knie. »Vielleicht solltest du sie ja anbehalten.«

Er grinste sein sexy Grinsen. »Hattest du etwa vor, sie mir auszuziehen?«

»Nur teilweise.« Ihre Hand wanderte von seinem Hintern nach vorn zu seinem Schwanz, gespannt auf seine Reaktion. »Oh, wow«, stieß sie hervor, angenehm überrascht von dem, was sie dort ertastete. »Sagen Sie, Officer, ist das eine Knarre oder freuen Sie sich, mich zu sehen?«

Hank stöhnte, während sie die Hand genüsslich an seinem Schaft auf und ab gleiten ließ. »Du willst mich wohl nur ein bisschen scharfmachen.«

»Will ich nicht«, widersprach sie mit einem neckischen Augenaufschlag. »Das würde ja bedeuten, dass einer von uns unbefriedigt bleibt. Und das ist nicht Teil meines Plans.«

»So, du hast das alles also geplant?« Er nahm einen ihrer Unterschenkel und drapierte sich ihr Bein über die Hüfte.

Luanne schob erneut eine Hand zwischen sie, um sein bestes Stück zu streicheln. Wenn sie die Finger wegnähme, könnte er sich an ihrem Geschlecht reiben. Eine verlockende Vorstellung, wie sie fand. Allmählich konzentrierte sich die Erregung, die von ihr Besitz ergriffen hatte, auf ihre Körpermitte.

»Ich habe in der Tat große Pläne«, keuchte sie etwas atemlos. Das war gelogen, aber es schien ihm zu gefallen, wenn sie die Zügel in die Hand nahm. Sie fand es schön, dass er ihr oft so selbstverständlich die Führung überließ – nicht nur jetzt, sondern ganz allgemein in ihrer Beziehung – und sie war gern bereit, auch weiterhin die draufgängerische Femme fatale zu spielen. »Als Erstes werde ich mein Oberteil ablegen und dich mit dem Anblick meines Busens verzaubern. Dann werde ich die Hose ausziehen und dich mit meinen tollen, langen

Beinen beeindrucken. Und anschließend werde ich mich hier auf diesem Tisch zurücklehnen und das Monster, das du da in deiner Hose versteckst, freilassen.«

Mit diesen Worten begann sie erneut, seine Erektion zu liebkosen.

Hank stöhnte und beugte sich über sie, um sie zu küssen. Sie legte auch das zweite Bein um seine Hüften und zog ihn an sich, sodass sowohl sein harter Schaft als auch ihre Finger an ihr Geschlecht gepresst wurden. Seine Zunge drängte sich in ihre Mundhöhle, und er küsste sie mit einer Heftigkeit, bei der ihr die Luft wegblieb, so wild und ungestüm, als wollte er ihr beweisen, wie sehr er sie begehrte.

Tja, damit hatte er die Zügel unversehens an sich gerissen. Und Luanne fand es nicht minder erregend, ihm die Führung zu überlassen. Sie rieb sich an ihm und sah zu ihm hoch, atemlos und gespannt darauf, was er als Nächstes tun würde.

Er beugte sich zu ihr hinunter, nahm vorsichtig ihre Unterlippe zwischen die Zähne und zog daran, spielte mit dem weichen Fleisch und kitzelte es mit der Zungenspitze, bis Luanne aufstöhnte. Es fühlte sich himmlisch an. »Wenn du dich selbst deiner Kleider entledigst, dann bringst du mich damit um das Vergnügen, dich auszuziehen, Luanne.«

»Es liegt mir fern, dir diese Freude zu nehmen«, säuselte sie, wobei ihre Stimme kaum merklich zitterte. »Also, nur zu.«

Sie hob die Arme, und er schob den Bund ihres T-Shirts nach oben und zog es ihr über den Kopf. Dass sie darunter einen grauen Sport-BH trug, hatte sie völlig vergessen. Sie verzog das Gesicht. »Ich besitze auch erotische Unterwäsche, ehrlich, aber ich hatte nicht mit deinem Besuch gerechnet.«

Er gluckste. »Stell dein Licht nicht so unter den Scheffel. Du wirkst auch so unglaublich erotisch.«

»Ohne Sport-BH wirke ich noch erotischer.«

Die Vorstellung schien ihn zu erregen, jedenfalls seinem fiebrigen Blick nach zu urteilen. »Dann lass mal sehen.«

Der Versuch, sich des Kleidungsstücks möglichst anmutig zu entledigen, scheiterte kläglich, da sie sich das Teil umständlich über den Kopf ziehen musste, doch er betrachtete ihren Busen so fasziniert, dass sie Nebensächlichkeiten wie Anmut und Eleganz umgehend vergaß.

»Du bist wunderschön«, murmelte er, legte seine große Hand unter ihre linke Brust und hob sie leicht an, als würde er darüber staunen, wie sie sich anfühlte.

Luanne drückte den Rücken durch und streckte ihm fordernd die Oberweite entgegen. »Ja, berühr mich, Hank. Berühr mich überall. Ich will deine Hände spüren.«

Er kam ihrer Bitte nur zu gerne nach, massierte mit der einen Hand ihre Brust, während er mit den Fingerknöcheln der anderen über ihren nackten Torso strich, über die Rippen bis hinunter zu ihrem flachen Bauch, wo sie kurz am Nabel verharrten.

Die zarte Berührung sandte Wellen der Erregung durch Luannes Körper und ließ sie wohlig schaudern.

Ihre Nippel wurden so hart, dass es schmerzte. Sie sah zu ihm hoch, doch er war ganz in den Anblick ihrer nackten Haut vertieft und so konzentriert bei der Sache, als gäbe es für ihn in diesem Moment nichts Wichtigeres auf der Welt als sie.

Was für ein berauschendes Gefühl.

Seine Finger wanderten an ihrer Taille entlang nach hinten auf den Rücken und glitten ein paarmal an ihrer Wirbelsäule rauf und runter, so zärtlich, dass Luanne davon eine Gänsehaut bekam. Wieder spähte sie zu ihm hoch, und diesmal trafen sich ihre Blicke. Seine Pupillen waren geweitet vor Lust.

»Dafür, dass du so groß bist, fühlst du dich sehr zierlich und weich an, Luanne.«

Sie packte seine Schultern und zog ihn zu sich hinunter. »Was für süße Komplimente du draufhast!«

Sie küssten sich erneut, noch leidenschaftlicher diesmal, und dann drückte er sie sanft nach hinten, bis ihr Oberkörper auf der kühlen Holztischplatte lag. Sie war so groß, dass ihr Kopf ein Stück darüber hinausragte und ihr zerzaustes Haar über die Tischkante hing.

Es erregte Luanne, wie sie dort lag, ein Festmahl, bereit, verspeist zu werden. Sie hob den Kopf an und verfolgte, wie sich seine großen Hände wieder auf Entdeckungsreise machten, ihren Bauch und ihre Hüften erkundeten und schließlich an ihrer Hose zerrten.

Sekunden später war sie auch schon nackt, und ihre langen Beine baumelten über die Tischkante. »Atemberaubend«, ächzte Hank, dann beugte er sich über sie und küsste sie auf den Bauchnabel.

Luanne schauderte erneut und hielt die Luft an, erregt, erwartungsvoll. Eine geistreiche Entgegnung wollte ihr, die sonst nie um Worte verlegen war, im Moment beim besten Willen nicht einfallen.

Er ließ sich Zeit, so lange, dass sie irgendwann das Gefühl hatte, ihre Lungen könnten jede Sekunden platzen. Als sich seine Lippen endlich südwärts zu ihrem Schamhügel bewegten, schnappte sie nach Luft, worauf er den Kopf hob und sie angrinste. »Zu viel?«

»Nein«, keuchte sie. »Hör bloß nicht auf.«

Er gehorchte, küsste sich artig weiter nach unten, bis sein Mund an den feuchten Falten ihres Geschlechts angelangt war. Sie stöhnte auf, als er mit einem Finger über ihre Schamlippen strich, doch er wollte sie noch etwas auf die Folter spannen. Sie war nass und bereit für ihn, und hob die Hüften an, damit er endlich einen Finger in sie schob und sie erlöste.

Aber er ignorierte ihr stummes Flehen, reizte sie nur weiter, während sie sich mit zuckendem Unterleib vor ihm auf dem Tisch wand.

»Hank, bitte!«, keuchte sie verzweifelt.

Und gerade, als sie dachte, sie könnte diese Folter keine Sekunde länger ertragen, spürte sie, wie sein Daumen ein letztes Mal über ihre nasse Spalte strich und dann in ihr versank. Eine Flamme der Lust loderte in ihr auf, und sie stöhnte laut auf. O Gott, es fühlte sich so gut an! Ihr Stöhnen wurde zu einem Wimmern, als er begann, den Daumen vor und zurück zu bewegen.

»Haaank«, ächzte sie und krallte ihm die Fingernägel in die Schultern, während sie das Becken anhob, um seinen Daumen noch tiefer in sich aufzunehmen. Er brachte sie schier um den Verstand. »Wenn du nicht aufhörst, komme ich.«

»Dann komm doch«, sagte er mit leiser, rauer Stimme.

Sie schüttelte den Kopf. »Nein, ich will erst kommen, wenn du in mir bist.«

Bei ihren Worten stöhnte auch er auf, ein Zeichen dafür, dass es mit seiner Selbstbeherrschung längst nicht so weit her war, wie sie angenommen hatte. Er hielt mitten in der Bewegung inne und hob die Hand, und Luanne hätte beinahe lautstark protestiert, doch dann vernahm sie das Klimpern seiner Gürtelschnalle. Sie richtete sich auf und verfolgte, auf die Ellbogen gestützt, wie er den Gürtel und den Reißverschluss seiner Hose öffnete und die Hose samt den Boxershorts nach unten zu den Knien schob. Und dann erblickte sie zum ersten Mal seine imposante Männlichkeit.

»Du meine Güte«, schnurrte sie bewundernd, hocherfreut über die Tatsache, dass er so gut gebaut war. Wie es aussah, war wirklich *alles* an Hank Sharp groß und kräftig. Dem Himmel sei Dank.

Er beugte sich zu ihr hinunter, begrub sie unter sich und küsste sie, und es fühlte sich unglaublich erregend an, so zwischen ihm und dem harten Tisch eingeklemmt zu sein. Luanne schlang ihm erneut die Beine um die Hüften und hob ungeduldig das Becken an, als sie mit seinem heißen Fleisch in Berührung kam. Und keuchte im Nu vor Erregung, als er anfing, sein stattliches Gemächt an ihr zu reiben, während er sie weiter küsste.

»Nun mach schon«, flüsterte sie.

»Du bist ganz schön herrisch, Luanne Allard«, murmelte er, ohne den Kuss zu unterbrechen, doch dann schob er eine Hand zwischen ihre Leiber, und im selben Augenblick spürte sie, wie sich sein Schwanz einen Weg ins Paradies bahnte.

»Da stehst du doch drauf.«

»Stimmt«, räumte er ein, und dann drang er bis zum Anschlag in sie ein.

Luanne schnappte nach Luft. Es war schon eine Weile her, seit sie zuletzt mit einem Mann geschlafen hatte, und ihr Körper war im ersten Moment ein klein wenig überrascht von den ungewohnten Dimensionen seines Körpers. Doch es fühlte sich unheimlich gut an, diesen langen, harten Schaft in sich zu haben, so gut, dass Luanne vor Erregung die Zehen krümmte. »Du fühlst dich so toll an«, hauchte sie. Schon jetzt konnte sie den bevorstehenden Orgasmus erahnen.

»Du fühlst dich noch viel toller an«, murmelte er und richtete den Oberkörper auf. Sie konnte sich lebhaft vorstellen, was für einen erregenden Anblick sie ihm bot, wie sie dort nackt vor ihm auf dem Tisch lag, an der Körpermitte mit ihm vereint. Er legte die Hände auf ihre Hüften und zog sie noch ein paar Zentimeter weiter über die Tischkante. Und dann begann er ganz gemächlich, sich in ihr zu bewegen.

Ihre Erregung war bereits so groß, dass sie bei jedem seiner Stöße kleine Explosionen tief in ihrem Inneren spürte. »Fester!«

Er kam dem Befehl bereitwillig nach, glitt noch tiefer

in sie und wieder heraus. Sie drückte den Rücken durch und umklammerte mit beiden Händen den Rand der Tischplatte, um seine rhythmischen Stöße zu parieren. Sie waren wirklich wie füreinander geschaffen. Bei jedem Stoß füllte er sie ganz und gar aus, reizte genau die richtigen Nervenenden in ihr.

Allmählich steigerte sich die Glut der Leidenschaft auch bei ihm zu einem lodernden Feuer. Seine Bewegungen wurden heftiger, ruckartiger. Er umklammerte ihre Hüften, rammte unerbittlich sein bestes Stück in sie.

»Ja, Hank! Mehr! Härter!«, stieß sie hervor. Er gehorchte und legte noch ein Schäufelchen nach, bis der Tisch unter ihnen wackelte und knarzte. Luanne winkelte die Beine an und zog Hank damit noch fester an sich, keuchte weiter atemlos seinen Namen, ihre Stimme verzerrt vor Lust.

Ihr Orgasmus ereilte sie völlig überraschend. Sie hatte gerade anregen wollen, Hank solle mit den Fingern ihre Klitoris stimulieren, doch dann klappte es auch so. Ein besonders kräftiger Stoß, bei dem er einen Punkt tief in ihr reizte, genügte, und schon schrie sie auf und explodierte wie ein Silvesterfeuerwerk. Ihre Muskeln zogen sich zusammen, ihre Gliedmaßen verkrampften sich. Sie hörte Hank fluchen, registrierte, dass seine Bewegungen erratisch wurden und sich seine Finger in ihre Hüften gruben, dann ergoss er sich auch schon in sie. Danach sank er nach Luft ringend über ihr zusammen und verharrte, das Gesicht an ihren Busen gepresst, während er versuchte, wieder zu Atem zu kommen.

Sie fuhr ihm mit den Fingern durch die Haare und dachte bei sich, wie sexy er doch war und was für ein Riesenglück sie doch hatte.

So lagen sie noch eine Weile da, dann rappelte er sich auf, zupfte ein paar Papiertücher aus einer Schachtel, die auf dem Stuhl neben dem Tisch stand und reichte sie ihr. »Hier. Was anderes kann ich dir leider im Moment nicht anbieten«, sagte er. Seine Ohren glühten.

Wie süß. Jetzt war er plötzlich ganz verlegen.

»Kein Problem«, winkte sie ab.

Er zog sich die Hose über den Hintern und deutete auf die Tür. »Ich … äh … geh mal nachsehen, ob jemand angerufen hat. Wär ganz schön peinlich, wenn ein Anruf an meinen Kollegen von der Bereitschaft weitergeleitet wird und der dann hier aufkreuzt, um nachzusehen, was los ist.«

»Ja, das wäre peinlich«, pflichtete sie ihm bei und strahlte ihn an, im wahrsten Sinne des Wortes beglückt. »Und danach kommst du gleich wieder?«

Er starrte sie benommen an, dann huschte ein spitzbübisches Lächeln über sein Gesicht. »Ja, danach komme ich gleich wieder.«


Spätestens nach fünf, sechs Wochen hatte sich in der ganzen Stadt herumgesprochen, dass sie ein Paar waren. Emily scherzte oft, sie seien an der Hüfte zusammengewachsen, was die übrigen Bewohner von Bluebonnet ihr gerne glaubten.

Nachdem Luanne zwei Wochen lang immer wieder auf dem Revier ausgeholfen hatte, stellte Officer Sharp

Senior sie ein mit dem Argument, sie bräuchten ohnehin jemanden, der seine Männer entlastete, damit sich diese wieder auf ihre eigentliche Tätigkeit konzentrieren konnten, statt sich mit technischen Problemen herumzuschlagen. Jemanden, der in ihrer Dienststelle für Ordnung sorgte, der sich mit Computern auskannte, die Datenbank und den Webauftritt von Bluebonnet pflegte, der wusste, wie man Arbeitsprozesse vereinfachte und sicherstellte, dass alles seinen gewohnten Gang ging, während Hank und seine Kollegen dienstlich unterwegs waren.

Es war der perfekte Job für Luanne. Natürlich verdiente sie nicht annähernd so gut wie früher als Investmentbankerin, aber das machte nichts. Sie zog bei Hank ein, teilte sich mit ihm die Miete, die in einer Kleinstadt wie Bluebonnet ohnehin absolut erschwinglich war, und fuhr mit ihm zur Arbeit und zurück. Sie war glücklicher als je zuvor. Die Leute scherzten, sie würden sich wie ein seit Jahrzehnten verheiratetes Ehepaar benehmen, weil sie Tag und Nacht zusammen verbrachten. Anderen Menschen mochte ein solches Leben langweilig erscheinen, doch Luanne und Hank konnten sich nichts Schöneres vorstellen. Sie gingen sogar regelmäßig miteinander angeln, und Luanne half ihrer Schwester weiterhin bei der Renovierung ihres Hauses. Sie konnte zwar nicht nachvollziehen, was an Heimwerkertätigkeiten wie Tapezieren so spannend sein sollte, aber sie verbrachte eben gerne Zeit mit ihrer Schwester.

So waren alle rundum zufrieden. Und wenn Hank via Polizeifunk gelegentlich »Ich liebe dich« säuselte, weil er wusste, dass Luanne zuhörte, stellten sich seine Kollegen taub – erst recht bei ihren pikanten Erwiderungen, die darauf abzielten, Hanks Ohren erglühen zu lassen.

Und die legendäre Jane? Nun, Luanne postete noch den einen oder anderen Beitrag, dann stellte sie die Arbeit an ihrem Blog ein. Und da die Aufmerksamkeitsspanne des Internet-Publikums ziemlich kurz ist, dauerte es nicht lange, bis die verrückte Video-Bloggerin mit ihren albernen Ideen in Vergessenheit geriet. Ihre Fangemeinde schrumpfte, und als irgendwann auch keine Schecks mehr kamen, nahm Luanne ihre Seite vom Netz. Sie hatte damit gerechnet, dass sie Bedauern verspüren würde, schon, weil damit eine äußerst lukrative Einnahmequelle versiegte.

Stattdessen empfand sie eine enorme Erleichterung.

Von nun an musste sie nur noch sie selbst sein – die langweilige, etwas zu groß geratene Luanne Allard. Und das war total okay für sie. Schließlich liebte sie ihr Freund, der langweilige und ebenfalls etwas zu groß geratene Hank Sharp, genauso wie sie war.

ERIN MCCARTHY

# EIN KUSS IN EHREN

## Kapitel 1

»Ich werde mir garantiert ein Bein brechen. Oder einen Arm. Oder die Nase. Ich muss geistig umnachtet gewesen sein, als ich beschlossen habe, einen Skikurs zu machen.« Chelsea Carruthers war schon an guten Tagen reichlich ungeschickt, an schlechten stellte sie eine ernsthafte Bedrohung für sich selbst und die Menschheit dar. Sie seufzte und öffnete die Augen. Wenigstens sorgte der Dampf in der Sauna dafür, dass sie wieder durch die Nase atmen konnte. »Hört mir eigentlich überhaupt jemand zu?«

Natürlich nicht. Es interessierte keinen Menschen, was sie zu sagen hatte. Ihre zwei besten Freundinnen saßen auf der Bank gegenüber und knutschten mit ihrem jeweiligen Herzallerliebsten. Also, echt! Es war weiß Gott schon nervig genug, dass sie der einzige Single auf diesem Wochenendtrip war. Und jetzt musste sie auch noch mit ansehen, wie die anderen vier hier Szenen aus *Der Bachelor* nachstellten. Matt schob die Hand unter Laceys Badetuch, geradewegs zwischen ihre Beine.

Huch!?

Höchste Zeit für einen Abgang. Chelseas Bedarf an nackten Tatsachen war für heute gedeckt, wenngleich sie selbst in ein überdimensionales Saunatuch gewickelt war, unter dem sie noch ihren Bikini trug. »Okay, ich bin dann mal weg.«

Amy unterbrach ihren Zungenkussmarathon mit Sam, um halbherzig zu protestieren. »Ach komm, Chelsea. Warum bleibst du nicht noch?«

Hallo? Weil das hier ungefähr so viel Spaß machte, wie mit voller Blase drei Stunden in einem Skilift in luftiger Höhe festzusitzen? »Weil ich sonst womöglich noch in Versuchung komme, euch beide zu filmen und das Video ins Internet zu stellen.« Was sie natürlich niemals getan hätte, aber bissiger Humor war immer noch besser als mit dem Schicksal zu hadern. Sie hätte den Wochenendtrip einfach absagen sollen, als sie mit Eric Schluss gemacht hatte. Aber nein, sie hatte ja unbedingt der ganzen Welt beweisen müssen, dass es gar nicht so schlimm war, Single zu sein.

Tja, und da saß sie nun und suhlte sich in Selbstmitleid.

*Toller Plan, Chelsea. Echt klasse.* Sie verdrehte die Augen.

»Das würdest du doch niemals tun. Wenn du willst, geh doch schon mal vor in die Bar und gönn dir einen Drink, wir kommen dann gleich nach«, sagte Lacey. »Wir müssen bloß noch schnell raufgehen, um uns umzuziehen.«

Pfff. Wenn Lacey und Matt jetzt auf ihr Zimmer gingen, um »sich umzuziehen«, dauerte es bestimmt mindestens eine Stunde, bis sie wiederkamen. Aber es war der Gedanke, der zählte und Chelsea etwas versöhnte.

Trotzdem hatte sie keine Lust, an einem Freitagabend allein in einer Hotelbar zu sitzen. Schließlich waren sie hier in einem Wintersportort. Da saß niemand alleine rum, mal abgesehen von Serienmördern und Leuten, die wie sie das fünfte Rad am Wagen waren, und sie verspürte nicht die geringste Lust auf eine Begegnung mit Vertretern dieser beiden Kategorien. Sie konnte sich echt Amüsanteres vorstellen als mit einem Psychopathen gezwungenen Small Talk zu machen und Wodka Tonic zu trinken, während ihre Freundinnen einen Orgasmus nach dem anderen hatten. Da legte sie sich doch lieber ins Bett und las ein Buch, während im Kamin ihres Hotelzimmers ein fröhliches Ethanolfeuerchen prasselte.

»Nein, danke. Hiermit seid ihr für den Rest des Abends von eurer Pflicht entbunden, den Babysitter für Klein Chelsea zu spielen. Vollaufen lassen kann ich mich dank Room-Service auch auf meinem Zimmer.«

Amy lachte. »Ein Glück, dass du da so drüberstehst. Ich glaube nicht, dass ich es so locker nehmen würde, wenn ich als Einzige solo wäre.«

Genau das war wohl auch der Grund dafür, dass Amy in den zehn Jahren, die sie sich nun schon kannten, stets einen Freund gehabt hatte. Chelsea dagegen hatte beschlossen, auf den Richtigen zu warten, nachdem sich Eric eher als feuerspeiender Drache denn als Ritter in glänzender Rüstung entpuppt hatte. Tja, man war auf der Suche nach der großen Liebe eben nicht vor dem einen oder anderen Griff ins Klo gefeit. Im Großen und Ganzen fand Chelsea es gar nicht so schrecklich, Single zu sein. Aber wenn sie in einer Sauna saß, in der allenthalben gefummelt und geknutscht wurde …

»Also, wir sehen uns dann morgen früh, kurz bevor ich eines grausamen Todes sterben werde, weil ich mich bei einem grauenhaften Sturz mit meinem eigenen Skistock aufgespießt habe oder so.« Chelsea machte sich keine Illusionen, was ihre athletischen Fähigkeiten anbelangte. Sie war für Hochgeschwindigkeitsportarten nicht geschaffen. Trotzdem war sie bereit, einen Versuch zu wagen. Den ersten und letzten vermutlich. »Bitte versucht zu verhindern, dass mir der Leichenbestatter für die Beerdigung die Lippen rot schminkt. Gothic-Look an einer Toten ist echt zu klischeehaft.«

Damit winkte sie ihren Freundinnen zu und ging in die Umkleide. Kurz darauf begab sie sich in Sweatshirt und Yogahose auf ihr Zimmer. Das feuchte Haar klebte ihr traurig am Kopf, was ganz gut zu ihrer gedämpften Stimmung passte. Dabei hatte sie sich wirklich vorgenommen, das Beste daraus zu machen, sich nicht unterkriegen zu lassen, hatte beschlossen, mal etwas Neues auszuprobieren. Skifahren zum Beispiel. Normalerweise machte sie ja um alles, was auch nur im Entferntesten mit Winter zu tun hatte, einen großen Bogen. Chelsea war ein Tollpatsch, und im Winter gab es draußen gerne mal Eis. Und Eis war rutschig. Trotzdem war sie hier, in Lake Placid, bereit, das Skihäschen zu geben. Nur leider war da keiner, der ihre Mühe zu schätzen wusste.

Oder ihr einen Orgasmus verschaffen würde. Das war das Hauptproblem. Dass regelmäßiger Sex süchtig machen konnte, war ihr erst bewusst, seit sie darauf verzichten musste, und mittlerweile hatte sie das Gefühl, dass sie bald die Wände hochgehen würde, wenn sie nicht in absehbarer Zeit einen Penis in sich hatte. Dazu kam, dass einem hier auf Schritt und Tritt turtelnde, Händchen haltende Pärchen über den Weg liefen, die allesamt den Anschein erweckten, als würden sie es ständig miteinander treiben. Selbst hier im Hotel. In dem verbeulten alten Zweierbob, der im Foyer ausgestellt war, saßen zwei Teenager, die einander kichernd befummelten, und die beiden da drüben, die offenbar soeben dem Jacuzzi entstiegen waren, dürften frisch verheiratet sein, so verliebt, wie sie einander in die Augen blickten. Chelsea ging zum Aufzug und wandte sich betreten ab, als sie bemerkte, dass dort ein älteres Paar hemmungslos schnäbelte. Während sie wartete, bis sich die Türen öffneten, blickte sie angestrengt nach links, darum bemüht, die beiden nicht anzustarren.

Grundgütiger! Direkt vor dem Kamin in der Ecke besorgte es der Husky eines Hotelgasts seiner vierbeinigen Begleiterin in der nach dieser Spezies benannten Stellung, völlig ungeniert und ungestört. War heute etwa Doggy-Date-Night? Das gehörte doch echt verboten! Gab es keine Hygienevorschriften, die so etwas untersagten? Angeblich waren Hunde hier gar nicht erlaubt, aus nachvollziehbaren Gründen. Aber in der ganzen Stadt wimmelte es von Hunden. Chelsea hatte seit ihrer Ankunft vor ein paar Stunden mehrfach welche in Restaurants und Geschäften gesehen.

Allerdings waren die beiden hier die Ersten, die sich

aufführten, als würden sie in einem Siebzigerjahre-Porno mitspielen. Es hätte sie nicht weiter verwundert, auf dem Kaminsims zwei Weingläser zu erblicken und einen Schmusesong zu hören. Das Leben konnte so unfair sein!

Jetzt hatten die Teenager die sich paarenden Hunde entdeckt und scheuchten die beiden lachend auseinander. *Ätsch!*, dachte Chelsea etwas schadenfroh und betrat den Aufzug. Warum sollte sie die Einzige sein, die auf Sex verzichten musste?

Akuter Hormonstau nannte sich ihr Leiden im Volksmund. Ein Zustand, der nicht nur bei Jungs im Teenager-Alter zu beobachten war, sondern auch bei Frauen um die dreißig, die ihren Loser-Freund abserviert hatten und sich weigerten, die Dienste eines Online-Dating-Service in Anspruch zu nehmen.

Tja.

Schön war das alles nicht.

Blieb nur zu hoffen, dass der Duschkopf in ihrem Bad etwas taugte, dachte sie, als sie die Tür zu ihrem Zimmer öffnete. Ein bisschen Wassertherapie würde ihr bestimmt guttun, denn so richtig entspannt war sie nach dem Besuch der hoteleigenen Wellness-Oase noch nicht.

Leider herrschte in ihrem Zimmer in etwa dieselbe Temperatur wie unten in der Sauna. »O Gott.« Zugegeben, sie war kein großer Freund von winterlicher Kälte, aber bei dieser Affenhitze begann sie sogleich so heftig zu schwitzen, als würde sie in einem Neoprenanzug durch New Orleans laufen. Sie warf ihr Armband und ihre Schlüsselkarte aufs Bett und regelte den Thermostat ihrer Heizung um gute zehn Grad runter, dann öffnete sie die Glasschiebetür zu ihrem kleinen Balkon, steckte den Kopf durch den Spalt und atmete tief die kühle Nachtluft ein.

Ah, viel besser.

Von hier oben eröffnete sich ein hübscher Ausblick auf den vom Mond beschienenen Mirror Lake, auf dem sich zu ihrer Überraschung noch Leute tummelten. Zwei Mädchen zogen dort unten in ihren Eislaufschuhen elegante Kreise, und ein Mann jagte mit seinem Hundeschlitten über den See. Sie selbst hätte natürlich niemals einen Fuß aufs Eis gesetzt, aus Angst einzubrechen. Chelsea trat hinaus auf den Balkon. Ihr überhitzter Körper schauderte in der winterlichen Kälte, aber es war ein erstaunlich angenehmes Gefühl, hier draußen zu stehen. Sehr erfrischend, obwohl sie es eigentlich hasste zu frieren.

Hm. Vielleicht hatte diese Jahreszeit ja doch etwas für sich. Die Leute, die ihr bisher über den Weg gelaufen waren, hatten allesamt den Anschein erweckt, als wären sie gern hier. In der ganzen Stadt liefen Männer, Frauen und Kinder mit diesen albernen Ohrenklappenmützen herum und störten sich offenbar nicht im Geringsten daran, dass man sich in diesen unförmigen Moonboots ungefähr so elegant wie eine Ente fortbewegte. Im Gegenteil, sie schienen sich blendend zu amüsieren. Ein höchst interessantes Phänomen.

Sie schloss die gläserne Schiebetür, damit ihr Zimmer nicht zu sehr auskühlte. Der Schnee knirschte, als sie ans Balkongeländer trat und sich mit den Unterarmen darauf abstützte. Sie war noch nie hier gewesen und wäre von sich aus auch nie und nimmer auf die Idee gekommen, einen Kurztrip nach Lake Placid zu machen, aber ihre Abneigung und ihre Gereiztheit schwanden dahin, je länger sie den beiden Eisläuferinnen zusah und dem scharfen Kratzen der Kufen auf dem Eis lauschte, das durch die stille Bergwelt hallte.

Puh, allmählich wurde es doch ziemlich zapfig hier draußen.

Sie pustete in ihre Hände und drehte sich zur Tür um, die sich jedoch nicht mehr öffnen ließ, so sehr Chelsea es auch versuchte.

»Verflixt und zugenäht.« Sie spürte Panik in sich aufsteigen.

Ins Schloss fallen konnte eine Schiebetür ja nun nicht, also musste sie wohl festgefroren sein. Chelsea bückte sich und versuchte, Eis und Schnee aus der Schiene zu kratzen. Ihre Finger waren im Nu knallrot und taub, aber die Tür bewegte sich nicht.

Chelsea zerrte, drückte und schob, stemmte sich dagegen, trat mit dem Fuß an den Türpfosten und pustete sich schließlich die Seele aus dem Leib in der Hoffnung, damit das Eis in der Schiene zum Schmelzen zu bringen. Vergebens.

Na, toll. Wie es aussah, schaffte sie es noch nicht einmal, lebend zu ihrem Skikurs zu erscheinen.

Sie spähte über das Geländer und versuchte die Entfernung zum Boden abzuschätzen. Wenn sie ein Sexleben hätte, wäre das alles nicht passiert.

Brody Durbin trat hinaus in die eisige Winternacht und atmete einmal tief durch. Seine Schwester meinte es ja gut, aber sie trieb ihn noch in den Wahnsinn mit ihren Fragen. Sie sahen sich doch ohnehin nur ein paarmal pro Jahr, weil sie die meiste Zeit in Utah für den Skizirkus trainierte. Warum also mussten sie in der kurzen Zeit, die ihnen vergönnt war, ausgerechnet über seine Knieverletzung und seine Karrierepläne reden, und über die Tatsache, dass er keine Freundin hatte? Es wäre schön, wenn sie einfach nur ein bisschen harmlos quatschen könnten. Doch nein, sie musste ihn jedes Mal in die Mangel nehmen, als wäre er ein Präsidentschaftskandidat in Zeiten einer nationalen Krise.

Also war er mit dem Argument, er müsse morgen früh raus, aus der Bar des Hotels, in dem sie untergebracht war, geflüchtet. Er hatte ein schlechtes Gewissen, wenn er Tracy anflunkerte, noch dazu, weil das die lahmste aller Ausreden war. Aber er wollte sie nicht kränken, und er hatte nun einmal keine Lust, ihr zu erklären, dass er den Großteil seiner Zeit damit zubrachte, sich einen Bart wachsen zu lassen und die schwarzen Pisten zu ignorieren, obwohl es ihn in den Fingern juckte, mal wieder einen richtig steilen Abhang hinunterzuflitzen und damit den Ärzten, die es ihm verboten hatten, quasi den Mittelfinger zu zeigen. Aber er ließ es bleiben. Es war zu riskant.

Er seufzte und beschloss, noch einen Abstecher hinunter zum See zu machen, ehe er in seinen Wagen stieg, der auf dem Parkplatz hinter dem Hotel stand. Ein kurzer Spaziergang würde ihm bestimmt guttun. Er liebte Lake Placid, war hier geboren und aufgewachsen, und auch mit dem Mirror Lake verbanden ihn unzählige schöne Kindheitserinnerungen an Eishockeyspiele und Schlittenhunderennen.

Die meiste Zeit jedoch war er mit seinen Skiern auf den Hängen der umliegenden Berge unterwegs gewesen. Das Skifahren war seine große Leidenschaft. Für nichts konnte er sich so begeistern, nichts hatte er je mehr geliebt als diesen Sport. Nicht einmal eine Frau.

Im Mondschein glitten ein paar Eisläufer über den See, aber ansonsten war es ruhig. Er atmete erneut tief durch und ließ die Stille auf sich wirken.

Bis ganz in der Nähe plötzlich ein gedämpftes »Hilfe!« ertönte.

Er klang eher atemlos als verzweifelt, weshalb Brody nicht sonderlich alarmiert war. Er sah sich suchend um und riss verblüfft die Augen auf, als er in ein paar Metern Entfernung an einem Balkon im ersten Stock des Hotels eine Gestalt hängen sah. Es war eine Frau, die mit beiden Armen das Geländer umklammerte. Ihr Sweatshirt war hochgerutscht, sodass über dem Hosenbund ein Streifen nackter Haut hervorblitzte.

In ein paar Schritten war er bei ihr. »Was zum Teufel machen Sie denn da?«, fragte er erstaunt. Obwohl es bestimmt fünf Grad unter Null hatte, trug sie weder Jacke noch Mütze noch Fäustlinge und hatte außerdem nur einen Gummistiefel an. Der andere war in einer Schneewehe direkt unter ihr versunken.

»Ich habe mich ausgesperrt und dachte, vom Balkon zu springen ist meine einzige Rettung.« Sie sah auf ihn hinunter. »Aber der Balkon ist doch höher, als ich dachte. Können Sie mich auffangen?«

Natürlich konnte er das. Sie sah recht zierlich aus, und außerdem wäre er wohl ein ziemliches Aas, wenn er einer Frau, die vor seiner Nase an einem Balkongeländer hing, nicht zu Hilfe käme. Aber was, wenn sie beim Fallen wild mit den Armen ruderte und ihm mit dem Ellbogen oder dem Fuß die Zähne ausschlug?

»Vielleicht nehme ich Sie besser Huckepack«, schlug er vor und postierte sich hinter ihr. Selbst mit lang ausgestreckten Beinen wirkte sie nicht allzu groß. Dafür war sie offenbar gut in Form, jedenfalls ihrem knackigen, herzförmigen Hintern nach zu urteilen, der in der engen Sporthose hervorragend zur Geltung kam.

Brody räusperte sich, als ihm bewusst wurde, dass er ihr gerade vorgeschlagen hatte, sie solle ihm die Beine um den Hals schlingen. Ausgerechnet er, der sowohl Beziehungen als auch Affären sonst genauso mied wie schwarze Pisten. Trotzdem war das wohl die sicherste und unkomplizierteste Art und Weise, sie da runterzuholen, auch wenn sich seine Gedanken auf einmal verselbstständigten.

»Was meinen Sie?«, tönte es von oben, gefolgt von einem erschrockenen »Huch!«, als wäre sie um ein Haar abgestürzt.

Zeit zu handeln, ehe sie herunterfiel und sich womöglich ein Bein brach. »Ich werde jetzt nach Ihren Füßen greifen, also nicht erschrecken, ja?« Brody streckte die Arme nach ihr aus. »Und bitte nicht treten.« Er zog den Kopf ein, stellte sich zwischen ihre Beine und richtete sich dann zu seiner vollen Größe auf, sodass sie auf seinen Schultern zu sitzen kam. »So. Besser?«

»Ja.« Sie seufzte erleichtert, ohne das Balkongeländer loszulassen. »Heilige Scheiße, ich dachte schon, ich stürze ab und breche mir das Genick. Oder friere am Geländer fest.« Sie presste die Oberschenkel zusammen, sodass sie ihm ein bisschen wie Ohrenschützer vorkamen. »Fänden Sie es sehr seltsam, wenn ich Ihnen sage, wie angenehm warm sich Ihr Kopf anfühlt? Mein Kätzchen war schon ganz taub vor Kälte.«

Brody hätte sie beinahe fallen lassen. Bei der Vorstellung, dass er mit dem Kopf ihr »Kätzchen« wärmte, bekam er prompt einen Ständer. Wobei es ihm bedeutend lieber gewesen wäre, wenn bei diesem Vorhaben ein anderer Kopf zum Einsatz gekommen wäre als der, in dem seine grauen Zellen untergebracht waren, die ohnehin vorübergehend das Denken eingestellt zu haben schienen. Schließlich hatte er eine Erektion, obwohl er noch nicht einmal das Gesicht dieser Frau gesehen hatte. Aber ihre Stimme klang schon mal vielversprechend. Und dann war da noch ihr Hintern. Und ihr allmählich wieder auftauendes Kätzchen.

Mit anderen Worten: Es war an der Zeit, sie abzusetzen. »Okay, Sie können das Geländer jetzt loslassen. Ich hab Sie.«

»Sicher?«, fragte sie misstrauisch.

»Ganz sicher.«

Sie ließ los, besser gesagt, sie stieß sich mit beiden Händen zugleich vom Balkon ab und warf dann die Arme in die Luft, als säße sie in einer Achterbahn. Brody stellte sich hastig etwas breitbeiniger hin, damit sie nicht beide zu Boden gingen. Er hätte gelacht, wäre er nicht so damit beschäftigt gewesen, das Gleichgewicht zu halten. Sein lädiertes Knie machte zwar nur selten Probleme, aber das wäre jetzt wirklich ein denkbar schlechter Zeitpunkt dafür gewesen.

»Ich lasse Sie jetzt runter, ja?« Er beugte den Oberkörper vornüber, so langsam es ging. Trotzdem gestaltete sich ihr Abstieg etwas holprig, weil sie auf dem vereisten Boden beinahe ausgerutscht wäre und heftig mit den Armen ruderte.

Brody richtete sich auf und hielt sie fest, damit sie nicht den Halt verlor. Sie wirbelte herum und strich sich die Haare aus dem Gesicht. Oh, wow. Brody starrte sie mit offenem Mund an. Sie war eine richtige Schönheit. Geradezu umwerfend. Wenn man mit dieser Frau unterwegs war, wurden die anderen Männer garantiert grün vor Neid.

»Puh, das war knapp. Kaum zu glauben, dass ich noch lebe. Und dass ich mir nicht vor Angst in die Hose gemacht hab.« Sie zwinkerte ihm zu. »Tja, da sind Sie bestimmt auch froh drüber.«

Einfach alles an ihr war keck. Ihre Brüste, ihr Grinsen, ihre Frisur, ihr Blick – und auch ihre Reaktion auf die lächerliche Situation, in der sie sich eben noch befunden hatte.

»Äh, ja.« Er hegte in der Tat kein Faible für Natursekt, aber dafür fielen ihm gleich mehrere andere Aktivitäten ein, die er zu gerne mit ihr ausprobiert hätte. »Das hätte ganz schön schiefgehen können. Wenn ich nicht beschlossen hätte, mir noch etwas die Beine zu vertreten, hätten Sie womöglich noch Stunden hier draußen gehangen. Aber es ist ja zum Glück nichts passiert. Ende gut, alles gut.«

»Sie sagen es, Mister. Sie haben nicht zufällig noch 'ne Prise Kautabak zum klugen Spruch?«

Es klang, als würde sie sich über ihn lustig machen, doch ihr zauberhaftes Lächeln sorgte dafür, dass Brody unversehens die Hose zu eng wurde. Sie flirtete mit ihm, und das gerade mal zehn Sekunden nach ihrer Rettung aus einer nicht ganz ungefährlichen Lage. Er war beeindruckt. »Nö, damit hab ich aufgehört. Ma und Doc Jones waren der Meinung, das wäre nich' gut für mich. Aber wenn Sie mich fragen, ist das Quatsch mit Soße.« Rumalbern konnte er auch.

Sie lachte, und vor ihrem Mund entstand eine kleine weiße Wolke in der kalten Luft. »Leider ist das Unheil noch nicht vollends abgewendet, denn ich fürchte, meine Socke ist gerade im Begriff, auf dem Boden festzufrieren.«

Ach, herrje. Er hatte völlig vergessen, dass sie nur einen Stiefel anhatte. Hastig schlüpfte er aus seinem wasserfesten Anorak und reichte ihn ihr. »Hier, ziehen Sie den an. Ist schön warm, wie mein Kopf.«

Sie kam der Aufforderung nach – schweigend, obwohl es so aussah, als läge ihr eine Erwiderung auf der Zunge, denn sie grinste. Ehe sie noch etwas sagen konnte, hatte sich Brody auch schon gebückt, die Arme um ihre Taille geschlungen und sie hochgehoben. Sie hatte recht, ihre Socke musste feucht gewesen sein und blieb tatsächlich auf dem vereisten Bürgersteig kleben. Die Frau schnappte nach Luft und schauderte.

Brody trug sie wortlos zum Hintereingang des Hotels. Was hätte er auch groß sagen sollen? Sein Handeln war selbsterklärend.

»Danke«, murmelte sie. »Wer weiß, welch unangenehmes Ende der Abend genommen hätte, wenn Sie nicht vorbeigekommen wären.«

»Gern geschehen.« Das unorthodoxe Kompliment erfüllte ihn aus unerfindlichen Gründen mit Stolz, dabei war er selbst ziemlich froh, dass er zur Stelle gewesen war. »Freut mich, dass ich helfen konnte.«

»Hiermit schlage ich Sie zum Ritter, Sir Landesanft.«

Er öffnete lachend die Tür. Von drinnen strömte ihnen ein Schwall warmer Luft entgegen. »Ich bin kein Ritter in glänzender Rüstung, ich war bloß zufällig zur rechten Zeit am rechten Ort.«

»Unterstehen Sie sich, mir meine kleine Fantasie zu verderben! Sie haben mich Kraft Ihrer muskulösen Schenkel gerettet, und nun dürfen Sie zehn Sekunden lang meine im Wind wehende güldene Lockenpracht bewundern, ehe wir vor einer feuerspeienden Bestie die Flucht ergreifen müssen.«

Brody unterdrückte ein Grinsen. Eine Frau mit einem derart bizarren Sinn für Humor war ihm ja noch nie untergekommen! Er ließ sie zu Boden gleiten. »Ähm, da ist ein Husky hinter Ihnen, tut's der auch?«

»Ja, der tut's auch.« Sie sah ohnehin aus, als könnte sie jeden Moment von seinem riesigen Anorak verschlungen werden. »Wobei ich keine allzu große Lust verspüre, so mangelhaft beschuht noch weite Strecken zurückzulegen. Lieber würde ich mir in der Hotelbar ein alkoholhaltiges Heißgetränk zu Gemüte führen. Wollen Sie mir nicht Gesellschaft leisten? Ich lade Sie ein. Schließlich muss ich mich für Ihre Ritterlichkeit erkenntlich zeigen.«

Nichts lieber als das. Allerdings saß seine Schwester mit großer Wahrscheinlichkeit noch in der Bar. Sollte er es trotzdem wagen? Andererseits trug die Frau, die hier vor ihm stand, eine durchnässte Yogahose und nur einen Schuh … Er überlegte kurz, wobei er auch seiner Libido ein Mitspracherecht einräumte. »Warum holen Sie sich nicht erst einmal einen Ersatzschlüssel von der Rezeption und gehen rauf, um sich etwas anderes – Trockenes – anzuziehen? Ich gehe schon mal vor und bestelle für Sie.«

»Hach, das wäre toll. Sie sind nicht nur mein Held, sondern außerdem ein Engel!« Sie klimperte übertrieben mit den Wimpern.

Brody grunzte belustigt. »Wenn Sie weiter so dick auftragen, geht das auf Kosten Ihrer Glaubwürdigkeit.«

Sie lachte. »Okay, dann mach ich mich mal … äh, auf die Socken. Mein Fuß fühlt sich an wie ein Eiszapfen, der jeden Moment in tausend Stücke zerspringen könnte. Ein Königreich für ein Paar dicke, warme Wollstrümpfe! Auch wenn die Gefahr einer Unterkühlung ja inzwischen gebannt ist.«

»Wie haben Sie's denn überhaupt geschafft, sich auszusperren?«

»Na ja, ich bin auf den Balkon gegangen, um etwas

frische Luft zu schnappen, und als ich wieder reinwollte, ließ sich die Schiebetür nur noch fünf Zentimeter weit öffnen. Offenbar war die Schiene vereist. Und da ich mich leider nicht einmal seitlich durch einen fünf Zentimeter breiten Spalt quetschen kann, saß ich in der Klemme.«

»Und deshalb haben Sie beschlossen, vom Balkon zu springen?« Er konnte nicht fassen, dass das die erste Lösung war, die ihr für ihr Problem eingefallen war.

»Na ja, was hätte ich denn sonst tun sollen? Still und leise erfrieren?«

»Um Hilfe rufen?«

»Hab ich doch getan, und Sie haben mich gerettet. Ende gut, alles gut.« Sie grinste.

Hm, sie gehörte eindeutig in die Kategorie »Klugscheißer«. Nicht, dass ihn das gestört hätte, im Gegenteil. »Wohl wahr. Also, bis gleich in der Hotelbar.«

Er begleitete sie noch zum Aufzug, wobei ihm auffiel, dass ihm noch eine wichtige Information fehlte. »Wie heißt du eigentlich?«

Die Aufzugtüren öffneten sich. Sie drehte sich zu ihm um. »Chelsea.«

»Ich bin Brody. Schön, dich kennenzulernen, Chelsea.« Sehr schön sogar. Er fand sie unwiderstehlich sexy, und wie es schien, beruhte dieses Gefühl auf Gegenseitigkeit.

Vielleicht war es ja an der Zeit, dass er sich von seinem Singledasein verabschiedete.

Oder zumindest mal eine kurze Pause einlegte.

Manchmal zahlte es sich ja doch aus, wenn man ein Toll-patsch war, dachte Chelsea und sank mit einem seligen Grinsen im Gesicht an die Aufzugwand, sobald sich die Türen geschlossen hatten. Heiliger Strohsack, da war ihr ja ein besonders appetitliches Exemplar der männlichen Spezies ins Netz gegangen. Wie hoch war die Wahr-scheinlichkeit, dass man von einem solchen Adonis ent-deckt wurde? Eins zu einer Million vermutlich. Bei ih-rem Glück hätte es genauso gut irgendein alter Knacker sein können, den die senile Bettflucht oder das Studen-tenbläschen seines Schoßhündchens umtrieb. Oder ein besorgter Familienvater, der sich davon überzeugen woll-te, ob seine Kinder auf dem See auch wirklich Eishockey spielten und nicht irgendwelche Teenager-Doktorspiel-chen. Oder ein untersetzter Hausmeister, der soeben die Eisbearbeitungsmaschine hatte anwerfen wollen.

Doch nein, dort unten in der Bar wartete ein superhei-ßer Single mit sehr männlichen Zügen und einem sexy Dreitagebart auf sie. Jedenfalls nahm sie an, dass Brody Single war. Er trug zumindest keinen Ehering, darauf hatte sie geachtet. Das bedeutete dann wohl, dass er un-verheiratet war. Und falls er doch verheiratet war, dann war er ein Mistkerl und sie wäre sehr enttäuscht. Aber derart negatives Gedankengut verbannte sie schon ge-wohnheitshalber aus ihrem Kopf. Stattdessen dankte sie ihrem Schicksal dafür, dass dieser Abend, nachdem sie ihn bereits abgeschrieben hatte, eine so unverhoffte und höchst erfreuliche Wendung genommen hatte.

Als der Lift mit einem *Pling!* in ihrer Etage hielt, fiel ihr wieder ein, dass sie keinen Schlüssel hatte. Mist.

Sie drückte auf »L« für Lobby und stellte den nackten Fuß auf dem anderen ab, um ihn etwas aufzuwärmen. Ob sie wohl Zeit für eine heiße Blitzdusche hatte? Vermutlich nicht. Was, wenn dieser Brody ein ungeduldiger Mensch war? Nun, dann konnte sie ihn ebenso gut gleich abschießen. Ungeduldige Männer waren meist lausige Liebhaber.

Nicht, dass sie vorhatte, mit ihm ins Bett zu gehen. Jedenfalls nicht gleich heute Nacht.

Sie schilderte der Angestellten an der Rezeption, was geschehen war, wobei sie versuchte, alle unnötigen Details nach Möglichkeit auszusparen. Die junge Frau setzte prompt ein besorgtes Gesicht auf.

»Oh. Dann ist es wohl das Beste, wenn einer unserer Hausmeister mit Ihnen raufgeht und sich des Problems annimmt.«

»Nein, nicht nötig. Das hat Zeit bis morgen.«

»Es könnte ganz schön kalt werden in Ihrem Zimmer, wenn die Tür die ganze Nacht lang offen steht, selbst wenn es nur ein paar Zentimeter sind. Schließlich hat es draußen unter null Grad.«

*Sie sagen es,* dachte Chelsea. Ihr Allerwertester war noch nicht wieder aufgetaut. Trotzdem protestierte sie.

Vergeblich, die Angestellte hatte bereits den Hausmeister informiert.

»Da ist er schon«, sagte sie und nickte jemandem hinter ihrem Rücken zu. »Mike wird mit Ihnen nach oben gehen.«

Huch! Chelsea fuhr herum. Tatsächlich. Mike der Hausmeister bewegte sich offenbar mit Lichtgeschwindigkeit. »Ähm, gut, danke«, murmelte sie, obwohl sich ihre Dankbarkeit in Grenzen hielt.

Und die letzten Reste ihrer spärlich vorhandenen Dankbarkeit schwanden dahin, als Mike zwanzig Minuten später noch immer damit beschäftigt war, die vereiste Balkontürschiene mit einem Föhn aufzutauen. »Das passiert hier ständig. Man sollte diese Schiebetüren dringend durch normale Türen ersetzen.«

»Hm.« Chelsea hatte sich vorhin im Bad verbarrikadiert, um sich umzuziehen, während dieser Mike da draußen zugange war, und jetzt stand sie da, in ihren Jeans und ihren süßen Gummistiefeln mit Rautenmuster, und starrte Löcher in seinen Hinterkopf, während sie überlegte, ob sie ihn wohl mit ihrer Unterwäsche allein lassen konnte. Er wirkte vertrauenswürdig, aber man konnte nie wissen. Außerdem lagen auf dem kleinen Schreibtisch ihr iPad, ihr Handy und ein Fünfdollarschein, den sie gefunden hatte, als sie vorhin in ihrer Handtasche nach dem Lipgloss gekramt hatte. Wenn sie alles einsammelte und mit nach unten nahm, sah das aus, als würde sie Mike für einen potenziellen Dieb halten. Doch was, wenn sie alles liegen ließ und nach unten ging und er entpuppte sich tatsächlich als Dieb? Es war ein unlösbares Dilemma, und während sie den Wert ihrer diversen Habseligkeiten abzuschätzen versuchte, musste sie ständig daran denken, wie verflixt attraktiv dieser Brody war. Wie wunderbar kräftig. Er hatte sie nicht fallen lassen, hatte noch nicht einmal schwer geatmet, nachdem er sie auf dem Boden abgesetzt hatte.

Diese Chance durfte sie sich nicht entgehen lassen.

Im Grunde wollte sie nur eines: Dieses Sahnetörtchen dort unten mit Haut und Haaren vernaschen. Wobei er wohl eher ein Eclair war als ein Sahnetörtchen. Ein schöner, dicker Liebesknochen mit Vanillecremefüllung und Schokoguss.

Prompt spürte sie, wie sich Feuchtigkeit zwischen ihren Beinen sammelte. Es kostete sie ihre ganze Kraft, nicht ungeduldig im Zimmer auf und ab zu tigern. Ach, Scheiß drauf. Sie wollte sich gerade ihren iPad schnappen und aus dem Zimmer stürmen, da stieß Mike ein triumphierendes »Ha!« hervor und demonstrierte ihr, dass sich die Tür nun wieder problemlos öffnen und schließen ließ.

»Hervorragend. Vielen Dank.«

»Ich würde Ihnen allerdings raten, die Tür zuzulassen. Nur für alle Fälle.«

»Geht klar, Meister«, versicherte sie ihm.

»Dann noch einen angenehmen Abend.«

»Ich gehe mit Ihnen nach unten. Ich bin mit jemandem in der Bar verabredet.« Mit jemandem, der einen sehr knackigen Hintern sein Eigen nannte.

Doch als sie Minuten später die Bar betrat, konnte sie Brody nirgends entdecken. Sie warf einen Blick auf ihr Handy. Sie hatte ihn über eine halbe Stunde warten lassen.

Verflixt und zugenäht. »Haben Sie einen großen Mann mit Dreitagebart gesehen?«, erkundigte sie sich bei der etwa fünfzigjährigen Barfrau.

Diese lächelte. »Ja, der ist vor etwa fünf Minuten gegangen. Sind Sie Chelsea?«

»Genau.« Vielleicht hatte er ihr ja seine Telefonnummer hinterlassen. Hoffentlich.

»Er musste leider los, aber er hat einen Irish Coffee mit Baileys für Sie bei mir in Auftrag gegeben.«

Hmpf. Ein Irish Coffee war keine Telefonnummer.

Chelsea bedankte sich, als die Frau das Getränk vor ihr abstellte. »Was bin ich schuldig?«

»Nichts, der ist schon bezahlt.«

Tja, dann konnte sie ihn genauso gut trinken.

Denn wie es aussah, war dieses Getränk das Einzige, was ihr heute Abend noch einheizen würde.


Brody warf zum zehnten Mal einen Blick auf das Display seines Mobiltelefons. Was trieb Chelsea bloß so lange? Gut möglich, dass sie sich unbedingt noch schnell die Haare glätten wollte. Oder dass sie gar nicht auftauchen würde. Er wartete jetzt schon fast eine halbe Stunde, sein Bier war leer. Er winkte die Barkeeperin herbei, gab ein Getränk für Chelsea in Auftrag, für den Fall, dass sie doch noch aufkreuzte und bezahlte. Es war höchste Zeit, dass er sich vom Acker machte, zumal er an der Glastür soeben seine Schwester vorbeimarschieren sah – im Badeanzug, mit einem Frotteetuch um die Hüften. Sie war wohl auf dem Weg ins Schwimmbad.

Mist, erwischt.

Sie öffnete die Tür und winkte ihm erfreut. »Hey, Brody!«

»Hi.« Er bedankte sich bei der Bardame und eilte zur Tür, um zu verhindern, dass Tracey halb nackt in die Hotelbar stürmte.

»Ist das Hallenbad nicht schon geschlossen?«

»Schon, aber das Hotel hier gehört dem Vater eines ehemaligen Mitschülers von mir, deshalb gibt's für mich eine Ausnahmeregelung.«

»Cool.« Tracey war sehr heimatverbunden, obwohl sie als Profisportlerin äußerst erfolgreich war und sogar als Mitglied des US-amerikanischen Skiteams für die kommenden Olympischen Winterspiele nominiert war. Da machten Hotelbesitzer natürlich gern mal eine Ausnahme, zumal Tracey ein sympathisches Mädel war, das auch optisch bei den Männern sehr gut ankam. Für Brody dagegen war seine kleine Schwester noch ein halbes Kind. Kein Wunder, sie war acht Jahre jünger als er.

»Wolltest du nicht schon vor einer Ewigkeit nach Hause?«

»Doch, aber ich hatte meine Kreditkarte an der Bar vergessen«, sagte er und schämte sich, weil er sie nun schon zum zweiten Mal an diesem Abend anschwindelte.

»Ach, Mist. Tja, dann bis morgen, oder?«

»Jep.« Tracey hatte vor, die Pisten von Whiteface Mountain unsicher zu machen, wo sich Brody seine Brötchen verdiente. »Gute Nacht.«

Ehe er die Bar verließ, warf er einen letzten Blick zurück in der Hoffnung, hinter Tracey eine zierliche Blondine mit einem breiten Grinsen zu erblicken. Nichts. Die automatischen Glastüren glitten auseinander, und er trat hinaus auf den Parkplatz.

Zu schade, dass der Abend nach dem vielversprechenden Intermezzo vorhin nun so endete.

Die Wahrscheinlichkeit, dass er Chelsea je wiedersehen würde, ging gegen null.

Blieb nur zu hoffen, dass sich diese deprimierende Erkenntnis möglichst bald bis zu seinem besten Stück rumsprechen würde, sonst musste er wohl den Rest der Nacht damit zubringen, sich einen von der Palme zu wedeln. Und so stellte man sich seine Freitagabende im Alter von zweiunddreißig Jahren nun wirklich nicht mehr vor.

## Kapitel 2

»Ich kann nicht fassen, dass du dich ausgesperrt hast«, sagte Lacey.

Amy schnaubte. »Hallo? Es geht hier um Chelsea, schon vergessen?«

Chelsea wäre beleidigt gewesen, wenn sie nicht so damit beschäftigt gewesen wäre, mit ihren Skischuhen, Stöcken und Skiern zu jonglieren und ihre Skibrille zurechtzurücken, die ihr ständig bis zum Kinn hinunterrutschte. »Das ist eure letzte Chance, eine Ablebensversicherung auf meinen Namen abzuschließen, Mädels«, feixte sie.

»Ein Glück, dass jemand deine Hilferufe gehört hat.«

»Du sagst es.« Einer von Chelseas Stöcken fiel zu Boden, ein Handschuh folgte. Dass man zum Skifahren aber auch so viel Kram benötigte! In der engen Skihose und dem Anorak, den sie sich von Amy, der Sportskanone, geliehen hatte, kam sie sich vor wie ein fest in eine Decke gewickeltes Neugeborenes. Sie hätte wie ein Baby gegreint, wenn sie sicher gewesen wäre, dass sie sich damit diese ganze Tortur hätte ersparen können, aber Amy und Lacey hätten sich von ein paar Tränen wohl kaum erweichen lassen. Fakt war, sie fühlte sich total fehl am Platz, während sie vom Auto zur Talstation stapften. In was für eine seltsame, fremde Welt sie hier geraten war, bevölkert von Menschen, die unerklärlicherweise allesamt fröhliche Mienen zur Schau stellten, obwohl sie ebenfalls mit unförmigen Stiefeln und riesigen Skibrillen bewehrt waren! »Es wundert mich, dass der Typ kein heißer Feger war, in dieser Hinsicht bist du nämlich echt ein Glückspilz. Ich kriege immer die hässlichen Kerle ab, während bei dir gleich die schnuckligen Typen angerannt kommen.«

Chelsea wusste nicht, wie Lacey darauf kam, dass ihr Retter kein ›heißer Feger‹ gewesen war, aber sie würde den Teufel tun und sie korrigieren – oder ihr gestehen, dass sie ihre Chance auf eine heiße Nacht in Lake Placid vergeigt hatte. Wenn Eric das wüsste, er würde sich einen Holzfuß lachen.

»Tja.« Chelsea bückte sich, um ihren Stock aufzuheben. »So, kann mir jetzt bitte jemand verraten, wie man sich diese Dinger anschnallt, damit ich dann im Geschwindigkeitsrausch auf zwei schmalen Brettern die Berghänge hinunterrasen kann?«

»Nicht so ungeduldig, wir sind gleich da. Die Skischule ist dort drüben. Dein Skilehrer zeigt dir dann, wie man die Schuhe anzieht.«

»Ich will mal hoffen, dass der gute Mann die Geduld eines Esels hat, denn die wird er brauchen.« Chelsea schob sich die Brille auf die Stirn, doch das blöde Ding rutschte ihr umgehend wieder auf die Nase.

»Das ist Chelsea Carruthers«, sagte Lacey, als sie wenig später am Empfangstresen der Skischule standen. »Sie hat um neun ihre erste Anfängerstunde.«

»Wunderbar. Das da ist Ihr Skilehrer«, sagte die Frau hinter dem Tresen, zu Chelsea gewandt und deutete auf einen Mann, der mit dem Rücken zu ihnen auf dem Boden kauerte und gerade die Schnallen an seinen Skischuhen zuschnappen ließ.

»Danke.« Chelsea musste erst einmal die Skibrille hochschieben, die ihr zum x-ten Mal ins Gesicht gerutscht war, ehe sie ihn in Augenschein nehmen konnte.

Der Mann richtete sich auf und drehte sich um. O Gott, war das etwa …?

Tatsächlich. »Guten Morgen. Ich bin Brody Durbin.« Er stutzte. »Chelsea?«

»Jep. Chelsea Carruthers, wie sie leibt und lebt«, witzelte Chelsea, obwohl ihr das Herz plötzlich bis zum Hals schlug, was nicht nur auf den beunruhigenden Gedanken an Skilifte und kiloweise Schnee in ihrer Hose zurückzuführen war. Wie überaus freundlich von der Schicksalsgöttin, dass sie eine zweite Begegnung mit Brody für sie eingefädelt hatte! Sie sollte ihr zum Dank einen Obstkorb schicken oder so.

»Das seh ich. Dieses gülden gelockte Haar würde ich überall wiedererkennen.«

Spätestens jetzt war Chelsea ganz hochoffiziell für ihn entflammt.

Er erinnerte sich nicht nur an ihren abstrusen Humor, er zitierte sie sogar! Damit hatte er sich selbst zum König ihres von beißendem Sarkasmus erfüllten Herzens gekrönt. »Sag bloß, du und deine muskulösen Schenkel werden mir das Skifahren beibringen?«

»Allerdings.« Er unterdrückte mit aller Macht ein

Grinsen. Die Angestellte am Empfang verfolgte die Unterhaltung mit unverhohlener Neugier, genau wie Amy und Lacey vermutlich, die hinter Chelsea standen. »Aber erst musst du mal deine Skischuhe anziehen.«

»Äh, willst du uns nicht vorstellen, Chels?«, fragte Lacey ostentativ.

*Eigentlich nicht*, dachte Chelsea, aber ihre guten Manieren behielten die Oberhand. »Lacey, Amy, das ist Brody, der mich gestern Abend gerettet hat, als ich beinahe von meinem Balkon in den Tod gestürzt wäre.« Sie beobachtete ihn aufmerksam, während er ihren Freundinnen lächelnd die Hand schüttelte. Er wirkte so männlich mit seinem eckigen Kinn, der schmalen, geraden Nase und der hohen Stirn. Was für ein Kontrast dazu die langen, dunklen Wimpern, die seine tiefblauen Augen umrahmten! Sie hätte zu gern seine bartstoppeligen Wangen mit Küssen übersät und das Kitzeln dieser weichen Wimpern auf ihren Lippen gespürt. »Und jetzt muss mir der Ärmste aufgrund einer grausamen Laune des Schicksals auch noch das Skifahren beibringen. Du musst in deinem vorigen Leben ja echt so einiges angestellt haben, wenn du so schlechtes Karma hast.«

»Sowas nennt man glaube ich schlicht und einfach Zufall«, winkte er ab. »So, und jetzt setz dich hin, und zieh deine Schuhe an.«

Du meine Güte, der Bursche kommandierte sie ja ganz schön rum. Ob er das wohl auch im Schlafzimmer tat? Sie setzte sich umständlich. Schon jetzt war sie schweißgebadet. Es war ja auch ziemlich warm hier drin, und sie war viel zu dick angezogen – unter der

Jethose und dem Anorak trug sie zwei Lagen Skiunter-
wäsche, einen Rollkragenpulli und zwei Paar Woll-
socken. Sie hatte eben angenommen, dass sie die meiste
Zeit im Freien sein würde. Mit einem längeren Aufent-
halt in einem geheizten Raum hatte sie nicht gerechnet. Genauso wenig wie mit einer zweiten Begegnung
mit Brody, der mit einem einzigen Lächeln dafür sorgen
konnte, dass ihre Körpertemperatur um fünf Grad in
die Höhe schoss.

Er war so sexy. Wie sollte sie sich da bitteschön auf
das Skifahren konzentrieren? Wenn das mal nicht auf
eine Wirbelsäulenfraktur hinauslief.

»Meinst du, du kommst zurecht?«, fragte Amy. Ach,
sieh mal an. Jetzt tat sie plötzlich besorgt, dabei hatten
sich bislang weder sie noch Lacey groß um ihr Wohlergehen geschert. Und kaum kam so ein sexy Skilehrer
daher …

»Natürlich«, Chelsea wedelte herablassend mit der
Hand.

»Übrigens tut es mir leid, dass du gestern vergeblich
auf mich gewartet hast«, sagte sie zu Brody. »Der Hausmeister war wild entschlossen, die Schiene unter meiner
Balkontür Schneeflocke für Schneeflocke zu enteisen.
Wir müssen uns knapp verpasst haben. Aber danke für
den Irish Coffee.« Er sollte ruhig wissen, dass sie ihn
nicht absichtlich versetzt hatte.

»Gern geschehen. Vielleicht klappt es ja ein andermal.«

Meinte er das ernst, oder hatte er es nur aus reiner
Höflichkeit gesagt?

Sie widerstand dem Drang nachzuhaken und widmete sich stattdessen ihren Skischuhen. Was für ein kompliziertes Wunderwerk der Sportausrüstungstechnik! Schnallen, Schlaufen, Klettverschluss ... Chelsea schob einen Fuß in den rechten Schuh, blieb allerdings auf halbem Wege stecken. Sie drückte nach. Nichts geschah. »Ich glaube, die passen nicht.«

»Ist es die falsche Größe?«

»Nein, das nicht, aber mein Fuß passt trotzdem nicht rein.«

Brody ging vor ihr auf die Knie und nahm den Skistiefel in die Hand. »Nicht so zaghaft. Das ist nicht Cinderellas Glaspantoffel. Du musst richtig mit Kraft reinsteigen.«

Es hätte romantisch sein können, wenn er sich nicht so ungeduldig gebärdet und ihr damit das Gefühl verliehen hätte, eine ahnungslose Tussi zu sein. Sie hatte gute Lust, ihm eins mit ihrem Stock überzuziehen.

»Tu ich doch! Ich will mir bloß nicht den Knöchel brechen.«

Er packte mit der anderen Hand ihren Fuß und drückte ihn mit Schmackes in den Schaft, und siehe da, schon war sie drin. Wer hätte das gedacht! »Aha«, staunte sie und machte probehalber ein, zwei Schritte. Er passte ihr wie angegossen. »Interessant.«

Brody hob eine Augenbraue. »Sag ich doch.«

»Wie schön, dass du so viel Verständnis hast.« Sie spähte zu ihrem Fuß hinunter. »Und was jetzt?«

Er hantierte fachkundig mit den diversen Schließmechanismen, dann knöpfte er sich ihren anderen Fuß vor, so geschickt und blitzschnell, als wäre das Ganze eine Art Fußorigami. So halb erwartete sie, da unten gleich zwei Papierschwäne statt ihrer Füße zu erblicken. »Du hast das wohl schon mal gemacht.«

»Ein-, zweimal, ja.«

»Für mich ist das alles etwas beängstigend, musst du wissen. Es kommt mir so vor, als hätte ich es mit einer Sekte zu tun, die den Schneegott anbetet. Dieses ganze Equipment, die geheimnisvoll klingende Terminologie … ich fühle mich irgendwie überhaupt nicht in meinem Element.«

»Das kann ich leider nur schwer nachvollziehen, weil ich nämlich bereits im Alter von zwei Jahren das erste Mal auf Skiern stand. Aber lass dir deshalb mal keine grauen Haare wachsen. Ich erwarte nicht von dir, dass du alles weißt. Und wenn du erst einmal ein paar Stunden auf der Piste warst, kommt dir das alles schon nicht mehr so fremd vor.«

»Dein Vertrauen in mich ist bemerkenswert. Ich bin ja froh, dass du kein ehemaliger Profiskifahrer bist, der total verbittert ist, weil ihm ein Sturz vor zehn Jahren die Teilnahme an den Olympischen Spielen verhagelt hat. Für so jemanden wäre es bestimmt die Hölle, einen blutigen Anfänger wie mich zu unterrichten.« Und abgesehen davon wäre sie dann garantiert total eingeschüchtert.

Brody streckte ihr die Hand hin, um ihr auf die Beine zu helfen. »Keine Sorge, so schlimm ist es nicht. Jedenfalls bis jetzt noch nicht. Aber wir sind ja auch noch nicht auf der Piste.«

Äh, was?? Chelsea stierte ihn entsetzt an. »Soll das

heißen, du warst tatsächlich mal Profiskiläufer und musst jetzt Idioten wie mich unterrichten, weil dir ein Sturz die Teilnahme an den Olympischen Spielen verhagelt hat? Oder bloß, dass es nicht so schlimm ist, Idioten wie mich zu unterrichten?« Sie hoffte inständig, Letzteres möge zutreffen.

Sie hielten sich nach wie vor an der Hand, besser gesagt, Chelsea umklammerte die seine, aus Angst hinzufallen, denn sie stand noch recht wackelig auf den Beinen. Aus der Entfernung sah das bestimmt ganz süß aus, obwohl Chelsea das dumpfe Gefühl hatte, die Hauptrolle in einem Mr. Bean-Film zu spielen.

»Ich war drei Jahre lang im Alpinskikader und sollte 2006 in Turin für die USA im Super G starten, aber dann habe ich mir bei einem Sturz das Knie zertrümmert.« Er zwinkerte ihr zu. »Und jetzt unterrichte ich Idioten wie dich.«

O Gott. »Erde, tu dich auf und verschling mich. Bitte entschuldige vielmals. Es war nicht so gemeint, wie es klang.« Ihre Mutter hatte ihr stets prophezeit, dass sie sich mit ihrem Sarkasmus mal ordentlich in die Nesseln setzen würde. Tja, jetzt saß sie bis zur Halskrause drin. Hätte sie allein stehen können, sie hätte sich instinktiv am ganzen Körper gekratzt.

»Schon okay. Ich bin froh, dass ich überhaupt noch Skifahren kann.« Immerhin hatte er sich nicht ganz von seiner großen Leidenschaft verabschieden müssen, selbst wenn die schwarzen Pisten mittlerweile tabu waren. Die arme Chelsea guckte so betreten aus der Wäsche, dass er beinahe gelacht hätte.

Ihm war völlig klar, dass sie ihn nicht hatte beleidigen wollen. Ihr vorlautes Mundwerk wurde ihr bestimmt öfter mal zum Verhängnis.

»Ich mag zwar bildhübsch sein, aber dafür bin ich nicht gerade die Hellste«, murmelte sie zerknirscht in ihre Skibrille, die ihr zum Kinn hinuntergerutscht war. »Es tut mir leid.«

Jetzt musste er doch lachen. Er konnte mit Fug und Recht behaupten, dass ihm noch nie eine Frau wie sie untergekommen war, und sie faszinierte ihn. Reizte ihn. Hätte sich irgendjemand anderes einen Scherz über seine Verletzung erlaubt, dann wäre er garantiert in Selbstmitleid versunken, wie so oft in den vergangen Jahren, wenn ihm bewusst geworden war, dass sein großer Traum geplatzt war. Aber vielleicht hatte Tracey ja recht – vielleicht musste er wieder öfter unter Leute, statt zu Hause zu hocken und Trübsal zu blasen.

»Was machst du denn beruflich, Chelsea?«

»Ich bin Krankenschwester.«

Das passte zu ihr. Er konnte sich lebhaft vorstellen, wie sich ihre Patienten freuten, wenn dieser geschäftige Wirbelwind ins Zimmer fegte. »Hervorragend, dann kannst du dich ja selbst verarzten, wenn du hinfällst.«

Sie schnitt eine Grimasse.

»Kleiner Scherz. Es hat sich noch keiner meiner Schüler verletzt. Also, gehen wir.«

Chelsea beim Gehen zuzusehen war so ziemlich das Witzigste, was er seit Langem gesehen hatte. Sie kam daher, als hätte sie Betonklötze an den Beinen. Selbst die meisten Dreijährigen hatten in Skistiefeln ein besseres

Gleichgewicht als sie. Die Brille war ihr auch schon wieder ins Gesicht gerutscht. Er schnappte sie sich, zurrte den Gummiriemen enger und gab sie Chelsea zurück.

Sie setzte sie auf, und diesmal blieb die Brille an Ort und Stelle. »Ach, sieh mal an. Viel besser. Danke.«

Draußen schneite es leicht, und dick vermummte Gestalten bewegten sich in sämtliche Richtungen. Auf dem Anfängerhügel herrschte reges Treiben, und an der Gondelbahn standen die erfahrenen Skifahrer Schlange, um zur Bergstation hinaufzufahren und sich dann von dort oben hinunterzustürzen. Brody steuerte auf einen Skiständer zu, schnappte sich seine Skier, ließ sie auf den Boden klatschen und schnallte sie an.

Chelsea verfolgte es indigniert. »Ach, ich hätte meine Leihskier einfach hier abstellen können, statt sie die ganze Zeit mit mir rumzuschleppen?«

»Jep.« Er nahm ihr ihre Skier aus der Hand und ließ sie auf den Boden klatschen.

»Und da muss man keine Angst haben, dass sie gestohlen werden?«

»Nein. Und jetzt hör auf rumzutrödeln, und zieh sie an. Einfach mit gebeugten Knien in die Bindung steigen und die Ferse runterdrücken.«

Sie versuchte, seine Anweisungen zu befolgen, wobei dummerweise der Ski einen halben Meter nach hinten rutschte. »Shit.«

Brody schob ihn wieder nach vorn und hielt ihn fest, während Chelsea sich nach Kräften bemühte, in die Bindung zu steigen, wobei sie heftig mit den Armen ruderte. Hm. Allmählich hegte Brody die Befürchtung, dass die bevorstehende Stunde ziemlich anstrengend werden könnte. Dabei machte es ihm normalerweise großen Spaß, Anfängern Skiunterricht zu erteilen. Er empfand es als sehr befriedigend, den Augenblick mitzuerleben, in dem ihnen der Knoten aufging und sie das erste Mal spürten, was am Skifahren so toll, so befreiend war. Es war ein bisschen, als würde er jemanden dazu überreden, seine Lieblingseissorte zu probieren und denjenigen nach dem ersten Mundvoll dann selig lächeln sehen. Chelsea jedoch erweckte den Anschein, als könnte sie sich als Herausforderung entpuppen. In mehrfacher Hinsicht.

»Okay, jetzt bist du drin.«

»Ja, und es fühlt sich an, als hätte ich Bleigewichte an den Füßen. Ich komme mir so ... eingeengt vor.«

»Eingeengt?« Das hatte er bislang noch nie zu hören bekommen.

»Ja. Ich bin ja hier quasi angewachsen. Wenn jetzt zum Beispiel ein Killer hinter mir her wäre, dann könnte ich nicht einfach vor ihm davonlaufen. Ich wäre ihm hilflos ausgeliefert.«

»Falls tatsächlich ein Killer hinter dir her wäre – was an einem Samstag auf dem Whiteface Mountain allerdings eher unwahrscheinlich ist –, dann könntest du einfach auf deinen Skiern vor ihm davonfahren.« Es klang, als läge diese Lösung auf der Hand, so, wie er es sagte. »Auf Skiern ist man nämlich schneller als zu Fuß.« Klugscheißer.

»So, so. Und was ist, wenn ich zufällig bergauf flüchten muss?«

Brody grinste erneut in sich hinein und fragte sich,

ob sie im Bett wohl auch so viel laberte oder ob sie es einfach schweigend geschehen ließe, wenn er sie überall berührte und leckte. Ob sie wohl schrie, wenn sie kam? Er hätte es zu gern gewusst. »Tja, dann gehst du eben bergauf. Dreh dich zur Seite, und setz die Kanten ein. Rechts, links, rechts, links. Genau. Siehst du? So geht man auf Skiern bergauf.«

»Verstehe«, keuchte Chelsea. Sie war bereits total außer Atem. »Und wozu soll das gut sein? In diesem Tempo hänge ich doch nie und nimmer einen Killer ab.«

»Wie wär's, wenn du den Killer jetzt mal vergisst und dich stattdessen mit deinen Skiern vertraut machst? Als Erstes musst du lernen, wie man geht und wie man bremst. Wir stapfen also zunächst ein paar Meter den Hang hinauf, und dann üben wir das Bremsen.«

Beim Bremsen stellte sich Chelsea ebenso tollpatschig an wie beim Gehen. Es nützte nicht das Geringste, dass ihr Brody ein ums andere Mal »Schneepflug! Wie ich es dir gerade gezeigt habe!« zurief. Sie schaffte es einfach nicht, die Skispitzen zusammenzuführen.

»Mach ich doch«, rief sie, während sie langsam den kleinen Hügel entlang nach unten glitt, ohne auch nur ansatzweise einen Schneepflug zu machen.

Brody fuhr hinter ihr her und rückte die hinteren Enden der Skier in die richtige Position. »*Das* ist ein Schneepflug.«

»Oh.«

Das »Oh« kam im Laufe der nächsten Stunde noch öfter. Chelsea war zweifellos alles andere als ein Naturtalent, doch was ihr an Geschick fehlte, machte sie mit

Sturheit und Ausdauer wett. Immer wieder schleppte sie sich wild entschlossen den Hügel hinauf.

»Okay, diesmal nehmen wir den Lift.«

Sie riss die Augen auf und strich sich ein paar Haarsträhnen aus dem Gesicht. »Hältst du das für ratsam? Was ist, wenn ich runterfalle?«

»Ich werde den Liftwart bitten, das Tempo zu drosseln. Keine Sorge, wir nehmen bloß den kurzen dort drüben.« Er deutete mit dem Stock auf einen Doppelsessellift ganz in der Nähe. »Und beim Runterfahren fahre ich vor dir her, und du hältst dich an mir fest.«

Sie beäugte ihn misstrauisch. Dicke Schneekristalle zierten ihr blondes Haar, das ihr wirr ins Gesicht hing. Warum hatte sie es nicht zu einem Pferdeschwanz zusammengebunden? Er schob es ihr aus der Stirn und unter die Mütze. Schließlich hatte sich sein Kopf schon zwischen ihren Oberschenkeln befunden, da sollte es doch wohl okay sein, wenn er ihre Haare anfasste.

Doch die kurze Berührung brachte sie beide aus dem Konzept. Chelseas Augen weiteten sich, und sie leckte sich über die Lippen. Er stand nicht einmal einen halben Meter von ihr entfernt. Zu nahe. Am liebsten hätte er sie geküsst, wild und leidenschaftlich. Aber er war bei der Arbeit, und deshalb war sie tabu. Jedenfalls noch für die nächste halbe Stunde.

»Los, komm mit. Du stellst dich einfach dort hin, und wenn der Sessel deine Kniekehlen berührt, setzt du dich hin. Deine Stöcke lassen wir hier.«

»Was? Warum?« Die Vorstellung versetzte sie offenbar in Panik. »Brauche ich die nicht?«

»Nein. Wir nehmen meine.« Er entwand ihr die Stöcke, die sie mit eisernem Griff umklammert hielt, dann scheuchte er sie zur Einstiegstelle, wobei er wie versprochen dem Liftwart zurief, er solle die Geschwindigkeit drosseln.

Chelsea quiekte beim Hinsetzen zwar erschrocken auf, aber ansonsten klappte alles wie am Schnürchen. »Ist schon mal jemand von so einem Ding runtergefallen?«, fragte sie. »Nein«, sagte Brody, um ihr die Angst zu nehmen, obwohl er keine Ahnung hatte, ob so etwas schon einmal vorgekommen war oder nicht. »Wo kommst du eigentlich her?«, erkundigte er sich, als er sah, wie verkrampft sie den Sicherheitsbügel umklammerte. Vielleicht entspannte sie sich ja ein bisschen, wenn er sie ablenkte.

»Aus Albany, wo ich normalerweise den ganzen Winter damit zubringe, so zu tun, als würde es ihn gar nicht geben. Und du?«

»Ich bin hier geboren und aufgewachsen. Dann habe ich eine Zeit lang in Utah gelebt, um zu trainieren, aber 2006 bin ich wieder hierher zurückgekommen.« Er hatte die Österreicher und die Schweizer übertrumpfen und sich die Goldmedaille holen wollen, doch es war nichts daraus geworden. Aber wenn er wie jetzt auf einem Sessellift saß und wie von Geisterhand bewegt nach oben glitt, wurde ihm bewusst, dass er hierher gehörte, wo ihm die Hänge des Whiteface Mountain zu Füßen lagen und er gleich hinter dem Bergrücken Vermont wusste. Ja, es war aufregend gewesen, Rennen zu fahren und zu gewinnen, aber er konnte sich nicht vorstellen, jetzt, nach zehn Jahren, noch dem Skizirkus anzugehören. Er hatte längst in Lake Placid Wurzeln geschlagen.

»Es war schön, hier aufzuwachsen. Ich glaube, ich wurde gezeugt, als 1980 die Olympischen Spiele hier stattfanden. Meine Mutter war Eisschnellläuferin und hat mit meinem Vater mit Sangria und ohne Verhütung ihre Erfolge gefeiert. Das ist meine persönliche Theorie. Zugeben würden sie das niemals.«

Chelsea lachte. »Du bist also ein Olympia-Baby. Ungefähr so wie die Kinder, die während des großen Stromausfalls an der Ostküste gezeugt wurden.«

»So ungefähr, ja.«

»Und, hast du einen Husky?«, fragte sie. »Es kommt mir so vor, als hätte hier jeder einen Husky.«

»Nein, einen Schäferhund. Die jaulen nicht so viel.« Seine Hündin Mabel war zurzeit das einzige weibliche Wesen, das mit ihm das Bett teilte, und er hatte das dumpfe Gefühl, dass sie nicht sonderlich begeistert wäre, wenn sie auf ihrer Hälfte plötzlich Konkurrenz bekäme.

»Ich habe einen Neufundländer«, berichtete Chelsea. »Alle haben mich für verrückt erklärt und behauptet, das wäre egoistisch, wenn man in einer Wohnung ohne Garten lebt. Aber ich konnte einfach nicht widerstehen. Diese traurigen Hundeaugen und dieser seidig weiche Pelz …«, schwärmte sie in einem Tonfall, der bei Brody den Wunsch weckte, sich von ihr das Fell unter dem Kinn kraulen zu lassen. Wenn er denn ein Fell unter dem Kinn gehabt hätte.

»Wie heißt er denn?«

»Grape Ape, aber ich nenne ihn bloß Ape. Er wäre begeistert von den Schneemassen hier.«

Brody lachte. »Grape Ape? Du hast deinen Hund nach dem lila Gorilla aus der Zeichentrickserie benannt?«

»Wie heißt deiner denn?«, fragte sie pikiert. »Wahrscheinlich Bello oder sowas Langweiliges.«

»Nein, Mabel«, erwiderte Brody, obwohl die Versuchung, sie zu veräppeln und »Bello« zu sagen, groß war.

»Mabel?«, wiederholte sie überrascht. »Sehr Vintage.«

»Ich weiß nicht, ob es dir schon aufgefallen ist, aber in dieser Stadt ist so einiges Vintage.«

Brody hob den Sicherheitsbügel an, denn sie waren oben angekommen. »So, jetzt wird der Lift gleich langsamer, und dann stehst du einfach auf und fährst ein paar Meter nach vorn, okay?«

Sie gab ein entsetztes »Huch!« von sich, meisterte die Herausforderung aber bravourös. Er hatte schon befürchtet, sie könnte womöglich wie angewurzelt stehen bleiben und vom nächsten Sessel mitgeschleift werden. Mumm hatte sie, das musste er ihr lassen.

Als sie sich keine zehn Minuten später wie ein Affenbaby an seinen Stock klammerte und ihn anflehte, sie bloß nicht loszulassen, musste er seine Meinung jedoch revidieren.

Und er wusste, er steckte bis über beide Ohren in Schwierigkeiten, weil er sie nämlich trotzdem verdammt süß fand.

## Kapitel 3

Chelsea unterdrückte den Drang, die Augen zuzuknei-
fen und hätte sich von Brody am liebsten wieder zurück
zum Sessellift bringen lassen, um wieder nach unten zu
fahren. »Ich werde sterben. Ich werde gegen einen Baum
fahren und sterben. Warum sollte ich überleben, wenn
sowohl ein Kennedy als auch Sonny Bono beim Skifahren
draufgegangen sind? Und nicht zu vergessen Liam Nee-
sons Ehefrau. Ich muss verrückt sein. Total verrückt.« Sie
hatte doch eben erst gelernt, ein paar Schritte zu gehen,
zu bremsen und ein paar Meter zu gleiten, und jetzt sollte
sie sich gleich diesen Abhang hinunterstürzen?

Brody stand mit dem Rücken zum Tal vor ihr und
hielt ihr mit ausgestreckten Armen seinen Stock hin,
damit sie sich daran festhalten konnte. Der Plan war,
dass er rückwärts vorausfuhr und sie ihm folgte, wobei
sie sich an seinem Stock festhalten sollte, damit sie nicht
das Gleichgewicht verlor. Um diesen Plan in die Tat umzusetzen, hätte sie allerdings Ruhe bewahren müssen,
und das war ihr bislang leider nicht gelungen.

Zum Glück legte Brody eine Engelsgeduld an den
Tag. »Keine Sorge«, beruhigte er sie. »Ich lasse dich
schon nicht los.«

Amy schoss lässig auf ihrem Snowboard an ihnen vorbei und filmte sie dabei auch noch mit ihrem Handy. Chelsea zeigte ihr den Mittelfinger, obwohl sie Fäustlinge trug. Niemand sollte sehen, wie sie sich hier zum Affen machte.

Dummerweise hatte sie nun Brodys Stock losgelassen, und ihre Skier setzten sich in Bewegung. Scheiße, Scheiße, Scheiße! Dass diese verfluchten Dinger aber auch so rutschig sein mussten!

Wenn sie das hier überlebte, würde sie ihm zeigen, dass sie sich nicht bei jeder Art der körperlichen Betätigung so dämlich anstellte. Und für die Art der Betätigung, die ihr vorschwebte, musste man nicht im Schnee rumstapfen.

»Schon gut. Wir sind bereits ungefähr in der Mitte des Hanges. Wenn du das Gefühl hast, die Kontrolle zu verlieren, brems einfach, indem du einen Schneepflug machst.«

Resigniert fügte sie sich in ihr Schicksal. Je eher sie das hier hinter sich brachte, desto eher konnte sie es sich mit einem Drink am Kamin ihres Hotels gemütlich machen. Sie nickte. »Okay, dann wollen wir mal.«

Brody stieß sich ab, und schon ging es los. Und zwar ziemlich flott. »Schön in die Knie gehen, Oberkörper nach vorn … In die Knie gehen!«, befahl er. Er hatte leicht reden. Für ihn war das alles supereinfach, wie es schien.

Es war so unfair! Sie versuchte, jede seiner Anweisungen zu befolgen, und siehe da, ein paar Minuten später waren sie am Fuße des Hügels angekommen, und sie lebte noch. Gott sei Dank.

»Okay, rüber zum Lift und gleich wieder hoch.«

Was? Hatte diese Tortur denn gar kein Ende? Chelsea hätte zu gern gewusst, wie spät es war, denn so sehr sie Brodys Gesellschaft auch genoss, ihr brummte der Schädel, weil sie sich so darauf konzentrieren musste, sich nicht alle Knochen zu brechen. »Kann ich nicht einfach noch mal das Gehen üben?«

»Nein. Los, los.«

Noch dreimal fuhren sie hoch. Zweimal meisterten sie die Abfahrt gemeinsam, beim dritten Mal bestand Brody darauf, sie solle es allein versuchen. Ohne Stöcke, weil sie auf diese Weise angeblich besser das Gleichgewicht halten konnte. Eine Fehleinschätzung, wie sich sogleich zeigte, denn Chelsea wurde im Nu viel zu schnell. »Brody!«, kreischte sie ängstlich.

»Schneepflug! Du schaffst das!«

Doch als sie weiter in einem Affenzahn talwärts raste, setzte er sich hastig in Bewegung, um sie einzuholen. Chelsea versuchte, die Skispitzen zusammenzuführen, aber ehe sie wusste, wie ihr geschah, schoss sie auch schon über den Rand der Piste hinaus, streifte einen Felsen und landete dann ziemlich unsanft auf ihrem Allerwertesten. Schwer atmend blickte sie um sich. Sie war den Bäumen gefährlich nahe gekommen.

Okay, *Game over*. Sie hatte die Nase voll.

»Geht's dir gut?«

»Nein. Und das, was ich jetzt brauche, gibt es an der Bar der Lounge dort unten, nämlich eine heiße Schokolade mit Marshmallows und ein Cookie.« Gott, sie klang wie eine störrische Fünfjährige.

Brody half ihr auf die Beine. »Du hast dich wacker geschlagen.«

»Was ist so toll daran, über einen Felsen zu fahren?«

»Du hast doch gerade erst angefangen. Allerdings ist die Stunde jetzt auch rum.«

Dem Himmel sei Dank.

»Aber du hast große Fortschritte gemacht. Ich würde dir wärmstens empfehlen, am Nachmittag noch mal eine Stunde zu nehmen, damit du noch etwas mehr Sicherheit bekommst. Zeit hätte ich.«

»Nein, danke.«

»Echt nicht? Bist du ganz sicher?«

Was guckte er denn so entgeistert? Hatte er nicht gesehen, wie sie soeben über den Rand der Piste hinausgefahren war, mit den Armen rudernd wie eine Windmühle? Nein, nein, es war an der Zeit, die Skibrille an den Nagel zu hängen.

»Haben Hennen einen Schnabel?« Chelsea klopfte sich den Hintern ab. »Das ist alles sehr stressig für mich. Die Anspannung und die Konzentration … Und dann dieses Ganze in die Knie gehen und nach vorne beugen und Schneepflugmachen. Ich brauche eine Pause.«

»Okay.« Brody lächelte. »Dann legen wir die letzten Meter wohl besser gemeinsam zurück. Und ja, du darfst dich an meinem Stock festhalten.«

Chelsea hob unwillkürlich die Augenbrauen. *Nichts lieber als das, Herr Skilehrer.* Er schien ihre Gedanken lesen zu können, denn sobald ihm aufgegangen war, was er da von sich gegeben hatte, weiteten sich seine

Pupillen, und er ließ einen undefinierbaren Kehllaut vernehmen.

»Versprochen?«, fragte Chelsea. Sie konnte nicht widerstehen. Und Brody dachte offenbar nicht daran, einen Rückzieher zu machen oder so zu tun, als wüsste er nicht, worauf sie anspielte.

»Versprochen. Aber nur, wenn du wirklich, wirklich scharf darauf bist.«

Und wie. Bei seinen Worten lief ihr das Wasser im Mund zusammen, und sie spürte, wie sie auch anderswo feucht wurde. »Ich wüsste ehrlich gesagt nicht, was ich lieber täte.«

Wenn sie jetzt nicht so dick eingepackt wären und keine Skier an den Füßen hätten, und wenn er nicht im Dienst wäre und sie sich nicht auf einem Berghang befänden – okay, es war bloß ein kleiner Hügel –, dann würde er sie jetzt garantiert küssen. Hundertprozentig.

Er hielt ihr den Skistock hin. »Festhalten«, befahl er. »Ich habe übrigens um vier Feierabend, falls du dann noch hier sein solltest.«

»Ach ja?« Keine sehr einfallsreiche Antwort, aber jetzt hieß es Vorsicht walten lassen. Sie hatte keine Ambitionen, sich ihm an den Hals zu werfen. Das war nicht ihre Art, und außerdem hatte sie die leidvolle Erfahrung gemacht, dass die Männer die Beine in die Hand nahmen, wenn eine Frau die Initiative ergriff. Und falls sie sich doch fangen ließen, dann lehnten sie sich danach für die Dauer der Beziehung bequem zurück und ließen einen die ganze Arbeit machen. Doch Chelsea wollte ein gleichberechtigtes Geben und Nehmen, selbst wenn es nur um eine Wochenendaffäre ging. Sie würde auf gar keinen Fall das Klischee der Urlauberin erfüllen, die ihren Skilehrer besprang.

Die Frage lautete also: Was sollte sie mit dieser Information anfangen, wenn er den Satz einfach so im Raum stehen ließ?

Immer schön cool bleiben. »Tja, für mich ist jetzt schon Feierabend. Ich bin erledigt.«

»Wie, fährst du zurück ins Hotel?«

Schön wär's. »Noch nicht, ich bin nicht mit dem Auto da und muss warten, bis die anderen fertig sind. Ich setze mich solange in die Lounge dort drüben.«

»Habt ihr schon Pläne für heute Abend?«

»Ich schätze mal, wir gehen irgendwo essen, und dann darf ich zusehen, wie Lacey und Amy mit ihren Freunden turteln.«

»Also, wenn du willst, könnten wir zusammen ein Bierchen trinken gehen. Ich habe Zeit.«

Ha! Da war es, das Signal, auf das sie gewartet hatte. »Ach, ja? Wird Mabel dich nicht vermissen?«

»Die kann schon mal einen Abend lang auf meine Gesellschaft verzichten.« Brody grinste. »Trinkst du überhaupt Bier?«

»Geht der Papst oft in die Kirche? Also, was ist jetzt, können wir loslegen, oder soll ich den ganzen Tag hier rumstehen und deinen Stock halten?«

Seine Kinnlade klappte runter, doch er hatte sich gleich wieder im Griff. »Na, gut. Schön festhalten, Frechdachs.«

»Redest du eigentlich mit allen deinen Schülern so?«,

fragte sie und kreischte dann erschrocken auf. »Heiliger Strohsack!«

Brody wollte sich wohl für ihre freche Bemerkung rächen, denn er hatte sich ohne Vorwarnung in Bewegung gesetzt und zog sie hinter sich her, in einem Tempo, das an Lichtgeschwindigkeit grenzen musste. Wenn das so weiterging, würde sie garantiert stürzen, sich zig Mal überschlagen und am Ende auf dem Rücken daliegen und alle viere von sich strecken, nur leider ohne die geringste Aussicht auf einen Orgasmus. Sie würde … am Fuße des Hügels ankommen. Wer hätte das gedacht.

Sie hatte es geschafft.

Heftig nach Luft ringend stand sie da, im Begriff, eine Schimpftirade der Extraklasse loszulassen, um ihm zu zeigen, dass er so nicht mit ihr umspringen konnte.

Dummerweise ging sie, ehe sie den Mund aufmachen konnte, ohne ersichtlichen Grund zu Boden, und ihre Skier glitten einen Meter nach vorn, zwischen Brodys gespreizte Beine, sodass sich ihr Gesicht geradewegs vor seinem Schritt befand. Sie war so perplex und erschöpft, dass sie kein Wort herausbrachte.

Brody hievte sie hoch. »Das war hervorragend«, sagte er. »Deine beste Abfahrt bisher.«

Pff. Wer war denn jetzt der Frechdachs von ihnen beiden? »Ich habe Schnee unterm Pulli, und das fühlt sich nicht gut an.«

»Das war zu erwarten. Schnee ist kalt.« Er bückte sich, öffnete ihre Bindung und hob die Skier für sie auf. »Also, gehen wir rein, damit du dich aufwärmen kannst.«

Darauf wollte ihr beim besten Willen keine sarkastische Entgegnung einfallen. Sie war heilfroh, dass sie wieder auf festem Boden stand und sich nicht mehr vornübergebeugt über einen Abhang quälen musste, auf diesen Dingern, die zweifellos zu den irrsten Erfindungen der Menschheit gehörten. Ein Hoch auf den aufrechten Gang! »Was für eine idiotische Art der Fortbewegung. Wer hat sich das bloß ausgedacht?«

»Die Menschen bewegen sich seit fünftausend Jahren auf Skiern fort, aber erst seit ungefähr hundert Jahren zum Spaß. Das erste Alpinskirennen wurde 1911 in der Schweiz ausgetragen.« Brody hielt ihr die Tür zur Skischule auf. »Aber ich schätze mal, das war eine rein rhetorische Frage.«

»Ganz recht«, erwiderte Chelsea und nahm die Skibrille ab. »Dafür bin ich mit diesem Wissen ausgestattet bestens gerüstet für das Finale der Quizshow *Jeopardy*.«

Er lachte. »Steck deine Skistiefel auf den Schuhtrockner, und gib mir deine Telefonnummer. In zehn Minuten geht meine nächste Stunde los.«

Chelsea ratterte ihre Handynummer herunter, während sie sich suchend nach dem Schuhtrockner umsah, wie auch immer der aussehen mochte. Insgeheim beglückwünschte sie sich zu ihrem Erfolg. Dass Brody interessiert war, hatte sie ja bereits gespürt, und bislang hatte er sich weder von ihrem schrägen Sinn für Humor abschrecken lassen noch von ihrer forschen Art, im Gegensatz zu so vielen anderen Männern. Lacey hatte einmal zu ihr gesagt, es sei fast so, als würde sie einen

Penis in der Handtasche mit sich herumtragen, weil es häufig den Anschein erweckte, als hätte sie in einer Beziehung die Hosen an. Dabei suchte sich Chelsea die Waschlappen weiß Gott nicht gezielt aus. Es war doch nicht ihre Schuld, dass gerade die auf sie standen! Ihr wäre ein männlicher Mann viel lieber gewesen. Einer, der sie behandelte wie eine gleichberechtigte Partnerin.

»Das ist der Schuhtrockner.« Brody deutete auf eine Vorrichtung, an der unzählige Skistiefel an der Wand hingen. »Da steckt man die Schuhe zum Trocknen drauf.«

»Ach ne?« Sie schnaubte. Für wie dämlich hielt er sie eigentlich? Da wäre sie bestimmt auch von allein draufgekommen. So in ein, zwei Jahren. So lange würde es nämlich ungefähr dauern, bis sie ihre Skistiefel ausgezogen hatte.

Brody war ein männlicher Mann. Sie konnte es gar nicht erwarten, zu sehen, wie männlich. Unter der dicken Skihose war leider nicht viel zu erkennen, aber sie ging mal davon aus, dass er so gut gebaut war, wie man sich das von einem Sportler erwarten durfte.

»Deine Skier sind in dem Ständer hier«, sagte er und hängte die Stöcke dazu. »Ich melde mich dann nach der Arbeit, okay?«

»Okay«, erwiderte sie leichthin und schnippte sich kess eine Haarsträhne über die Schulter. Tja, so war sie eben – eine unabhängige Frau von Welt, eine Meisterin der Nonchalance, verführerisch, makellos. Sie wusste, wie man mit Skiern und Stöcken umging und sah dank Amy, die darauf bestanden hatte, dass sie dieses un-

447

glaublich anstrengende Bikram Yoga ausprobierte, verdammt sexy aus in dieser engen Jethose.

»Versuch in der Zwischenzeit, nicht von irgendwelchen Balkonen zu springen«, witzelte Brody. »Oder in einer Schneewechte zu versinken.« Er grinste frech und ließ sie stehen.

Wenn sie nicht so scharf darauf gewesen wäre, mit ihm zu schlafen, hätte sie sich geärgert. Er hätte durchaus ein bisschen mehr Respekt zeigen können. Sie hatte doch wohl ein Recht darauf, wenigstens in ihrer ganz privaten Fantasie absolut perfekt zu sein, oder?

Pff. Männer konnten zuweilen sowas von beschränkt sein. Nicht zum ersten Mal fragte sich Chelsea, wie Schneewittchen es ausgehalten hatte, mit sieben Männern unter einem Dach zu leben, ohne früher oder später einen von ihnen über den Jordan zu schicken.

Nicht zu fassen, das alles. Also echt.

Nach dem fünften erfolglosen Versuch, ihre Skischuhe auszuziehen, gab sie auf und stiefelte zur Cloudspin Lounge hinüber, wo sie sich einen Irish Coffee und einen Brownie von der Größe ihres Kopfes bestellte.

In den darauffolgenden Stunden lief Brody quasi im Automatikmodus. Zum Glück waren die nächsten beiden Schüler etwas talentierter als Chelsea – und etwas weniger scharfzüngig –, denn er war nicht bei der Sache. Die ganze Zeit konnte er nur an den Abend denken. Er würde mit Chelsea ein Bierchen kippen und danach mit ihr nach Hause gehen, und dann konnte der Spaß so richtig losgehen. Vielleicht war es vermessen von ihm, anzunehmen, dass sie gleich beim ersten Date mit ihm ins Bett gehen würde, aber, hey, er durfte sich doch wohl zumindest Hoffnungen machen.

Denn irgendetwas an ihr machte ihn ungemein an.

Sie hatte ihn zum Lachen und zugleich sein Blut zum Kochen gebracht. Und er amüsierte sich mit ihr so köstlich, wie schon lange nicht mehr.

Vermutlich hatte seine Schwester recht: Er war viel zu ernst geworden in den vergangenen Jahren.

Nach dem letzten Kurs war er mit Tracey in der Cloudspin Lounge verabredet. Er zog seinen Anorak aus, hängte ihn über die Rückenlehne eines Stuhls und setzte sich neben sie. Wie immer schlichen mindestens vier Männer um sie herum und versuchten, sie nicht allzu offensichtlich anzuschmachten. Es war kein Wunder, das sie stets von notgeilen zwanzigjährigen Burschen umschwärmt wurde – sie war in Lake Placid bekannt wie ein bunter Hund, und außerdem hatte die Zeitschrift *Sports Illustrated* nicht nur einen Artikel über sie veröffentlicht, sondern auch ein Foto von ihr, auf dem sie nichts weiter trug als einen Anorak und Skischuhe. Tracey hatte damals überhaupt nicht verstehen können, warum sich ihre Eltern und ihr Bruder so darüber aufgeregt hatten, und sie schien auch nicht zu bemerken, dass sie auf Schritt und Tritt von Verehrern verfolgt wurde.

Ihr war eben nicht bewusst, wie hübsch sie war. Tracey wollte einfach nur Skifahren. Sie tat nichts aus Kalkül und vertraute der ganzen Welt blind. Sie war das genaue Gegenteil von Brody, der dem gesamten Skizirkus mit ausgeprägtem Argwohn begegnet war. Tja, und wer war jetzt glücklicher von ihnen beiden? Er nicht.

»Du hast mal wieder ein aufmerksames Publikum«, bemerkte er und schob ihren Helm zur Seite.

»Was?« Sie sah sich um. »Wovon redest du?«

Erstaunlich, dass ihr die Blicke ihrer liebeskranken Fans nicht einmal auffielen, wenn sie gezielt danach Ausschau hielt. »Vergiss es. Wie war dein Tag? Hattest du deinen Spaß?«

Offiziell war sie im Urlaub.

»Klar. Du weißt doch, wie gern ich hier bin, wo ich zur Abwechslung mal nicht so unter Druck stehe. Schade nur, dass Mom und Dad nicht da sind. Dass sie aber auch unbedingt nach Florida ziehen mussten!«

Er zuckte die Achseln. »Der Schnee kann ganz schön nerven, wenn man älter wird.«

Sie hob eine Augenbraue. »Brody, hin und wieder klingst du selber schon wie ein alter Knacker. Versprich mir bitte, dass du zumindest versuchst, dich hin und wieder ein bisschen zu amüsieren, ja?«

Wenn sie so etwas sagte, ging er unwillkürlich in die Defensive. Er war kein Langweiler. Er war bloß kein Partylöwe. Na und? Im Alter von zweiunddreißig Jahren musste man das auch nicht mehr sein. »Nur dass du's weißt: Ich habe heute Abend ein Date.«

»Ach, echt?« Tracey lehnte sich über den Tisch. Das Funkeln in ihren Augen jagte ihm Angst ein. »Mit wem?«

Just in diesem Augenblick kam Chelsea in Begleitung ihrer brünetten Freundin herein. Sie lachte und strich sich das Haar aus den Augen, und Brody verspürte sogleich ein unmissverständliches Ziehen in den Lenden. Er brannte darauf, den Reißverschluss ihres Anoraks zu öffnen und jeden Zentimeter ihres verführerischen Körpers freizulegen. Und er hätte nichts dagegen, wenn sie ihm noch einmal die Oberschenkel um den Kopf legte – aber diesmal bitte andersrum.

»Wie es der Zufall will, ist sie gerade reingekommen.« Brody deutete mit dem Kopf in die entsprechende Richtung. »Eine meiner Schülerinnen.«

Tracy drehte sich um.

Wenn sie sah, was er sah, dann entging ihr bestimmt nicht, dass Chelsea das Lachen jäh vergangen war, als sie ihn erblickt hatte. Stattdessen musterte sie ihn mit einem eindeutig sexuellen Interesse, wobei sie sich mit der Zungenspitze über die Unterlippe leckte. Brody hob die Hand und winkte ihr zu. Gott, er musste sie haben. Er konnte sich nicht entsinnen, dass er je eine Frau so sehr begehrt hatte, auf eine derart primitive Art und Weise. Es war beunruhigend und erregend zugleich. Genau wie beim Riesenslalom. Wenn man einmal Blut geleckt hatte, gab es kein Zurück mehr, aber es war auch die lohnendste aller Disziplinen.

»Aha. Sieht süß aus«, sagte Tracey mit neutraler Miene.

Chelsea winkte zurück und kam zu ihnen an den Tisch. »Na, genügend Anfänger gequält für heute?«, fragte sie trocken.

»Vorerst schon, ja. Aber der Tag ist ja noch lang.«

Einen Augenblick hatte es ihr offenbar die Sprache verschlagen, doch dann hatte sie sich wieder im Griff und ließ ein verführerisches Lachen hören. »Ich bin nicht in jeder Hinsicht ein blutiger Anfänger.«

Mist. Und die Vorlage für diesen Konter hatte er ihr auch noch selbst geliefert. Und jetzt saß er hier und musste unter dem kleinen Tisch seinen Ständer verbergen – vor seiner Schwester und den anderen Anwesenden. Toll.

»Ich bin übrigens Chelsea«, sagte sie und streckte Tracey die Hand hin. »Und das ist meine Freundin Lacey. Schön, dich kennenzulernen.«

»Ich bin Tracey, Brodys Schwester, und ich freue mich auch sehr, dich kennenzulernen. Mein Bruder hat mir gerade von dir erzählt.«

Brody wäre vor Scham am liebsten im Boden versunken. Das durfte doch nicht wahr sein! Er hatte Tracey nicht von Chelsea *erzählt*, er hatte lediglich erwähnt, dass er mit ihr verabredet war! So, wie sie es gerade formuliert hatte, klang es allerdings, als hätte er in den höchsten Tönen von ihr vorgeschwärmt, gerade so, als wäre sein letzter Flirt mit einem weiblichen Wesen schon eine halbe Ewigkeit her. Als wäre ein mickriges Date einer besonderen Erwähnung wert.

Okay, vermutlich war es das tatsächlich, schließlich war seine letzte Verabredung schon ein gutes Jahr her. Aber das musste er ja nicht unbedingt an die große Glocke hängen.

»Ach, wirklich?«, fragte Chelsea hocherfreut und grinste ihn an. »Hat er erwähnt, wie er mich vor dem sicheren Tod gerettet hat?«

»Nein.«

Jetzt grinste auch Lacey, und Brody kam sich wie ein totaler Idiot vor. »Ich bin sicher, du hättest das auch ohne meine Hilfe geschafft.«

»Schon möglich«, pflichtete Chelsea ihm bei.

Hmpf.

»Aber dann hätte ich mir womöglich den Knöchel verstaucht und mich damit um das atemberaubende Erlebnis des Skifahrens gebracht, und das wäre doch zu schade gewesen.«

»Ja, darüber wären wir bestimmt beide ziemlich traurig gewesen«, erwiderte er mit einer gesunden Portion Sarkasmus. Da war er ja an ein richtig freches Früchtchen geraten. Er konnte es kaum erwarten, sie mit einem Kuss zum Schweigen zu bringen ... Oder eher mit zehn bis zwölf Küssen.

Chelsea lachte. »Dann bis später. Ich hab mir schon zwei Brownies genehmigt und wollte mir nur noch schnell einen Kaffee holen, ehe wir uns auf den Heimweg machen.«

»Verstehe«, sagte Brody, obwohl er keinen blassen Schimmer hatte, was das eine mit dem anderen zu tun hatte. »Bis nachher. Ich melde mich.«

Sie streckte mit übertriebener Begeisterung beide Daumen in die Höhe und schnitt eine alberne Grimasse, dann drehte sie sich um und stolzierte mit einem verheißungsvollen Hüftschwung von dannen.

Er war so scharf auf sie, dass es schon wehtat.

Tracey musterte ihn. »Wow. Ich glaube, ich habe soeben die Frau kennengelernt, die es schaffen könnte, die harte Schale meines griesgrämigen Bruders zu knacken.«

Das trug ihr einen finsteren Blick von Brody ein. »Griesgrämig? Geh mir nicht auf die Eier.«

Tracey lachte nur. »Du brauchst jemanden, der dich vom Trübsalblasen abhält.«

»Würdest du bitte endlich aufhören, auf mir rumzuhacken?«, stieß er gereizt hervor. »Ich führe ein ruhiges Leben. Ist das etwa ein Verbrechen?«

Ihr war deutlich anzusehen, was sie von dem Schwachsinn hielt, den er da gerade von sich gegeben hatte.

Ja, verdammt, wenn er es laut aussprach, wurde sogar ihm bewusst, dass das alles Quatsch war. Sie hatte recht – er hatte Trübsal geblasen.

Aber vielleicht war damit ja jetzt Schluss.

## Kapitel 4

Chelsea betrat das Restaurant, in dem sie mit Brody verabredet war, und blickte sich suchend um. Sie trug unförmige Moonboots und eine Mütze mit Ohrenklappen. Es hatte sie einige Überwindung gekostet, in diesem Aufzug das Hotel zu verlassen, aber es war eben kalt draußen, und es wäre wohl nicht sonderlich sexy, wenn sie vor Kälte mit den Zähnen klapperte. Also hatte sie in den sauren Apfel gebissen und sich in ihrer Michelinmännchen-Verkleidung hinausgewagt. Sie hätte sich deswegen allerdings nicht groß den Kopf zerbrechen müssen – sämtliche Anwesende waren wie sie in mehrere Schichten Wolle und Fleece gehüllt.

Brody hatte sie eigentlich abholen wollen, doch sie hatte sein Angebot abgelehnt. Erstens kam sie sich so einfach eine Spur cooler vor, zweitens kannte sie den lieben Brody ja noch gar nicht richtig und hielt es deshalb nicht für sonderlich clever, zu ihm ins Auto zu steigen. Was, wenn er sie in Stücke hackte und irgendwo draußen versteckte? In ganz Lake Placid war es so kalt wie im Schlachtraum eines Kühlhauses. Bei diesen Temperaturen würde der Verwesungsprozess frühestens im April einsetzen. Hm. Was für ein aufmunternder Gedanke.

Aber wie hieß es so schön: Vorsicht ist die Mutter der Porzellankiste. Das sollten sich die jungen Dinger in den diversen Märchen, in denen hinter jeder Ecke irgendwelche bösen Hexen/Trolle/Wölfe lauerten, auch mal hinter die Ohren schreiben. Und weil sie weit weniger blauäugig war, hatte Chelsea beschlossen, sich mit Brody erst einmal an einem öffentlichen Ort zu treffen.

Wobei sie nicht erwartet hatte, dass das Lokal, in dem sie verabredet waren, so proppenvoll sein würde. Überall drängten sich Menschen, und in einer Ecke, die komplett von einem Rudel männlicher Teenager belegt war, ging es rund wie im Affengehege eines zoologischen Gartens. Der Tumult, den die johlenden, sich balgenden und über Stühle kletternden Jungs machten, war geradezu angsteinflößend.

Brody saß an der Bar. Als sie eintrat, erhob er sich und winkte.

Chelsea drängte sich zu ihm durch. »Was ist denn hier los? Warum sind diese ganzen Kiddies so spät noch unterwegs?«

»Es ist doch erst acht, und noch dazu Samstagabend. Da müssen zehnjährige Jungs doch wohl noch nicht ins Bett, oder? Außerdem habe ich den Eindruck, sie haben soeben ihr Eishockeyturnier gewonnen, den vielen High-Fives und den zahlreichen Runden Dr. Pepper nach zu urteilen.«

»Ach, das erklärt dann wohl, warum so viele Hockeyschläger an der Wand lehnen.« Chelsea ließ sich auf dem Barhocker neben ihm nieder. »Warum nehmen sie die eigentlich mit ins Restaurant, statt sie im Auto zu lassen?«

»Sie behalten sie eben gern im Auge. So ein Hockeyschläger ist nicht gerade billig.«

»Aber seine Skier unbeaufsichtigt in einem Ständer stehen zu lassen ist völlig unbedenklich?« Chelsea hängte ihre Tasche über die Rückenlehne des Barhockers. »Das ergibt doch keinen Sinn.«

»Da muss ich dir recht geben. Möchtest du etwas trinken?«

»Ja, gerne die Spezialität des Hauses, ein dunkles Bier.«

Sie musste immer wieder zu den Kindern hinübergucken, die offenbar allesamt ohne elterliche Aufsichtspersonen hier waren. »Warum haben sie denn alle diese komischen Dinger auf dem Kopf?«

Fast jeder Junge trug eine knallbunte Mütze, manche mit künstlichen Haaren im Irokesen-Look, andere mit Fleece-Tentakeln, die in allen Richtungen abstanden.

»Die sind eben gerade in. Die Kinder tragen sie beim Eislaufen und beim Skifahren. Es ist ein lustiger Anblick, wenn man sie mit diesen verrückten Dingern auf dem Kopf den Berg runterflitzen sieht.«

»Ich glaube, so eine möchte ich lieber nicht aufsetzen.«

»Na ja, da du kein zehnjähriger Junge bist, wirst du von diesem Modetrend wohl verschont bleiben.«

Einer der Bengel rempelte einen anderen an, und im nächsten Augenblick klebten die beiden auch schon lautstark zeternd an der Wand. O ja, Chelsea war heilfroh, dass sie kein zehnjähriger Junge war. Drei Tische weiter erhob sich eine Frau, brüllte »Schluss damit, Jungs!« und nahm einen Schluck Bier. Ob es sich um die Mutter der beiden handelte, ließ sich nicht mit Sicherheit eruieren. Chelsea bezweifelte es, denn soweit sie das beurteilen konnte, war kein einziger der Erwachsenen im Raum gewillt, die Verantwortung für einen dieser Burschen zu übernehmen.

»Puh, hier steppt ja echt der Bär.«

»Tut mir leid. War wohl nicht gerade die beste Wahl.« Brody winkte den Barkeeper zu sich. »Willst du lieber woanders hin?«

Dann wäre sie ja wohl wie eine totale Diva rübergekommen.

»Nö. Ich finde es schön, wenn etwas los ist. Da kann man so gut Leute beobachten.«

Doch spätestens nachdem sie das erste Bier geleert und zum wiederholten Male »Was?« gebrüllt hatten, war sie anderer Meinung. Der Krach machte eine Unterhaltung fast unmöglich.

Eben runzelte Brody die Stirn. »Hast du mir gerade unterstellt, ich hätte Stinkefüße?«

Chelsea prustete los. Sie mochte zwar nicht eben der Inbegriff der schüchternen, unterwürfigen Maid sein, aber nicht einmal sie wäre auf die Idee gekommen, gleich beim ersten Date solche Geschütze aufzufahren. Und wenn sie einen Verehrer beleidigen wollte, dann eher mit einem unflätigen Ausdruck. »Nein, ich habe gesagt, ich hätte jetzt gern etwas Süßes.«

»Ach so.« Er lachte. »Was hältst du davon, wenn wir

den Nachtisch irgendwo einnehmen, wo es etwas ruhiger ist? Isst du gern Eis?«

»Kacken Bären im Wald? Natürlich! Ich liebe Eis.«

Speiseeis war für Chelsea eines der Dinge, die das Leben lebenswert machten.

»Wow, das kam ja mal wie aus der Pistole geschossen.« Brody tippte sich an die Schläfe. »Das werde ich mir merken. Steht auf Eis.«

Hm. Ob er wohl eine Ahnung hatte, wie gern sie ihm besagtes Eis von bestimmten Körperteilen geleckt hätte? Er war einfach heiß. Und sie kriegte sonst nie die heißen Typen ab, sondern immer bloß die Loser, die süchtig nach Videospielen waren und Darts für einen anstrengenden Sport hielten. Sie konnte es kaum erwarten, die Muskeln zu berühren, die sich zweifellos unter diesem Sweatshirt verbargen. Mehr noch, sie wollte das Eis von seiner durchtrainierten Brust lecken. Am liebsten hätte sie das Dessert gleich ganz übersprungen und stattdessen ihn vernascht.

Doch sie würde sich hüten, ihm das auf die Nase zu binden. Also lächelte sie lediglich etwas dümmlich, während sie sich ausmalte, wie sein Dreitagebart die Innenseite ihrer Oberschenkel kitzeln würde und überlegte, wie sie es einfädeln konnte, diese Vorstellung möglichst rasch Realität werden zu lassen. Tja, wie gesagt, auch Frauen hatten zuweilen unter Hormonstau zu leiden, und ihre Hormone schnalzten gerade mit der Peitsche und johlten: Hopp, hopp, ran an den Speck! Jetzt, sofort!

»Dann mal los in die Eisdiele.«

Sogleich wurde sie von einer Welle der Nostalgie erfasst. Das klang so herzerwärmend nach Teenager-Romanze. Gab es etwas Schöneres, als mit einem Jungen in die Eisdiele zu gehen? Wenn sie jetzt noch ein paar Tiere des Waldes auftreiben könnten, die sie begleiteten, wäre die Märchenidylle komplett. »Perfekt. Hat die denn noch auf um diese Uhrzeit?«

Brody stand auf und reichte dem Barkeeper seine Kreditkarte. »Es gibt nur eine Möglichkeit, es herauszufinden. Es macht dir doch nichts aus, wenn wir zu Fuß gehen? Die Eisdiele ist gleich an der nächsten Kreuzung.«

»Nein, nein.« Jedenfalls nicht viel. Sie hatte ja zum Glück ihre dicken Stiefel an. »Aber ich glaube, ich bin dran mit Bezahlen.«

Er zuckte die Achseln. »Du kannst mir ja das Eis spendieren, wenn du unbedingt willst.«

»Abgemacht.«

Als sie gleich darauf den Bürgersteig entlangliefen und der Schnee unter ihren Sohlen knirschte, stellte Chelsea zu ihrer Überraschung fest, dass sie gar nicht fror. Schon erstaunlich, was die passende Bekleidung ausmachte. Sie genoss den kleinen Spaziergang regelrecht. Die kalte, klare Luft, die Sterne, die am Himmel glitzerten, dazu der Whiteface Mountain, der in der Ferne vor ihnen aufragte, und am Fuße des Berges die Stadt ... Auf einer Postkarte hätte das alles nicht pittoresker aussehen können. Ein paar windschlüpfrige Gestalten jagten über die Eisschnelllaufbahn, über ihnen prangten weithin sichtbar die Olympischen Ringe.

»Schön ist es hier«, sagte sie zu Brody. »So ganz anders als die seelenlose Vorstadt, in der ich aufgewachsen bin.«

»Ja, mir gefällt es hier. Lake Placid ist unleugbar eine Kleinstadt. Die Leute sind freundlich, aber nicht aufdringlich. Und wenn man ein Fan von Wintersport ist, kommt man hier voll auf seine Kosten.«

»Na ja, du weißt ja aus erster Hand, wie sehr ich Wintersport liebe.« Chelsea schob die behandschuhten Finger in die Anoraktaschen.

Brody lachte. »Richtig. Du würdest perfekt hierher passen.«

Wenn sie ganz ehrlich war, fand Chelsea das Wochenende nicht halb so unerträglich wie sie ursprünglich befürchtet hatte, und das war nicht nur auf Brodys Gesellschaft zurückzuführen. Erneut staunte sie darüber, was für einen Unterschied die richtige Kleidung machte. Normalerweise würde sie bei diesen Temperaturen ständig jammern, weil ihr zu kalt war, aber wenn man so gut eingepackt war, störte die Kälte kein bisschen, vor allem, wenn man sich bewegte.

»Ich habe den Winter immer gehasst, was zugegebenermaßen daran lag, dass ich mich dagegen gesträubt habe. Ich will Röcke und hübsche Schuhe anziehen können, und ich hasse es, Mützen zu tragen, weil dann unweigerlich die Frisur im A… ist. Außerdem habe ich, wie dir bestimmt nicht entgangen ist, bislang keinen Wintersport gemacht. Für mich war der Winter immer bloß die Zeit, die man überbrücken muss, bis der Frühling kommt.« Selbst in ihren eigenen Ohren klang das wie eine totale Zeit- und Energieverschwendung.

»Warum ziehst du dann nicht in den Süden?«

»Ich will nicht weg von meinen Freunden und meiner Familie, die über den halben Staat New York verteilt lebt.« Sie rückte ihre Mütze zurecht. »Aber vielleicht sollte ich dem Winter doch mal eine Chance geben. Ich amüsiere mich wirklich königlich hier.«

»Das freut mich zu hören. Mit etwas Übung könnte eine ganz passable Skifahrerin aus dir werden. Und wenn das nicht dein Ding ist, könntest du es mit Eislaufen, Langlaufen, Eisfischen oder Eisklettern versuchen. Du könntest Eisbildhauer werden, mit einem Motorschlitten durch die Gegend brausen oder auf einem Reifen die verschneiten Berghänge runterrutschen. Die Möglichkeiten sind schier unerschöpflich.«

»Eisklettern? Glaubst du ernsthaft, dass das eine gute Idee ist?« O Gott. Bei der Vorstellung, dass sie an einer vereisten Felswand herumkraxelte, musste sie lachen. »Aber du hast recht. Ich sollte mir eine Freizeitbeschäftigung suchen, mit der mir der Winter Spaß macht.«

Brody hielt ihr die Tür der Eisdiele auf. »Wie wär's denn mit Schlittenhunderennen? Hast du das schon mal ausprobiert?«

»Nein, aber das klingt gut. Ich liebe Hunde, und der Fahrer muss ja bloß auf dem Schlitten stehen. Das klingt perfekt für mich.« Genau genommen klang es, als wäre diese Sportart eigens für sie erfunden worden.

»Wir könnten jetzt gleich gehen. Ein Kumpel von mir hat ein Gespann, und er trainiert gerade auf dem See.«

»Wie, jetzt gleich?« Warum überraschte sie das eigentlich noch? Die Hunde in dieser Stadt hatten ein ziemlich aktives Sozialleben. Sie waren mindestens so beschäftigt wie sie.

»Jep.«

»Gern.« Sie gingen zum Tresen, und Chelsea überflog die Auswahl. »Puh, wie soll ich mich da entscheiden? Das wäre ja, als würde man ein Kind allen anderen vorziehen.«

Brody lachte und verfolgte, wie ihr das blonde Haar auf die Schultern fiel, als sie die Mütze abnahm. Es war weder glatt noch gelockt, sondern irgendwo mittendrin. Ihre Frisur wirkte irgendwie – unkompliziert, was hervorragend zu ihr passte.

Als er jünger gewesen war, hatten sich die Frauen scharenweise um ihn gerissen, vor allem, nachdem in der Zeitschrift *People* ein Artikel über ihn und andere attraktive Olympiateilnehmer erschienen war. Er hatte sich nicht groß gegen ihre Avancen gewehrt, schließlich war er damals noch keine sechsundzwanzig gewesen. Aber er hatte nie darüber nachgedacht, auf welchen Frauentypus er eigentlich abfuhr, worauf er Wert legte, mal abgesehen von einem ansprechenden Äußeren. Mit dem Ende seiner Karriere war auch das Interesse der Frauen an ihm allmählich versiegt, und deshalb war die Frage bis heute unbeantwortet geblieben.

Jetzt jedoch wusste er, dass er Frauen mit Humor mochte.

»Nimm doch einfach zwei Kugeln.«

Sie musterte ihn mit einer Mischung aus Begeisterung und Verblüffung. »Natürlich! Das ist die Lösung. Du bist ein Genie.«

Ein paar Minuten später machten sie sich wieder auf den Weg. Chelsea leckte so hingebungsvoll an ihrem Eis herum, dass Brody direkt eifersüchtig wurde. »Schmeckt's?«, fragte er.

»Haben Frösche ein breites Maul? Es ist zum Niederknien. Erdnussbutter und Schokolade in einer Waffel – eine wahrhaft göttliche Kombination, die die Welt verändern wird. Ich kriege gleich einen Gaumenorgasmus.« Ihre Augenlider flatterten.

Es wunderte Brody, dass seine Waffel nicht zerbrach, so fest, wie er sie umklammerte. Hatte sie überhaupt eine Vorstellung davon, wie sexy sie war und wie gern er diesen Gesichtsausdruck noch einmal sehen würde, wenn sie miteinander im Bett lagen? Er hätte die Gelegenheit ungenutzt verstreichen lassen können, tat es aber nicht.

»Ach, ist es so einfach, dich zum Höhepunkt zu bringen?«, fragte er mit leiser Stimme.

Sie riss die Augen auf, und ihre Mundwinkel wanderten nach oben. »Brody Durbin, ich kann nicht fassen, dass du das gerade gesagt hast.«

»Ach, hab ich dich schockiert? Irgendwie bezweifle ich das. Und meine Frage hast du auch noch nicht beantwortet.«

»Es kommt auf die Umstände an«, erwiderte sie und ließ die Zunge über die cremige Oberfläche der Kugel Eis schnellen, während sie weiter die Straße entlangspazierten. »Und auf den Partner. Wenn der weiß, was er tut, bin ich diesbezüglich keine allzu harte Nuss.«

»Gut zu wissen.« Wenn sie beim Sex genauso sinnlich

war wie beim Eisessen, würde er garantiert keine Enttäuschung erleben. Im Gegenteil.

»Warum fragst du?«, erkundigte sie sich mit einem listigen Grinsen und ließ erneut die Zunge über ihr Eis gleiten.

»Na ja, ich könnte als Nussknacker fungieren«, sagte er, weil er nichts zu verlieren hatte. Sie fühlte sich genauso zu ihm hingezogen wie er zu ihr, darauf hätte er seinen Kopf verwettet. Warum also so tun, als wäre es anders, zumal sie nur übers Wochenende in der Stadt war?

»Ist das ein Versprechen?«

Er schmunzelte. »Nein, eine Drohung«, erwiderte er, weil er inzwischen wusste, wie sie tickte.

Sie ließ ein raues, kehliges Lachen hören, bei dem er den Drang verspürte, sie gleich hier auf dem Bürgersteig zu küssen.

Und genau das tat er dann auch.

Sie wusste, was sie erwartete, und sie zierte sich nicht lange, sondern legte den Kopf in den Nacken und öffnete die Lippen. Ein deutlicheres Signal hätte sie ihm wohl nicht schicken können.

Genau das hatte er gemeint. Er drückte behutsam die Lippen auf ihren warmen, klebrigen Mund und küsste sie, sanft und lockend. Sie schmeckte süß, nach Schokolade. Lecker. Brody konnte gar nicht genug von ihr kriegen. Er legte ihr eine Hand in den Nacken und zog sie etwas näher an sich. Er wusste es zu schätzen, dass sie nicht die Spröde spielte, sondern im Gegenteil sogar die Initiative ergriff, als er eine kurze Pause einlegte. Es war, als würden sie sich duellieren. Angriff, Rückzug, ein regelrechter Schlagabtausch ihrer Zungen, der deutlich machte, dass die Leidenschaft auf beiden Seiten gleich groß war. Es gefiel Brody, dass Chelsea kein bisschen schüchtern war. Und als sie sich schließlich voneinander lösten, um Luft zu holen, sah sie sich auch nicht verlegen um, als hätte sie Angst, jemand könnte sie gesehen haben. Stattdessen grinste sie.

»Vielleicht können wir die Schlittenhundesache auf ein andermal verschieben. Mir ist kalt, und in meinem Hotelzimmer gibt es einen Whirlpool. Willst du mir nicht Gesellschaft leisten?«

Und ob er das wollte. »Ist der Himmel blau? Nicht ganz so originell wie deine Sprüche, aber du verstehst, was ich meine. Die Antwort lautet: Ja.«

Sie leckte erneut verführerisch an ihrem Eis. »In meinem Whirlpool herrscht aber absolutes Badehosenverbot.«

»Ein Glück, ich habe nämlich keine Badehose dabei.«

»Und warum stehen wir dann noch hier rum?«

»Weil ich versuche, ein Gentleman zu sein und darauf warte, dass du das Signal zum Aufbruch gibst.«

»Das ist sehr höflich von dir.« Sie marschierte los. »Sei bloß nicht so höflich, wenn wir erst im Bett liegen.«

Diese Frau machte ihn fertig. Wenn das so weiterging, würde er explodieren, ehe sie ihr Hotelzimmer überhaupt betreten hatte. Ein spontanes Feuerwerk in der Hose. Wäre echt kein Wunder nach der ganzen sexuellen Anspannung, die sich bei ihm bereits aufgestaut hatte. Er musste schneller gehen. »Ich dachte, wir setzen uns in den Whirlpool, weil der armen kleinen Chelsea kalt ist? Von einem Bett war nie die Rede.«

»Hach, ich liebe es, wenn du mich imitierst.« Sie biss in ihre Waffel, wobei diese knuspernd zerbrach.

»Ich finde es echt toll, dass du meinen Humor verstehst. Das tun die wenigsten.« Er hatte insgesamt gerade mal drei Stunden mit ihr verbracht und konnte bereits unterscheiden, wann sie scherzte und wann es ihr Ernst war, was jedoch nicht allzu oft vorkam.

»Du meinst, die nehmen dein Märchengefasel und deine übertrieben dramatischen Äußerungen für bare Münze?« Ihre Fähigkeit zu lachen und ihn zum Lachen zu bringen war in seinen Augen eine ihrer besten Eigenschaften.

»Ja. Die sind eben nicht sonderlich helle. Du dagegen bist eine richtige Intelligenzbestie, und das meine ich als Kompliment.«

»Danke. Ob die Intelligenz oder die Bestie überwiegt, siehst du dann in etwa einer Stunde.«

Er stieß sie grinsend mit dem Ellbogen an.

»Versuch lieber nicht, so witzig zu sein wie ich. Du wirst kläglich scheitern.« Sie schob sich den letzten Bissen ihrer Waffel in den Mund. »Kann ich den Rest von deinem Eis haben?«

»Nein.« Brody hielt schützend die Hand davor. Er hatte das dumpfe Gefühl, dass sie durchaus imstande war, es ihm einfach zu entreißen. Sie hatte es faustdick hinter den Ohren. Eine lausige Skifahrerin, aber zu allem fähig, wenn sie auf festem Boden stand. Er konnte es gar nicht erwarten, zu erleben, wozu sie noch so imstande war. »Was für eine Art Krankenschwester bist du eigentlich?«

»Das klingt wie die Einleitung zu einem Witz. Die Antwort lautet: Ich bin Altenpflegerin. Ich finde es schön, mich um alte Leute zu kümmern. Die erzählen einem immer so interessante Sachen. Und es stört sie nicht, dass ich so viel rede.«

»Ich wette, sie wissen es zu schätzen, dass sich jemand mit ihnen unterhält. Und dass sie mit Respekt behandelt werden. Du bist bestimmt eine hervorragende Altenpflegerin.«

»Ich mag meinen Job.« Sie blieb stehen und spähte hoch zu ihrem Hotel. »Das ist ein ziemlich steiler Hügel, und der Bürgersteig sieht vereist aus.«

»Ach was.« So schlimm war es nun auch wieder nicht, und außerdem war das die einzige Möglichkeit, zu ihrem Hotel zu gelangen. Es sei denn, sie gingen zurück in die Stadt und holten seinen Wagen.

»Hast du nicht ein kaputtes Knie?«

Brody kämpfte gegen den Anflug von Gereiztheit an, der ihn bei ihren Worten erfasst hatte. »Trotzdem kann ich ohne Weiteres bergauf gehen. Oder einen Hügel runterfahren, wie du heute Vormittag gesehen hast. Ich musste zwar meine Karriere als professioneller Skirennläufer beenden, aber ich bin nicht behindert.« Puh. Das war nun nicht gerade die Art von Unterhaltung, die die Erregung förderte. Er verfluchte sich dafür, dass er Chelsea auf ihren Beruf angesprochen hatte, denn sonst würden sie jetzt nicht über seinen sprechen. Wobei eigentlich der dämliche vereiste Bürgersteig der wahre

Auslöser gewesen war. Brody seufzte. Wahrscheinlich war diese – für ihn – unangenehme Unterhaltung ohnehin unvermeidbar gewesen.

»Okay, das war mir nicht klar. Ich wollte nur rücksichtsvoll sein.«

»Schon gut. Danke.«

Na toll. Plötzlich tänzelten sie umeinander herum wie zwei höfliche, reservierte Fremde. Aber wenigstens hatten sie die Anhöhe inzwischen schon halb bewältigt.

»Hilft es, wenn ich dir an den Pillermann fasse? Verzeihst du mir dann?«, fragte sie.

Brody lachte. »Keine Ahnung. Du kannst es ja mal versuchen. Und nur fürs Protokoll: Es gibt nichts zu verzeihen. Ich bin nicht so dünnhäutig, dass ich es als Beleidigung auffasse, wenn sich jemand um mein Knie sorgt.« Jedenfalls schmollte er normalerweise nicht länger als ein paar Sekunden.

Wie auch immer, sie machte ihre unanständige Ankündigung prompt wahr und legte ihm unauffällig die Hand auf den Oberschenkel, um ihn zu streicheln, womit sie ihn schier in den Wahnsinn trieb.

»Knapp daneben ist auch vorbei«, witzelte er. »Mein ›Pillermann‹ befindet sich etwas weiter links.«

»Ach ja? Er ist also sozusagen ein Linker?«

»Ja. Wusstest du übrigens, was das Gegenteil von ›Früh-links-erwachen‹ ist? ›Spät-rechts-einschlafen‹.« Damit nahm er ihre Hand und presste sie fest auf seine schmerzende Erektion.

Sie blieb stehen. Er ebenfalls. Sie drehte sich zu ihm um und ließ die Hand an seinem besten Stück auf und ab gleiten. »Ich glaube, jetzt habe ich die goldene Mitte erwischt.«

Brody brachte einen Augenblick lang kein Wort heraus.

## Kapitel 5

Chelsea sah, wie sich Brodys Pupillen weiteten. Er presste die Lippen aufeinander, seine Finger umklammerten ihr Handgelenk so fest, dass es wehtat. Er begehrte sie genauso sehr wie sie ihn – und dass er sie begehrte, konnte er beim besten Willen nicht leugnen, nun, da sie so ungeniert seine Erektion massierte. Zum Glück war es so kalt, denn außer ihnen war kein Mensch unterwegs. Gut möglich, dass jemand in einem der Hotelzimmer über ihnen sie beobachtete, aber aus der Entfernung würde es dank ihrer dicken Jacken und Fäustlinge einfach so aussehen, als würden sie sich gegenüberstehen und miteinander plaudern.

Es würde bestimmt niemand vermuten, wie ungezogen sie war.

»Schade, dass du Handschuhe anhast«, bemerkte Brody. »Und schade, dass ich eine Hose anhabe.« In seinen Worten schwang ein so aufrichtiges Bedauern mit, dass Chelsea beinahe laut aufgelacht hätte.

»Wir sind fast da. Ich rufe mir gerade in Erinnerung, dass ich jedes Recht dazu habe, dich auf mein Zimmer mitzunehmen. Die Mädels in den diversen Märchen üben sich diesbezüglich ja auch nicht gerade in Zurückhaltung. Schneewittchen lebt mit den sieben Zwergen unter einem Dach, Cinderella küsst einen Prinzen, von dem sie nicht einmal den Namen kennt, selbst in der Walt-Disney-Verfilmung von Dornröschen haben die Liebenden ein Stelldichein im Wald, und Arielle opfert ihre Stimme, nachdem sie Eric gerade mal eine halbe Minute lang auf seinem Boot beobachtet hat. Was ich vorhabe, ist also kein bisschen verwerflich.«

»In meinen Augen jedenfalls nicht, so viel ist sicher. Wir sind beide erwachsen. Es gibt nichts dagegen einzuwenden, dass wir uns ein bisschen amüsieren.« Er trat hinter sie und beugte sich zu ihr hinunter, um sie zu küssen. »Ich habe keine Ahnung, wer Arielle und Eric sind, aber die nehmen wir jedenfalls nicht mit ins Bett.«

»Die kleine Meerjungfrau«, murmelte Chelsea zwischen zwei Küssen, dann legte sie den Kopf in den Nacken, damit er ihren Hals küssen konnte.

»Deine Kenntnis der Werke aus dem Hause Disney ist beängstigend.«

»Ich habe viele Nichten und Neffen. Meine Geschwister sind alle älter als ich. Ich bin das Resultat der Midlife-Crisis meines Vaters. Die meisten Männer um die vierzig legen sich einen Sportflitzer zu oder fangen an Golf zu spielen, mein Dad hat meine Mom geschwängert.«

Brody gluckste. »Das nenn ich mal ein Geschenk von dauerhaftem Wert.«

»Jep. Mein Vater sagte oft, ich hätte angefangen Krach zu machen, sobald ich das Licht der Welt erblickte, und seither nicht wieder aufgehört.«

Brody strich mit der Hand über ihre Brust, die unter den zahlreichen Schichten aus Daunen und Fleece allerdings gar nicht richtig auszumachen war. Er hätte schon ein Skalpell benötigt, um sich bis zu ihrem Busen vorzuarbeiten.

»Okay, es wird Zeit, dass wir reingehen.«

»Meine Güte, bist du ungeduldig, dabei bin ich doch gar kein Prinz.« Brody zog sie mit sich auf den Weg zum Hoteleingang.

»Ich sollte dir wohl ein Geständnis machen: Ich bin nicht auf der Suche nach einem Märchenprinz. Die gibt's nämlich, wie der Name schon sagt, nur im Märchen.«

»Was suchst du denn dann?«

Einen sympathischen Burschen, der ihren Hund mochte und sie so ertrug, wie sie war. Einen, der über ihre Witze lachte und ihr die Tür aufhielt – und ihrer Mutter, wenn diese mal zu Besuch war. Einen, den es nicht störte, wenn ihn bei einer Familienfeier sämtliche Kleinkinder als Klettergerüst missbrauchten. Einen, der wusste, wie man ein Lagerfeuer machte. Aber das alles behielt sie wohlweislich für sich, schließlich kannten sie sich erst seit gestern.

»Eine Bestie. Das ist es, was ich will. Die Disney-Verfilmung von *Die Schöne und das Biest* kennst du ja hoffentlich, oder?«

Brody lachte. »Ja. Also gut, ich will mal sehen, was sich machen lässt, auch wenn ich nicht so behaart bin wie diese bedauernswerte Kreatur.«

Die Glastüren zur Lobby glitten auseinander, und sie

traten ein. Auf dem Weg zum Aufzug kam Chelsea zu dem Schluss, dass sie ihm noch eine Frage stellen musste, ehe sie oben in ihrem Zimmer übereinander herfielen und alle Vorsicht in den Wind schlugen. »Hast du zufällig Kondome dabei?«

Er setzte ein Pokerface auf, doch dann nickte er. »Hab ich.«

»Cool.« Chelsea betrachtete ihn und nahm amüsiert zur Kenntnis, dass er ihrem Blick auswich. »Hast du die nach der Arbeit noch schnell besorgt?«

»Ja.«

Sie drückte lachend auf den Knopf neben dem Aufzug. »Ich fühle mich geschmeichelt. Und ich bin dir dankbar.«

»Na ja, was soll ich sagen? Ich habe mir Hoffnungen gemacht. Und da ich beim schönen Geschlecht nicht mehr ganz so hoch im Kurs stehe wie früher, trage ich nicht mehr ständig welche mit mir rum.«

Chelsea verdrehte die Augen. »Du willst mir doch nicht ernsthaft weismachen, dass du das Leben eines Mönchs führst, oder? Du könntest jeden Freitagabend mit einer anderen ins Bett gehen. Und möglicherweise auch noch am Samstagabend, vorausgesetzt, du legst dich am Freitag ein bisschen ins Zeug.«

Nun war es an Brody, die Augen zu verdrehen. »Tja, vielen Dank für das zweifelhafte Kompliment, aber da liegst du völlig falsch.«

Die Fahrstuhltüren glitten auf. Sie traten ein, und Chelsea drückte auf die Eins. »Soll ich mich dir an den Hals werfen und dir beweisen, dass du beim weiblichen

Geschlecht durchaus noch hoch im Kurs stehst?« Da sie allein waren, öffnete Chelsea den Reißverschluss ihres Anoraks und schmiegte sich an Brody.

Sein rechter Mundwinkel wanderte nach oben. »Ich hätte kein Problem damit.«

»Ach Brody, es törnt mich ja so an, wenn du auf deinen Skiern die Pisten hinunterflitzt«, hauchte sie und zog den Reißverschluss seiner Jacke auf, um die Hände auf seine durchtrainierte Brust zu legen. »Ich will dich, jetzt sofort.«

Wider Erwarten lachte er nicht, sondern musterte sie nur mit einem Blick, der von seinem Verlangen zeugte und Chelsea auf einen Schlag alles andere vergessen ließ.

Dann packte er sie plötzlich bei den Oberarmen und drückte sie an die Wand der Fahrstuhlkabine. Du meine Güte. Die Bestie zeigte ihre Zähne. Er presste ihr einen heißen, fordernden Kuss auf den Mund, und sie stand hilflos da und ließ es geschehen, eingekeilt zwischen seiner Brust und der Wand. Es war eine schonungslose Attacke auf ihre Sinne, bei der sie keine Gelegenheit hatte, selbst aktiv zu werden. Er neckte sie, heizte ihr ein, indem er die Zunge tief in ihre Mundhöhle tauchte. Irgendwie gelang es ihm, ihr Unterhemd aus dem Hosenbund zu zerren und die Hand über ihren nackten Bauch nach oben wandern zu lassen bis zu ihrem Busen. Im Gegensatz zu Chelsea hatte er offenbar bereits die Zeit gefunden, die Fäustlinge auszuziehen. Dieser Fuchs! Wie hatte er das nur so blitzschnell geschafft?

Er legte ihr die zweite Hand auf den Rücken und

presste sie fest an sich. Als der Aufzug anhielt und die Türen aufgingen, ließ er so plötzlich von ihr ab, sodass sie beinahe an der Wand entlang zu Boden gesunken wäre.

»Wow. Du gibst ja eine ziemlich überzeugende Bestie ab«, keuchte sie atemlos. Ihre Brustwarzen waren erigiert, zwischen ihren Beinen pulsierte die Lust.

Er hielt eine Hand in die Lichtschranke, um zu verhindern, dass sich die Türen zu früh schlossen. »Beeil dich, sonst falle ich gleich hier auf dem Korridor über dich her.«

Du liebe Zeit. Wie es aussah, hatte sie ein Monster erschaffen.

Und sie konnte sich zu ihrem Werk nur beglückwünschen. Sie stand nicht sonderlich auf Blümchensex.

Sie kramte in ihren Jackentaschen nach der Schlüsselkarte. »Ach ja? Ich hatte angenommen, dass du in dieser Stadt leidlich bekannt bist und deshalb Wert auf Diskretion legst.« Er hatte ihr nicht viel über seine Zeit als Profirennläufer erzählt, aber Lake Placid war eine Kleinstadt, deren Bewohner eine lokale Berühmtheit wie ihn bestimmt erkannten. Nicht, dass sie selbst so scharf darauf war, es hier im Korridor mit ihm zu treiben. Wenn er sie jedoch weiter so mit Blicken verschlang, garantierte sie für nichts.

»Hm, dann fällt die Nummer auf deinem Balkon wohl flach.«

Allerdings, aber das hatte nichts damit zu tun, dass sie sich um seinen guten Ruf sorgte. »Du sagst es. Ich werde den Teufel tun und bei den derzeitigen Temperaturen draußen auch nur eines meiner Kleidungsstücke ablegen.«

»Gestern warst du aber auch in Socken und ohne Jacke auf dem Balkon.«

»Schon, aber das war keine Absicht.« Sie öffnete die Tür zu ihrem Zimmer, warf die Karte auf das Regal im Eingangsbereich und begann sich aus ihrem Anorak zu schälen. Brody kam ihr zu Hilfe, indem er ungeduldig an den Ärmeln zog.

Seine Jacke lag bereits auf dem Fußboden. Wie zum Henker war das denn so rasch gegangen? Er nahm ihr die Mütze vom Kopf und pfefferte sie in die Ecke, und dann baute sich dieser sexy Hüne in voller Größe vor Chelsea auf.

»Du hast also keine Lust, dich für mich nackt auszuziehen und dich über das Balkongeländer zu beugen, damit ich dich von hinten nehmen kann, bis du schreist?«

»Hm. Wenn du es so formulierst …« Sie zog ihm das Hemd aus dem Hosenbund und schob die Finger darunter. »Nein, doch nicht.«

Brody lachte leise, und dann küsste er sie, bis sie erneut ganz außer Atem war. Bis sie keinen klaren Gedanken mehr fassen konnte und es nur noch ihn gab, ihn und das Gefühl seines Körpers, der an ihren gepresst war. Chelsea bohrte ihm die Fingerspitzen in die Schultern und rieb sich flehend an seinen Hüften.

So erregend hatte sie das Knutschen zuletzt mit sechzehn gefunden. Wobei der Neunzehnjährige, mit dem sie damals im Minivan ihrer Mutter rumgemacht hatte und an dessen Namen sie sich nicht mehr erinnerte, nicht gleich die Hand in ihren Slip hatte schieben dürfen. Doch als Brody nun den Knopf an ihrer Jeans öffnete, war sie der Ansicht, es sei hoch an der Zeit.

Er zog ohne zu zögern den Reißverschluss auf, schob die Hand in den Hosenbund und versenkte einen Finger tief in ihrer Spalte. »Heilige Scheiße«, lautete ihr Kommentar dazu.

Mit weichen Knien sank sie an die nächstbeste Wand und klammerte sich an ihn. Es stand ernsthaft zu befürchten, dass sie auf der Stelle kommen würde.

»Meine Güte, bist du feucht«, murmelte er mit belegter Stimme und betrachtete sie mit halb geschlossenen Augen.

Das klang ja fast, als wäre das etwas Schlimmes. »Das lässt sich ändern, falls es dich stört«, erwiderte Chelsea, obwohl sie da ihre Zweifel hatte, so erregt, wie sie im Moment war. Es war, als hätte er mit seinen Küssen ihre Schleusen geöffnet, und es sah nicht danach aus, als würden sie sich allzu bald wieder schließen.

Er ließ den Finger ein paarmal vor und zurück gleiten. »Warum sollte es mich stören?«, fragte er und schmiegte das Gesicht in ihre Halsbeuge, um ein wenig an ihrem Nacken zu knabbern, ehe seine Lippen in Richtung Busen wanderten, wobei er den Ausschnitt ihres Pullovers so weit es ging nach unten zog. »Wenn du nicht so triefnass wärst, würde es doch viel weniger Spaß machen.«

Wo er recht hatte, hatte er recht. Statt einer Antwort bewegte sie die Hüften vor und zurück, genau im selben Rhythmus, mit dem sein Finger sie stimulierte.

»Triefnass? Was für eine maßlose Übertreibung«, murmelte sie, weil sie das Gefühl hatte, etwas sagen zu müssen.

Er hatte wohl etwas anderes hören wollen, denn er zog sich aus ihr zurück und hielt ihr demonstrativ den feucht glänzenden Finger unter die Nase.

»Triefnass«, beharrte er, und dann zog er sich sein Sweatshirt über den Kopf.

Beim Anblick seiner ungemein appetitlichen, muskulösen Brust fuhr sich Chelsea unwillkürlich über die Mundwinkel, um zu überprüfen, ob sie auch nicht sabberte.

Aber ehe sie dazu kam, ihre Bewunderung zum Ausdruck zu bringen, hatte er sie auch schon hochgehoben und aufs Bett geworfen. Sie federte noch immer auf und ab, als er ihr die Stiefel von den Füßen zerrte und achtlos beiseitewarf. Dann zog er ihr mit einer einzigen, raschen Bewegung die Hose samt dem Slip aus, und ehe sie auch nur *Oralsex* sagen konnte, kniete er auch schon zwischen ihren Beinen und presste den Mund auf ihr Geschlecht, wobei er mit festem Griff ihre Oberschenkel auseinanderhielt.

Chelsea spähte auf ihn hinunter. Er hatte noch die gestrickte Mütze auf, und sein Dreitagebart kitzelte wie erwartet ihre empfindliche Haut, während er mit der Zungenspitze ihre Klitoris umkreiste. Mit einem tiefen, zitternden Atemzug ließ sie sich von der Welle der Lust davontragen, die sie erfasst hatte. Sie war ihrem Schicksal unendlich dankbar dafür, dass sie sich gestern Nacht ausgesperrt hatte und dass Brody genau in diesem Moment vorbeigekommen war, denn das, was da gerade zwischen ihren Beinen abging, war ungelogen das Geilste, was sie je erlebt hatte.

Sie vergrub die Finger in der Tagesdecke, unfähig, die Augen offen oder den Mund geschlossen zu lassen, unfähig, ihr ekstatisches Stöhnen zu unterdrücken, während seine Zunge mit akribischer Sorgfalt die Falten ihres Geschlechts erkundete. Es war schon eine Weile her, seit sie zuletzt mit einem Mann im Bett gewesen war, und für Eric war Oralsex quasi eine Strafe gewesen. Er hatte sie nur zu speziellen Anlässen geleckt und bei diesen seltenen Gelegenheiten null Enthusiasmus an den Tag gelegt, von seinem mangelnden Geschick ganz zu schweigen. Brody dagegen tat sich an ihr gütlich, als wäre er am Verhungern und sie ein Hammelkotelett. Nein, das war zu unerotisch. Eher eine Trüffelpraline.

Kein Wunder also, dass sie nach nicht einmal neunzig Sekunden einen Orgasmus hatte, der sich gewaschen hatte.

»Heiliger Bimbam.« Wenn es nicht so unglaublich gewesen wäre, hätte sie vermutlich Verlegenheit verspürt, weil sie so schnell gekommen war. Doch sie lag einfach nur da und genoss dieses unglaubliche Hochgefühl, das sich in ihr breitmachte.

Alle Anspannung fiel von ihrem Körper ab, und sie ließ die Tagesdecke los, an die sie sich bebend vor Lust geklammert hatte. »Oh, wow …«, murmelte sie, als sie wieder sprechen konnte.

Er hatte inzwischen die Hose ausgezogen und streifte sich gerade ein Kondom über. Sie versuchte, sich aufzusetzen, um ihm ihre Hilfe anzubieten oder zumindest einen Blick auf den Penis zu werfen, den sie bislang nur gestreichelt, aber noch gar nicht gesehen hatte, kam aber nicht mehr dazu. Brody öffnete flink ihren BH, zog ihn ihr aus – mit den Zähnen, wobei ihr das Kitzeln seiner Zungenspitze eine Gänsehaut bescherte – und drückte ihren Oberkörper wieder nach hinten.

Chelsea war angenehm überrascht. Es gefiel ihr, dass er das Kommando übernahm, dass er so ungeduldig war.

Er bugsierte ihre Arme über ihren Kopf und hielt sie an den Handgelenken fest, während er sich über ihren Busen beugte, eine Knospe in den Mund nahm und leicht daran zu saugen begann.

Prompt entflammte ihre Lust, die nach dem Orgasmus gerade eben noch gar nicht richtig abgeklungen war, von Neuem. »O ja«, stöhnte sie, um ihm zu signalisieren, dass er weitermachen sollte.

Trotzdem hörte er auf, und sie wollte gerade protestieren, als sie die heiße Eichel seiner prallen Männlichkeit zwischen ihren glitschigen Liebeslippen spürte. Doch er spannte sie auf die Folter, drang nur ein paar Zentimeter in sie ein und zog sich wieder zurück, während er mit den Fingern ihre geschwollene Klitoris streichelte.

»Brauchst du eine Einladung?«, fragte Chelsea.

»Die hab ich doch schon bekommen, als du mich auf dein Zimmer mitgenommen hast.«

Zugegeben, Subtilität zählte nicht gerade zu ihren Stärken. »Dann muss ich dir ja keine zweite aussprechen.«

»Ungeduldig?« Brody konnte sich selbst kaum noch zurückhalten, aber es interessierte ihn, was sie sagen würde. Er wollte sie betteln hören.

Er war noch nie einer Frau wie Chelsea begegnet, einer, die sich von seiner aggressiven Art kein bisschen einschüchtern ließ. Er hatte es seit jeher wild und animalisch geliebt, aber da die Mädels Anfang, Mitte zwanzig normalerweise nicht darauf standen, beim Sex hart angefasst zu werden – jedenfalls nicht die, mit denen er im Bett gewesen war –, hatte er sich diesbezüglich bislang stets in Zurückhaltung geübt. Ein einziges Mal war er an eine deutlich ältere Frau geraten, bei der er das Tier in sich hatte herauslassen dürfen. Doch Chelsea hatte nicht einmal mit der Wimper gezuckt, als er sie vorhin auf das Bett geworfen und ihr die Kleider vom Leib gerissen hatte. Im Gegenteil, sein Verhalten schien sie richtig scharfzumachen. Sie hatte es also durchaus ernst gemeint, als sie vorhin gesagt hatte, sie sei auf der Suche nach einer Bestie.

Nun, die konnte sie haben.

»Nein, ich hab's nicht eilig«, behauptete sie, was ganz offensichtlich gelogen war. »Lass dir nur Zeit.«

Unter anderen Umständen hätte er gelacht. Und er wusste ihren frechen Sinn für Humor durchaus zu schätzen. Aber jetzt, da sie mit gespreizten Beinen unter ihm lag und sein Gemächt vor Verlangen pulsierte, brauchte er einen Beweis dafür, dass sie ihn begehrte. Er wollte es hören. »Bist du sicher?«

Gut möglich, dass sie ihn ganz bewusst provozierte. Das war ihm genauso klar wie die Tatsache, dass seine

Reaktion nichts anderes war als ein testosterongesteuerter Pawlowscher Reflex, aber das änderte auch nichts daran.

»Ich kann die ganze Nacht warten«, fuhr sie fort und leckte sich die Unterlippe, dabei atmete sie so schwer, dass sich ihre Brüste wackelnd hoben und senkten, und auch ihre Hände zitterten unter seinem eisernen Griff. Schauspielerin.

*Na warte, dir werd ich's zeigen,* dachte er und rammte wortlos sein bestes Stück tief in sie.

Sie riss die Augen auf und keuchte »Oh!«

Er spürte, wie ihn die Lust übermannte, sobald er in ihr vergraben war, doch er riss sich am Riemen und stieß erneut zu, wieder und wieder, ohne ein einziges Mal innezuhalten. Es war nicht zärtlich oder schön, es war das schonungslose Ausleben einer animalischen Gier, die ihm den Schweiß auf die Stirn trieb, während er Chelseas Handgelenke umklammerte, so fest, dass seine Fingerknöchel weiß hervortraten.

Sie hatte ihre Überraschung inzwischen überwunden, hatte die Augen geschlossen und goutierte jeden seiner Stöße mit einem genüsslichen Stöhnen. Sie war eine schöne Frau – eine süße, kecke Nase, volle, sinnliche Lippen und Augen, deren Blick Intelligenz verriet. Gestern wie heute war sie kaum geschminkt gewesen, dafür hatte ihre Haut einen gesunden Glanz, ihre Wangen waren gerötet, und ihr Dekolleté war fleckig von der Erregung. Brody hätte es eine außerkörperliche Erfahrung genannt, wäre er sich seines Körpers nicht so überdeutlich bewusst gewesen, dass es schmerzte.

Sämtliche Muskeln waren angespannt, und während er ein ums andere Mal in sie stieß, wurde ihm bewusst, dass er so etwas noch nie erlebt hatte, schon gar nicht mit einer Frau, die er kaum kannte. Diese fast schon an Verzweiflung grenzende Heftigkeit jagte ihm Angst ein. Doch er verdrängte das Gefühl, wollte es jetzt nicht analysieren, wollte sich nicht den Kopf darüber zerbrechen, sondern nur fühlen.

Chelsea schien es ähnlich zu gehen, so, wie sich ihr Körper verkrampfte, wie sich ihre inneren Muskeln zitternd und bebend um sein bestes Stück zusammenzogen.

»Hör jetzt bloß nicht auf«, keuchte sie und schlug die Augen auf. »Mach einfach so weiter, sonst bringe ich dich um.«

»Wieso? Sag bloß, du kommst gleich?«, fragte er, obwohl er sich die Antwort denken konnte.

»O ja.«

»Ach, dann konntest du wohl doch nicht die ganze Nacht warten, wie?«

Er grinste sie an und registrierte mit Genugtuung den Anflug von Verärgerung, der über ihr Gesicht huschte, ehe sich ihre Gliedmaßen versteiften und ihr Körper ihn molk, ihn umklammerte wie ein Schraubstock.

»Offenbar nicht, Brody.«

So hatte er seinen Namen noch nie vernommen – leise und doch aggressiv, zitternd und doch beherrscht. So klang das bei einer Frau, die genau wusste, wer sie war und was sie wollte. Sie wollte *ihn*. Und jetzt lag sie unter ihm, vom Orgasmus gebeutelt.

Sie war wirklich verflucht sexy. Brody war noch nie so erregt gewesen, so hart, so tief vergraben in einer Frau, deren Höhepunkt nun auch den seinen auslöste.

Normalerweise behielt er seine Gedanken, seine Erregung eher für sich, doch diesmal gelang es ihm nicht. Nicht bei Chelsea, die so offen und ehrlich war und ihm so ungeniert ihre Befriedigung offenbarte. Schon war es endgültig um ihn geschehen. Mit einem lauten Ächzen gab er den letzten Rest Selbstkontrolle auf, ließ sich nicht nur körperlich, sondern auch emotional ein auf diesen Augenblick, gab alles auf dem Endspurt zum Gipfel der Lust, auf den er schon seit vierundzwanzig Stunden in einem Höllentempo zusteuerte.

Es war der beste Orgasmus, den er je erlebt hatte. Als er vorbei war, sah Brody einen Augenblick zu Chelsea hinunter, wortlos, nach Luft ringend. Sie sah zu ihm hoch, genauso wortlos und nach Luft ringend. Sie starrten sich an.

»Na, das ging ja ziemlich flott, was?«, bemerkte sie, während Brody noch damit beschäftigt war, seine Gedanken zu sortieren.

»Allerdings.« Er musste sich zwingen, sich aus ihr zurückzuziehen – am liebsten wäre er für den Rest seines Lebens mit ihrem Körper vereint geblieben. »Ich schätze mal, das haben wir beide gebraucht, damit die erste Anspannung weg ist.« Jedenfalls war es bei ihm so gewesen. »Was hältst du davon, wenn wir in deinen Whirlpool steigen und eine kurze Pause einlegen, ehe wir weitermachen? Beim nächsten Mal können wir's ja dann ein bisschen gemütlicher angehen.«

Sie schob sich die Haare aus der Stirn und leckte sich die Lippen, dann musterte sie ihn mit einem so aufreizenden, anzüglichen Blick, dass sein Schwanz auf einen Schlag zu neuem Leben erwachte.

»Klingt gut«, sagte sie. »Solange gemütlich nicht weichgespült bedeutet. Ich stehe auf die Bestie.«

O Gott. Sie brachte ihn noch ins Grab. Er konnte sich nicht entsinnen, je eine Frau kennengelernt zu haben, die so sexy war wie sie.

Er beugte sich über sie, um sie zu küssen. »Ich schätze, das lässt sich einrichten«, sagte er, und dann biss er ihr kräftig in die Unterlippe.

## Kapitel 6

Chelsea folgte Brody ins Bad, nackt und noch immer ein bisschen fassungslos in Anbetracht der hemmungslosen Heftigkeit, mit der sie übereinander hergefallen waren. Natürlich hatte sie erwartet, dass es gut werden würde, aber so gut!? Sie wusste, mit Enthaltsamkeit allein ließ sich nicht erklären, warum sie so gierig aufeinander gewesen und beide so rasch gekommen waren. Es musste schon ordentlich knistern zwischen zwei Menschen, damit der Sex zum Feuerwerk geriet. Nun, bei ihnen hatte es ja von Anfang an ganz gewaltig geknistert.

Es war ein Erlebnis, hinter Brody herzugehen. Sie hatte stets vermutet, dass das Gesäß eines Mannes so knackig sein konnte, aber mit eigenen Augen gesehen hatte sie ein so muskulöses, perfekt geformtes Prachtexemplar noch nie. Es war geradezu ehrfurchteinflößend. Als er über die Schulter spähte und sie dabei erwischte, wie sie ihm auf den Allerwertesten stierte, hob sie eine Augenbraue. »Is was, Doc?« Wenn er im Adamskostüm vor ihr herging, war es doch wohl ihr gutes Recht, seinen Arsch zu bewundern!

Er sagte nichts, musterte sie lediglich mit einem feurigen Blick. Echt unglaublich, wie hervorragend er diese Machomasche draufhatte. Er war der geborene sexy Alphamann, nicht zuletzt dank dieser düsteren Miene, die er meist zur Schau trug. Chelsea hätte ihn am liebsten in ihren Koffer gepackt und nach Albany entführt.

»Wir hätten eine Flasche Wein oder sowas in der Art aus der Stadt mitnehmen sollen«, sagte er, stöpselte die Wanne zu und drehte den Hahn auf. »Wie warm soll denn das Wasser sein?«

»Ich mag es am liebsten kochend heiß. Und ein Bier wäre jetzt zwar schön, aber in dem Aufzug gehe ich nicht einkaufen.« Sie deutete auf ihren nackten Körper, wobei sie die Schultern nach hinten bog, wie es alle Frauen tun, wenn sie wollen, dass ihre Brust größer wirkt und der Bauch flacher.

Brody nickte bloß. »Zu kalt draußen.«

Mann, sein Pokerface war bemerkenswert. »Manchmal ist es ganz schön schwer, dich aus der Reserve zu locken, oder?«

Darüber musste er nun doch lachen. »Also, meine Anaconda und ich sind der Ansicht, du machst das ganz gut.« Er sah zu seinem Penis hinunter, der bereits wieder stramm stand wie ein Schiffsmast. »Pass bloß auf, gleich wirst du mit Haut und Haaren verschlungen.«

Wie schön zu wissen, dass ihr Anblick gebührend gewürdigt wurde. »Hach, bescheiden wie eh und je. Trotzdem bekommst du für den Spruch sechs Punkte.«

»Ach, du zählst mit?« Brody klopfte auf den Wannenrand. »Hopp, hopp, rein mit dir. Mal sehen, wie man die Pumpe anwirft.«

»Ich glaube, mit dem runden Ding da an der Wand.«
Chelsea stieg in die halb volle Wanne, setzte sich in das
herrlich warme Wasser und griff nach der Seife. »Hach,
himmlisch. Und nein, ich zähle nicht mit, weil du da nur
verlieren kannst.«

»Was aber bloß daran liegt, dass du diejenige bist,
die die Punkte verteilt.« Brody drehte am Regler, um
die Pumpe zu starten, worauf das Wasser so heftig los-
sprudelte, dass Chelsea die Seife fallen ließ. Mit voller
Wucht trafen die Strahlen auf ihre Brüste und ihre Knie,
und in Sekundenschnelle saß sie da wie ein begossener
Pudel.

»Ahh!«, kreischte sie. »Ausschalten! Ich sehe nichts
mehr!«

Hastig drehte Brody das Sprudeln wieder ab.

Sie wischte sich das Wasser aus den Augen und blinzelte konsterniert. »Du liebe Zeit.«

Brody versuchte, nicht laut loszuprusten, weil er im
ersten Moment nicht sicher war, wie sie reagieren würde, doch dann gackerte sie lauthals los. Chelsea war
eben keine Diva, und es war ja auch wirklich lustig.

»Jetzt kannst du mit Fug und Recht behaupten, dass
du mich nass gemacht hast.«

Brody reichte ihr ein Handtuch. »Ich konnte ja nicht
ahnen, dass die Pumpe so viel Power hat! Ich drehe den
Regler wohl besser nicht bis zum Anschlag auf. Alles
okay?«

Die Düsen begannen wieder zu sprudeln, diesmal jedoch nur mit halber Kraft. Chelsea trocknete sich das
Gesicht ab, und als sie das Handtuch sinken ließ, sah sie

sich unvermittelt Brodys Penis gegenüber. »Äh, ja, alles bestens. Wo waren wir stehen geblieben?«

Ohne seine Antwort abzuwarten, streckte sie eine Hand nach seinem prallen Schaft aus und grinste zufrieden, als Brody bei der Berührung hörbar nach Luft schnappte. Sein Penis war genauso appetitlich wie der Rest seines Körpers, lang und dick und seidig schimmernd. Vermutlich wollte kein Mann hören, dass sein bestes Stück hübsch anzusehen war, aber genau das war er – makellos, schnurgerade und von einheitlicher Farbe. Einfach perfekt. Ein äußerst ansprechendes Exemplar, an dem Chelsea jetzt ein wenig lutschen wollte.

Brody grub vor Erregung die Finger in ihre Schultern, während sie sich mit der Zungenspitze von der Eichel bis zur Wurzel vorarbeitete, um ihn schließlich mit den Lippen zu umschließen und ihn tief in ihren Mund aufzunehmen.

»Gott, Chelsea!«

Sie war zu beschäftigt, um zu antworten, aber es hieß ja auch *Taten zählen mehr als Worte*, also legte sie die Finger um seinen Schaft, der schon von ihrem Speichel benetzt war, und begann, den Kopf vor und zurück zu bewegen. Währenddessen liebkoste sie mit der freien Hand behutsam seine Hoden, die sich unter ihrer federleichten Berührung sogleich ein Stück hoben. Und dann, einfach weil ihr danach war und weil die Gelegenheit günstig war und genutzt werden musste, ließ sie eine Hand nach hinten wandern, um seine muskulösen Pobacken zu kneten.

Mit Genugtuung registrierte sie den Laut, den er von sich gab, eine Mischung aus Stöhnen und Zischen. Sie selbst war ebenfalls schon wieder äußerst erregt und konnte kaum noch still sitzen. Ihre Brustwarzen waren beim Kontakt mit dem kalten Wannenrand steinhart geworden, und zwischen ihren Beinen verspürte sie ein unverkennbares Ziehen, denn die Wasserstrahlen aus den Sprudeldüsen massierten sie aufs Angenehmste gerade an den richtigen Stellen. Brodys Körper war warm, der Raum von Dampfschwaden erfüllt. Sie hielt mitten in der Bewegung inne und hob den Kopf, um ihn anzulächeln, dann begann sie die Hand an seinem Schaft vor und zurück zu bewegen, ohne die Eichel aus dem Mund zu nehmen.

Erst überließ er ihr die Kontrolle, doch dann schob er ihr die Hüften entgegen, um wieder tiefer in ihre Mundhöhle einzudringen. Chelsea musste daran denken, wie es sich angefühlt hatte, seine Stöße in sich zu spüren, und sie setzte sich etwas anders hin. Ihr Körper wollte mehr, ihr Verlangen wollte gestillt werden.

Er schien zu verstehen, denn er trat einen Schritt nach hinten und zog sich aus ihr zurück, schwer atmend, die Hände in die Hüften gestemmt, die Lippen zusammengepresst. Hm. Vielleicht war es ihm ja gar nicht um sie gegangen, vielleicht war er bloß kurz davor gewesen zu kommen. Eine äußerst befriedigende Vorstellung, fand Chelsea. Sie hatte ihn beinahe zum Orgasmus gebracht. Dafür sollte sie sich doch belohnen.

Sie lehnte sich zurück, die Augen geschlossen, die Arme über den Wannenrand drapiert, die Beine an den

Knöcheln überkreuzt. »Ah«, seufzte sie. »Herrlich. Sehr entspannend, so ein Whirlpool.«

Schweigen.

Sie öffnete ein Auge.

Brody brachte offenbar vor Erregung kein Wort heraus. Seine Hand hing über seiner Erektion in der Luft, als würde er überlegen, ob er das Werk, das sie begonnen hatte, selbst zu Ende bringen sollte, doch dann befahl er: »Rutsch mal nach vorn.«

Sie gehorchte, zog die Beine an und schlang die Arme um die Knie. Als Brody hinter ihr in die Wanne stieg, schwappte das Wasser über ihre Brüste.

»Noch weiter.«

»Wohin denn?« Sie warf einen Blick über die Schulter und sah, wie er mit grimmiger Miene eine Kondomverpackung aufriss. Sieh an. Er hatte also nicht vor, sich gemütlich hinzusetzen und das Sprudeln zu genießen.

»Knie dich hin, und halt dich fest.«

Das lief ja genau nach ihren Vorstellungen. Ihre inneren Muskeln zuckten vor Vorfreude. Schaudernd vor Erregung stützte sie die Unterarme am Rand des Whirlpools und dem Mauerabsatz dahinter ab, streckte den Hintern aus dem Wasser und spreizte die Beine, so weit es ging. Brody packte ihre Hüften, und dann war er auch schon in ihr. Er fühlte sich einfach göttlich an. Er war größenmäßig wie für sie gemacht, und er schien sich daran zu erinnern, dass sie keine Rhythmuswechsel mochte. Okay, zuweilen war sein Benehmen etwas überheblich, aber sie hatte es ja nicht anders gewollt, denn im Gegensatz zu anderen Frauen fand sie es erotisch. Ja, sie hatte gern das letzte Wort, aber das bedeutete nicht, dass sie im Bett das Sagen haben wollte. Oder, in diesem Fall, im Whirlpool.

Außerdem mochte sie es, wenn sie von hinten genommen wurde, schon wegen der Bewegungsfreiheit, und außerdem konnte sie sich so jedem seiner Stöße entgegenstemmen, um ihn besonders intensiv in sich spüren.

Er steigerte ihre Lust noch zusätzlich, indem er die Arme um ihren Oberkörper schlang und begann, ihre Brüste zu kneten. Alles, was er tat, fühlte sich so gut an, so geil, so unglaublich erregend.

»Fester«, feuerte sie ihn an.

»Was? Das hier?« Er kniff sie in die Nippel. »Oder das?« Damit stieß er ein-, zweimal besonders heftig in sie.

Immer diese Entscheidungen! »Beides.«

Er hielt eine Sekunde lang inne. Hatte sie ihn geschockt? Oder angeturnt? Vermutlich beides. Wie auch immer, er kam ihrem Befehl sogleich nach, steigerte den Druck auf ihre Brustwarzen und rammte seinen Schwengel in sie, dass ihr Hören und Sehen verging. Chelsea umklammerte den Wannenrand und schloss die Augen, während die Wellen der Erregung über ihr zusammenschlugen. War es möglich, dass sie endlich den Mann gefunden hatte, der es verstand, sie zu befriedigen?

Eine seiner Hände wanderte zwischen ihre Beine, um ihre Klitoris zu stimulieren. O ja, er verstand es in der Tat ganz hervorragend, sie zu befriedigen. Sie stieß ein lautes Stöhnen hervor und bekam einen raschen, heftigen Orgasmus, bei dem ihr schier die Luft wegblieb.

Sekunden später war auch sein Körper bebend auf dem Gipfel der Lust angelangt.

Und wieder brachte sie nicht viel mehr als ein »Wow« heraus.

Dann meldeten sich plötzlich ihre malträtierten Knie, und auch ihre Hüften protestierten knacksend, als sie die Beine wieder schloss, aber das war es wert gewesen. O ja.

»Du hast recht, es ist wirklich sehr entspannend in dieser Wanne«, sagte Brody und zog sein bestes Stück mit einem zufriedenen Seufzen aus ihr heraus.

Er lehnte sich zurück, und nachdem sie etwas umständlich allerlei Gliedmaßen aus dem Weg manövriert hatten, wobei Chelsea nicht gerade die eleganteste Figur abgab, saß sie schließlich mit dem Rücken an seine Brust gelehnt da.

Er hatte eine so herrlich feste Brust. Fast so fest wie die Wand, nur wärmer. Chelsea seufzte ebenfalls. »Sag ich doch. Ich habe eben gute Einfälle.«

»Verdammt richtig.«

Chelsea betrachtete ihre Beine unter der Wasseroberfläche und genoss das Gefühl der Erschöpfung, das sich in jedem Zentimeter ihres Körpers breitmachte. Hach, daran könnte sie sich gewöhnen. Leider stand eine Wiederholungsvorstellung wohl nicht allzu bald auf dem Programm. Sie lebte in Albany, und das hier war ein klassischer One-Night-Stand.

Traurig, aber wahr.

Wie es schien, hatte er daran auch gerade gedacht, denn er fragte: »Und morgen fährst du wieder ab?« Seinen Worten war nicht zu entnehmen, ob er diesen Umstand ebenso sehr bedauerte wie sie.

»Ja.«

»Kann ich dann über Nacht hierbleiben? Wir könnten ja morgen noch gemeinsam frühstücken, ehe du los musst.«

Au ja. Speck, Eier und Würstchen mit Brody, das klang äußerst verlockend. Und auch die Vorstellung, neben ihm zu erwachen und eine letzte Nummer mit ihm zu schieben, reizte sie ungemein. Wer weiß, vielleicht sah sie ihn nie wieder, da musste sie nehmen, was sie kriegen konnte.

»Natürlich kannst du über Nacht bleiben, dann kannst du mich mit Oralsex wecken.«

Er schnaubte belustigt. »Soll ich dann auch noch gleich Pancakes für dich machen?«

»Wenn ich eine Küche hätte, würde ich Ja sagen. Ich hasse Kochen.«

»Echt? Ich koche recht gern. Aber zwei Minuten von hier gibt es ein Café, in dem man hervorragend frühstücken kann. Ich liebe die Kürbispancakes dort.«

Chelsea stützte sich an seinem Oberschenkel ab und setzte sich etwas anders hin. Wie seltsam, dass sie in seiner Gegenwart so unbefangen war, obwohl sie sich kaum kannten. Tief in ihr meldete sich ein Gedanke, faszinierend und irritierend zugleich: die Hoffnung, dass aus diesem One-Night-Stand mehr werden könnte. Dass sie ein Paar werden könnten.

Lächerlich. So funktionierte das nicht. Aus einem One-Night-Stand wurde kein Glücklich-bis-ans-Le-

bensende. Das Leben war kein Märchen, und Fernbe-
ziehungen waren zum Scheitern verurteilt.

All das war ihr sonnenklar.

Und doch hatte sie den Verdacht, dass sie gewillt
wäre, Kapitän dieses Narrenschiffs zu werden.

Immer her mit der Kapitänsmütze! Mal sehen, wie
lang es dauerte, bis sie auf Grund liefen.

Sie erhob sich so abrupt, dass das Wasser spritzte.

»Wo willst du hin?«

»Das Wasser ist zu warm. Ich brauche etwas zu trinken.«

Und außerdem brauchte sie dringend einen Realitäts-
Check.


Brody verfolgte, wie sich Chelsea ein Handtuch
schnappte und triefnass das Badezimmer verließ.

Er wollte nicht, dass sie ging. Weder aus dem Raum
noch zurück nach Albany. Hm. Ein beklemmendes Gefühl. Aber so war es nun mal. Wie sollten sie ein Paar
werden, wenn sie knappe zweihundert Kilometer trenn-
ten?

Das war ja echt typisch. Da lief ihm nach Jahren endlich mal eine Frau über den Weg, die ihn interessierte,
und dann verschwand sie nach achtundvierzig Stunden
wieder aus seinem Leben.

Tja, dumm gelaufen. Er konnte diesen Umstand jetzt
bejammern oder die verbleibende Zeit mit ihr genießen.
Gut möglich, dass sie ohnehin kein Interesse daran hatte, ihn wiederzusehen. Sie war eine Altenpflegerin mit
einem schrägen Sinn für Humor, die den Winter hasste.

Er war ein Skilehrer, der zwei Drittel seines Lebens im Schnee verbrachte und das verbleibende Drittel im Bett. Sie passten überhaupt nicht zusammen.

Wobei es sich vor zehn Minuten noch so angefühlt hatte, als würden sie ganz wunderbar zusammenpassen.

Brody stieg aus der Wanne und wickelte sich ein Badetuch um die Hüfte, dann tapste er ins hell erleuchtete Zimmer hinaus, wo Chelsea gerade splitterfasernackt vor der gläsernen Schiebetür zum Balkon stand.

Oh, oh. Sie hatte sie wieder geöffnet, wenn auch nur einen Spaltbreit, mit demselben Ergebnis wie gestern. Ihr Hintern wackelte, während sie vergeblich am Türgriff ruckelte.

»Du hast die Tür aufgemacht?«

»Ja. Mir war heiß.«

Brody hätte beinahe gelacht. »Na ja, du *bist* heiß, wovon sich übrigens auch alle Leute, die dort draußen unterwegs sind, überzeugen können, da du nackt vor einer Glastür stehst.«

Sie war zwar nicht offiziell seine Freundin, aber er hatte trotzdem etwas dagegen, dass sie sich so öffentlich zur Schau stellte. Zumindest heute Nacht wollte er diesen Anblick nur für sich allein haben.

»Die Tür ist wieder festgefroren«, gestand sie widerwillig. Ihre Haare waren dank der Feuchtigkeit im Badezimmer stärker gelockt als sonst.

»Was du nicht sagst.« Brody packte sie am Arm und zog sie ein paar Schritte zur Seite, wo der dicke Vorhang sie vor neugierigen Blicken schützte. »Ich würde dich ja fragen, warum du sie wieder aufgemacht hast, nach dem, was gestern passiert ist, aber ich schätze mal, die Frage erübrigt sich.«

»Na ja, ich dachte, wie groß ist die Wahrscheinlichkeit, dass es zweimal hintereinander passiert?«

»Also, da es heute Nacht draußen genauso kalt ist wie gestern, war die Wahrscheinlichkeit, dass sie wieder festfriert, ziemlich groß.« Brody versuchte, die Tür zu schließen. Keine Chance. Zum Glück stand sie nur zwei, drei Zentimeter weit offen. Es wehte zwar ein ziemlich kalter Wind herein, der seine Eier gleich mal auf die halbe Größe zusammenschrumpfen ließ, aber wenn sie gut zugedeckt im Bett lagen, würde es hoffentlich trotzdem auszuhalten sein.

»Du bist ein Klugscheißer, weißt du das?«

»Und du bist impulsiv.« Brody wickelte sich aus seinem Badetuch und rollte es zusammen, um den Spalt damit notdürftig zu stopfen, dann zog er den Vorhang zu. So, das musste reichen. Mehr war im Augenblick nicht zu machen.

»So, wie du das sagst, klingt es, als wäre das was Anstößiges.« Chelsea ließ sich auf das Bett plumpsen. Sie hatte am ganzen Körper eine Gänsehaut, und ihre Brustwarzen waren erigiert.

»Poppen, vögeln, ficken, das ist anstößig, und genau das werden wir zwei jetzt tun«, sagte er.

»Schon wieder?« Sie beäugte seine Männlichkeit, die bereits erneut anschwoll. »Oh, yeah, Baby.«

Brody trat zum Bett. »Ich weiß deine Impulsivität übrigens durchaus zu schätzen.« Die Nacht war noch lange nicht zu Ende.

## Kapitel 7

Chelsea hatte versucht, das Hämmern an der Tür zu ignorieren, aber es wollte partout nicht aufhören. Also kletterte sie ungelenk aus dem warmen Bett, fischte ein T-Shirt und ihre Pyjamahose aus dem geöffneten Koffer und rieb sich die Augen. Brody rührte sich nicht. Er schnarchte leise, mit offenem Mund. Chelsea konnte nur hoffen, dass der Störenfried da draußen einen triftigen Grund dafür hatte, sie so früh zu wecken, denn sie hatten es die halbe Nacht getrieben wie die Karnickel, und sie war total erledigt. Fix und alle. Sexuell erschöpft und quasi noch im Koma. Gevögelt bis zum Umfallen nannte man das wohl.

Es war Lacey, und sie musterte Chelsea erstaunt. »Warum bist du noch nicht angezogen?«

»Weil du mich geweckt hast.«

»In zwanzig Minuten ist Abfahrt.«

»Was? In zwanzig Minuten?« Tickte Lacey eigentlich noch richtig? »Es ist doch noch gar nicht richtig hell draußen! Sogar die Gockelhähne schlafen noch tief und fest! Wenn man diesen Tag mit der Geschichte der Erde vergleichen würde, befänden wir uns gerade mal im Jura, und den Homo sapiens würde es noch gar nicht geben!« Chelsea brauchte dringend eine Tasse Kaffee.

»Es ist durchaus hell draußen, weil es nämlich schon zehn Uhr ist. Bis elf müssen wir ausgecheckt haben, und Matt muss noch tanken.«

»Warum fahren wir dann nicht erst um elf?« Und warum zum Teufel war sie nicht selbst gefahren? »Ich muss erst duschen.« Sie roch nach Sex. »Und ich will noch frühstücken.« Mit Brody.

»Zwanzig Minuten. Wir frühstücken dann unterwegs.«

Lacey sah aus wie aus dem Ei gepellt in ihren Jeans und dem kuscheligen Wollpulli, während Chelsea es kaum wagte, einen Blick in den Garderobenspiegel zu riskieren. Bestimmt bot sie ein Bild des Grauens. Sie hatte einen scheußlich schalen Geschmack im Mund und hegte zudem die schlimmsten Befürchtungen, was ihre Frisur anging, nachdem sie mit feuchtem Haar eingeschlafen war. Jep, auf der einen Seite war es platt gedrückt, auf der anderen stand es ihr wirr vom Kopf ab. Sie sollte Lacey vermutlich dankbar sein, dass sie sie geweckt hatte, ehe Brody sie so sah. Auf diese Weise konnte sie sich noch schnell ins Bad stehlen, um sich ein wenig öffentlichkeitstauglich zu machen.

»Mit wem redest du da? Mit dem Zimmermädchen?«, erkundigte sich Brody hinter ihr schlaftrunken.

»Nein, mit meiner Freundin Lacey«, informierte sie ihn über die Schulter hinweg.

Lacey riss die Augen auf. »Wer war das?«, zischte sie. »Etwa dein Skilehrer?«

Chelsea nickte.

»O mein Gott. Jetzt bin ich neidisch.«

»Dann überredest du Matt also, erst in einer Stunde abzufahren?«

»Keine Chance. Wenn Matt sich erst einmal etwas in den Kopf gesetzt hat, dann ist er nicht mehr davon abzubringen. Tut mir leid.«

Sehr entgegenkommend. »Okay, ich komm dann runter in die Lobby.« Es ärgerte Chelsea tierisch, dass man sie um ihre letzte Nacktturnstunde mit Brody brachte, zumal sie ihn vermutlich nie wiedersehen würde. Dabei hatte sie sich so auf ein bisschen morgendlichen Kuschelsex und das gemeinsame Frühstück gefreut.

Tja, das konnte sie sich dann wohl abschminken.

Sie schloss die Tür und ging zum Bett. »Meine Leute wollen unbedingt in zwanzig Minuten abfahren, und ich bin nicht der Fahrer, also kann ich nicht groß Protest einlegen.«

»Im Ernst?« Brody rieb sich das Kinn und gähnte. »Schöner Mist. Tja, da kann man wohl nichts machen.«

»Ich springe schnell unter die Dusche. Und nein, du kannst mir nicht Gesellschaft leisten, sonst schaffe ich es nie und nimmer rechtzeitig nach unten.«

Er grinste. »Da hast du wohl recht. Okay, ich werde mich benehmen.«

Eine halbe Stunde später stapfte Chelsea mit ihrem Rollkoffer missmutig durch die Lobby in Richtung Ausgang. Brody ging neben ihr her, ihre Mütze in der Hand. Als sie vor der Glasschiebetür innehielten, setzte er sie ihr auf und zog an den beiden Ohrenklappen.

»Ich fand es sehr schön mit dir, Chelsea.«

»Geht mir genauso.« Ihr schwirrten tausend Gedanken durch den Kopf, und ihr Herz drängte sie, noch etwas zu sagen. Anzudeuten, dass sie ihn gern wiedersehen wollte. Aber dafür kannten sie sich noch nicht lange genug. Wenn sie in derselben Stadt gewohnt hätten, dann hätte sie ein Treffen auf einen Kaffee oder ein Bier vorgeschlagen, aber in Anbetracht der Distanz zwischen Lake Placid und Albany ließ sie es bleiben. Es hätte zu aufdringlich gewirkt. Zu verzweifelt.

Sie sah sich suchend um, konnte ihre Freunde aber nirgendwo entdecken. Dafür bemerkte sie zwei Huskys, die sich interessiert beschnüffelten. Gut möglich, dass es dieselben waren wie am Freitagabend, aber ganz sicher war sie nicht. Lake Placid schien echt eine Art Club Med für Huskys zu sein.

Chelsea hätte gern noch eine intelligente Bemerkung vom Stapel gelassen, um ihrer Überzeugung Ausdruck zu verleihen, dass eine derart heftige körperliche Anziehung zwischen zwei Menschen nur selten vorkam. Sie hätte Brody auch gern gesagt, dass sie am liebsten ihren Koffer auf den Rücksitz seines Wagens verfrachtet und den Rest des Tages mit ihm im Bett verbracht hätte. In seinen Armen. Aber sie verkniff sich auch das.

Sie grinste lediglich und sagte: »Danke für den Unterricht. Ich werde immer an dich denken, wenn ich den Schneepflug übe.«

Brody lachte. Sie schaffte es wirklich bis zur letzten Minute, ihn zu amüsieren. Er sah auf sie hinunter, hätte gern ihre roten Lippen geküsst, bis sie stöhnte. Ob sie es wohl seltsam fände, wenn er sie fragte, ob sie ihn kommendes Wochenende besuchen wollte? Er wagte nicht, es laut auszusprechen.

»Das Vergnügen war ganz meinerseits, und das ist mein voller Ernst.« Sie lächelten sich an, bewegten sich aber nicht von der Stelle. Brody kam sich albern vor. Er war aufgekratzt und niedergeschlagen zugleich. Da hatte er endlich eine Frau kennengelernt, die er wirklich toll fand, und jetzt mussten sie schon wieder getrennte Wege gehen. Und er hatte dummerweise keine Ahnung, wie man sich in so einem Fall verhielt. Also beugte er sich bloß zu ihr hinunter und gab ihr einen sanften Kuss.

»Ruf mich an, falls du mal wieder in der Gegend bist.« Was für eine dämliche Aussage. Sie bedeutete nichts anderes als »Ruf mich nicht an, wenn du nicht in der Gegend bist«, aber so war es nicht gemeint gewesen. Er hatte andeuten wollen, dass er sich freuen würde, sie wiederzusehen, und zwar nicht nur für ein bisschen Gelegenheitssex an ihrem nächsten Skiwochenende in Lake Placid. Frustriert vergrub er die Hände in den Jackentaschen.

»Alles klar.« Chelsea salutierte. »Tja, dann mach's gut, und halt die Ohren steif. Bis demnächst. Ende der Durchsage.«

»Jep.« Brody nickte. »Gute Fahrt.«

Dann machte er sich schleunigst vom Acker, ehe er sich womöglich irgendwie blamierte.

Er fuhr nach Hause, ging mit Mabel raus und tollte ausgiebig mit ihr im Schnee herum. Dann fuhr er zum

Whiteface Mountain und nahm die Gondel zur Berg-station, entschlossen, seine Ängste zu bezwingen. Die Schonfrist für sein Knie war vorbei. Er würde das Le-ben wieder in vollen Zügen genießen. Natürlich konnte er keine Rennen mehr fahren, aber er würde sich nicht mehr davon abhalten lassen, das Skifahren zu genie-ßen. Wenn er dabei auf die Schnauze fiel, dann hatte er eben Pech gehabt. Chelsea war ja auch zig Mal auf die Schnauze gefallen. Dieses Teufelsweib war ja sogar über die Balkonbrüstung geklettert, statt untätig herumzusit-zen und auf Rettung zu warten!

Wenn er stürzte, würde er sich eben wieder aufrap-peln.

Doch er stürzte nicht.

Am Fuße des Berges angekommen, war er so high, dass er Chelsea eine SMS schickte.

*Wenn es mich mal nach Albany verschlägt, gehst du dann mit mir essen?*

Die Antwort kam, ehe er das Handy wieder einge-steckt hatte.

*Schläft Dolly Parton auf dem Rücken?*

Brody grunzte belustigt und schüttelte den Kopf. Wie zum Geier kam sie bloß auf diese Sprüche?

Sie schickte gleich noch eine zweite Nachricht hin-terher.

*Ja. Wann kommst du nach Albany?*

Sollte er aufs Ganze gehen und damit riskieren, sich zum Affen zu machen? *Ach, scheiß drauf*, dachte Bro-dy.

*Wann immer du Zeit hast.*

Er wurde beinahe von einem Snowboarder nieder-
gemäht, also schnallte er die Skier ab und marschierte
in Richtung Lodge.

*Nächsten Sonntag? Da haben wir beide frei.*

*Alles klar.*

Wie es aussah, würde er demnächst einen Tagesaus-
flug nach Albany machen.

*Bring Mabel mit.*

O ja, er hatte die richtige Entscheidung getroffen.

## Kapitel 8

Seufzend schmiegte sich Chelsea an Brodys warmen Körper und zog die Decke fester um sich. Sie lag auf der Seite, damit sie ihn beim Reden ansehen konnte. Dan stand hinter ihnen und befehligte die Hunde, die den Schlitten über das Eis zogen. »Wahnsinn, dass es ein ganzes Jahr gedauert hat, bis wir unser Vorhaben von der Schlittenfahrt auf dem See in die Tat umgesetzt haben.«

»Na ja, wir waren die halbe Zeit in Albany, und dann war Sommer … und dann Herbst … Und jetzt haben wir es ja endlich geschafft.«

Chelsea verdrehte die Augen. »Das war eine rein rhetorische Feststellung.«

»Ich weiß.«

Sie wusste, dass er das wusste. Und sie wusste auch, dass sie perfekt zusammenpassten. Das hatte sich in dem Jahr, das sie nun schon ein Paar waren, deutlich herauskristallisiert. Brody war ausgeglichen, treu und zuverlässig, sexy und romantisch und geradezu unfassbar geduldig. Er liebte ihren Hund, er hielt ihr die Tür auf, und beim Sex sorgte er immer dafür, dass sie zum Orgasmus kam. Er nahm ihre Frotzeleien hin und frotzelte zurück.

Sie seufzte übertrieben. »Also, ehrlich. Ich habe keine Ahnung, warum ich mich überhaupt mit dir herumschlage.«

»Weil du mich liebst.«

»Ja, das tue ich.« Das tat sie wirklich. Sie kuschelte sich an ihn und ließ die Finger über sein stoppeliges Kinn wandern. Sie liebte ihn auf eine Weise, die sie selbst täglich aufs Neue überraschte. »Ich liebe dich wie die Wüste den Regen.«

»Wow.« Brody küsste ihre Fingerspitzen. Seine Lippen fühlten sich kühl an. »Ich liebe dich auch. Wie ein Hund einen Knochen.«

Das klang zwar nicht ganz so romantisch wie bei Byron, aber ihr genügte es vollauf. »Was würdest du davon halten, wenn du mich künftig etwas öfter lieben könntest?«

»Das käme mir natürlich sehr gelegen, aber was willst du damit sagen?«

»Ich will damit sagen, dass man mir eine Stelle in einem Heim für betreutes Wohnen in Lake Placid angeboten hat. Etwa zehn Minuten von hier.«

»Echt? Das wäre ja klasse. Ich fände es schön, wenn du herziehst, aber ich will dich zu nichts drängen. Tu es nur, wenn du es auch wirklich willst. Willst du?«

»Ist ein Schneemann kalt und weiß?« Chelsea küsste ihn leidenschaftlich. »Ja. Ich will mehr Zeit mit dir verbringen«, verkündete sie atemlos. Aufgeregt. Verliebt.

»Ziehst du zu mir? Ich möchte nicht, dass du dir eine eigene Wohnung suchst. Ich möchte, dass du morgens neben mir im Bett liegst.«

*O ja*, dachte Chelsea, *das Warten auf den Richtigen hat sich gelohnt.* »Ja! Ja, ich ziehe bei dir ein.«

Brody küsste sie, während sie durch die stille, dunkle Nacht übers Eis glitten und ihnen der Fahrtwind um die Ohren pfiff.

»Euch ist schon klar, dass ich direkt hinter euch stehe, oder?«, meldete sich Dan zu Wort. »Und ich fühle mich gerade gar nicht wohl in meiner Haut.«

Brody spähte über die Schulter zu seinem Kumpel. Er war viel zu glücklich, um Verlegenheit zu empfinden. Chelsea würde bei ihm einziehen! Damit war ihre gemeinsame Zukunft besiegelt. Auf Skiern war sie nach wie vor so hilflos wie ein Buckelwal an Land, aber sie brachte ihn jeden Tag zum Lachen, und sie liebte seinen Hund. Sie war wie für ihn geschaffen, kein Zweifel.

»Dann fahr uns doch einfach zurück. Ich glaube, die ganze Runde um den See sparen wir uns fürs nächste Mal auf.«

»Such dir dafür gefälligst einen anderen Schlittenfahrer.« Dan zog an den Zügeln und lenkte die Hunde zurück zum Ausgangspunkt. »Einen, der nicht mit dir Poker spielt und dem es nicht peinlich ist, euch beim Turteln zuzuhören.«

»Entschuldige«, sagte Brody, obwohl er viel zu fröhlich war, um auch nur einen Funken des Bedauerns zu verspüren.

Er schlang die Arme um Chelsea und drückte sie fest an sich. Er wollte sie nie mehr gehen lassen, jetzt, da sie sich gefunden hatten. »Hast du Lust auf ein bisschen Skigymnastik im Bett?«, flüsterte er ihr ins Ohr.

»Aber immer doch. Ich sollte ohnehin mal wieder den Schneepflug üben. Ist aber auch kein Wunder, dass ich den noch nicht richtig beherrsche, schließlich heißt es auf der Piste immer ›Knie zusammen‹ und im Bett ›Knie auseinander‹. Es ist höchst verwirrend.«

»Ich kann's dir gerne noch mal zeigen.«

»Du bist eben ein richtiger Gentleman.«

Wäre er tatsächlich ein Gentleman, dann hätte er nicht die Hand zwischen ihre Oberschenkel geschoben, um sie durch den Stoff der Jeans hindurch zu befummeln. Aber dann hätte er auch nicht beobachten können, wie sie vor Erregung den Mund öffnete. Das Ufer war nur noch sechs, sieben Meter entfernt.

»Den Rest des Weges gehen wir zu Fuß, Dan.«

»Na, Gott sei Dank.«

»Hopp, hopp, aussteigen.« Brody stieß Chelsea mit dem Ellbogen an, und dann marschierten sie Hand in Hand über das von einer dünnen Schicht Schnee bedeckte Eis in Richtung Ufer. Natürlich rutschte sie ein paarmal aus, aber er sorgte dafür, dass sie nicht zu Boden ging. »Ich kann dich zwar nicht vor feuerspeienden Drachen beschützen, aber verhindern, dass du dir das Genick brichst.«

Sie lachte. »Mehr verlange ich auch gar nicht. Wenn du dafür sorgst, dass ich tollen Sex habe und mich rettest, wenn ich mal wieder von einem Balkon hänge, dann genügt das vollauf, mein Märchenprinz.«

Von wegen Märchen. Als Liebespaar erinnerten sie wohl eher an Elizabeth Taylor und Richard Burton in *Der Widerspenstigen Zähmung*, und trotzdem war

Chelsea für ihn wie ein Haupttreffer in der Lotterie. »Hey.« Er hielt inne, sodass auch sie stehen bleiben musste. »Ich liebe dich, Prinzessin.«

Ihre eben noch spöttische Miene wurde weich. »Ich liebe dich auch.«

Sprach's und plumpste auf den Hintern.

Und wenn sie nicht gestorben sind, dann foppen sie sich noch heute.

# Werkverzeichnis der im Heyne Verlag von Carly Phillips erschienenen Titel

© Yolanda Perez Photography LLC, Yolanda Perez

## Über die Autorin

## Werkverzeichnis

## Die Autorin

Carly Phillips hat sich mit ihren romantischen und leidenschaftlichen Romanen in die Herzen ihrer Leserinnen geschrieben.
Nach ihrem Abschluss an der Brandeis University praktizierte
sie als Anwältin. Als sie nach der Geburt ihrer ersten Tochter
ihre Leidenschaft für Liebesgeschichten entdeckte, begann sie
selbst zu schreiben. In den 90er Jahren gab sie ihre Karriere als
Juristin auf und blieb bei ihren Töchtern zu Hause.
1998 erschien ihr erstes Buch in Amerika. Sie hat bereits über
zwanzig Romane veröffentlicht und ist inzwischen eine der be-
kanntesten amerikanischen Schriftstellerinnen. Mit zahlreichen
Preisnominierungen und Auszeichnungen ist sie aus den Best-
sellerlisten nicht mehr wegzudenken.
Carly Phillips lebt mit ihrem Mann und ihren zwei Töchtern in
Purchase im Staat New York. Ihre Leidenschaft gilt, neben der
Familie, ihren beiden Terriern Bailey und Buddy sowie dem
Baseball. Im wahren Leben ist ihr Ehemann ihr Held.
Vorbilder für ihr literarisches Schreiben sind LaVyrle Spencer,
Catherine Coulter und Susan Elizabeth Phillips. Carly Phil-
lips' richtiger Name lautet Karen Drogin, unter dem sie ebenfalls veröffentlicht. Ohne zu schreiben, sagt sie selbst, würde
sie verrückt werden. Die Atmosphäre, in der Carly Phillips
ihre Bücher verfasst, ist allerdings nicht weniger verrückt: Sie
schreibt im Chaos zwischen laufendem Fernseher, bellenden
Hunden und ihren beiden Töchtern. Dies alles wirke sich jedoch positiv auf ihre Kreativität aus, so Carly.

Wenn Sie mehr über Carly Phillips erfahren wollen, besuchen
Sie sie auf ihrer Homepage: www.carlyphillips.com

# Werkverzeichnis

## 1. Die Chandler-Trilogie

### Der letzte Kuss
*(The Bachelor)*

Wer von ihnen als Erster den Herzens-
wunsch ihrer Mutter nach Hochzeit und
Enkelkindern erfüllen soll, entscheiden
die drei Brüder Rick, Chase und Roman
durch das Werfen einer Münze. Ausgerechnet Auslandskorrespondent Roman
muss sich der Herausforderung stellen.
Seine Traumfrau macht es ihm jedoch
nicht leicht.

### Der Tag der Träume
*(The Playboy)*

Die Frauen von Yorkshire Falls werfen sich
Rick Chandler reihenweise an den Hals.
Doch der attraktive Polizist will nach einer missglückten Ehe nie wieder heiraten.
Als ihm eines Tages Kendall, eine wasch-
echte »runaway bride«, über den Weg läuft,
knistert es heftig auf beiden Seiten. Doch
auch Kendall liebt ihre Freiheit über alles.

### Für eine Nacht
*(The Heartbreaker)*

Nachdem Roman und Rick unter der Haube sind, ist nun Chase als letzter der drei Chandler-Brüder an der Reihe, endlich die Frau seiner Träume zu finden. Dies stellt sich als äußerst schwierig heraus, denn seine Auserwählte ist nach der ersten gemeinsamen Nacht spurlos verschwunden. Chase kennt nicht einmal ihren richtigen Namen.

## 2. Die Hot-Zone-Serie

### Mach mich nicht an!
*(Hot Stuff)*

Annabelle, attraktive und erfolgreiche PR-Beraterin in der Hot-Zone-Agentur, verliebt sich konsequent immer wieder in die falschen Männer. Nach der letzten verheerenden Beziehung hat sie sich deshalb strikte Enthaltsamkeit geschworen. Als sie ihrem neuesten Klienten, dem Ex-Football-Star Brandon Vaughn, gegenübersteht, hält sie ihn zunächst für den typischen, oberflächlichen Sportler. Doch schon bald entdeckt Annabelle, dass sich unter Brandons harter Schale ein weicher Kern verbirgt, und ihr guter Vorsatz schmilzt wie ein Eiswürfel in der Sommersonne.

## Her mit den Jungs!
*(Hot Number)*

Micki, Annabelles burschikose Schwester, ist bis über beide Ohren in den lebenslustigen und charmanten Baseball-Profi Damian verschossen. Doch der stadtbekannte Herzensbrecher scheint sie bisher noch nicht einmal wahrgenommen zu haben. Ihr Onkel Yank, der Gründer und Chef der Hot-Zone-Agentur, sorgt dafür, dass Damian und Micki gemeinsam auf einer romantischen Insel landen. Und wirklich: Die beiden verleben leidenschaftliche Tage voller Glück und Harmonie. Doch kaum wieder in New York, zieht Damian sich zurück. Micki ist verzweifelt: Wie konnte sie nur glauben, ihn dauerhaft an sich zu binden?

## Komm schon!
*(Hot Item)*

Sophie, die kontrollsüchtige der drei Jordan-Schwestern, verliert genau das, was ihr am wichtigsten ist: den Überblick. Denn Spencer, der PR-Berater der Hot-Zone-Agentur, ist plötzlich untergetaucht. Damit ihre Klienten nicht verrücktspielen, muss Sophie ihn um jeden Preis in die Agentur zurückbringen. Als der sexy Football-Spieler Riley Nash sich in Sophies Leben drängt, gibt es noch mehr Unordnung: Auf der gemeinsamen Suche nach dem Vermissten findet Sophie nicht nur heraus, dass Riley ein Geheimnis hat, sondern auch, dass sie seinem erotischen Charme nicht widerstehen kann.

## Geht's noch?
*(Hot Property)*

Die quirlige Eventmanagerin Amy Stone ist frisch nach New York gezogen, um für die Hot-Zone-Agentur zu arbeiten. Dank der Vermittlung ihrer Freundin – und Geschäftspartnerin – Micki zieht Amy schon bald einen lukrativen Auftrag an Land: Sie soll John Roper, einem bisher sehr erfolgreichen Baseball-Profi, aus seiner Lebenskrise helfen. Er hat nicht nur berufliche und gesundheitliche Probleme, sondern auch familiären Dauerstress. Amy stürzt sich voller Tatendrang in diesen Auftrag – und versucht ihre eigenen Gefühle zu ignorieren.

## 3. Die Corwin-Trilogie

## Trau dich endlich!
*(Lucky Charm)*

Schon als junges Mädchen weiß Gabrielle, dass sie ihren Mr. Right, den attraktiven Derek Corwin, bereits gefunden hat. Doch dann lässt der sie sitzen und heiratet eine andere. Die Begründung: Ein Fluch lastet auf seiner Familie, der es ihm unmöglich macht, mit seiner wahren Liebe glücklich zu werden. Gabrielle bleibt nichts anderes übrig, als sich damit abzufinden. Als sie ihren Ex – inzwischen geschieden und sexy wie nie – nach Jahren wieder trifft, lässt sie sich erneut auf eine heiße Affäre mit ihm ein.

## Spiel mit mir!
### (Lucky Streak)

Las Vegas macht's möglich: In einer heißen Nacht heiratet der sexy Cop Mike
Corwin nicht nur die umwerfende Trick-
betrügerin Amber, sondern gewinnt darüber hinaus 150 000 Dollar. Als er am
nächsten Morgen aufwacht, ist Amber verschwunden – und das Geld auch. Hat sie
ihn reingelegt? Oder entfaltet der Fluch,
der auf den Corwin-Männern lastet, tat-

sächlich seine Wirkung? Prompt sieht Mike seine schlimmsten
Befürchtungen bestätigt. Für ihn ist der Fall klar: Er will die
Scheidung. Doch Amber glaubt an ihre Liebe zu Mike und lässt
sich von nichts aufhalten.


## Mach doch!
### (Lucky Break)

Der Corwin-Fluch besagt, dass kein männliches Familienmit-
glied jemals mit seiner großen Liebe glücklich werden kann.
Derek und Mike Corwin sind zwar inzwischen mit ihren
Traumfrauen verheiratet, doch nun scheint das Übel auf ihrem
Cousin zu lasten: Der smarte Jason fühlt sich unwiderstehlich
zu der verführerischen Lauren Perkins hingezogen. Doch es
war ausgerechnet Laurens Urahnin, die einst den Fluch über die
Corwin-Familie brachte. Ist ihre Liebe stark genug, den unheil-
vollen Bann endgültig zu brechen?

## 4. Die Single-Serie

**Küss mich doch!**
*(Kiss me if you can)*

Coop gilt als der begehrteste Single in ganz New York, seit er einen Juwelenraub verhindert hat. Plötzlich kann er sich vor Verehrerinnen nicht mehr retten, doch wirklich fasziniert ist er nur von der unkonventionellen Lexie. Die hat allerdings nur eines im Sinn: an den antiken Ring zu kommen, den er vom Juwelier als Belohnung erhalten hat. Denn er birgt ein dunkles Familiengeheimnis. Kann Coop ihr vertrauen?


**Verlieb dich!**
*(Love me if you dare)*

Der Polizist Rafe rettet seiner Kollegin Sara das Leben – ein gefundenes Fressen für die Medien, die die Geschichte aufbauschen und ihn zum begehrtesten Junggesellen New Yorks machen. Er flieht vor der Klatschpresse, nachdem er zugegeben hat, dass die attraktive Sara weit mehr als eine Kollegin für ihn ist. Die macht sich auf die Suche nach Rafe und verliebt sich in ihn und seine ungestüme, aber liebenswerte Großfamilie. Wenn nur alles so einfach wäre …

## Ich will doch nur küssen
### (Serendipity)

Von Männern hat Faith genug! Frisch geschieden kehrt sie in ihre Heimatstadt zurück. Dort begegnet sie ausgerechnet dem Mann, den sie seit zehn Jahren nicht vergessen kann: Ethan. Er stellt ihre Gefühlswelt gehörig auf den Kopf und lässt sie wieder auf die große Liebe hoffen. Doch Ethan hat ein dunkles Geheimnis, und als seine Halbschwester auftaucht, geht das Chaos erst richtig los.

## Ich will nur dein Glück
### (Serendipity 2)

Als Nash Barron die attraktive Kelly auf der Hochzeit seines Bruders kennenlernt, funkt es gewaltig zwischen ihnen. Nash ist fasziniert von Kellys Schönheit und Warmherzigkeit, doch für ihn steht fest, dass sie ihrer Leidenschaft nicht nachgeben dürfen. Dadurch würde er das Vertrauensverhältnis zu seiner Halbschwester Tess gefährden, die die Barron-Familie

erst kürzlich aufgenommen hat. Sie braucht nun seine ganze Unterstützung. Doch Tess ist nicht das einzige Hindernis zwischen den beiden. Auch Kelly hat ihre Gründe, auf Distanz zu gehen: Sie verheimlicht Nash etwas, das er ihr nie verzeihen würde ...

## Ich will ja nur dich!
### *(Serendipity 3)*

Mehr als ein paar knappe Worte hat der Polizist Dare Barron noch nie mit der unnahbaren Liza McKnight gewechselt. Dabei begehrt er sie seit seiner frühen Jugend. Als Liza jedoch in Schwierigkeiten gerät, beschließt Dare kurzerhand, für ihren Schutz zu sorgen – und die beiden kommen sich plötzlich näher, als sie es je für möglich gehalten hätten. Doch Dare ahnt: Wenn er Liza nicht verlieren will, muss er ihr sein dunkelstes Geheimnis anvertrauen und sich seiner eigenen Vergangenheit stellen …

## 6. Die Marsden-Serie

## Küss mich später

Als sein Vater an Krebs erkrankt, kehrt Mike zurück nach Serendipity und vertritt ihn als Polizeipräsident der kleinen Stadt. Bisher hat Mike als verdeckter Ermittler in Manhattan ein rastloses Leben ohne feste Bindungen geführt. Auch die Begegnung mit seiner neuen Kollegin Cara bildet zunächst keine Ausnahme, und die beiden beginnen eine leidenschaftliche Affäre ohne große Erwartungen. Doch allmählich erkennen sie, dass sie sich perfekt ergänzen und tiefere Gefühle füreinander entwickeln …

## Liebe auf den ersten Kuss

Als Erin Marsden, Tochter des ehemaligen Polizeichefs von Serendipity, feststellt, dass sie schwanger ist, steht ihre heile Welt Kopf. Denn Vater ihres ungeborenen Babys ist der mysteriöse Ex-Cop Cole Sanders, den ein dunkles Geheimnis umgibt. Aber während Erin tiefere Gefühle entwickelt, geht Cole auf Distanz. Erst, als Erin von einer Unbekannten wiederholt attackiert wird und Schutz braucht, erkennt Cole in ihr die Frau, die ihn glücklich machen kann – und stellt sich seiner Vergangenheit …

## Ein Kuss zuviel

Nachdem er ausgerechnet am Tag seiner Hochzeit sitzengelassen wurde, hat Sam Marsden aus Serendipity eigentlich der Liebe abgeschworen. Doch schon bald lernt er die geheimnisvolle Nicole kennen und erlebt mit ihr ein Wechselbad der Gefühle. Mal ist sie voller Leidenschaft, dann wieder abweisend und verschlossen. Erst als Nicole in Gefahr gerät, offenbart sie sich Sam. Doch sucht sie nur seinen Schutz oder will sie ihn als Mann fürs Leben?

**Küss mich, Kleiner!**
*(Under the Boardwalk)*

Ariana Costas nutzte vor fünf Jahren die erste Gelegenheit, um ihrer schrulligen grie-
chischen Familie zu entfliehen. Doch nun
verlässt die junge Psychologieprofessorin
ihr geregeltes Leben in Vermont, denn ihre
Zwillingsschwester Zoe ist verschwunden.
Dass allerdings gleich am ersten Tag auf sie
geschossen wird, hätte Ariana nicht erwartet. Genauso wenig wie die Rettung durch
den gut aussehenden Detective Quinn Donovan. Nun steckt Ari
wirklich in der Klemme. Genauso wie Quinn: Denn wie soll er
dieser sinnlichen Frau widerstehen und gleichzeitig seine gefähr-
liche Mission erfüllen, die sie beide das Leben kosten könnte?

**Auf ein Neues!**
*(Perfect Partners)*

Nach dem tragischen Unfalltod ihrer
Schwester kämpft die erfolgreiche Anwältin Chelsie Russel um das Sorgerecht für
ihre geliebte Nichte Alix. Doch Griffin
Stuart, Alix' Onkel und ebenfalls Anwalt,
gewinnt den Fall und beschließt, von nun
an ganz für die Kleine da zu sein. Chelsie wiederum will sich nicht einfach aus
dem Leben ihrer Nichte drängen lassen.
Schon bald merken die beiden, dass sie ihren Zwist begraben
und gemeinsam für das Mädchen da sein müssen. Während sie
versuchen, dem Kind eine Ersatzfamilie zu bieten und mit ihrer
Trauer fertig zu werden, kommen sie sich näher ...

## Noch ein Kuss
*(The Right Choice)*

Die Kolumnistin Carly Wexler ist überzeugt: Liebe und Leidenschaft bringen
nichts als Enttäuschung, und so führt sie
eine eher leidenschaftslose Beziehung mit
dem ehrgeizigen Peter. Die Vernunftheirat
der beiden steht kurz bevor, als sie Peters
attraktiven Bruder Mike kennenlernt. Er
ist das genaue Gegenteil von Peter: rau,
männlich, selbstbewusst, und Carly fühlt
sich stark zu ihm hingezogen. Die Begegnungen mit ihm ver-
wirren sie und bringen ihre Prinzipien ins Wanken. Will sie
weiter auf Nummer sicher gehen oder die Liebe – mit all ihren
Risiken – in ihr Leben lassen?

# Carly Phillips

Sexuelle Spannung, tiefe Gefühle, dramatische Wendungen – das Erfolgsrezept von Carly Phillips

»Rasant und Sexy« *New York Times*

Die Marsden – Serie der Bestsellerautorin

978-3-453-41066-4

978-3-453-41068-8

978-3-453-41069-5

# M. Leighton

»Elektrisierend, sexy und super heiß«

*The Booklist Review*

978-3-453-41382-5

978-3-453-41442-6

978-3-453-41447-1